ALISSA JOHNSON
Wie es dem Glück beliebt

ALISSA JOHNSON

Wie es dem Glück beliebt

Roman

Ins Deutsche übertragen von
Michaela Link

EGMONT

Die Originalausgabe erschien 2008 unter dem Titel *As luck would have it* bei Dorchester Publishing Co. Inc.

Deutschsprachige Erstausgabe Juli 2013 bei LYX
verlegt durch EGMONT Verlagsgesellschaften mbH,
Gertrudenstraße 30–36, 50667 Köln
Copyright © 2008 by Alissa Johnson
By arrangement with Dorchester Publishing Co., Inc.
Dieses Werk wurde vermittelt durch Interpill Media GmbH, Hamburg
Copyright © der deutschsprachigen Ausgabe 2013
bei EGMONT Verlagsgesellschaften mbH
Alle Rechte vorbehalten

1. Auflage
Redaktion: Karin Will
Satz: Greiner & Reichel, Köln
Printed in Germany (670421)
ISBN 978-3-8025-8975-1

www.egmont-lyx.de

Die EGMONT Verlagsgesellschaften gehören als Teil der EGMONT-Gruppe zur
EGMONT Foundation – einer gemeinnützigen Stiftung, deren Ziel es ist, die sozialen, kulturellen und gesundheitlichen Lebensumstände von Kindern und Jugendlichen zu verbessern. Weitere ausführliche Informationen zur EGMONT Foundation unter:
www.egmont.com

Prolog

1796

Später würde es heißen, der Herzog von Rockeforte habe einen guten Tod gehabt. Einen wirklich sehr guten.

Die Art und Weise seines Todes beschäftigte den Herzog momentan weit weniger als der Umstand, dass er – vorerst – noch im Sterben lag, also noch nicht völlig tot war. Das bedeutete wohl, dass ihm noch die Zeit für einige letzte Worte blieb. Und da sein lieber Freund, der einzige Zeuge seines vorzeitigen Dahinscheidens, so furchtbar düster dreinblickte, vielleicht auch noch für einen letzten Spaß.

»Ein gutes Leben hatten wir, alter Mann, ein gutes Leben.«

Eine warme Hand legte sich auf die seine. »Spar dir deine Kraft, Rockeforte.«

»Das habe ich getan, und zwar genau für diesen Augenblick.«

»Welchen Augenblick?«

»Den Augenblick, in dem der Sterbende jemandem ... der zufällig am Bett steht ... immens unbequeme Versprechen ... abringt.«

Sein Freund lächelte über diese Worte. »Sag mir, was ich tun soll.«

»Meine Kinder ... gib auf sie acht.« Er hielt inne und stieß ein schwaches Lachen aus. »Du solltest deinen Gesichtsausdruck sehen, alter Mann ... Keine Sorge, ich weiß, dass ich nur einen Sohn habe. Noch höre ich keine Harfen.«

»Alexander.«

Rockefortes Gesicht verzerrte sich durch einen Schmerz, der nichts mit seinen Wunden zu tun hatte. »Ja, Alex ... Er wird nun allein sein ... Er ist bereits ... entschieden zu ernst ... Sorg dafür, dass er sich die Zeit nimmt, das Leben zu genießen, glücklich zu sein.«

»Betrachte es als erledigt.«

»Die anderen ...« Er hustete und wischte sich blutigen Schaum von den Lippen. »Keine Kinder meines Fleisches und Blutes ... aber meines Herzens.«

»Die Coles meinst du und Miss Browning?«

Rockeforte nickte schwach. »Whit muss sich um seine Familie kümmern ... Er wird es sich niemals verzeihen, wenn er ... so endet wie sein Vater. Und die kleine Kate ... muss ihrem Talent folgen ... für die Musik.«

»Ich werde dafür sorgen.«

»Ihre Cousine Evie ... sie wird es nicht leicht haben im Leben.«

»Ich werde mein Bestes tun, um ihr den Weg zu ebnen.«

»Mirabelle, der kleine Kobold ... scharfe Zunge, aber ...«

»Ich weiß, ich werde auf sie alle achtgeben.«

»Das weiß ich ... danke ... keine Männer mehr in der Familie ... Whits Vater ... zählt nicht.«

Blut sickerte Rockeforte aus der Nase. Seine Atmung wurde unregelmäßiger, seine Stimme leiser.

»Ruh dich jetzt aus«, drängte sein Freund.

»Ein Letztes noch ... versprich mir ...«

»Was soll ich dir versprechen?«

»Versprich mir ...«

»Du brauchst nur zu fragen, mein Freund. Ich gebe dir mein Wort, ich werde dafür Sorge tragen.«

»Versprich mir ...«

Sein Freund beugte sich vor, um die gewisperten Worte zu verstehen.

Dann richtete er sich so schnell auf, dass ihm schwindelte. »Was soll ich tun?«

Rockeforte lächelte schwach und zwinkerte. »Zu spät ... du hast es versprochen, alter Mann.«

1811, vor der englischen Küste

Alle, die länger als zwei Wochen das Vergnügen von Miss Sophie Evertons Bekanntschaft hatten, waren der Meinung, dass seit Menschengedenken niemand auf so außerordentliche Weise wie sie von den Launen des Schicksals gebeutelt worden war.

Man hielt es auch allenthalben für eine Schande, dass besagte Launen des Schicksals sich nicht darauf beschränkten, auf wohltätige Weise zu wirken, sondern sich vielmehr durch einen beständigen Ausgleich von Glück und Pech auszeichneten.

Was Sophie bisher an Fügungen erlebt hatte, reichte vom unvermeidlich Banalen bis hin zum Wunderbaren oder schlicht Katastrophalen. Aber ausnahmslos jeder Glücksfall wurde mit einem Desaster bezahlt, und jedes Missgeschick durch einen Segen gemäßigt.

In ihren vierundzwanzig Lebensjahren war Sophie beinahe die siebte Ehefrau eines Mannes geworden und hatte sich in Südamerika im Urwald verirrt. Vom Pfeil eines betrunkenen Jägers ganz zu schweigen, der ihr einen Arm glatt durchbohrt hatte.

Andererseits war sie durch den unerwarteten Tod des heiligen Mannes, der die Hochzeitszeremonie vollziehen sollte, vor einer Ehe wider Willen bewahrt worden (ihr Verlobter hatte den Todesfall als böses Omen gedeutet und ihr ein halbes Dutzend gesunder Ziegen geschenkt, nur damit sie ging), sie hatte im Urwald zufällig einen bis dahin unbekannten – und glücklicherweise freundlichen – Stamm entdeckt und ein recht hübsches Stadthaus in einem der begehrteren Viertel Londons geerbt. Es war ein Vermächtnis des kinderlos und reuig gestorbenen Bogenschützen.

Bei einem solchen Dasein wären wahrscheinlich die meisten jungen Frauen in einen Zustand permanenter Hysterie verfallen. Da sie jedoch geistig gesund, einigermaßen intelligent und – zugegeben – ein wenig verwegen war, betrachtete Sophie ihr Leben als wundersames, wenn auch gelegentlich etwas chaotisches Abenteuer. Ein Abenteuer, das gänzlich unvermeidbar war – darauf wies sie immer wieder hin. Deshalb hatte sie sich entschlossen, es mit einem Lächeln auf dem Gesicht und wachen Sinnen zu bestehen.

Genau wie sie jetzt auch den Herrn, der gerade auf dem Deck der *Sailing Diamond* neben ihr saß, voller Wachsamkeit anlächelte. Er war bestimmt Ende sechzig, mit liebenswerten grauen Augen und dichtem weißem Haar, das er sich im Nacken zusammengebunden hatte, wie es vor zwei Jahrzehnten Mode gewesen war, und erinnerte Sophie an ihren Vater.

Es sollte jedoch erwähnt werden, dass ihr Vater sich nicht an Bord des Schiffes befand, das seine Tochter binnen zweier Stunden zu ihrem ersten Besuch seit fast zwölf Jahren zurück nach England bringen würde.

Der Mann mit den freundlichen Augen und dem unmöglichen Haar war bis vor fünf Minuten ein Wildfremder für sie gewesen.

Bis vor sehr merkwürdigen fünf Minuten, dachte Sophie. Sie hatte sich von ihrer geliebten, aber oft anstrengenden Anstandsdame fortgestohlen, um ein Weilchen allein sein zu können. Bevor sie aber auch nur Gelegenheit gehabt hatte, es sich auf einer Bank bequem zu machen, hatte dieser seltsame kleine Mann sich neben sie gesetzt und ihr einen Brief in die Hand gedrückt. Einen Brief mit dem Siegel des Prinzregenten. Dann hatte er sich als Mr Smith vorgestellt und sie im Namen der Krone gebeten, doch bitte eine Mission von kolossaler nationaler Bedeutung zu übernehmen. Was hätte sie darauf schon sagen sollen?

»Hmm.«

Mr Smith wartete geduldig auf einen weiteren Kommentar. Als keiner kam, zupfte er an seiner zerknitterten Weste und kniff seine runzeligen Augen zusammen.

»Ich muss sagen, Miss Everton«, begann er, »dass Sie die ganze Sache recht gut aufzunehmen scheinen. Ich habe natürlich keine Ohnmacht von Ihnen erwartet und keinen Anfall, aber es erstaunt mich doch, dass Sie nicht etwas … nun …«

»Dass ich nicht etwas überraschter bin?«, schlug sie hilfsbereit vor.

»So ist es.«

Sophie legte den Kopf schräg und sah ihn nachdenklich an. »Sie müssen einige Nachforschungen über meine Vergangenheit angestellt haben, bevor Sie an mich herangetreten sind«, stellte sie fest.

»Wie es der Zufall will, habe ich eine Menge Geschichten über Sie gehört.« Mr Smith kicherte. »Sie waren jedoch so unwahrscheinlich, dass ich sie jemandes übereifriger Fantasie zugeschrieben habe.«

»Möglicherweise zu Recht«, räumte sie ein, »aber die Wahrheit hat sich in der Vergangenheit als so interessant erwiesen, dass dramatische Ausschmückungen kaum nötig waren.«

Er schenkte ihr ein nachsichtiges Lächeln. »Tatsächlich? Sie sind wirklich erst letztes Jahr auf einem Markt von einem bengalischen Tiger in die Enge getrieben worden?«

Jetzt war es an Sophie zu lachen. Die Menschen glaubten selten die Geschichten ihrer Abenteuer, aber sie erzählte sie so gerne. Die Reaktionen ihrer Zuhörer – sie reichten im Allgemeinen von Entzücken bis hin zu Entsetzen – verschafften ihr eine eigenartige Befriedigung. Allerdings konnte es nie einen Zweifel geben, dass die Zuhörer sich gut unterhalten fühlten.

»Oh ja«, erwiderte sie mit einigem Vergnügen. »Und wenn Sie mich gern überrascht sehen wollen, hätten Sie dort sein sollen. Nachdem Mr Wang die Bestie mit etwas rohem Fleisch und viel Lärm abgelenkt hatte, habe ich mich einer ziemlich peinlichen Zurschaustellung von Hysterie hingegeben. Haben Sie je einen Tiger gesehen, Sir?«, erkundigte sie sich. »Sie sind wirklich riesig.«

Mr Smith blinzelte einige Male – was sie befriedigend fand, dann hustete er und musterte sie, als sei ihm gerade erst etwas aufgefallen, das ihn fesselte.

»Wissen Sie«, sagte er schließlich und lächelte sie tatsächlich an, »ich denke wirklich, Sie sind für diese Mission genau die Richtige. Sie sollten sich wacker schlagen. Wahrhaftig, ziemlich wacker.«

»Nun«, antwortete sie und fühlte sich plötzlich ein wenig verloren. »Es freut mich natürlich, dass Sie eine so hohe Meinung von mir haben, aber ich muss Sie doch daran erinnern, dass ich bisher keine Vorstellung davon habe, worum es bei dieser Mission geht oder ob ich sie übernehmen sollte.«

Mr Smith tätschelte ihr freundlich ihre Hand. »Halb so schlimm, meine Liebe, alles halb so schlimm. Ich nehme an, Sie werden nach Ihrer Ankunft im Stadthaus Ihres Cousins wohnen?«

»Eigentlich ist es mein Stadthaus, und ich werde dort zusammen mit Lord Loudor wohnen.«

»Ausgezeichnet. Stehen Sie auf sehr vertrautem Fuß mit Seiner Lordschaft?«

Sophie kniff argwöhnisch die Augen zusammen. »Wir haben uns regelmäßig geschrieben. Er ist verantwortlich für die Verwaltung des Gutes meines Vaters, seit wir England verlassen haben.«

»Allerdings. Sie werden nach Ihrer Ankunft zweifellos seine Rechnungsbücher überprüfen. Nun, versuchen Sie, ihn nicht gleich zu vertreiben, wenn Sie es vermeiden können. Lord Loudor hat einen großen Freundes- und Bekanntenkreis. Er ist ziemlich beliebt in der guten Gesellschaft. Insbesondere bei einer speziellen Gruppe von Herren, die weder meinen Respekt noch den meines Auftraggebers genießen« – er deutete auf den Umschlag – »und mit denen Sie, wenn es nach unserem Wunsch ginge, Bekanntschaft schließen sollten.«

»Sie wollen, dass ich meine Familie ausspioniere?«

Falls der Herr zuvor auf überraschte Entrüstung gehofft hatte, wurde er jetzt nicht länger enttäuscht.

»Miss Everton«, meinte er gedehnt und übertrieben höflich. »Der König ist, wie Sie sehr wohl wissen, wahnsinnig. Napoleon steht beständig vor unseren Toren und zwei Drittel unserer Armee vor den seinen. England befindet sich gegenwärtig in einem überaus unsicheren Zustand, bedroht von innen …«

»Von meinem Cousin?«, fragte sie scharf.

»Eigentlich ist Loudor gegenwärtig kein Verdächtiger. Er hat nur das Unglück, mehrere widerwärtige Herren zu seinen Freunden zu zählen.«

Sophie atmete tief aus und bemühte sich, die Hand, die sie in ihren Rock gekrallt hatte, zu lockern. »Das ist kein Unglück, sondern schlechtes Urteilsvermögen«, brummte sie.

»Wie dem auch sei, wir möchten, dass Sie Bekanntschaft

mit diesen Herren schließen und diese dann vertiefen. Finden Sie Zugang in ihre Studierzimmer, in ihre Bibliotheken …«

»Einen Weg in ihre Studierzimmer finden?« War er wahnsinnig? »Sind Sie wahnsinnig? Gütiger Gott, ich werde nur geschnappt oder verletzt werden. Ich habe keine Erfahrung mit solchen Dingen.« *Gut, vielleicht ein ganz klein wenig.* »Es muss doch jemanden geben, irgendjemanden, der besser geeignet wäre.«

Mr Smith schüttelte den Kopf. »Niemand ist dazu so gut geeignet wie Sie. Sie sind hier in London ein unbeschriebenes Blatt, ohne bekannte Sympathien oder Loyalitäten. Zusammen mit Ihrer Stellung als Tochter eines Viscounts öffnet Ihnen das jeden Salon oder Ballsaal. Dann ist da noch die Tatsache, dass Sie einige ungewöhnliche Fähigkeiten besitzen, dank Ihres Mr Wang, glaube ich. Das Öffnen von Schlössern, das Messerwerfen, eine östliche Kampfkunst …«

»Ich bin darin nur Anfängerin«, unterbrach sie ihn. *Mehr oder weniger.*

Er sprach weiter, als hätte sie gar nichts gesagt. »Da ist außerdem die Tatsache, dass wir, Miss Everton, etwas haben, das Sie brauchen – Geld.«

Sie starrte ihn verdutzt an, unsicher, wie sie auf diese empörende Feststellung reagieren sollte. Glaubte er wirklich, dass sie habgierig genug war, um für ein paar Münzen sozusagen durch Reifen zu springen? Vielleicht war er nicht so sehr wahnsinnig, sondern vielmehr begriffsstutzig. Wenn sie ganz langsam und bedächtig mit ihm sprach, würde er vielleicht …

»Ich weiß, dass das Vermögen meiner Familie nicht mehr so sicher ist wie in der Vergangenheit, aber ich habe volles Vertrauen, dass sich das ändern wird. Und wir sind ja wohl nicht verarmt …«

»Die Mittel Ihres Vaters sind beinahe erschöpft. Er wird Whitefield innerhalb von sechs Monaten verlieren. Spätestens in einem Jahr.«

Sophie war sprachlos vor Erstaunen. Das kam nur selten vor und war ihr nicht besonders angenehm. Nach langem Grübeln brachte sie schließlich hervor: »Ich ... wir ... Sie müssen sich irren.«

»Es wäre doch sinnlos, die Sache aufzubauschen, nicht wahr? Sie würden die Wahrheit herausfinden, sobald Sie London erreichen. Es tut mir leid, dass ich Ihnen die schlechte Nachricht überbringen musste. Aber wir sind in einer Position, Ihnen zu helfen. Wir bieten Ihnen eine beträchtliche Summe an.«

Für einen begriffsstutzigen Wahnsinnigen war Mr Smith aufreizend vernünftig.

Lieber Gott, warum hörte sie erst jetzt davon? Und von einem Fremden? In seinem Brief hatte ihr Cousin einige geringfügige Schwierigkeiten mit dem Gut erwähnt, aber nichts, worüber sie »sich Sorgen machen musste«.

Also hatte sie ihn beim Wort genommen, Pläne geschmiedet, war um die halbe Welt gereist, um sich eine teure Londoner Saison zu gönnen. Wie beschämend dumm.

Und jetzt drohte ihnen der Verlust von Whitefield. Obwohl es seit Langem der Wohnsitz der Familie und deren einziges Anwesen war, das eine beständige Einnahmequelle darstellte, war es kein Fideikommiss und somit nicht unveräußerlich. Whitefield konnte verkauft oder übernommen werden, sie könnten es verlieren. Ihr Lebensunterhalt und die Ehre ihrer verstorbenen Mutter und Schwester ... dahin.

Das war nicht hinnehmbar.

Sophie drückte die Schultern durch und drehte sich um, um Mr Smith mit Geschäftsmiene anzusehen.

»Sie haben kein direktes Interesse an irgendeinem Mitglied meiner Familie, ist das korrekt?«

»So ist es.«

»Wie viel?«, fragte sie kühl.

»Wie bitte?«

»Wie viel Geld möchten Sie mir für meine Dienste anbieten?«

»Ah, richtig. Nun, bei Ihrer Ankunft werden Sie eine kleine Summe erhalten, die Ihnen durch einen Rechtsanwalt zur Verfügung gestellt wird, Nadelgeld sozusagen. Sie werden außerdem ein offenes Konto bei den besten Läden in London haben, sodass Sie sich alles Notwendige beschaffen können, was eine junge Dame in ihrer ersten Londoner Saison benötigt. Bei Abschluss der Mission werden Sie fünfzehntausend erhalten. Gut angelegt sollte das genug sein, um die finanzielle Sicherheit Ihrer Familie wiederherzustellen.«

Sophie warf einen Blick auf den Umschlag. »Und wenn die Herren, deren Bekanntschaft ich schließen soll, sich nichts haben zuschulden kommen lassen? Werde ich das Geld dann trotzdem erhalten, oder hängt die Bezahlung davon ab, dass ich einen Beweis ihrer Schuld finde?«

»Wenn Sie keinen Beweis finden, werden Sie fünftausend Pfund erhalten, ein Drittel der ursprünglichen Summe.«

Sophie schüttelte den Kopf. »Die Hälfte«, beharrte sie, »von fünfundzwanzigtausend.«

»Die Hälfte«, konterte Mr Smith, »von zwanzigtausend. Das ist das höchste Angebot, das zu machen ich autorisiert bin.«

Sophie dachte gründlich nach.

Aber nicht zu lange.

»Dann erklären Sie mir bitte, was genau ich zu tun habe.«

»Du willst, dass ich eine Jungfrau verführe? Bist du verrückt geworden?«

Alexander Durmant, der Herzog von Rockeforte, wirkte gründlich angewidert. Er lümmelte sich in einem Sessel am Feuer und stürzte seinen Brandy eher hinunter, als daran zu nippen. Der Herzog sah aus, als würde er gleich in Gejammer ausbrechen.

William Fletcher saß ihm gegenüber und schenkte ihm ein freundliches Lächeln. William kam der Gedanke, dass es eine Spur freundlicher war, als unter den Umständen streng genommen notwendig gewesen wäre, aber als Leiter von Englands gewaltigem und gegenwärtig sehr aktivem Kriegsministerium fand William es angebracht, seine Unterhaltung zu suchen, wann und wo er nur konnte.

Und, bei Gott, das hier würde wirklich unterhaltsam werden.

»Ich erinnere mich nicht daran, das Wort ›verführen‹ gebraucht zu haben«, erwiderte er leutselig. »Auch nicht das Wort ›Jungfrau‹, obwohl nicht bezweifle, dass sie keine ist. Deine Aufgabe besteht einfach darin, die Nähe des Mädchens zu suchen.«

Um sein Gelächter angesichts von Alex' entsetztem Gesichtsausdruck zu verbergen, zog William sein Taschentuch hervor und putzte sich laut und ausgiebig die Knollennase. Er wusste ganz genau, dass man bei einer Debütantin vernünftigermaßen nichts als einfach bezeichnen konnte. Das war eine komplizierte und ziemlich furchteinflößende Spezies.

Hätte er nicht Alex gegenübergesessen, sondern irgendeinem anderen Mann, hätte William sich vielleicht gefragt, wie er ihn wohl zur Zusammenarbeit überreden konnte. Aber die Rockefortes dienten seit mehr als vierhundert Jahren auf jede erdenkliche Weise den Interessen der Nation. Ob als

Soldaten, Spione, Botschafter, was immer das Kriegsministerium oder seine Vorläufer verlangt hatten – die Rockefortes waren stets ohne Fragen, Klagen oder Forderungen bereit gewesen. Es war eine Tradition, die in jedem männlichen Mitglied der Familie tief verwurzelt war. Alex, Ehrenmann durch und durch, würde lieber sterben, als eine Schmähung dieses Vermächtnisses zuzulassen. Er würde sogar darauf verzichten, wie gewohnt Schauspielerinnen und Kurtisanen nachzustellen, und sich in die gefürchtete Welt ehrgeiziger Debütantinnen und deren titelhungriger Mütter wagen.

Vorübergehend. Und nicht ohne sich vorher zu versichern, ob es sich vielleicht vermeiden ließ.

»Es gibt Grenzen, William.«

»Ich bitte dich ja nicht, das Mädel zu heiraten«, versuchte er Alex zu überzeugen. »Du sollst nur ein bisschen freundlich sein.«

»In Freundlichkeit habe ich nicht die geringste Übung.«

»Unsinn, ich habe dich bei mindestens zwei Gelegenheiten absolut umgänglich erlebt.« William schob sich sein Taschentuch in die Tasche zurück und lehnte sich in seinem Sessel zurück, um auszukosten, wie sein Freund sich wand. »Ich brauche einen Mann an der Quelle, und eine Werbung um Loudors Cousine wird dir reichlich Gelegenheit bieten, in seiner Gesellschaft zu sein, in seinem Heim.«

»Wir könnten genauso leicht arrangieren, dass wir beide einander vorgestellt werden …«

»Damit er sich sofort fragt, warum der für gewöhnlich so zurückhaltende Herzog von Rockeforte plötzlich so viel Interesse zeigt?« William schüttelte den Kopf. »Umwirb das Mädchen, Alex, und umwirb dabei auch Loudor. Finde heraus, was er und seine Kumpane im Schilde führen.«

Alex runzelte die Stirn, fluchte, wand sich.

Dann kapitulierte er, genau, wie William erwartet hatte. »Also gut, verdammt noch mal. Was wissen wir über diese Frau, diese Miss ...?«

»Everton. Miss Sophie Everton. Ihrem Vater gehört Whitefield. Ich glaube, Miss Everton hängt ganz besonders an dem Gut, genau, wie die Mutter des Mädchens es getan hat.«

»Verblichen?«

»Ja, ebenso wie ihre Schwester, beide bei einem Kutschenunfall ums Leben gekommen. Der Viscount hat England kurz darauf mit seiner Tochter verlassen und die Verwaltung des Gutes ihrem Cousin übertragen.«

Alex nickte geistesabwesend. »Loudor. Wie lange ist das her?«

William stellte widerstrebend sein Glas beiseite, leckte ein Tröpfchen Brandy von den Fingern und kramte in dem Berg von Papieren auf seinem Schreibtisch, bevor er fand, was er brauchte. »Im vergangenen Februar waren es zwölf Jahre.«

»Und wie alt war Miss Everton damals?«, fragte Alex argwöhnisch.

»Zwölf.«

»Ausgezeichnet«, brummte Alex. »Eine alte Jungfer.«

Es war nicht so sehr eine Klage, als vielmehr ein Ausdruck des Abscheus.

»Komm schon, Mann«, tadelte William ihn. »Sieh es doch so: Sie hat das letzte Jahrzehnt damit verbracht, mit ihrem Vater von einem Kontinent zum anderen zu reisen. Das arme Mädchen hatte gar keine Gelegenheit, eine passende Partie zu finden.«

»Sie wird auf der Jagd nach einem Ehemann sein.«

William legte das Papier beiseite, machte es sich wieder in seinem Sessel bequem und lächelte. »Höre ich da etwa Furcht, Euer Gnaden?«

»Ja.« Alex nahm einen hinreichend großen Schluck, bevor er weitersprach. »Was wissen wir sonst noch?«

Lachend blätterte William wieder in seinen Papieren. Er brauchte sie eigentlich nicht – er hatte sich den Inhalt schon lange eingeprägt –, aber sie erlaubten es ihm, die Sache etwas in die Länge zu ziehen. »Ah, da haben wir's. Hmm ... scheint so eine Art Original zu sein ... spricht etliche Sprachen, von denen nur Englisch und Latein als zivilisiert durchgehen können ... erzogen von ihrem Vater und einer Mrs Mary Summers, die sie erst als Gouvernante und jetzt als Anstandsdame begleitet. Und außerdem von einem englisch erzogenen Chinesen – einem alten Freund der Familie. Die beiden Letzteren reisen mit Miss Everton, obwohl Mr Wang nach Wales weiterfahren wird. Was die junge Frau selbst betrifft, so steht sie in dem Ruf, ein wenig freimütig zu sein, außerdem hat sie wie ihr Vater eine Schwäche für wertlose Antiquitäten, und sie hat eine ziemlich beunruhigende Reihe von Missgeschicken hinter sich.«

Alex verdaute das alles für einen Moment, dann fragte er: »Irgendein Hinweis darauf, dass sie nach London kommt, um Loudor zu unterstützen?«

»Keiner, aber das schließt die Möglichkeit nicht aus, dass sie seiner Sache gewogen ist oder es sein wird. Sie hatten per Post Kontakt bezüglich des Gutes ihres Vaters, aber es ist kaum ungewöhnlich für eine junge Frau, eine regelmäßige Korrespondenz zu führen.«

»Hmm. Sind irgendwelche dieser Briefe abgefangen worden?«

»Nur einige; wir wollten nicht, dass sie Verdacht schöpft.«

»Und waren sie nützlich?«

»Sie waren geradezu harmlos. Er hat sich nach ihrem Wohlergehen erkundigt und gehofft, dass die Stimmung ihres Vaters sich gebessert hätte.« William wedelte mit der Hand. »Solche Dinge. Geplauder.«

Alex blickte stirnrunzelnd in seinen Brandy, und William vermutete, dass er sich gerade alle Begründungen durch den Kopf gehen ließ, die für eine Ablehnung herhalten konnten und von denen einige sogar legitim sein mochten. All die möglichen Ausreden, um sich höflich aus etwas herauszuwinden, von dem er wusste, dass es seine Pflicht war. Aber er war ein Rockeforte, und schließlich fragte er nur: »Wie sieht sie aus?«

»Wie bitte?«

»Miss Everton, wie sieht sie aus?«

»Oh, nun …« William murmelte den Rest des Satzes in seinen Brandy.

Alex beugte sich in seinem Sessel vor. »Was war das?«

»Ahem … nun, ich bin mir nicht ganz sicher.« Er verzog das Gesicht, gratulierte sich im Geiste zu seiner Verstellungskunst und überstürzte seine Erklärung. »Mein Mann in China hat sie nicht direkt beschrieben. Er hat sich vage ausgedrückt … etwas wie ›ungewöhnlich‹.«

»Ungewöhnlich?«

»Vermutlich ein Übersetzungsfehler.«

Alex fluchte, zauderte noch ein wenig, dann holte er tief Luft und nahm einen noch tieferen Schluck.

»Für Krone und Vaterland also«, seufzte er schließlich, sichtlich unbeeindruckt von beiden Institutionen. »Vermutlich sollte ich einen Weg finden, mich unserer ungewöhnlichen alten Jungfer vorzustellen.«

»Nicht nötig. Ich habe arrangiert, dass Loudors Kutsche auf dem Weg zum Hafen aufgehalten wird. Miss Everton wird eine präparierte Kutsche nehmen, die einer unserer Techniker entworfen hat. Sehr kluger junger Mann. Sei einfach um fünf Uhr heute Nachmittag an der Ecke Firth und Whitelow. Bring Whittaker mit, wenn du magst. Er kennt Loudor wahrscheinlich bereits und kann sozusagen den Weg ebnen.«

Alex schüttelte den Kopf. »Ich will nicht, dass Whit mitkommt. Er hätte sich niemals mit deinem Ministerium einlassen sollen.«

»Zu spät für beides. Wir brauchten für die letzte Geschichte seine Verbindungen, und er weiß bereits, dass du mich heute triffst. Es wird unmöglich sein, ihn auszuschließen. Am besten, du gibst ihm etwas Nützliches zu tun, sonst wird er sich nur selbst etwas ausdenken.«

Alex antwortete mit einem ruckartigen Nicken und reichte William sein leeres Glas zurück. »Du bist dir sicher, dass Prinny nichts von alledem weiß?«

»Absolut sicher. Unser illustrer Prinzregent tappt in dieser Angelegenheit gänzlich im Dunkeln.«

2

Drei Stunden nach ihrem Gespräch mit Mr Smith stand Sophie zum ersten Mal seit zwölf Jahren wieder auf heimatlichem Boden.

Möglicherweise hätte sie diesen Gedanken ein wenig aufregender gefunden, wenn sie nicht immer noch am Kai gestanden hätte, im Nieselregen und flankiert von ihren überfürsorglichen Begleitern, Mrs Summers und Mr Wang. Ihr Gepäck stand säuberlich aufgestapelt neben ihnen, und Sophie widerstand dem Drang, sich auf eine der stabilen Truhen zu setzen. Wo war Lord Loudor, oder falls er verhindert gewesen war, wo war dann seine Kutsche? Die anderen Passagiere hatten sich schon lange auf den Weg in die Stadt gemacht.

Sie stieß einen langen, verärgerten Seufzer aus. Sie hatte ihre Gefährten gedrängt, eine Droschke zu nehmen, aber Mrs Summers hatte darauf bestanden, zu warten.

»Lord Loudor wird jetzt jeden Moment mit einer vernünftigen Erklärung und einer Entschuldigung für seine Säumigkeit eintreffen«, hatte Mrs Summers erklärt. »Eine Droschke ist kein passendes Transportmittel für eine junge Dame.«

Nach fünfundvierzig Minuten, in denen sie sich diese und eine Reihe anderer Ausreden angehört hatte, fragte Sophie nicht länger, sondern begann stattdessen, alle möglichen Laute der Verstimmung von sich zu geben. Sie seufzte, sie brummte, sie machte »Pfft« und schnalzte mit der Zunge.

Nachdem Sophie mehrere Minuten lang lautstark mit dem Fuß aufs Pflaster geklopft hatte, gab Mrs Summers schließlich nach. »Nun, um Himmels willen, Sophie, ganz wie Sie wollen!«

Sophie strahlte ihre Freundin an, während Mr Wang sich abwandte, um einen Hafenarbeiter zum Aufladen des Gepäcks anzuheuern. In überraschend kurzer Zeit saßen die drei bequem in einer Droschke.

»Das ist doch schon viel besser«, seufzte Sophie. »Was für ein Glück, dass wir so schnell eine Droschke bekommen haben. Das entschädigt uns wohl für die Abwesenheit Lord Loudors.«

Ihre Anstandsdame runzelte missbilligend die Stirn. Hochgewachsen, spindeldürr und mit auffällig kantigen Gesichtszügen sah Mrs Summers ohnehin schon wie ein Habicht aus. Und gelegentlich verstärkte sie den Effekt noch, indem sie sich auch wie einer benahm. Sophie kannte sie jedoch zu lange und zu gut, um sich täuschen zu lassen. Hinter Mrs Summers' strenger Haltung verbargen sich ein offener Geist und ein großzügiges Herz.

Daher machte Sophie der Tadel ihrer Anstandsdame nichts aus, und sie erwiderte den finsteren Blick mit einem Lächeln. »Geräumig«, kommentierte sie, »und entschieden gut gepolstert.«

Das braune Leder auf den Bänken erstreckte sich über alle vier Wände und sogar bis auf die Decke. Als sie hinabschaute, bemerkte sie, dass sogar der Boden dünn gepolstert war.

»Wie merkwürdig.«

Die Kutsche setzte sich mit einem Ruck in Bewegung, und schon bald war Sophie zu verzaubert von dem Leben und Treiben auf den Straßen, durch die sie fuhren, um über das ungewöhnliche Innere der Droschke nachzusinnen. London war laut, schmutzig, überfüllt und absolut wunderbar.

Sie hörte Mrs Summers sprechen, aber es dauerte ein

Weilchen, bevor sie ihre Aufmerksamkeit lange genug vom Fenster abwenden konnte, um sie wirklich zu verstehen.

»… wir haben jetzt den Hafendistrikt hinter uns, in den du, junge Dame, dich unter keinen Umständen wieder hineinwagen wirst. Gleich kommen wir – du musst nach links hinausschauen – am … nun, was … Warum um alles in der Welt biegen wir hier ab?«

Mr Wang reckte leicht den Hals, um aus dem Fenster zu spähen. »Wo genau ist ›hier‹?«

»Ich habe keine Ahnung«, erklärte Mrs Summers, die eher überrascht als erschrocken klang. »Der Kutscher hätte noch mehrere Blocks weit geradeaus fahren sollen. Was denkt er sich bloß dabei, eine Abkürzung durch solch ein schmutziges Viertel zu nehmen?«

Mr Wang hob seinen Gehstock, um gegen das Dach zu klopfen. »Soll ich mit ihm sprechen?«

»Damit er hier auch noch stehen bleibt? Himmel, nein. Wir werden es mit ihm austragen, wenn wir am Ziel sind.« Mrs Summers wandte sich wieder dem Fenster zu und rümpfte ihre lange Nase. »Hierhin darfst du auch nicht gehen, Sophie.«

Sophie glaubte nicht, dass es ihr schwerfallen würde, sich daran zu halten. Das Viertel erinnerte sie an einige der ärmeren Teile von Peking. Zu viele baufällige Häuser, und vermutlich alle überfüllt mit zu vielen, hungrigen Menschen. Sie fühlte sich in solcher Umgebung hilflos und schämte sich ein wenig. Sie fuhren an einer kleinen Kirche vorbei. »Hat schon bessere Tage gesehen«, so hätte man sie wohl zutreffend beschrieben – wäre es nicht höchst zweifelhaft gewesen, dass sie jemals auch nur einen guten Tag gesehen hatte. Also war wohl »trostlos« die treffendere Beschreibung, überlegte Sophie. Vielleicht konnte sie der Kirchengemeinde etwas von dem Geld spenden, das eigentlich für ihre Einkäufe bestimmt war.

Das laute Krachen von brechendem Holz, gefolgt von der unangenehmen Wahrnehmung, dass die Kutsche sich gefährlich zur Seite neigte, riss Sophie jäh aus ihren selbstlosen Gedanken. Voller Entsetzen sah sie, wie eine – gottlob nicht entzündete – Eisenlaterne gefährlich nah an der Ablage über Mrs Summers' Kopf vorbeiglitt.

Dann segelte Sophie mit ausgestreckten Armen – wie um sich festzuhalten – vom Sitz. Und das war das Letzte, woran sie sich erinnerte.

Als Nächstes vernahm sie die Stimme eines Mannes, der sie bat, die Augen zu öffnen. Leise, sanft und nur eine Spur rau überflutete diese Stimme sie wie ein besänftigendes Schlaflied.

Vielleicht würde sie noch ein Weilchen schlafen.

Die besänftigende Stimme wurde prompt durch eine ärgerliche ersetzt. Mrs Summers verlangte, dass sie auf der Stelle aufwachte, und zwar in diesem speziellen Ton. Diesem grässlichen, beharrlichen Tonfall, den jedes Kind verabscheut, weil er bedeutet: Meine Geduld mit dir ist am Ende.

Sophie würde wieder einschlafen. Auf jeden Fall.

Eine Hand betastete ihre Schläfe.

»Au!«

Sophie riss die Augen auf, und sie wurde für diese Anstrengung prompt von Mr Wangs leisem Lachen belohnt, einem schmerzhaften Blick in helles Licht und der Erkenntnis, dass die Matratze, auf der sie lag, erstaunlich hart war. Stöhnend kniff sie die Augenlider wieder zusammen.

»Ihr wird es gleich wieder besser gehen«, verkündete Mr Wang.

Mrs Summers schnalzte mit der Zunge (eine Abfolge von

Lauten, die Sophie in ihrem gegenwärtigen Zustand nur qualvoll fand) und sagte: »Fünf Quadratzentimeter in der ganzen Kutsche waren nicht gepolstert, aber dein Kopf musste sie natürlich finden.«

Die Kutsche. London! Gegen die Sonne anblinzelnd, die jetzt durch die Wolken lugte, versuchte sie, die Augen wieder zu öffnen, als sich jemand vor sie hinhockte und ihr Schatten spendete.

»Besser?«

»Hmm, danke.« Sie brauchte noch einige Sekunden, um sich zu orientieren, und musste dann abermals blinzeln – aus Ungläubigkeit.

Es war der Mann mit der besänftigenden Stimme, und gütiger Himmel, er sah gut aus! Ohne jeden Zweifel der attraktivste Engländer, der ihr je begegnet war. Um gerecht zu sein, hatte sie bei ihren Reisen nicht wirklich viele Engländer gesehen. Aber doch so viele, um zu erkennen, dass dieser hier nicht typisch war. Benommen fragte sie sich, ob sie vielleicht härter mit dem Kopf aufgeschlagen war, als sie es für möglich hielt, oder ob sich in besserem Licht zeigen würde, dass er riesige Zähne und ein Doppelkinn hatte.

Im Moment allerdings bot er einen recht angenehmen Anblick, mit kantigen Gesichtszügen, wie man sie außer bei griechischen Götterstatuen nur selten fand, tief liegenden Augen, die vermutlich grün waren, vollen Lippen und einem starken Kinn. Seine aristokratische Nase hätte jedem klassischen Standbild gut zu Gesicht gestanden.

Michelangelos David, daran erinnerte er sie.

Nur größer. Viel größer. Und mit schönerem Haar. Sie beobachtete, wie ihm eine kaffeefarbene Locke über die Stirn fiel. Wunderbar. Sie hätte ihn den ganzen Tag lang anstarren können.

»Gnädiges Fräulein? Miss ...«
»Hmm ... Everton.«
»Sie können die Laterne jetzt loslassen, Miss Everton.«

Ohne auf den Schmerz in ihrem Kopf zu achten, hob sie leicht den Kopf, um an sich hinunterzusehen. Sie lag mitten auf der Straße auf dem Rücken und hielt die Laterne in eisernem Griff auf ihrem Bauch fest. Wenn es ein Strauß Lilien gewesen wäre, hätte man sie für eine Leiche halten können.

»Ich habe sie erwischt«, sagte sie törichterweise, bevor sie den Kopf wieder sinken ließ.

»Das haben Sie«, erwiderte Mr Wang. Sie sah ihn an. Er stand neben Mrs Summers. »Sie waren schneller als dieser Tiger, würde ich sagen.«

»Lassen Sie los, Miss Everton«, sagte der Fremde.

»Wie bitte?«

»Die Laterne. Lassen Sie die Laterne los.«

Sie versuchte es, sie versuchte es wirklich, aber ihre Finger waren fest verkrampft. »Ich kann anscheinend nicht ...«

Große, warme Hände legten sich über ihre und lösten ihre Finger sanft von der Laterne. Sie bog sie versuchsweise und spürte das erste schmerzhafte Kribbeln von zurückkehrendem Gefühl.

»Was um alles in der Welt ...?«

»Wir haben ein Rad verloren«, erklärte Mrs Summers.

Sophie schaute an ihren Zehen vorbei und sah, dass die Droschke nur noch auf drei Rädern stand. Die Droschkengäule waren ausgespannt und angebunden worden – neben gesattelten Pferden.

»Ja, nun ... das kann vorkommen.«

»Sie können sich glücklich schätzen, dass die Kutsche nicht umgestürzt ist.«

Irgendwie klang der Fremde ein wenig zornig. Hätte Sophie mehr Vertrauen in ihre Fähigkeit gehabt, ein zusammenhängendes Gespräch zu führen, hätte sie ihn vielleicht gefragt, warum.

»Der Kutscher ist verschwunden! Aber da kommt eine andere Droschke.«

Sie riss verwundert die Augen auf, als ein weiterer Fremder vortrat und sich neben sie kniete. Auch er wirkte ungewöhnlich groß und sah gut aus – wenn auch nicht ganz so gut wie der erste, dafür aber etwas besser gelaunt. »Es ist ein Glück, dass Alex und ich uns für diese Abkürzung entschieden haben. Wie fühlen Sie sich, Miss …?«

»Everton«, half Mrs Summers aus.

Dann begann ihre Gouvernante zu Sophies Erstaunen mit förmlichen Vorstellungen und einem Austausch geläufiger Höflichkeiten und Freundlichkeiten, als träfen sie alle zum ersten Mal bei einem unterhaltsamen Nachmittagspicknick zusammen.

Und sah die kleine Sophie nicht einfach charmant aus, wie sie da auf der Decke aus Kopfsteinpflaster lag?

Gütiger Gott.

»Es geht mir besser, viel besser«, murmelte sie, obwohl sie ganz und gar nicht so klang, als sei das der Fall. »Ich würde mich jetzt gern aufrichten.«

Sie stemmte sich auf den Ellbogen hoch, bevor irgendjemand sie daran hindern konnte. Die schnelle Bewegung war ein Fehler. Das war ihr klar. Wirklich, man hätte ja meinen können, sie wäre zum ersten Mal bewusstlos geschlagen worden.

Alles drehte sich, ihr Blick wurde unklar, ihr Magen rebellierte, und dann schlief sie recht plötzlich wieder ein.

Als Alex die bewusstlose Miss Everton aus der versehrten Kutsche gezogen hatte, hatte er spontan gedacht: Großer Gott, ganz gewiss lag hier ein Übersetzungsfehler vor.

Um gleich darauf festzustellen, dass Miss Evertons Bewusstlosigkeit eine beunruhigende, aber unleugbar bequeme Gelegenheit war, sie genau in Augenschein zu nehmen.

Sie war wunderschön.

Genau wie die griechischen Göttinnen und Rubensporträts. Ein herzförmiges Gesicht, volle Lippen, die sich an den Winkeln auf natürliche Weise nach oben zu biegen schienen, ein liebenswerter Sprühregen von Sommersprossen auf dem Rücken ihrer kecken kleinen Nase, und das alles umrahmt von einer Wolke vollen Haares, das die Farbe von Zobelpelz hatte.

Alex' nächster Gedanke galt ihrer Augenfarbe. Würden sie goldbraun sein oder dunkler, wie ihr Haar?

Als ihre Lider sich endlich flatternd öffneten, hatte Alex seine liebe Not, sie nicht anzustarren wie ein kleiner Junge.

Sie waren blau. Ein frisches, dunkles Blau, das förmlich knisterte. Er hatte noch nie im Leben Augen von dieser Farbe gesehen. Dieser Erkenntnis folgte unmittelbar die weniger vernünftige Überlegung, dass er William in Stücke reißen würde.

Und als sie zum zweiten Mal ohnmächtig wurde, beschloss Alex, dies ganz langsam zu tun.

Er hob Miss Everton behutsam auf und trug sie zu der gerade eingetroffenen Droschke. »Whit, du und Mr Wang, ihr kümmert euch um unsere Pferde. Ich werde Mrs Summers und Miss Everton nach Hause bringen.«

Alex ignorierte Whits wissendes Grinsen und Augenzwinkern. Gleichermaßen tat er so, als überhörte er die leise Bemerkung seines Freundes darüber, dass er den ganzen Spaß für sich wolle, und konzentrierte sich stattdessen darauf, Miss Everton und sich selbst in die Kutsche zu bugsieren – kein leichtes Unterfangen, da er gar nicht erst in Erwägung zog, sie auch nur einmal abzusetzen.

Schließlich gelang es ihm, mit ihr auf dem Schoß Platz zu nehmen. Er sollte sie wirklich neben sich auf die Bank setzen. Unbedingt. Es war ganz und gar nicht schicklich, sie auf diese Weise festzuhalten, aber seltsamerweise konnte er sich zu nichts anderem überwinden.

Sie war klein! Er schätzte sie auf kaum einen Meter fünfzig. Und an ihrer Stirn zeigte sich der Beginn einer Schwellung. In ein paar Stunden würde sie eine hässliche Beule dort haben, und auch wenn es nicht direkt seine Schuld war, trug er doch zumindest zum Teil die Verantwortung für ihre Verletzung.

Widerstrebend riss er den Blick von der Frau in seinen Armen los, um zu der älteren Dame hinüberzuspähen, die ihm gegenübersaß. Es überraschte und verärgerte ihn aus irgendeinem unerklärlichen Grund ein wenig, dass Mrs Summers nicht sofort von ihm verlangte, ihre Schutzbefohlene abzusetzen. Trug sie nicht die Verantwortung für das Mädchen?

Doch sie schien nicht besonders besorgt. Tatsächlich musterte sie ihn unverwandt und mit unverfrorenem Interesse, auf eine Art, die ihn sofort nervös machte. Er konnte praktisch hören, wie ihre Gedanken arbeiteten.

»Ob sie wieder gesund wird?«, fragte er, um sie von ihren gegenwärtigen Überlegungen abzulenken.

Mrs Summers blinzelte kurz, ehe sie antwortete. »Oh, sie wird sich erholen. Die Verletzung ist nicht ernst, zumindest nicht für ihre Verhältnisse.«

Bevor Alex sie fragen konnte, was sie damit meine, hielt die Kutsche vor einem kleineren, doch eleganten Stadthaus.

»Ah, es war doch näher, als ich dachte«, bemerkte Mrs Summers. »Wenn Sie so freundlich sein wollen, Sophie jetzt auf die Kissen zu setzen? Ich bin mir sicher, dass sich jetzt einer von Lord Loudors Männern ihrer annehmen kann.«

Anscheinend war, zumindest nach den Maßstäben dieser seltsamen Anstandsdame, in der allgemeinen Öffentlichkeit nicht jedes Verhalten akzeptabel, das in einer öffentlichen Droschke noch hinnehmbar war.

Mit einigem Widerstreben ließ Alex das Mädchen los. Er half Mrs Summers beim Aussteigen und beobachtete, wie sie Mr Wang ins Haus folgte, bevor er die aus dem Haus getretenen Diener einer skeptischen Musterung unterzog. Es waren mehrere kräftige Männer dabei; einer von ihnen war sogar ziemlich massig. Aber andererseits waren starke Männer zuweilen auch unbeholfen oder, schlimmer noch, dumm.

Wieder betrachtete er die bewusstlose Miss Everton. Vielleicht sollte er einfach ...

»Das geht nicht, Alex.«

Whit war aus den Ställen erschienen, lehnte sich an die Kutsche und schenkte Alex das schiefe Grinsen, das ihn zum Liebling der Gesellschaft und zum Fluch von Alex' Existenz machte.

»Du kannst dich wohl kaum bei Loudor einschmeicheln, indem du seine Cousine an ihrem ersten Tag in London in einen Skandal verwickelst, oder?«

Alex stöhnte beinahe. Whit hatte natürlich recht; er benahm sich wie ein Idiot. Was zum Teufel stimmte nicht mit ihm? Er warf seinem Freund um des Prinzips willen einen finsteren Blick zu – es kam niemals etwas Gutes dabei heraus, wenn man Whit zu verstehen gab, dass er in irgendeinem Punkt recht hatte – und gab einem der Bediensteten den Befehl, sich um Miss Everton zu kümmern.

3

Ein dünner, älterer Mann mit säuerlicher Miene – die vermutlich, überlegte Alex, eher mit seinem Charakter als mit den unglücklichen Ereignissen des Tages zu tun hatte – führte Alex und Whit in den vorderen Salon und versorgte sie mit Getränken.

»Seine Lordschaft ist vor mehreren Stunden aufgebrochen, um Miss Everton und ihre Begleiter vom Hafen abzuholen. Inzwischen sind vier Bedienstete unterwegs, um nach seinem Verbleib zu forschen. Nach seiner Ankunft werde ich ihn sogleich von Ihrer Anwesenheit in Kenntnis setzen.« Mit diesen Worten zog sich der Butler zurück und schloss die Salontüren hinter sich.

»Ist er nicht freundlich?«, bemerkte Alex, nahm einen Schluck von seinem Brandy und sah sich im Raum um. Die dunklen, hässlichen Farben, der Geruch nach abgestandenem Zigarrenrauch und die erstaunliche Menge Leders ließen eindeutig auf einen Junggesellenhaushalt schließen. Mehr noch, auf den Haushalt eines Junggesellen mit ausnehmend schlechtem Geschmack.

Whit beäugte ebenso wie er die Einrichtung. »Gütiger Gott, wenn es hier schon so aussieht, wie wird dann erst das Studierzimmer sein?«

»Mit ein wenig Glück werden wir es herausfinden.«

»Im Moment fühle ich mich fast versucht, die Mission mit Absicht zu verpfuschen. Dieser Raum ist grässlich.«

»Es riecht wie in einem drittklassigen Klub«, ergänzte Alex.

»Bei Gott, du hast recht. Ich habe mich gefragt, warum der Gestank mir bekannt vorkam. Erinnert mich an unsere alten Zeiten.« Whit dachte einen Moment lang darüber nach. »Ich glaube, ich werde ein Fenster öffnen.« Er stellte seinen Brandy beiseite und schob die dicken, grauen Vorhänge zurück, um den Fensterrahmen in Augenschein zu nehmen. »Sollte es nicht so etwas wie Haken oder Schlaufen für diese Dinger geben?«

»Sollte man meinen«, erwiderte Alex lässig.

Mit der freien Hand entriegelte Whit das Fenster und versuchte, es nach oben zu schieben und zu öffnen. Es ließ sich nicht bewegen. Von seinem Platz aus beobachtete Alex das Geschehen mit wachsender Erheiterung. Whittaker Cole, der Earl of Thurston, lieferte sich einen harten Kampf mit einem Paar Wollvorhängen und einem Salonfenster.

»Wieso nur bin ich hiervon der einzige Zeuge?«, überlegte Alex laut, bevor er aufstand, um seinem armen, überforderten Freund zur Hand zu gehen. »Hättest du gern etwas Hilfe?«

»Weg da«, blaffte Whittaker und trat einen Schritt vom Fenster zurück.

Alex hielt eine Antwort nicht für notwendig, zumal er nicht sicher war, ob die Worte ihm oder dem Fenster galten. Er trat vor, ergriff die Vorhänge mit beiden Händen und hob sie zur Seite hin an. Er bedeutete Whit, vorzutreten. »Vielleicht, wenn du beide Hände benutzt ...«

Whit brummte nur etwas Unverständliches und nahm sich das Fenster erneut vor. Nach mehrminütigem Ächzen und Fluchen gelang es ihm schließlich, es zwei magere Zoll weit hochzuschieben.

Whit beäugte die Lücke voller Groll. »Prächtig.«

Alex schlug ihm gut gelaunt auf den Rücken. »Gut gemacht. Hast du Lust, es auch mit dem anderen zu versuchen?«

»Ich glaube nicht, dass mein Stolz damit auch noch fertigwerden könnte«, brummte Whit, der immer noch das Fenster anfunkelte. »Weißt du, dass ich tatsächlich außer Atem bin? Wie demütigend.«

Schweigend starrten sie für eine Weile das Fenster an. Schließlich sagte Whit leise, ohne den Kopf zu drehen: »Wenn du ein echter und treuer Freund bist, Alex, behältst du diese kleine Episode für dich.«

Alex nickte feierlich. »Wenn ich ein echter und treuer Freund wäre, würde ich das in der Tat tun.«

»Ein guter Mann, ein anständiger Mann ...«

»... würde den Mund halten. Da bin ich mir beinahe sicher.«

Ihr Gespräch wurde unterbrochen durch Lärm in der Vorhalle, zu dem eine laute, ärgerliche Männerstimme wesentlich beitrug.

»Loudor«, meinte Alex.

Beide saßen gerade noch rechtzeitig wieder auf ihren Plätzen, als ein ziemlich zerzauster Mann von Mitte fünfzig eintrat. Er war von durchschnittlicher Größe, mit muskulösen Armen, aber leichtem Bauchansatz, der von Völlerei zeugte und von zu viel Zeit, die er in Klubs und Spielsalons verbrachte.

Whit machte sie miteinander bekannt, während Loudor aus seinem Mantel schlüpfte und seine Krawatte lockerte. »Es macht Ihnen doch nichts aus, oder? Ich habe eine höllische Fahrt hinter mir. Ein Unfall am Hyde Park. Irgendeine böse Sache mit einem Obstverkäufer. Der Verkehr staute sich über mehrere Häuserblocks, und mein Fahrer hat sich ausnehmend dumm angestellt. Ich habe Miss Everton am Hafen verpasst. Absolut scheußliche Art, den Nachmittag zu verbringen.« Loudor schenkte sich einen Drink ein und leerte das halbe Glas mit einem einzigen langen und ziemlich lautstarken Schluck. Alex hätte sich nicht gewundert, wenn er auch noch geschmatzt und sich die Lippen am Ärmel abgewischt hätte. Nach dem Befinden seiner Cousine hatte Loudor sich noch nicht erkundigt.

»Das Mädel ist oben, ja? Höre, sie hatte einen kleinen Unfall.«

Das, befand Alex, genügte nicht. Er räusperte sich, um seine Missbilligung zu verbergen. »Miss Evertons Kutsche hat auf dem Weg hierher ein Rad verloren. Whit und ich waren glücklicherweise in der Nähe und konnten behilflich sein.«

»Schrecklich freundlich von Ihnen. In Ihrer Schuld …« Loudor wedelte den Rest des Satzes mit einer schwungvollen Handbewegung beiseite, machte seinem Drink den Garaus und schenkte sich einen neuen ein. »Beide für die Saison in der Stadt?«

»So ist es.« Alex antwortete möglichst beiläufig. Der Mann war wirklich ein Esel. »Auf dem Land kann es zu dieser Jahreszeit, da alle in London sind, ein wenig langweilig werden. Ich glaube, Whit hat irgendeine Familienangelegenheit zu erledigen, die ihn mindestens einige Wochen lang in der Stadt festhalten wird.«

»Ganz recht«, sagte Whit.

»Nichts Ernstes, hoffe ich?«

»Ganz und gar nicht. Nur lästiger Papierkram. Dürfte eigentlich nicht allzu aufwendig sein, aber ich beabsichtige, es so lange wie möglich auszudehnen. Mein Ziel ist es, eine beträchtliche Zeit in den Klubs und beim Pferderennen zu verbringen.«

»So gefällt mir das.« Loudor genehmigte sich auf Whits gänzlich zusammenfantasierte Erklärung hin einen weiteren guten Schluck. »Aber was ist mit dem Rest der Londoner Attraktionen?«

Alex zuckte die Achseln. »Gewiss ruft die Pflicht zur Teilnahme an einigen der respektableren Gesellschaften. Ich möchte nicht die Ehefrauen unserer alten Schulkameraden beleidigen.«

»Oder meine Mutter«, bemerkte Whit.

»Oder die Freundinnen deiner Mutter«, vollendete Alex den Satz und zuckte dabei sichtlich zusammen.

Loudor kicherte – ein seltsam glucksendes Geräusch, das an Alex' Nerven zerrte. »Sie sind also nicht darauf erpicht, sich eine Beinfessel anlegen zu lassen?«

Da die Mission darin bestand, Miss Everton zu umwerben, war Alex eigentlich geneigt zu antworten, dass er in der Tat auf der Suche nach einer Herzogin von Rockeforte sei, aber etwas in der Art, wie Loudor die Frage gestellt hatte, ließ ihn stutzen. Der Mann wirkte zu besorgt, viel zu hoffnungsvoll, und Alex folgte seinen Instinkten.

»Ich bin entschlossen, noch für mindestens mehrere Jahre Junggeselle zu bleiben, und Whit hat entschieden, die ehelichen Freuden bis zum Alter von dreiundvierzig hinauszuzögern.«

Loudor drehte sich zu Whit um und wirkte hocherfreut. »Eine exzellente Entscheidung. Warum auf Freiheit verzichten, solange man noch jung genug ist, um sie zu genießen, eh? Ich selbst habe bis vierzig gewartet. Inzwischen sind Gattin und Erbe oben im Norden untergebracht.«

Alex verkniff sich ein Lächeln. Whit hatte niemals eine so absurde Idee geäußert. Er schien den Wortwechsel mit Loudor jedoch zu genießen … nickte bedächtig und strich sich übers Kinn. »Vierzig, sagen Sie? Ich hatte das selbst erwogen. Ein vernünftiges Alter. Jung genug, um einen Erben zu zeugen, aber alt genug, um seinen eigenen Anteil an wildem Hafer gesät zu haben. Ich hatte mich für vierunddreißig entschieden, mit der Überlegung, dass es einige Jahre dauern könnte, eine passende Ehefrau zu finden ... Aber da Sie es erwähnen ... Herrgott, das ist ja ein sehr merkwürdiges Gespräch für einen Salon. Was haltet ihr davon, wenn wir uns zu *White's* zurückziehen?«

Um drei Uhr am nächsten Morgen setzten Alex und Whit einen sehr betrunkenen Lord Loudor wieder in seinem Stadthaus ab und rollten nüchtern in einer Mietdroschke durch die Straßen von London.

Whit kicherte leise und drehte sich zu seinem Freund um. »Vierunddreißig? Wie um alles in der Welt bist du auf diese Zahl gekommen?«

»Es ist das Alter, das ich vor längerer Zeit für meinen eigenen Streifzug in die Ehe ausgewählt habe.« Alex zuckte die Achseln. »Schien mir damals vernünftig zu sein.«

»Wann war das?«

»Wir waren zwanzig. Ich war in diese Opernsängerin verliebt.«

Whit dachte für einen Moment darüber nach, bevor seine Augen aufleuchteten. »Marian! Die hatte ich ganz vergessen.«

»Sie wäre gründlich enttäuscht, das zu hören. Sie war nämlich in dich vernarrt.«

»War sie das wirklich? Mir ist gar nicht bewusst gewesen ... eine Schande, sie war ein entzückendes Mädchen. Was ist nur aus ihr geworden?«

»Hat vor einigen Jahren einen wohlhabenden Kaufmann geheiratet, glaube ich.«

»Schön für sie.«

»Hmm.« Alex war im Geiste nicht bei der liebreizenden Marian, sondern bei der Mission und Whit und der Erkenntnis, dass er Letzteren am liebsten komplett aus Ersterer heraushalten würde.

Alex war erst acht gewesen, als eine Lungenentzündung seine Mutter dahingerafft hatte. Da sein Vater oft und lange im Ausland weilte, hatte sich Lady Thurston, die beste Freundin der verstorbenen Herzogin, bereit erklärt, Alex unter ihre Fittiche zu nehmen, sodass er von da an meist auf dem Familienbesitz der Coles in Haldon Hall gelebt hatte.

Er und Whit, bereits enge Freunde, waren in allem bis auf den Namen Brüder geworden, und Lady Thurston war entsprechend mit Alex umgegangen, hatte über seine Leistungen frohlockt, ihn nach Fehlschlägen ermutigt, viel Aufhebens um sein Äußeres gemacht und ihn für seine Missetaten ausgescholten. Kurzum, er war wie ein geliebter Sohn behandelt worden. Er würde ihre Freundlichkeit jetzt nicht vergelten, indem er Whit tiefer als nötig in dieses elende Geschäft von Verrat und Spionage verstrickte.

»Ich will, dass du dich da raushältst«, sagte er klipp und klar.

Whit bedachte ihn mit einem reumütigen Lächeln. »Du weißt, dass ich das nicht tun werde. Außerdem ist es ein bisschen zu spät dafür, meinst du nicht?«

»Nein, du hast mich Lord Loudor und einigen seiner Bekannten vorgestellt, und das ist genug. Es gibt keinen Grund für dich, dich weiter mit der Angelegenheit zu befassen.«

»Außer natürlich, dass ich mich damit befassen will. Ich bestehe sogar darauf.«

»Du hast andere Pflichten«, beharrte Alex. »Du bist das Oberhaupt der Familie, und der Thurston'sche Besitz erfordert Aufmerksamkeit …«

»Weißt du viel über unseren Grafentitel?«, warf Whit ein.

Alex blinzelte überrascht. »Nur dass du deine Sache bisher

bemerkenswert gut gemacht und den Schlamassel, den dein Vater hinterlassen hat, in Ordnung gebracht hast.«

»Danke, aber ich beziehe mich auf die Geschichte des Titels. Bist du überhaupt irgendwie damit vertraut?«

»Nein ... ich kann nicht behaupten, ich hätte je viel darüber nachgedacht, jetzt, da du es erwähnst.«

»Dann erlaube mir, dich zu erleuchten. Wir sind ein Haufen Lügner, Diebe und Schurken, alle durch die Bank.«

Alex hielt das zwar für unwahrscheinlich, schwieg aber lieber. Auf den verstorbenen Lord Thurston hätte diese Beschreibung gewiss gepasst. Whit hatte die vier Jahre seit dem Tod seines Vaters damit verbracht, um die Sicherung des Familienvermögens und den guten Namen der Familie zu kämpfen.

»Erinnerst du dich an den Sommer, in dem meine Mutter mich gezwungen hat, vierzehn Tage im Haus meines Onkels zu verbringen?«, fragte Whit.

Alex lächelte bei der Erinnerung. »Wir waren dreizehn, und du hast deiner Mutter jeden denkbaren Grund genannt, dich in Haldon Hall bleiben zu lassen. Ich glaube, du hast sogar eine Liste erstellt.«

»Das habe ich, und es war klug eingefädelt, und es hat mir herzlich wenig genutzt. Glücklicherweise war Onkel Henry ebenso erfreut, mich als Gesellschaft zu haben, wie ich froh war, dort zu sein. Er erlaubte mir, mich die ganzen zwei Wochen in der Bibliothek zu verstecken. Das war die Gelegenheit, bei der ich einen überaus detaillierten und beunruhigenden Bericht über die Geschichte meiner Familie entdeckt habe – es war mir bald klar, warum er dort aufbewahrt wurde und nicht in Haldon. Es gibt in der ganzen Grafschaft nicht eine einzige ehrlich erworbene Parzelle Land. Jeden Morgen Land, jedes Dorf hat die Familie auf verwerfliche Weise an sich gebracht. Verrat, Erpressung, alles. Es war abscheulich.«

Alex wartete einen Moment, um sicherzugehen, dass Whit ganz fertig war, bevor er fragte: »Wie lange ist das her?«

»Dass wir anderen ihr Land gestohlen haben, meinst du?«

Alex nickte.

»Bis vor ungefähr hundert Jahren, dann haben die Verschwender übernommen.«

»Ich verstehe.«

»Es ist wichtig, dass du das tust«, sagte Whit düster. »Denn ich bin entschlossen, diesem Buch kein weiteres Kapitel hinzuzufügen. Ich werde meiner Familie ein Vermächtnis hinterlassen, auf das sie stolz sein kann, etwas, das sie weiterführen kann. Ich weiß nicht, ob es dem deiner Familie gleichkommen wird, aber ... ich werde diese Gelegenheit nicht ungenutzt verstreichen lassen.«

Alex wollte weitere Einwände vorbringen und auf all die Löcher in Whits Logik hinweisen, auf all die Gründe, aus denen es eine außerordentlich schlechte Idee war, dass er weiter für das Kriegsministerium arbeitete, aber er wusste, dass er damit nichts ausrichten würde. Es gab wenige Menschen, die es mit Whit aufnehmen konnten, was schieren Starrsinn betraf, und wie bei den meisten sturen Individuen galt das Prinzip, dass sie umso entschlossener wurden, genau das zu tun, was ihnen gefiel, je mehr man mit ihnen stritt.

»Deine Mutter wird mich umbringen, wenn dir etwas zustößt«, brummte Alex.

Whit grinste. »Mutter liebt dich zu sehr, um dich umzubringen. Kate dagegen würde dir gewiss die Kehle aufschlitzen, ergebene kleine Schwester, die sie ist.«

»Gott helfe mir.«

Whit lachte kurz, bevor er eine ernstere Miene aufsetzte.

»Zur Sache«, drängte er. »Was hältst du von unserem neuen Freund?«

Alex beschloss, das Thema von Whits Beteiligung für den Moment fallen zu lassen. »Er ist ein Esel«, erwiderte er.

»Gewiss, aber denkst du, er wird sich als eine entgegenkommende Art von Esel entpuppen?«

»Loudor macht den Eindruck eines genusssüchtigen Gecken, dumm und eingebildet genug, um mit seinen Unternehmungen zu prahlen, wenn man ihn mit genügend Alkohol versorgt. Aber wenn er das Verräterspiel spielt, dann tut er das schon seit einer ganzen Weile, und bisher ist ihm noch kein Fehler unterlaufen. Entweder hat er mehr Verstand, als er sich anmerken lässt, oder er ist unschuldig.«

»Ich kann nicht behaupten, dass es einfach ist, mich mit einer dieser Möglichkeiten abzufinden. Vielleicht hatte er einfach Glück.«

»Vielleicht.«

»Was beabsichtigst du, mit Miss Everton anzustellen?«

Alex ignorierte die besondere Betonung, die sein Freund auf das Wort »anstellen« legte.

»Loudor hat heute Abend ziemlich klargemacht, dass er nicht von Verehrern seiner Cousine behelligt werden will, aber ich denke, ich werde einen Ausweg finden. Ich werde ihr wohl einige Aufmerksamkeit widmen müssen. Falls Loudor sich als zugeknöpft erweist, könnte sie uns von Nutzen sein.«

»Wie nobel von dir«, meinte Whit gedehnt. »Das Mädel ist eine Schönheit, Alex. Ziemlich atemberaubend. Wenn es dir lieber wäre, wäre ich gewillt ...«

»Du wirst angemessenen Abstand halten«, blaffte Alex. »Sie ist meine Aufgabe.«

Angesichts von Whits wissendem Grinsen musste Alex zugeben, dass Miss Everton ihn heute Abend bereits ziemlich beschäftigt hatte. »Verdammt noch mal, halt dich einfach an die Anweisungen, Whit. Behalte Loudors Freunde Calmaton und Forent im Auge. Und auch Loudor, wenn du kannst. Und wenn deine Mutter Wind davon bekommt, geht es auf deine Kappe.«

4

Am nächsten Morgen fühlte Sophie sich etwas steif und mitgenommen, aber sonst wie immer. Während der Nacht war sie lange genug wach gewesen, um den Inhalt des Umschlags zu lesen, den Mr Smith ihr gegeben hatte. Er enthielt eine Liste von Gentlemen, die sie »im Auge behalten sollte«, ebenso wie den Namen des Anwalts, der als ihr Verbindungsmann dienen und sie mit allen nötigen finanziellen Mitteln ausstatten würde.

Nachdem sie sich die Namen eingeprägt hatte, hatte sie die Papiere im Kamin verbrannt und war wieder zu Bett gegangen. Persönliche Erfahrung hatte sie gelehrt, dass Ruhe die beste Medizin für einen Schlag auf den Kopf war. Jedenfalls beharrte Mrs Summers für gewöhnlich darauf, dass dem so sei. Da sie einen recht ordentlichen Schlag abbekommen hatte, würde sie jetzt den Rest des Tages ruhend verbringen müssen. Sophie stieß einen enttäuschten Seufzer aus. Ausruhen war schon unter normalen Umständen langweilig, erst recht aber an ihrem ersten ganzen Tag in England. Sie fragte sich, ob es ihr möglich wäre, sich hinauszuschleichen. Natürlich würde sie sich nicht weit und nicht für längere Zeit entfernen.

Während sie im Geiste ihre Flucht plante, zog sie an der Glockenschnur und trat dann ans Fenster, um dort auf eine Reaktion zu warten. Es war gestern Nacht zu dunkel gewesen, um mehr als Schatten zu sehen. Im Licht des Tages entdeckte Sophie, dass der Blick aus ihrem Schlafzimmer auf einen kleinen, aber gut gepflegten Garten ging, komplett mit einem geschotterten Gehweg, mehreren Bänken und einem protzigen, übergroßen Springbrunnen, der dem Anschein nach eine Neuerwerbung war.

Es klopfte an der Tür, und ein dralles Mädchen mit leuchtend rotem Haar, das zu einem Knoten zurückgebunden war, trat ein. Mit seinen Sommersprossen, den strahlend blauen Augen und ihrem liebenswerten Lächeln sah das Mädchen aus, als gehörte es auf einen dreibeinigen Schemel vor eine Kuh.

»Guten Morgen, gnädiges Fräulein. Ich hoffe, Sie fühlen sich besser, falls ich das sagen darf.«

»Natürlich darfst du das, äh ...«

»Penny, gnädiges Fräulein.«

Penny. Es passte zu ihr. »Vielen Dank, Penny, ich fühle mich viel besser. Wenn es nicht zu viel Mühe macht, könntest du mir ein Bad einlassen und mir etwas zu essen heraufbringen? Ich habe verschlafen und das Frühstück verpasst.«

»Das ist überhaupt keine Mühe, aber Sie haben das Frühstück nicht verpasst. Es ist erst elf, und das Frühstück wird um viertel vor zwölf serviert.«

»So spät?«

»Wir halten uns hier an die städtischen Zeiten.«

»Oh, richtig, natürlich.« Sie hatte keine Ahnung, wovon das Mädchen sprach, doch sie lächelte dennoch und nahm sich vor, Mrs Summers später über die seltsamen Essgewohnheiten der Londoner zu befragen. Mrs Summers hatte übermäßig viel Zeit darauf verwandt, Sophie in die Gepflogenheiten der feinen Gesellschaft einzuweisen, offensichtlich jedoch einige Dinge übersehen.

»Ihr Bediensteter hat einen Brief für Sie dagelassen, gnädiges Fräulein.«

»Bediensteter?«

»Dieser Chinese, Mr Wang.«

»Oh, er ist kein Bediensteter, Penny. Er ist mehr ein Freund … eigentlich ein Teil der Familie.«

Sophie öffnete den Brief, obwohl sie den Inhalt bereits kannte. Mr Wang war abgereist, um Freunde in Wales zu besuchen, nachdem er sich davon überzeugt hatte, dass Mrs Summers und sie selbst gut untergebracht waren. Er würde sie in einigen Monaten wiedersehen.

»Ich wünschte wirklich, ich hätte mich persönlich von ihm verabschieden können«, seufzte sie.

»Das lässt sich nicht mehr ändern, gnädiges Fräulein. Mr Wang hat uns nicht erlaubt, Sie zu wecken. Er meinte, Sie müssten sich nach Ihrem Unfall ausruhen.«

Sophie schnaubte. Mr Wang hatte sich nicht um ihre Gesundheit gesorgt. Er wäre nicht abgereist, wenn ihre schnelle Genesung nicht gewiss gewesen wäre. Zweifellos hatte er eine Szene vermeiden wollen, wie sie sich beim letzten Mal abgespielt hatte, als er zu einem längeren Urlaub aufgebrochen war. Sophie hatte so heftig geweint, dass Mr Wang seinen Besuch lieber verschoben hatte, um Sophie erst einmal wieder zu beruhigen.

»Ich war dreizehn«, brummte Sophie. »Man sollte meinen, er hätte mir inzwischen verziehen.«

»Pardon, gnädiges Fräulein?«

»Nichts, Penny.«

Sophie nahm sich noch eine weitere Minute Zeit, um den vorübergehenden Verlust ihres Freundes zu betrauern, bevor sie sich ankleidete und auf die Suche nach Mrs Summers und dem Frühstück machte.

Sie fand Erstere bereits mit Letzterem beschäftigt. Sophie bat um Scones, setzte sich ihrer Gefährtin gegenüber und schenkte sich eine Tasse Tee ein. »Wird Lord Loudor uns heute Morgen Gesellschaft leisten?«

»Nein«, erwiderte Mrs Summers. »Ich glaube, Seine Lordschaft hatte eine ziemlich lange Nacht und fühlt sich heute Morgen nicht ganz wohl.«

»Oh, ich hoffe, es ist nichts Ernstes.«

»Keineswegs.« Mrs Summers nahm einen kleinen Schluck aus ihrer Tasse. »Wie gesagt, er hatte eine lange Nacht ... bei *White's*, einem Herrenklub, mit dem Herzog von Rockeforte und Lord Thurston.«

»Ich verstehe.« Irgendwie hatte Sophie bei ihrer Korrespondenz den Eindruck gewonnen, dass ihr Cousin nicht zu den Männern gehörte, die dem Alkohol übermäßig zusprachen, doch andererseits konnte man aus einem Brief auch nicht allzu viel über eine andere Person erfahren. Jedenfalls wäre es nett gewesen, wenn er sich aus Rücksicht auf ihre Ankunft nicht so stark betrunken hätte, dass er sie am nächsten Tag nicht mehr geziemend begrüßen konnte.

»Der Herzog von Rockeforte hat heute Morgen vorgesprochen«, berichtete Mrs Summers fröhlich.

Der Ärger über ihren säumigen Cousin war sogleich vergessen. An seine Stelle trat ungestüme Erregung. Wie albern. Sie hatte doch nur wenige Worte mit dem Mann gesprochen, und das auch nur in halb bewusstlosen Zustand. Sie setzte ein desinteressiertes Gesicht auf.

»Tatsächlich?«

»Ja, er wollte sich nach deinem Wohlergehen erkundigen.«

Sophie nahm hastig einen Schluck Tee und erbleichte, als ihr klar wurde, dass sie nicht daran gedacht hatte, Milch und Zucker hinzuzufügen. »Nett von ihm«, murmelte sie.

»Er hat seine Karte dagelassen und erwähnt, dass er diesen Samstag auf dem Ball im Hause Calmaton sein werde«, fuhr Mrs Summers beiläufig fort. »Er würde sich freuen, dich dort zu treffen.«

Lord Calmaton, erinnerte Sophie sich, stand auf der Liste, die Mr Smith ihr gegeben hatte.

Sie löffelte hastig Zucker in ihre Tasse. »Die Freude ist ganz meinerseits. Ich würde mich gern für seine gestrige Hilfe bei ihm bedanken – und natürlich bei Lord Thurston.«

»Natürlich. Du solltest dich geschmeichelt fühlen, weißt du. Ich höre, Rockeforte geht nur sehr selten in Gesellschaft, oder zumindest in gute Gesellschaft. Er verbringt die Saison für gewöhnlich auf einem seiner Landsitze.«

»Ich verstehe nicht, was das mit mir zu tun hat.«

Mrs Summers kniff ihre klugen Augen zusammen. »Stell dich nicht dumm, Liebes. Ganz offensichtlich beabsichtigt er den Ball zu besuchen, um die Bekanntschaft mit dir vertiefen zu können.«

Sophie war hocherfreut, dass in genau diesem Moment ihr Frühstück kam. Sie griff nach einem Scone und biss so viel davon ab, wie es ihr möglich war, ohne dass es peinlich wurde oder sie daran erstickte. Mrs Summers stellte ihre Teetasse ab und wartete vielsagend auf eine Antwort. Und wartete ... und wartete ...

»Irgendwann, Sophie, wirst du hinunterschlucken müssen.«

Sophies Gestikulieren hätte alles Mögliche bedeuten können. Doch sie wusste, dass Mrs Summers recht hatte. Das Thema Rockeforte ließ sich nicht ewig vermeiden und gewiss nicht nur deshalb, weil es sie unerklärlich nervös machte. Und das Scone hatte inzwischen wirklich eine ziemlich unangenehme Konsistenz.

Sie schluckte hinunter.

Dann griff sie nach ihrer Teetasse.

Was kein Akt der Feigheit war. Sie hatte schließlich hineingebissen, ohne zuvor etwas Marmelade oder sogar ein wenig

Butter darauf gegeben zu haben, und wenn Mrs Summers etwas anderes dachte, nun …

»Durstig, Liebes?«

Sophie merkte, dass sie gerade ihre ganze Teetasse leer getrunken hatte, ohne abzusetzen, und dass sie jetzt wenig attraktive Schlürfgeräusche machte. Sie stellte ihre Tasse beiseite.

»Sehr«, antwortete sie lahm.

»Wir haben gerade über den Herzog von Rockeforte gesprochen.«

»Wirklich?«

»Ja. Ich hatte gerade erklärt, dass Seine Gnaden sich vielleicht für dich interessieren könnte.«

Verdammt. Ausweichversuche hatten bei Mrs Summers noch nie viel gefruchtet. Sophie versuchte es stattdessen mit Logik. »Ich denke, Sie interpretieren zu viel in das Verhalten des Herzogs hinein«, wandte sie ein. »Er war lediglich höflich.«

»Ganz wie du meinst, Liebes.«

Oh, Sophie meinte es zwar, hielt es aber trotzdem für das Beste, das Thema zu wechseln. »Ich würde morgen gern zum Schneider gehen.«

Mrs Summers' Augenbrauen zuckten in die Höhe. »Willst du ein neues Ballkleid, Liebes?«

»Nein! Ich meine, ja.« Sie funkelte ihre Gefährtin an. »Ich möchte mehrere neue Kleider haben, für verschiedene Anlässe.«

»Du hasst doch Anproben.«

»Ich weiß«, seufzte Sophie, »aber ich dachte, es sei vielleicht das Beste, sie hinter mich zu bringen. Die Erwartung von Unannehmlichkeiten ist oft schlimmer, als die Unannehmlichkeiten selbst es sind.«

Mrs Summers lächelte. »Gut, wir wollten dann wegen des Geldes bei den Anwälten deines Vaters vorbeischauen.«

»Was das betrifft ...«

Wenn Sophie irgendein anderes Mädchen gewesen wäre, hätte Mrs Summers ihr niemals geglaubt, dass sie seit einiger Zeit einen Teil ihres Nadelgeldes gespart und Mittel im Voraus zu ihrem eigenen privaten Anwalt in London geschickt hatte. Doch nach zwei Jahrzehnten in Sophies Gesellschaft hätte nur wenig die welterfahrene Mrs Summers überrascht. Wenn Sophie ihr erzählt hätte, sie habe Geld unter einem Stein im Garten gefunden, hätte Mrs Summers nicht mit der Wimper gezuckt.

Die nächsten drei Tage verbrachten sie in einem Wirbel aus Anproben, Einkäufen und verzweifelten Versuchen, den schwer fassbaren Lord Loudor aufzuspüren. Der verwünschte Mann war niemals im Hause, wenn er es sein sollte. Die wenigen Male, da Sophie es schaffte, ihn kurz zu Gesicht zu bekommen, wenn er kam oder ging, parierte er ihre Fragen mit vagen Andeutungen von Treffen, Geschäften und Terminen. Wenn sie direkt wissen wollte, wann sie die Rechnungsbücher ihres Vaters sehen könne, murmelte er etwas über ein Missverständnis mit dem Anwalt und machte sich schleunigst aus dem Staub.

Er ging ihr aus dem Weg – eine andere Erklärung gab es nicht –, aber er konnte nicht ewig so weitermachen. Er musste sie schließlich am Samstagabend zu dem Ball eskortieren. Das erforderte eine Kutschfahrt, die ihr seine ungeteilte Aufmerksamkeit für ein Minimum von zwanzig Minuten garantieren würde.

Am Samstagnachmittag wurde eins von Sophies neuen Ballkleidern geliefert, und so verbrachte sie zwei Stunden vor dem großen Ereignis unter den nicht allzu sanften Händen von Penny und Mrs Summers. Sie wurde gezwickt, gezogen, eingewickelt, gelockt, verschönert und schließlich für gut befunden. Erst am Ende dieses Martyriums erhielt sie die Erlaubnis, das Ergebnis dieser Bemühungen in dem Drehspiegel des Schlafzimmers zu begutachten.

Sophie schnappte nach Luft. Das Kleid war wirklich entzückend, Schicht um Schicht hellblauer Seide, so leicht, dass sie beinahe durchscheinend wirkte. Der Schnitt war schlicht und elegant, ohne Rüschen oder Verzierungen. Die Taille war hoch angesetzt, so wie die Mode es verlangte, doch ohne dass es so wirkte, als würden ihre Brüste in einer Auslage präsentiert. Das Kleid schmiegte sich natürlich und anmutig um ihren Körper, als wäre es ihr auf den Leib geschnitten. Unbeholfen zupfte sie am Mieder.

»Ich begreife nicht, wie ich vollständig bekleidet sein und mich gleichzeitig nackt fühlen kann.«

»Es ist das Kleid, gnädiges Fräulein.« Penny kicherte. »Diese Seide ist leicht wie Schmetterlingsflügel, und alle Ballkleider sind vorn so tief ausgeschnitten.«

Mrs Summers schob Sophies Hände ungeduldig beiseite. »Hör auf damit, du siehst entzückend aus. Ich würde dich nicht aus dem Haus lassen, wenn deine Kleidung etwas anderes als absolut sittsam wäre.«

Sophie seufzte resigniert. Sie wusste, dass Mrs Summers recht hatte. Trotzdem ...

»Ich sagte, hör auf damit! Du wirst heute Abend nicht an deinem Kleid herumzupfen. Das ist überaus unschicklich.«

»Könnten wir nicht einfach ...«

»Nein.«

»Wie wäre es, wenn ich ...«

»Nein.«

»Darf ich wenigstens ...«

»Nein!«

»Ich wollte nur nach meinem Umhang fragen.«

»Oh. Nun, ich glaube, er ist in der Eingangshalle, zusammen mit deinen Handschuhen, deinem Fächer und zweifellos deinem Cousin, der sehr wahrscheinlich verärgert über deine Säumigkeit sein wird, also geh schon.«

»Ich wünschte wirklich, Sie würden an dem Ball heute Abend teilnehmen«, sagte Sophie sehnsüchtig.

»Ich auch, aber wenn ich mich nicht jetzt um diese Kopfgrippe kümmere, werde ich zu krank, um dir während des Rests unserer Reise irgendwie von Nutzen zu sein.«

»Das ist mir klar. Ich würde mich nur besser fühlen, wenn ich wüsste, dass Sie da sind.«

Mrs Summers beugte sich vor und küsste Sophie auf die Wange. »Das ist sehr lieb von dir, mein Kind, aber du brauchst dir keine Sorgen zu machen. Dein Cousin und Lady Margaret sind absolut akzeptable Begleiter.«

Sophie nickte, aber in Wahrheit verspürte sie ein gewisses Unbehagen, was die Fähigkeiten ihres Cousins als Begleiter betraf. Er hatte es schließlich auch geschafft, sie am Hafen zu versetzen. Was Lady Margaret betraf, sie war eine alte Freundin von Mrs Summers, die sich per Brief dazu bereit erklärt hatte, sich in Abwesenheit von Mrs Summers um Sophie zu kümmern. Sophie war ihr noch nie begegnet und hatte bis zu diesem Nachmittag auch noch nie von ihr gehört.

»Du träumst vor dich hin, Sophie. Nun lauf und hol deine Sachen.«

Der Umhang war in der Tat in der Eingangshalle, aber Lord Loudor war es nicht. An seiner Stelle erklärte ein Brief, er sei außerstande, mit ihr zum Ball zu fahren, werde aber in der Einfahrt von Lord Calmatons Haus auf ihre Kutsche warten.

Verdammt.

Sie konnte die Rechnungsbücher wohl kaum zum Ball mitnehmen.

Mit ziemlich grimmigem Gesicht ging Sophie zur Tür.

Mist.

Sie konnte auch nicht gut allein zu dem Ball fahren. Resigniert schickte sie einen Diener, um Penny zu holen, die sich bitte beeilen und leise sein möge. Mrs Summers sollte keine Gelegenheit bekommen, an einem feuchten Abend auf einer Kutschfahrt zu bestehen.

Penny erwies sich als ebenso schnell wie verstohlen, und in weniger als zehn Minuten saßen die beiden Mädchen zusammen in der Kutsche.

»Tut mir leid, dass ich dir Ungelegenheiten gemacht habe, Penny«, sagte Sophie und zupfte an ihrem Mieder.

»Sie sollten nicht an Ihrem Kleid herumfummeln, gnädiges Fräulein, und ich bin glücklich, hier zu sein. Ich bekomme nicht jeden Tag Gelegenheit zu einer nächtlichen Ausfahrt in einer so eleganten Kutsche.«

Sophie glaubte ihr – jedenfalls, dass sie glücklich war. Penny strahlte förmlich vor Aufregung. Sie streckte den Kopf weit aus dem Fenster und beobachtete mit augenscheinlichem Entzücken das abendliche Treiben auf den Straßen. Vermutlich gab es nur wenige Anlässe, bei denen eine Bedienstete, selbst wenn es eine Zofe war, London nach Einbruch der Nacht aus der sicheren Kutsche eines Edelmannes zu sehen bekam. »Es ist wie eine andere Welt«, flüsterte Penny ehrfürchtig. »Heller, als ich gedacht hätte.«

Sophie schaute aus dem Fenster. »Ja, nicht wahr?«

Gott sei Dank.

Nach Sophies Überzeugung gab es kaum etwas Furchteinflößenderes als das Unbekannte, und durch nichts wurde einem Vertrautes so fremd wie durch die pechschwarze Nacht. Einfacher ausgedrückt: Sophie hatte Angst vor der Dunkelheit.

Sie benötigte nur wenig, um diese Furcht in Schach zu halten – eine einzelne Kerze, die man brennen ließ, das Licht eines hellen Mondes oder, in diesem Fall, die gut gewarteten Straßenlaternen, die man in den Vierteln fand, in denen wohlhabende Menschen wohnten. War eines dieser Dinge vorhanden, fühlte Sophie sich zwar noch lange nicht wohl, doch es genügte, um sie zumindest vor kopfloser Panik zu bewahren. Ohne dieses Wenige an Licht ... war sie verloren.

5

»Miss Everton, ich freue mich zu sehen, dass Sie sich so gut erholt haben.«

Der Ausdruck ›erholt‹, dachte Alex, wurde ihr nicht annähernd gerecht. Miss Evertons Anblick in ihrem duftigen, hellblauen Kleid konnte man nur bezaubernd nennen. Sie hatte ihr volles, zobelfarbenes Haar zu einer so kunstvollen Masse von Locken aufgesteckt, dass es ihm in den Fingern juckte, langsam die Nadeln herauszunehmen, damit er beobachten konnte, wie sich jede glänzende Locke löste. Sein Blut war in Wallung geraten, als er sie mit Mirabelle Browning am Rand des Ballsaals hatte stehen sehen. Offenbar hatte Loudor seine Cousine in den Saal eskortiert und sie dort prompt im Stich gelassen, um sich seinen Karten zu widmen, dieser Flegel.

Alex hatte beabsichtigt, beide Frauen anzusprechen, aber der Klang von Mirabelles entzücktem Gelächter hatte ihn auf eine bessere Idee gebracht. Er hatte sich ungesehen genähert, war in eine kleine Nische getreten und hatte ihr Gespräch schamlos belauscht. Binnen Minuten hatte Alex begriffen, dass sein ursprüngliches, widerwillig zugesagtes Vorhaben, Miss Everton auf die übliche Weise mit hübschen Blumen und blumigen Worten zu betören, sinnlos gewesen wäre. Sie hätte sich nur gelangweilt.

Er hatte die Geschichte nur zum Teil mitbekommen, die sie Mirabelle erzählte, aber Alex war ziemlich sicher, dass es um Wein, einen Verehrer und eine Horde wütender Elefanten ging.

Miss Everton, so schien es, schätzte die Gefahr.

Er hatte gewartet, bis Mirabelle fortging, bevor er sich Miss Everton mit so etwas wie gespannter Vorfreude näherte.

Gefahr war etwas, womit er dienen konnte.

»Vielen Dank, Euer Gnaden. Ich bin ganz wiederhergestellt, wie Sie sehen können.«

Sophie war überrascht und erleichtert, dass sie es schaffte, einen ganzen Satz herauszubringen. Der Mann war buchstäblich aus dem Nichts aufgetaucht. In einem Moment hatte sie beobachtet, wie Miss Browning, ihre neue Bekannte, auf den Tanzboden geführt wurde, und im nächsten Augenblick stand auch schon der Herzog an ihrer Seite. Er hatte bemerkenswerte Ähnlichkeit mit einem übergroßen Panther.

Mit seinem schwarzen Anzug war er wenig strenger gekleidet als die anderen anwesenden Gentlemen, doch er stand ihm gut. Er stand ihm sehr gut. Die Farbe stellte einen scharfen Kontrast zu seinen Augen dar, die, wie sie schnell bemerkte, eindeutig grün waren und einen ganz schwachen Anflug von Kastanienbraun in seinem Haar hervorhoben. Der Stoff lag perfekt um seine breiten Schultern, um seine schlanke Taille, und die Kniehosen zeichneten seine muskulösen Oberschenkel nach ... beinahe unanständig, und ...

Gütiger Gott, hatte sie gerade seine Oberschenkel angesehen?

Hatte er bemerkt, dass sie seine Oberschenkel ansah?

Sophie spürte, wie ihr Magen immer tiefer rutschte, während ihr alles Blut in die Wangen schoss. Wie demütigend. Um ihre Verlegenheit zu verbergen, machte sie einen Knicks, und rettete ihren Stolz, indem sie sich beim Aufrichten zwang, ihm in die Augen zu schauen.

»Ich freue mich natürlich sehr, Sie wiederzusehen«, brachte sie heraus, wobei ihre Stimme glaubhaft Gelassenheit vermittelte. »Ich hatte gehofft, Gelegenheit zu finden, Ihnen für Ihre Hilfe angemessen zu danken, und Lord Thurston wollte ich ebenfalls danken. Ich fürchte, beim ersten Mal habe ich das ziemlich verdorben.«

»Es war mir ein Vergnügen«, erwiderte Alex. Gütiger Gott, sie hatte ihn gerade von Kopf bis Fuß gemustert. Miss Everton hatte ihn einer eingehenden Prüfung unterzogen, und das mit der ganzen Dreistigkeit einer Houri und mit so viel Raffinesse wie ein Schulmädchen. Faszinierend.

»Sie sind sehr freundlich«, murmelte sie.

Alex lehnte sich an eine Säule und kreuzte lässig die Beine. »Schon gelangweilt, Miss Everton?«, fragte er und blickte vielsagend auf ihre Taille, wo ihre Finger emsig an den Falten ihres Rockes nestelten.

Sie senkte den Blick und fuhr zusammen, bevor sie rasch die Hände hinter dem Rücken zu Fäusten ballte. »Entschuldigen Sie, das ist eine schlechte Angewohnheit, fürchte ich. Ich wollte nicht …«

»Bitte, bemühen Sie sich nicht«, beharrte er. »Und nennen Sie mich Alex.«

Sophies Augenbrauen zuckten überrascht in die Höhe. »Das geht nicht. Das kann ich nicht. Wir haben uns doch gerade erst kennengelernt.«

»Unsinn, wir kennen einander seit fast einer Woche.«

Angesichts seines neckenden Tonfalls entspannte sich ihre Haltung merklich. »Wir wissen voneinander seit gerade einmal vier Tagen«, gab sie trocken zurück. »Das geht wohl kaum als eine längerfristige Bekanntschaft durch.«

Alex zuckte die Achseln. »Menschen haben schon nach kürzerer Zeit geheiratet.«

»Ich zweifle nicht daran, dass das wahr ist, nur daran, dass es ratsam ist.«

»Ich weiß nicht«, entgegnete Alex nachdenklich. »Mir gefällt die Vorstellung, dass ich Sie zum Altar schleppen könnte, sollte mir der Sinn danach stehen. Es gibt mir eine gewisse Macht, dass ich Sie in einer kompromittierenden Lage hatte.«

Sie starrte ihn einen Moment lang an, bevor sie ihre Stimme wiederfand. »Daran war nichts kompromittierend!«

»Ich hatte Sie in meinen Armen«, antwortete er mit einem boshaften Grinsen.

»Ich war verletzt!«, zischte sie. »Ziemlich ernstlich!«

Er grinste breiter und beugte sich näher zu ihr vor. »Ich hatte Sie auch auf meinem Schoß.«

»Was? Ich ... Sie ... Dieses Gespräch ist absurd. Ich war bewusstlos.«

Er amüsierte sich viel zu gut. Miss Everton war ein wunderbarer Anblick in ihrem Zorn, mit blitzenden Augen und einer beschleunigten Atmung, durch die ihre Brust sich auf eine leicht unziemliche und daher sehr reizvolle Weise hob und senkte. Aber es ging nicht an, die Dinge zu schnell zu weit zu treiben. Er richtete sich auf und zwinkerte ihr spielerisch zu.

»Sie sind einfach zu charmant, wenn Sie erzürnt sind, Miss Everton. Ich werde das im Gedächtnis behalten müssen.«

»Um mich provozieren zu können?«, fragte sie ungläubig.

»Damit ich weiß, womit ich zu rechnen habe, wenn ich es tue.«

Sie sah ihn mit hochgezogenen Augenbrauen an. »Dann haben Sie mich also durchschaut.«

»Ich bin nicht so anmaßend anzunehmen, dass sich mir Ihr Charakter durch ein einziges Gespräch gänzlich erschlossen hätte«, erwiderte er und ignorierte hartnäckig die Tatsache, dass er sich genau dieser Anmaßung vor einigen Tagen in Williams Büro schuldig gemacht hatte – ohne sich je zuvor mit ihr unterhalten zu haben. »Lediglich ein kleines Faktum, von denen es sicherlich viele gibt. Zum Beispiel habe ich keine Ahnung, wie gut Sie tanzen. Würden Sie mir die Ehre erweisen, meinen Horizont zu erweitern?«

Sophie ging der Gedanke durch den Kopf, dass sie wahrscheinlich ablehnen sollte. Er war offensichtlich ein Schürzenjäger. Als sie seinen dargebotenen Arm dennoch ergriff, wusste sie genau, dass sie hätte Nein sagen sollen. Sie konnte die Wärme seines Arms durch seinen Ärmel spüren, sie sickerte hinauf durch ihre Finger, breitete sich in ihrer Brust aus und bewirkte die seltsamsten Dinge in ihren Beinen – sie fühlten sich plötzlich schwer an.

Glücklicherweise wurde gerade ein ländlicher, schottischer Tanz gespielt; er gab wenig Gelegenheit zur Konversation und noch weniger zur Berührung. Nichtsdestoweniger war sie atemlos und ein wenig benommen, als er sie vom Tanzboden zum Limonadentisch führte, und sie wusste, dass dies nicht von körperlicher Anstrengung herrührte. Dankbar nahm sie ein Glas von ihm entgegen und trank es in nur wenigen Schlucken halb leer. Alex nahm sich selbst ein Glas und führte sie aus dem Gewühl, das an dem Tisch herrschte.

»Sie sind eine weit gereiste Frau von Welt, Sophie, und wenn ich mich nicht sehr irre, ist dies Ihr erster Londoner Ball.« Er machte eine weit ausholende Bewegung mit seinem Glas. »Was halten Sie von alledem?«

In dem steten Bewusstsein, wie empfindlich Menschen der Meinung eines Gastes gegenüber sein konnten, schwieg Sophie instinktiv vor ihrer Antwort. »Es unterscheidet sich sehr von dem, was ich gewohnt bin«, antwortete sie schließlich. »Und es ist nicht ganz das, was ich erwartet habe.«

Die Bemerkung trug ihr ein Lächeln von Alex ein. »Das war eine entschieden neutrale Aussage.«

»Vermutlich ja«, räumte sie ein. »Zu schade, dass es Frauen nicht erlaubt ist, Diplomatinnen zu werden.«

»Es ist ein Jammer, dass Frauen viele Möglichkeiten verwehrt sind«, erklärte er in aller Aufrichtigkeit. Dann, weit davon entfernt, ernst zu sein, fügte er hinzu: »Aber Sie haben recht, ich denke, Frauen würden exzellente Botschafterinnen abgeben. Die meisten von ihnen sind von Natur aus außerordentlich gerissen, immer streitbar, stets bereit, aus dem Hinterhalt zu schießen, sie meinen die eine Sache und sagen die andere, sagen eine Sache und tun eine andere und lenken ihre Feinde mit einem hübschen Lächeln ab, während sie ihnen von hinten einen Dolch in die Rippen stoßen.«

Sie kniff die Augen zusammen. »Sie haben eine sehr schlechte Meinung von den Frauen, Euer Gnaden.«

»Ich dachte, wir hätten uns auf ›Alex‹ geeinigt, und ich hoffe wirklich, dass ich Sie nicht gekränkt habe.«

»Nun, dann sind Ihre Hoffnungen wohl leider vergebens. Sie haben mich gerade beleidigt.«

»Das habe ich gewiss nicht getan. Wenn Sie sich erinnern werden, sagte ich ›die meisten‹ Frauen, nicht ›alle‹. Natürlich waren Sie in meiner Beschreibung weiblicher Listen nicht eingeschlossen.« Gott, es machte wirklich Spaß, sie aufzuziehen.

»Oh ... nun, ich glaube, ich behalte mir das Recht vor, im Namen der Frauen gekränkt zu sein, die nicht hier sind, um sich selbst zu verteidigen.«

Alex wippte auf den Fersen zurück und schaute übertrieben interessiert auf sie herab. »Dann wollen wir sehen, ob ich Sie richtig verstehe. Erklären Sie sich zur Repräsentantin aller Frauen der Welt?«

»Seien Sie nicht dumm. Es gibt zu große Unterschiede zwischen den Kulturen.« Sie nippte an ihrem Getränk. »Allein schon unter den britischen Frauen.«

»Ah, ausgezeichnet. Dann macht es Ihnen also nichts aus, ein wenig Licht auf einige Mysterien zu werfen, die das schönere Geschlecht umgeben, Fräulein Botschafterin?«

»Ich werde mich bemühen, Ihre Fragen in Bezug auf britische Frauen zu beantworten, Euer Gnaden«, sagte sie keck, dann fügte sie nach einem weiteren Schluck hinzu: »Frauen eines gewissen Alters.«

»Alex.«

»Na schön, Alex, aber nicht, wenn irgendjemand anders zuhört.«

Alex grinste über ihre Einschränkung. »In Ordnung. Ich kann kaum glauben, dass mir diese Gelegenheit geschenkt wurde. Wissen Sie, dass es Männer gibt, die einen Mord begehen würden, um jetzt gerade an meiner Stelle zu sein?«

»Stellen Sie Ihre Frage, wenn Sie so freundlich sein wollen«, erwiderte Sophie und verdrehte die Augen, lächelte aber dennoch.

»Also schön. Meine erste Frage lautet wie folgt: Was um alles in der Welt erörtern Damen, britische Damen, wenn sie sich nach dem Abendessen in den Salon zurückziehen?«

Sophie hatte nicht die leiseste Ahnung. Sie konnte sich beim besten Willen nicht daran erinnern, jemals Teil dieses speziellen Rituals gewesen zu sein. Repräsentantin britischer Frauen? Was um alles in der Welt hatte sie sich dabei gedacht? In den letzten zwölf Jahren hatte sie genau vier Britinnen gekannt – drei Offiziersgattinnen und Mrs Summers. Sophie war gewiss die am schlechtesten qualifizierte Botschafterin aller Zeiten. Natürlich würde sie das niemals zugeben.

»Oh, nun ... über dies und jenes«, begann sie mehr schlecht als recht. »Wir reden übers Wetter ... und natürlich über unsere Familie und, ähm ... größere Ereignisse wie Geburten,

Todesfälle und Hochzeiten.« Das klang unglaublich langweilig. »Und selbstverständlich über Politik und … Literatur.« Mehr fiel ihr wirklich nicht ein.

»Ah – ich kenne eine große Zahl von Herren, die erleichtert sein werden, das zu hören. Die meisten sind davon überzeugt, dass die Damen die Zeit damit verbringen, jedes männliche Wesen auf dem Fest mit Worten zu sezieren.«

Da seine Vermutung der Wahrheit wahrscheinlich näher kam als ihre eigene, war ein »Hmm« wirklich die eloquenteste Antwort, die ihr einfiel.

»Nächste Frage: Sehen Sie diese junge Frau dort drüben in dem rosafarbenen Kleid?«

Sophie kniff die Augen zusammen und suchte. »Heute Abend sind eine große Zahl rosafarbener Kleider hier. Sie werden sich konkreter ausdrücken müssen.«

»Die Blondine, die neben dem Limonadentisch steht, mit der Perlenkette und …«

»Ah, ja, was ist mit ihr?«

»Sie ist die jüngere Schwester eines alten Schulkameraden, und ich weiß zufällig, dass sie ein Mädchen von außergewöhnlichem Verstand ist und generell eine hervorragende Gesprächspartnerin. Doch als ich heute in ihrem Stadthaus war, hat sie nicht weniger als eine Dreiviertelstunde über eben dieses Kleid geredet, das sie heute Abend trägt. Kein anderes Thema konnte sie interessieren als das Ereignis, an dem sie jetzt teilhat. Und selbst jetzt lächelt sie das süßlichste Lächeln, das ich jemals außerhalb einer Irrenanstalt gesehen habe. Also, meine Frage ist diese: Wie kommt es, dass eine ansonsten vollkommen vernünftige junge Frau sich in eine geistesgestörte Irre verwandelt, sobald ein Ball erwähnt wird?«

Sophie dachte für einen Moment darüber nach. »Ich denke, Euer Gnaden … äh, Alex, dass Sie sich vielleicht die Zeit nehmen könnten, sich im Raum umzuschauen und auf den Schnitt der Kleider zu achten, die die jungen Frauen tragen.«

Alex grinste sie schelmisch an. »Ich habe mich umgesehen, Sophie. Ich habe mich ganz definitiv umgesehen.«

»Dann müssen Sie bemerkt haben, dass alle Ballkleider ein tieferes Dekolleté haben und schmaler geschnitten sind als Tageskleider. Die Antwort auf ihre Frage ist ... unzureichende Luftzufuhr.«

Alex lachte offen heraus. »Ich glaube, diese Theorie hat etwas für sich, und ich gebe zu, dass mir mehr die tieferen Ausschnitte als der schmalere Schnitt aufgefallen sind.«

»Da bin ich mir sicher. Haben Sie noch weitere Fragen?«

»Nur eine. Werden Sie an diesem Samstag mit mir die Oper besuchen?«

»Ich ... das ist eine persönliche Frage.«

»Das ist sie«, bemerkte Alex, »aber sie steht im Raum.«

Sie stockte für einen Moment und sah sich im Saal um, wie um nach Hilfe Ausschau zu halten. »Nun, ich ... nun, ich nehme an, ich könnte geneigt sein, Ihre Einladung anzunehmen, falls ... falls Sie mir eine Frage beantworten werden.«

»Fragen Sie nur«, erwiderte er gespannt.

Sie räusperte sich nervös. »Die Sache ist die ... nun, vorhin sagten Sie, ich ...« Wieder räusperte sie sich. »Als wir darüber gesprochen haben ... Sie haben erwähnt ...«

»Heraus damit.«

»Saß ich wirklich auf Ihrem Schoß?«

Alex lachte noch immer, als er seinen Mantel holte, weil er gehen wollte. Er sollte sich in einer halben Stunde bei *White's* mit Whit treffen. Alles in allem wurde dieser Abend erheblich vergnüglicher, als er erwartet hatte.

»Rockeforte!«

Beim Klang von Loudors Stimme spannten Alex' Muskeln

sich unangenehm an, aber er verbarg sein Missvergnügen mit einem Nicken. »Loudor.«

»Ich hatte nicht erwartet, Sie hier zu sehen. Mir war gar nicht bewusst, dass Sie mit dem Viscount befreundet sind.«

Alex schob die Arme in die Ärmel seines Mantels. »Das bin ich nicht, aber in letzter Zeit habe ich faszinierende Dinge über den Mann gehört. Ich hielt es für überfällig, seine Bekanntschaft zu machen.«

»In der Tat! Und wie sieht Ihre Meinung jetzt aus, nachdem Sie die Gelegenheit dazu hatten?«

Alex hätte gewettet, dass der Viscount alle zehn Gebote zumindest einmal gebrochen hatte und wahrscheinlich regelmäßig den sieben Todsünden frönte.

»Ich kann verstehen, dass Sie ihn zu Ihren Freunden zählen.«

»Ausgezeichnet, ausgezeichnet«, erklärte Loudor, als wollte er Alex gratulieren. »Und Sie haben natürlich ganz recht. Er ist ein Mann von ungewöhnlichen Fähigkeiten.«

»Hmhm«, war das Beste, was Alex zu bieten hatte.

»Apropos Seltenheiten, was halten Sie von meiner schönen Cousine?«

Alex folgte Loudors Blick zu Sophie, die am gegenüberliegenden Ende des Saals stand und wieder einmal mit Mirabelle lachte.

»Sie ist ein reizendes Mädchen.« Das zumindest war keine Lüge.

»Das ist sie, und gar nicht unangenehm anzusehen. Eine Schande, dass wir so nah verwandt sind, sie hat überaus erfrischende Ansichten zum Thema Ehe.«

»Tatsächlich?« Alex hörte selbst die Schärfe in seiner Stimme, aber Loudor war sie anscheinend entgangen, denn der Mann faselte einfach weiter.

»Wirklich erfrischend. Vermutlich eine Folge all der Jahre, die sie in exotischen Ländern zugebracht hat. Jedenfalls ist es ihr ganz gut gelungen, keine steife und prüde britische Miss zu werden. Nicht das leiseste Interesse an dieser törichten Heirateri bei ihr, müssen Sie wissen. Hat es mir selbst gesagt. Sie will in ihrer Zeit in London das Leben einfach genießen.«

Gütiger Gott, der Mann ermutigte ihn, eine Affäre mit seiner Cousine anzufangen. Alex machte sich nichts vor – nichts hätte ihm besser gefallen. Aber jeder konnte sehen, dass Sophie Everton ein Unschuldslamm war. Gewiss, sie war direkter als die meisten vornehm erzogenen Frauen seiner Bekanntschaft und vielleicht ein wenig liberaler in ihren politischen Ansichten, aber sie hatte offensichtlich nicht die Gewohnheit, ihr Leben einfach zu genießen. Jedem halbwegs intelligenten Mann, der mehr als fünf Minuten in ihrer Gesellschaft verbrachte, musste klar sein, dass sie unberührt war, und Alex hatte es sich zum Prinzip gemacht, niemals eine Romanze mit einer Jungfrau anzufangen. Für diese Dinge gab es schließlich Regeln.

Würde Loudor jedem männlichen Wesen im Raum erzählen, Sophie sei auf ein Abenteuer aus? Alex verspürte eine unbehagliche Mischung aus Eifersucht, Zorn und Abscheu. In diesem Moment hätte er nichts lieber getan, als Loudor in einen leeren Raum zu schleifen und ihn zu verprügeln, bis er den Namen jedes Wüstlings, jedes Schurken und jedes Casanovas ausspuckte, mit dem er gesprochen hatte. Danach hätte er ihn noch einmal verprügelt, nur aus Prinzip. Traurigerweise gab es auch für solche Dinge Regeln.

Alex brauchte einen Moment, um seinen Zorn zu zügeln, bevor er sein verwegenstes Grinsen auf Loudor richtete. »Frische ist gut und schön, aber was ich von einer Frau verlange, ist Treue. Ich teile nicht.«

»Ah, da stimme ich Ihnen voll und ganz zu. Ich glaube, wir verstehen einander, Rockeforte.«

Alex stellte sich seine Hände um Loudors Hals vor. Er lächelte über das Bild und nickte.

Loudor leerte sein Glas und schaute wieder zu Sophie hinüber. »Ich gebe morgen Abend eine kleine Dinnerparty. Sophie hegt die bizarre Vorstellung, ihre Gesellschafterin solle mit der Familie speisen. Wir brauchen einen weiteren Mann, damit wir bei Tisch eine gerade Zahl haben.« Ohne den Blick von Sophie abzuwenden, setzte Loudor das widerlichste Feixen auf, das Alex jemals gesehen hatte. »Sind Sie der Aufgabe gewachsen?«

Noch einmal zudrücken. Noch einmal lächeln. »Ich freue mich darauf.«

Der vorletzte Tanz war ein Walzer. Glücklicherweise hatte Sophie von den Matronen bei Almacks noch nicht die Erlaubnis erhalten, Walzer zu tanzen, und daher den perfekten Vorwand, die jungen Gentlemen abzuweisen, die um ihre Aufmerksamkeit wetteiferten.

Es schien eine ganze Menge von ihnen zu geben, wie ihm mit einer Mischung aus Stolz und Unbehagen klar wurde. Sie waren fast alle in dem Moment aufgetaucht, als Alex sie verlassen hatte. Anscheinend hatte die Aufmerksamkeit des Herzogs von Rockeforte sie als eine bedeutende Persönlichkeit ausgewiesen.

Natürlich war das alles sehr aufregend gewesen, aber es war Zeit, sich an die Arbeit zu machen. Sie hatte zwei Tänze, um sich Lord Calmatons Studierzimmer vorzunehmen.

Sophie entschuldigte sich, um den Ruheraum der Damen aufzusuchen. Sie hatte den Saal früher am Abend zweimal verlassen, in Räume gespäht und hinter Gemälde gelugt in der Hoffnung, einen versteckten Safe zu finden, und vorsichtig die Klinken der Türen entlang des Flurs heruntergedrückt. Der vierte Raum auf der rechten Seite war verschlossen gewesen, und Sophie hoffte, dies bedeutete, dass sie das Studierzimmer gefunden hatte.

In einer dunklen Nische raffte sie ihre Röcke und zog eine lange Nadel aus dem Band um ihren Knöchel. Sie würde schnell sein müssen. Der Raum lag so weit vom Ballsaal entfernt, dass sich dort kaum jemand hin verirrte, aber sie musste das Schicksal ja nicht mehr als nötig auf die Probe stellen.

Sie brauchte fast eine Minute, um die Tür zu öffnen. Für gewöhnlich war sie viel schneller, aber ihre Hände zitterten heftig, und das Blut, das in ihren Ohren rauschte, machte es schwer, auf das Klicken des Schließmechanismus zu lauschen.

Schließlich hatte sie Erfolg und stellte erfreut fest, dass sie den richtigen Raum ausgewählt hatte. Ihr erster Gedanke allerdings war, dass es hier zu dunkel war. Sie ging zu den Fenstern hinüber und zog die Vorhänge zurück, erleichtert darüber, dass der Mond ihr hell ins Gesicht schien. Schnell öffnete sie die Vorhänge der anderen Fenster. Für ihren Geschmack war es immer noch zu dunkel, doch sie hatte genug Licht, um ihre Furcht im Zaum zu halten und zu sehen, was sie tat.

Sie begann mit dem Schreibtisch. Er war übersät mit Papieren; sie konnte sie unmöglich alle lesen. Sie blätterte in den Stapeln, in der Hoffnung, dass ihr etwas ins Auge stechen würde. Sie malte sich aus, wie sie einen dreifach versiegelten Umschlag mit dem Wort GEHEIM finden würde, womöglich mit Blut geschrieben.

Als ihre Suche nichts Schändlicheres ergab als einen Lieferschein über teuren Schmuck für eine Frau, die nicht die Viscountess war, trat Sophie hinter den Schreibtisch und begann, die Schubladen zu öffnen. In den ersten drei befanden sich Schreibwaren, ein Rechnungsbuch und weiterer

Papierkram, der die Verwaltung des Calmaton'schen Gutes betraf. Die vierte Schublade war verschlossen. Mit einem leisen Fluch zog Sophie ihre Nadel wieder heraus und machte sich an die Arbeit. Dies kostete zu viel Zeit. Der Walzer war bereits zu Ende, und der letzte Tanz würde es bald ebenfalls sein.

Mit einem geflüsterten Gebet zog sie die Schublade auf und hätte beim Anblick weiterer Briefe beinahe aufgestöhnt. Sie waren samt und sonders auf Französisch geschrieben. Nervös blätterte sie den Stapel durch. Zum ersten Mal bedauerte Sophie es, dass sie sich dafür entschieden hatte, Mandarin und Hindi zu lernen statt des viel populäreren Französischen. Sie ergriff einen der Briefe und betrachtete die bedeutungslosen Worte. Was, wenn sie von einem Verwandten oder einer Geliebten waren? Ihr Blick fiel auf den unteren Rand der Seite, und sie blinzelte überrascht. Das Schreiben war nicht unterzeichnet. Noch einmal betrachtete sie die anderen Briefe in der Schublade. Keiner von ihnen war unterschrieben. Gewiss würde ein geliebter Mensch die Briefe signieren.

Sie steckte das Papier ein, dann wühlte sie in den restlichen Briefen, fand einen Umschlag und nahm auch diesen mit. Hoffentlich war ihr Fund irgendetwas wert. Jedenfalls näherte sich das Musikstück seinem Ende, und in wenigen Minuten würden viele Gäste den Ballsaal verlassen. Sie hatte keine Zeit mehr.

Sie verschloss die Schublade wieder, zog die Vorhänge zu und hielt dann an der Tür inne, um auf Schritte im Flur zu lauschen. Als sie feststellte, dass alles still war, stahl sie sich aus dem Studierzimmer, verschloss die Tür hinter sich und machte sich auf den Weg zum Ruheraum der Damen.

6

Der nächste Tag versprach zumindest, ausgefüllt zu werden. Sophie stand gewohnheitsmäßig früh auf und ignorierte nach Möglichkeit die Tatsache, dass sie erst vier Stunden zuvor zu Bett gegangen war. Es blieb ihr gerade noch genug Zeit fürs Frühstück, bevor sie einen Ausflug zu den Sehenswürdigkeiten Londons vorschützen würde, um eine Gelegenheit zu bekommen, die aus dem Studierzimmer des Viscounts gestohlenen Papiere weiterzugeben. Danach stand eine letzte Anprobe bei der Schneiderin auf dem Programm und anschließend eine Verabredung zum Tee mit Mirabelle Browning und deren Freundin Lady Kate Cole. Dann würde sie heimkehren müssen, um sich auf Loudors Dinnerparty vorzubereiten.

Ihre Angelegenheiten bei dem Rechtsanwalt waren schneller erledigt als erwartet. Sophie hatte damit gerechnet, dass man sie nach zusätzlichen Informationen fragen oder ihr vielleicht etwas zu dem Inhalt des Briefes, den sie abgeliefert hatte, sagen würde. Aber der Anwalt, ein untersetzter Mann in mittleren Jahren mit einer dicken, runden Nase, hatte nur den Umschlag mit dem Brief entgegengenommen und eine Bemerkung darüber gemacht, wie wenig ratsam es sei, dass eine junge Dame ohne angemessene Begleitung Geschäftsbüros aufsuchte.

Sophie hatte ihre liebe Not, über diese Albernheit nicht geradewegs in Gelächter auszubrechen. Man bezahlte sie dafür, zu spionieren, zu stehlen und alle möglichen Dinge zu tun, die für eine Person gleich welchen Geschlechts oder Standes wenig ratsam waren. Sie öffnete den Mund, um ebendies zu sagen, dann besann sie sich eines Besseren. Der Gesichtsausdruck des Anwalts verriet ernsthafte Sorge. Offensichtlich hatte er keine Ahnung, wer sie war, was sie tat oder was sich in dem Umschlag befand. Sie schenkte ihm ein freundliches Lächeln und beteuerte, sie werde auf dem Weg nach Hause alle notwendigen Vorsichtsmaßnahmen ergreifen.

Nachdem der Rechtsanwalt Sophie verabschiedet hatte, nahm er leise lachend seinen Platz wieder ein und holte das Glas Brandy heraus, das er bei Sophies Ankunft in seiner untersten Schreibtischschublade verstaut hatte.

Er wischte über die Seiten des Glases und leckte sich mit einem kleinen Schmatzen die Finger ab. Ahhh. Gott sei Dank gab es noch ehrliche Händler, die sich nicht ganz auf Waffenschmuggel verlegt hatten. Er stellte das Glas beiseite, griff nach dem braunen Umschlag, den Sophie ihm überreicht hatte, und beäugte ihn mit überraschtem Argwohn.

»Also, Calmaton. Was genau führen wir denn im Schilde?«

Er las zuerst Sophies Notiz, die ihm ein Lächeln entlockte. Dann sah er sich den Brief genauer an und fing an zu lachen wie ein Wahnsinniger.

Sophie fühlte sich ganze fünf Minuten lang unbehaglich. Das war ziemlich genau die Zeit, die Lady Kate und Mirabelle Browning brauchten, um sie zum Sitzen zu nötigen und mit reichlich Tee, Keksen und Fragen über ihre Reisen zu versorgen.

»Haben Whit und Alex Sie wirklich an Ihrem ersten Tag in London gerettet?«, fragte Kate eifrig und beugte sich auf ihrem Stuhl vor.

»Sie waren mir jedenfalls behilflich«, antwortete Sophie.

Kate war ein ausnehmend schönes Mädchen mit hellblondem Haar, blauen Augen, alabasterfarbener Haut und perfekten, absolut perfekten Gesichtszügen. Wahrhaftig, Sophie dachte, dass sie niemals einer Person begegnet war, deren Gesicht so vollendet dem gegenwärtigen Schönheitsideal entsprach. Es wäre beunruhigend gewesen, hätte das Mädchen bei einem so engelhaften Äußeren nicht auch ein natürlich freundliches Wesen besessen.

Kate seufzte sehnsüchtig, und ihr Gesicht nahm einen beinahe träumerischen Ausdruck an. »Das ist ja so romantisch.« Dann runzelte sie die Stirn. »Oder es wäre es gewesen, wenn nicht Whit und Alex beteiligt gewesen wären. Haben Sie Brüder, Sophie?«

»Nein, ich fürchte, dieses Vergnügen hatte ich nie«, antwortete sie.

»Das Vergnügen, Brüder zu haben, ist fragwürdig. Sie sind unerträglich lästige Kreaturen, aber in diesem Fall war ihr Eingreifen zumindest ein Glück.«

»Aber wie seltsam«, bemerkte Mirabelle, »dass der Fahrer eine solch ungewöhnliche Route gewählt hat und dann verschwunden ist.«

Auf den ersten Blick war Mirabelle ein mausgraues kleines Ding, dem die leuchtende Schönheit ihrer Freundin abging. Ihr braunes Haar war zu einem wenig schmeichelhaften Knoten in ihrem Nacken fest zusammengebunden, und ein graues Kleid trug wenig dazu bei, ihrem Teint oder ihrer Figur zu schmeicheln. Ihre Gesichtszüge waren angenehm, aber in jeder anderen Hinsicht durchschnittlich. Bis sie lächelte. Mirabelles Lächeln reichte bis ganz hinauf zu ihren schokoladenbraunen Augen, die es geradezu erstrahlen ließ.

»Er hat wohl gedacht, er könne etwas Zeit sparen, und geriet dann in Panik, als sein Plan so danebenging«, meinte Kate leise. Sie schien beim Sprechen in Gedanken verloren zu sein, was wahrscheinlich erklärte, warum sie mit ihrer Teetasse den Unterteller auf dem Tisch um mindestens fünfundzwanzig Zentimeter verfehlte.

»Oje.« Kate hob die Tasse auf und betrachtete kläglich den Teefleck auf dem Teppich. »Ich hoffe so sehr, dass das rausgehen wird.«

Mirabelle tätschelte ihr freundlich die Schulter und schenkte Kate eine weitere Tasse Tee ein.

Sophie war überrascht, wie gelassen das Mädchen auf etwas reagierte, das viele als einen größeren gesellschaftlichen Fehltritt erachten würden.

»Es geht Ihnen doch gut, oder?«, erkundigte Sophie sich. »Sie haben sich nicht verbrannt?«

Kate schüttelte den Kopf. »Oh nein, der Teppich hat das Schlimmste abbekommen. Ich nehme an, ich hätte Sie schon früher warnen sollen, aber ich bin schrecklich ungeschickt. In der Familie und meinem Freundeskreis wissen das alle.«

»Ich bin mir sicher, so schlimm ist es gar nicht.«

Kate lächelte schwach. »Ich bin geradezu unbeholfen. Es gibt keine Erklärung dafür, und man kann nichts dagegen tun. Ich habe einige fürchterliche Malheurs verursacht.«

Sophie lachte leise. »Ich weiß ein klein wenig über Malheurs Bescheid«, sagte sie. Und dann verbrachte Sophie den Rest des Nachmittags damit, ihre neuen Freundinnen mit einigen ihrer ungewöhnlichsten Abenteuer zu unterhalten.

Sophie hatte sich in ihrem ganzen Leben noch nie so unwohl gefühlt. Gestern Abend hatte ihr Kleid die anerkennenden Blicke der Männer und die begehrlichen der Frauen auf sich gezogen, aber keins ihrer anderen Kleider war bisher fertig, und als Sophie in einem ihrer einfacheren Kleider, die sie von ihrer Reise mitgebracht hatte, neben mehreren eleganten Frauen stand, fühlte sie sich hoffnungslos provinziell.

Vielleicht war sie zu empfindlich. Wahrscheinlich war sie die Einzige, die ihrer Bekleidung Aufmerksamkeit schenkte. Nein, sie wusste, dass das nicht der Wahrheit entsprach. Alex hatte sie den ganzen Abend ziemlich unverhohlen angestarrt. Selbst wenn sie ihm den Rücken zukehrte, spürte sie seine Blicke. Dann stellten sich die feinen Härchen in ihrem Nacken auf, und die Farbe stieg ihr in die Wangen.

Gütiger Gott, ein schlechtes Kleid und ein rotes Gesicht. Jetzt brauchte sie nur noch etwas Geschmackloses zu sagen, um den Abend komplett zu ruinieren.

»Wahrhaftig, Miss Everton, Ihr Kleid heute Abend ist ganz anders als alles, was ich bisher hier in der Stadt gesehen habe. Wo haben Sie es nur machen lassen?« Lady Wellinghoff betonte die Frage mit einem dünnen Lächeln.

»In China«, antwortete Sophie. Es hatte keinen Sinn zu lügen, und ihr war nicht wirklich danach zumute, höflich zu Lady Wellinghoff zu sein. Die Frau hatte Mrs Summers wenige Minuten nach ihrer Ankunft beleidigt, indem sie leise eine Bemerkung darüber gemacht hatte, dass übertriebene Vertraulichkeit mit Bediensteten von Übel sei.

»Ist das Ihr Ernst? Oh, wie dumm von mir, natürlich ist das Ihr Ernst. Sie sind gerade erst nach London gekommen, nicht wahr? Das hatte ich ganz vergessen. Nun, die Seide ist entzückend, meine Liebe. Erzählen Sie uns, wie schneidet unsere schöne Stadt im Vergleich zu einigen der exotischeren Orte ab, die Sie erlebt haben?«

Sophie schluckte nervös. Sie war nie ein Mauerblümchen, aber andererseits auch niemals wirklich derart entnervenden Blicken ausgesetzt gewesen. Die am wenigsten unangenehmen Gäste waren der ziemlich ernste Colonel Peabody und seine Frau. Mr und Mrs Jarles waren aufdringliche Snobs. Der Earl und die Gräfin von Wellinghoff wähnten sich offensichtlich ebenfalls dem Rest der Gäste überlegen, aber ihre Geringschätzung war von einer subtileren, wenn auch ebenso schneidenden Art. Viscount Barrows war bereits zu betrunken, um beleidigend zu sein; seine Viscountess zu dumm, um zu wissen, wie man so etwas anstellte. Alex' Anwesenheit zerrte an ihren Nerven, und ihr Cousin, so hatte sie gerade entschieden, war einfach ein Esel.

Sie schenkte der Gruppe etwas, von dem sie hoffte, dass es ein herablassendes Lächeln war, und sagte: »Sie werden verstehen, dass sich Kulturen von Kontinent zu Kontinent und selbst von Land zu Land und von Stadt zu Stadt so sehr unterscheiden, dass ich unmöglich eine Zivilisation mit einer anderen vergleichen kann, aber ich möchte sagen, dass London all das ist, was ich erwartet habe.« Sie krönte ihre Ansprache mit einem Schulterzucken, das Gleichgültigkeit andeutete.

»Aber gewiss können Sie doch, nachdem Sie einige Zeit in England verbracht haben, Ihre früheren Aufenthaltsorte nicht immer noch als wirklich zivilisiert ansehen«, flüsterte Lady Barrows dramatisch, als hätte Sophie die schockierendste Erklärung abgegeben, die sie in diesem Jahrhundert gehört hatte. Ihr Mann hickste nur.

»Oh, aber das sind sie durchaus«, beharrte Sophie. »Sie ...«

»Aber es sind Heiden!«, warf Mrs Jarles ein.

»Das stimmt, aber ...«

»Einige ihrer Praktiken sind überaus barbarisch«, erklärte Lady Wellington der Gruppe genüsslich. »Ich habe gehört, dass man in China jungen Frauen die Füße bindet, damit sie nicht wachsen, und das macht es ihnen ganz und gar unmöglich, mehr als winzige Schritte zu tun.«

Sophie nickte. »Ich stimme Ihnen zu, es ist eine grässliche Praxis, aber wir Briten sind doch auch Sklaven unserer eigenen Mode. Ich wage zu vermuten, dass sich keiner von uns heute Abend in seinem Korsett oder mit seiner engen Krawatte übermäßig wohlfühlt.«

Die Damen schnappten auf Sophies Feststellung hin leise nach Luft, während mehrere der Herren sich unbehaglich räusperten. Anscheinend war die Unterwäsche der Frauen kein akzeptables Gesprächsthema bei einer förmlichen Dinnerparty. Etwas zu spät kam Sophie der Gedanke, dass man sie vielleicht gerade deshalb »die Unaussprechlichen« nannte.

Nur Alex und Mrs Summers schienen nicht schockiert zu sein. Er grinste sie mit unverfrorener Erheiterung an, während sie verstimmt, aber resigniert wirkte.

Mrs Summers' taktvoller Themenwechsel ersparte es Sophie, das peinliche Schweigen brechen zu müssen. »Wenn ich recht verstanden habe, Mrs Peabody, haben Sie selbst einige längere Reisen unternommen.«

»Die Kindheit in einer Soldatenfamilie und das Leben an der Seite meines Mannes haben mir Gelegenheit gegeben, viel mehr von der Welt zu sehen als die meisten anderen jungen Damen«, erklärte Mrs Peabody.

»Waren Sie in Amerika?«, erkundigte Sophie sich mit aufrichtigem Interesse.

»Ja«, bestätigte Mrs Peabody. »Ich habe als kleines Kind mehrere Jahre sowohl in Boston als auch in Philadelphia gelebt. Wir sind etwa fünf Jahre vor jener unglücklichen Revolution zurückgekehrt.«

»Hmpf, und Gott sei Dank, dass wir dieses gottlose Land los sind, sage ich«, schnaubte Mr Jarles.

Lord Barrows rülpste erneut und hob sein Glas.

Sophie kämpfte gegen den Drang, die Augen zu verdrehen.

Mrs Peabody zog gelassen eine Braue hoch. »Da Sie dazu eine so dezidierte Meinung haben, Mr Jarles, nehme ich an, dass Sie dieses Land selbst bereist haben?«

Sophie war überrascht, den Anflug von Spott in Mrs Peabodys Stimme zu hören. Sie hatte erwartete, dass die Frau des Colonels die gleiche Ansicht vertreten würde wie der abscheuliche Mr Jarles.

»Man braucht ein Land nicht zu besuchen, um zu wissen, dass es von Verrätern und Wilden bewohnt wird«, erklärte Mr Jarles.

»Die Geschichte wird von den Siegern geschrieben«, erwiderte Mrs Peabody. »Und der Geschichte zufolge gab es keine Verräter in Amerika, nur tapfere Patrioten, die bereit waren, für das zu kämpfen, woran sie glaubten, oder schlimmstenfalls Rebellen, die gegen einen tyrannischen Monarchen opponierten.«

»Das ist Verrat, Mrs Peabody.«

Sie wirkte ungerührt. »Man kann nur Verrat gegen sein eigenes Land begehen«, gab sie gelassen zurück.

Der Colonel richtete seinen stählernen Offiziersblick auf Mr Jarles. »Ich hoffe doch, dass Sie sich auf die Amerikaner bezogen haben, als Sie von Verrat sprachen, Sir, und nicht auf meine Frau.«

»Natürlich, natürlich«, stotterte Mr Jarles. »Der Gedanke wäre mir nie gekommen.«

Mrs Peabody des Verrats zu bezichtigen – eine Frau, die mit einem gefeierten Soldaten verheiratet war –, wäre nicht nur idiotisch gewesen, sondern selbstmörderisch. Mr Jarles war gewiss Ersteres, aber nicht – und Sophie dachte unwillkürlich, dass dies ein Jammer war – Letzteres.

Der Colonel nickte kurz auf eine äußerst militärische Art und Weise, und Sophie musste lächeln. Der ehrliche Respekt, mit dem er seine Frau betrachtete, war bemerkenswert. Er war nicht nur tolerant ihrer Meinung gegenüber, er war stolz darauf. In der Tat, ein erstaunlicher Mann. Und wie es aussah, schätzte sie ihn ihrerseits, eine seltene Verbindung. Aus irgendeinem Grund schaute Sophie zu Alex hinüber, nur um feststellen zu müssen, dass er sie bereits beobachtete, einen undeutbaren Ausdruck in den smaragdgrünen Augen. Sophie war sich nicht sicher, ob er die Peabodys überhaupt beachtet hatte.

Sein eindringlicher Blick machte sie am ganzen Körper kribbelig, ihre Lungen wurden eng und ihr Herz raste. Um sich abzulenken, drehte sie sich schnell wieder zu Mrs Peabody um.

»Hatten Sie Gelegenheit, Indianer kennenzulernen, Madam?«, erkundigte sie sich, und sie war sich ganz und gar nicht sicher, ob sie laut genug gesprochen hatte, um gehört zu werden. Es war schrecklich schwierig festzustellen, was eine angemessene Lautstärke war, da das Blut in ihren Ohren rauschte.

Mrs Peabody schien ihr Ungemach nicht zu bemerken, und Sophie hoffte aus tiefstem Herzen, dass sie damit nicht allein war. »Jawohl, meine Liebe, aber nur wenige, und es gibt eine große Zahl indianischer Stämme. Und sie unterscheiden sich voneinander ebenso sehr wie alle anderen Nationen untereinander. Einige ihrer Bräuche finde ich abstoßend, andere faszinierend. Wussten sie zum Beispiel, dass in manchen Stämmen Frauen zusammen mit den Männern als Krieger ausgebildet werden?«

»Kriegerinnen.« Mr Jarles schnaubte vor Abscheu. »Wilde, genau, wie ich gesagt habe. Haben nicht einmal so viel Verstand, ihre Frauen zu Hause zu halten, wie es von der Natur vorgesehen ist.«

»Wie können Sie sich so sicher sein, dass dies der Absicht der Natur entspricht, Mr Jarles, und nicht vielleicht nur derjenigen der Männer?«, fragte Sophie.

»Seien Sie nicht dumm, Mädchen. Ich werde die Damen nicht beleidigen, indem ich undelikate Themen anspreche, aber es soll genügen zu sagen, dass man Frauen nicht grundlos als das schwächere Geschlecht bezeichnet.«

»Ganz recht, mein Gemahl«, zirpte Mrs Jarles.

Sophie ignorierte sie und hielt sich weiter an Mr Jarles. »Ich habe es so verstanden, dass jeder Soldat seine Stärken und Schwächen hat. Sicher, meine Arme sind nicht so muskulös wie die eines Mannes, aber ich möchte wetten, dass meine Finger erheblich geschickter sind.«

Mr Jarles schnaubte, wahrscheinlich zum zehnten oder zwölften Mal, und Sophie begann sich zu fragen, ob der Mann vielleicht nicht in der Lage war, ein Gespräch ohne dieses Wildschweingeräusch zu führen. »Genau darauf will ich hinaus«, spottete er. »Geschickte Finger, wahrhaftig! Welchen Nutzen sollen die haben, frage ich Sie? Ein hübscher Saum wird Napoleon nicht daran hindern, an unsere Tore zu klopfen, oder? Die Zivilisation hängt von der Stärke unserer Männer ab. Einen Krieg kann man nicht mit geschickten Fingern führen, Mädchen. Wir brauchen kräftige Soldaten und Anführer mit starkem Geist.«

»Ganz recht!«, rief irgendein Idiot. Sophie war zu verärgert, als dass sie hätte herausfinden wollen, wer es war.

»Ich zweifle an der Stärke des Geistes einer Person, die darauf besteht, dass Krieg eine zivilisiertere Beschäftigung ist als die Stickerei«, gab sie zurück.

Mr Jarles nahm eine unglückselige Rotschattierung an, aber ob dies Überlegenheit oder Zorn entsprang, erfuhr sie nie.

»Das Dinner ist serviert.«

Alex, der den immer noch wutschnaubenden Mr Jarles bewusst ignorierte, trat vor, um Sophies Arm zu ergreifen. Es würde eine Wartezeit geben. Wie bei allen Dinnerpartys üblich, erfolgte die Prozession ins Speisezimmer mit dem ganzen Pomp und der Umständlichkeit einer militärischen Parade, und das Ritual schien für Sophie neu zu sein. Er bemerkte, dass sie ein Lächeln zu unterdrücken versuchte. Und kläglich scheiterte. Sie hatte das Gesicht bewusst nach vorn gewandt, aber ihre Blicke huschten durch den Raum, und ihre Lippen zuckten immer wieder auf eine entzückende Weise. Oder vielleicht war entzückend nicht das richtige Wort.

Er hatte das Gespräch mit mehr Interesse verfolgt als je zuvor bei einer Dinnerparty, seit ... nun, seit er sich erinnern konnte. Ein- oder zweimal war sein Zorn auf Mr Jarles so sehr gewachsen, dass er ernsthaft erwogen hatte, den Mann zu ohrfeigen, aber vermutlich wäre die Ritterlichkeit dieser Tat an Sophie verschwendet gewesen. Außerdem war bereits offensichtlich, dass sie keinerlei Verteidigung durch Dritte benötigte. Sophie Everton, begriff er, war in der Tat eine außergewöhnliche Dame. Sie wusste es nicht, aber zwei der anwesenden Herren galten als redegewandt und waren bei Dinnerpartys und Soireen gefragte Gäste. Selten, wenn überhaupt je, wurde ihnen widersprochen, und niemals von einer jungen, unverheirateten Frau.

Doch dessen ungeachtet trug sie hier ihre Wortgefechte mit Männern und Frauen von Stand und Rang aus. Und behauptete sich. Aus irgendeinem unerklärlichen Grund hätte er ihren Sieg am liebsten bejubelt. Als wäre er irgendwie verantwortlich für ihre Klugheit. Für sie. Es war natürlich ein alberner Gedanke. Er war hier, um Loudors Geheimnisse zu aufzudecken, und sie war nur ein Mittel zu diesem Zweck. Er würde gut beraten sein, das nicht zu vergessen.

Und Gott wusste, dass er sich Mühe gab, aber es war so leicht, sich in ihre Beobachtung zu verlieren. Ihre Stimme, die Wölbung ihres Halses, die Art, wie sie die Nase rümpfte, wenn sie verärgert war.

Und dann waren da ihre Lippen.

Noch nie hatte er eine Frau gesehen, die sich so gut darauf verstand, ihren Gefühle mit den Lippen auszudrücken. Sie verzog sie, schürzte sie, teilte sie, leckte sie. Und Alex fand jede einzelne dieser Regungen erotischer als die vorangegangene. Er ertappte sich bei der Frage, wie es wohl wäre, seine eigene Lippen auf ihre zu pressen und diese entzückenden Bewegungen mit den Lippen zu spüren, mit der Zunge …

»Stimmt etwas nicht?«, erkundigte sie sich leise.

»Mmh? Ob etwas nicht stimmt?«, antwortete er; er hörte ihr nur mit halbem Ohr zu.

»Ja. Sie sehen mich so merkwürdig an.«

»Entschuldigung, habe ich das getan?«

»Ja, das tun Sie.«

»Wie merkwürdig.«

»Ich glaube, das habe ich gesagt. Merkwürdig. Fühlen Sie sich unwohl?«

Das riss ihn endgültig aus seinen Betrachtungen. *Unwohl?* Gütiger Gott, sah er etwa so aus, wenn er von Verlangen verzehrt werde? Unwohl?

»Mir geht es bestens«, erklärte er mit ein wenig mehr Bestimmtheit, als wahrscheinlich notwendig gewesen wäre. »Ich war nur in Gedanken versunken.«

»Oh, woran?«

»Woran? Nun, ich … ähm …«

Denk nach, Mann, denk nach.

Ich würde schrecklich gern an ihrem Mundwinkel knabbern.

»Die Gärten sind zu dieser Jahreszeit wirklich prächtig.«
Na wunderbar.
Sophie schaute sich um, als würde sie eine Bestätigung suchen. »Wir befinden uns in einem geschlossenen Raum.«
»Das tun wir.«
»In meinem Stadthaus.«
»Stimmt ebenfalls.«
»Und Sie haben mich angesehen.«
»Das habe ich, aber ich habe Sie direkt vor mir und die Gärten nicht. Wie ich sagte, ich hatte mich in Gedanken verloren.«
»Ich verstehe«, antwortete sie langsam und verstand offensichtlich nicht, denn sie betrachtete ihn, als dächte sie noch immer, dass er vielleicht fiebrig sei.

Alex war ungeheuer erleichtert, als er endlich die hohen Glastüren des Speisezimmers passiert hatte. Noch mehr freute ihn die Entdeckung, dass man Sophie neben ihm platziert hatte, statt auf der anderen Seite des Tisches. Wenn er auch nur die Gelegenheit dazu bekam, würde er sie den ganzen Abend anstarren wie ein jämmerlicher, liebeskranker Irrer. Wie die Dinge lagen, würde er morgen einen steifen Hals haben, weil er so oft den Kopf zur Seite wandte. Zumindest erforderte es die Sitzordnung, dass er den Blick abwandte, wenn er ohne Kleckern essen wollte – was er natürlich tat. Und am Ende gelang es ihm, sich nicht zu blamieren.

7

Alex hatte vorgehabt, in seiner Opernloge die liebreizende Sophie zu umwerben. Tatsächlich hatte er die beiden vergangenen Tage seit der Dinnerparty damit verbracht, sich sorgfältig einen Angriffsplan zurechtzulegen. Es war schließlich seine Mission, ihre Gunst zu gewinnen. Er würde flüstern, zwinkern, sie einige Male leicht und wie zufällig, aber wohlbedacht berühren und sich auch sonst von seiner besten Seite zeigen. Die Kombination aus Musik, Erregung und seinen Aufmerksamkeiten hatte noch nie versagt, wenn es darum ging, eine Eroberung zu machen.

Fünf Minuten nach Beginn des ersten Aktes begriff Alex, dass er seine Taktik würde ändern müssen.

Sophie schien vollkommen verzückt von der Vorstellung zu sein. Sie ignorierte ihn vollkommen und wandte den Blick nicht für eine Sekunde von den Vorgängen auf der Bühne ab.

Alex hatte nicht die leiseste Ahnung, wie er weiter vorgehen sollte. Niemand ging in die Oper, um die Oper tatsächlich zu sehen. Man kam, um zu sehen und gesehen zu werden, um zu tratschen, zu flirten. Genau dafür hatte er diese verdammte Loge! Er mochte die Oper nicht einmal.

Er verfluchte sich im Stillen und versuchte, es sich auf seinem Sitz bequemer zu machen. Zumindest hatte er zugleich mit der Bühne Sophies Profil im Blick. Er konnte sie nach Herzenslust anstarren, und niemand, einschließlich ihrer geschätzten Anstandsdame Mrs Summers, würde etwas davon bemerken. Und sie war wahrhaft ein schöner Anblick.

Das dicke schwarze Haar – von den flüchtigen Berührungen nach dem Kutschenunfall wusste er, dass es sich wie Seide anfühlte –, ihr absolut entzückendes Ohr, klein und leicht spitz zulaufend. Dann folgte sein Blick der eleganten Linie ihres Halses und ihrer entblößten Schulter. Alex fragte sich, ob ihre Haut so sahnig schmecken würde, wie sie aussah. Er folgte der Wölbung ihres Schlüsselbeines bis zu der verlockenden Andeutung eines Dekolletés.

Wieder rutschte er auf seinem Sitz hin und her und starrte eine Weile ihr Haar an. Dann gab er es auf und verbrachte den Rest des Abends mit dem Versuch, Interesse für die darstellende Kunst aufzubauen.

Sophie dagegen hatte die Absicht gehabt, die Zeit in Alex' Loge zu nutzen, um jeden gesegneten Ton der Oper in sich aufzunehmen und den Mann vollkommen zu ignorieren, der sie unerklärlicherweise so aufwühlte. Ihr ursprünglicher Plan hatte darin bestanden, mit Kopfschmerzen abzusagen, aber davon hatte Mrs Summers nichts wissen wollen. Also hatte Sophie ersatzweise vorgehabt, sich tatsächlich zu amüsieren, doch auch dieser Vorsatz schien dem Scheitern nahe.

Der Abend hatte gut genug begonnen. Alex hatte sich bei der Fahrt in die Oper als vollkommener Gentleman erwiesen. Zumindest war das ihr Eindruck gewesen – auf diesem Gebiet war sie immer noch etwas unsicher, was die Feinheiten betraf. Er war jedenfalls zurückhaltend in der Wahl seiner Gesprächsthemen gewesen, und wichtiger noch, er hatte sich tadellos respektvoll gegenüber Mrs Summers verhalten, was ihn in Sophies Achtung hatte steigen lassen. Als sie das Opernhaus erreicht hatten, war sie zuversichtlich gewesen, dass ihrem Plan voller Erfolg beschieden sein würde.

Das änderte sich, sobald sie die Loge betraten. Zum einen war sie zu klein, und aus irgendeinem Grund schien Alex außerdem mehr als seinen gerechten Anteil an dem verfügbaren Platz zu beanspruchen. Er machte weiterhin höfliche Konversation, aber sie konnte nur mit allergrößter Mühe das Gefühl überwinden, dass sie wie ein Beutetier in die Enge getrieben worden war. Es war nicht so, dass sie sich üblicherweise in engen Räumen unwohl fühlte. Tatsächlich hätte es ihr nicht das Geringste ausgemacht, wäre die Loge nur halb so groß gewesen und mit doppelt so vielen Menschen besetzt. Mit zarten Knochen und einer Größe von knapp über einem Meter fünfundfünfzig war Sophie es gewohnt, zu Menschen aufzuschauen und sich winzig zu fühlen. Es war nicht Alex' Größe, wenn sie auch beeindruckend war, die sie überwältigte. Es war alles andere an ihm – seine lachenden, grünen Augen, seine raue Stimme, die Art, wie ihm eine störrische, kaffeefarbene Haarlocke immer wieder in die Stirn fiel, so wie sie es getan hatte, als Sophie ihn das erste Mal gesehen hatte. Es war, einfach ausgedrückt, er. Er gab ihr das Gefühl, in der Falle zu sitzen. Das gefiel ihr nicht. Andererseits gefiel es ihr durchaus. Es machte sie geradezu wahnsinnig.

Als die Musik begann, und Sophie begriff, dass Alex beabsichtigte, sie den ganzen Abend anzustarren, wusste sie, dass sie verzweifelt einen Ersatzplan für ihren Ersatzplan brauchte. Nach einiger Überlegung kam sie zu dem Schluss, dass sie die Oper heute Abend vielleicht nicht tatsächlich genießen würde, aber sehr wohl so tun konnte, als ob es so wäre.

Es war schwer zu sagen, wer von den beiden erleichterter war, als die Vorhänge sich zur Pause schlossen. Alex begleitete sie aus der Loge zu einem Imbiss und frischerer Luft. Sofort fühlte sie sich besser.

»Werden Sie zum Konzert der Wycotts am nächsten Freitag kommen?«, fragte Alex beiläufig, nachdem er ihr ein Glas Limonade geholt hatte.

»Ich glaube, wir haben eine andere Verabredung – den Ball der Pattons«, antwortete sie. »Die Wycotts spielen selbst, nicht wahr? Kate sagte, sie seien recht gut.«

»Kate sollte es wissen, sie hat ein Talent für Musik. Hatten Sie schon eine Gelegenheit, sie am Klavier zu hören?«

Sophie schüttelte den Kopf und nippte an ihrer übertrieben sauren Limonade, nicht weil sie Durst hatte, sondern weil es ihr etwas zu tun gab.

»Wenn Sie sie das nächste Mal sehen, müssen Sie wirklich darauf bestehen. Sie ist ein Wunder.«

»Ich werde Ihren Rat befolgen«, murmelte Sophie. Sie war niemals etwas anderes gewesen als absolut unfähig, wenn es um das Klavier ging. Und die Harfe. Und die Flöte. War das die Art von Frauen, die Alex bevorzugte? Perfekte Damen, die ein Musikinstrument spielten und Aquarelle malten? Nicht dass sie das irgendetwas anging. Wirklich nicht.

»Spielen Sie?«, erkundigte er sich.

Natürlich fragte er das.

»Ähm ... nein, ich fürchte, mir fehlt das Talent dazu«, gestand sie.

»Gott sei Dank.«

»Pardon?«

»Ich bin erleichtert zu hören, dass Ihnen das Talent fehlt und Sie daher nicht spielen. Es gibt so viele junge Damen in meiner Bekanntschaft, die außerstande zu sein scheinen zu begreifen, dass Letzteres die zwingende Folge von Ersterem sein sollte.«

Sophie lachte, und wieder einmal fiel angesichts seines neckenden Tonfalls alle Gezwungenheit von ihr ab. »Gewiss sind es nicht nur die jungen Damen, die diese mangelhafte Logik zur Schau stellen.«

»Was meine Erfahrung mit dem Klavierspiel betrifft, ja«,

erklärte Alex. »Männer haben ihre eigenen einzigartigen Laster.«

»Oh, und die wären?«

»Das übliche ... Pferde, Karten, Alkohol und«, er bedachte sie mit einem boshaften kleinen Grinsen, »natürlich Frauen.«

»Natürlich«, sagte Sophie, oder vielmehr kiekste sie, wenn man es aufreizend präzise ausdrücken wollte. Soviel zum Thema Unbefangenheit, und soviel zum Thema seines ritterlichen Benehmens. Sie wünschte, Mrs Summers hätte nicht darauf bestanden, in der Loge zu bleiben. Sophie konnte beim besten Willen nicht verstehen, warum Alex' freizügige Ausdrucksweise ihr solches Unbehagen bereitete. Im Allgemeinen bevorzugte sie unter Freunden offene Gespräche, und doch, wann immer Alex mit ihr auf eine Weise sprach, bei der die meisten jungen Debütantinnen schreiend zu ihren respekteinflößenden Müttern gelaufen wären, war Sophie aus einem unerklärlichen Grund ein wenig enttäuscht.

Alex lachte über ihren Gesichtsausdruck.

»Was ist so erheiternd, Euer Gnaden?«

»Ich heiße Alex, wie Sie sehr wohl wissen, und Sie, meine liebe Sophie, sind sehr erheiternd. Oder, so sollte ich wohl besser sagen, faszinierend.«

»Oh?«

»Wir wollen wohl Komplimente hören, wie?«

»Ich habe keine Ahnung, was *Sie* wollen, aber ich versuche zu verstehen, worüber zum Teufel Sie lachen.«

»Zum einen über Ihre Ausdrucksweise«, kicherte er. »Ts, meine Liebe, was ist, wenn irgendjemand Sie hört? Die Leute schauen her, wissen Sie?«

»Wahrscheinlich gibt es ein oder zwei Damen in der Menge, die sich versucht fühlen würden zu applaudieren, wenn man bedenkt, dass ich Sie beschimpfe.«

»Oh, nun, gewiss mehr als zwei. Mein Ruf als Schürzenjäger ist schon etwas beeindruckender.«

Sie zog spöttisch die Augenbrauen hoch. »Sie haben mich gerade wegen meiner Sprache ermahnt. Ich hege ernste Zweifel, was Ihren Status als Schürzenjäger betrifft.«

»Ich könnte Sie von diesen Zweifeln befreien, wenn Sie wollen«, sagte er leise.

Sie leerte den Rest ihrer Limonade in zwei großen Schlucken und reichte ihm das leere Glas. »Das ist gewiss sehr großzügig von Ihnen, aber ich denke, es ist Zeit, dass Sie mich zu meiner Anstandsdame zurückbringen.«

»Sind Sie sich sicher?« Er ließ seine Hand über ihrer verweilen, als er das Glas entgegennahm, und beobachtete gebannt, wie sie sich nervös auf die Unterlippe biss. »Ich kann sehr überzeugend sein, wenn ich es mir in den Kopf setze, und ich verspreche Ihnen, Sie würden die Debatte genießen.«

Er schnurrte sie praktisch an, und Gott helfe ihr, sie fühlte sich mehr als nur ein wenig versucht, sein Angebot anzunehmen. Sie hatte kein Problem damit, einen Mann zu küssen, mit dem sie nicht verheiratet war, nicht in der Theorie. Und sie war gewiss nicht abgeneigt, einen sehr attraktiven Mann zu küssen. Es war eine von einem Dutzend neuer Erfahrungen, die sie anlässlich ihres Besuches in London zu genießen hoffte.

Sie wollte nur einfach nicht ihn küssen.

Sie war sich nicht ganz sicher, woran das lag. Ihr Körper jubelte angesichts dieser Vorstellung. Aber sie hatte den beunruhigenden Verdacht, dass Alex einen Kuss von ihr als etwas anderes betrachten würde, als sie beabsichtigte. Als hätte er einen Preis gewonnen. Für Alex würde es eine siegreich beendete Schlacht bedeuten, eine bestandene Herausforderung, und der Gedanke machte sie ein wenig traurig. Es genügte, dass sie den zunehmenden Aufruhr in dem Teil ihres Gehirns bezwingen konnte, der sie zusammen mit ihm hinter den nächsten Pflanzenkübel beorderte, und ihm stattdessen direkt in die lachenden Augen blickte.

»Meine Anstandsdame, wenn Sie so freundlich sein wollen«, beharrte sie damenhaft.

Immer noch lachend vollführte er eine kecke Verbeugung und bot ihr den Ellbogen dar. »Das, meine Liebe, ist es, was ich so faszinierend finde. Der Kampf der freimütigen Weltreisenden mit dem schicklichen britischen Fräulein. Ich bin gespannt, wer aus dieser Schlacht als Sieger hervorgehen wird.«

Sophie konnte angesichts seines Scharfblicks ein kleines Lächeln nicht unterdrücken.

»Ich glaube, diese Schlacht geht an das britische Fräulein«, sagte sie und ergriff seinen Arm.

»Es scheint mir tatsächlich ein Ehrfurcht gebietender kleiner General zu sein«, gab er übertrieben respektvoll zu. »Aber mein Geld setze ich auf die Weltreisende.«

»Wunschdenken.«

»Nicht, wenn ich meine Verstärkungen schicke.«

»In der Gestalt von …?«

Er drehte sich um und zwinkerte ihr zu. »Versuchung.«

Lord Loudor saß recht bequem in seinem Lieblingsklub, wenn auch wenig elegant auf einem großen Stuhl vor einem riesigen Teller mit Speisen. Der Klub war nicht *White's* – ein Etablissement, das er häufig nur deshalb besuchte, weil es das war, was man von einem Gentleman seines Ranges erwartete.

Er war bei *Barney's*, wo das Essen, wenn nicht besser, so doch deutlich billiger war. Wo er aus seiner Weste schlüpfen und seine Halsbinde lockern konnte. Und wo er unter den

Anwesenden immer der höchstrangige Adlige war. Tatsächlich war er in der Regel der einzige Adelige, der den Klub mit seiner Anwesenheit beehrte. Ein Umstand, der ihm zahlreiche Verbeugungen und Kratzfüße von den Angestellten eintrug, was schließlich ausreichte, damit ein Mann sich behaglich fühlte.

An diesem Morgen war er jedoch nicht der Einzige, der eine solch bevorzugte Behandlung erfuhr – oder vielmehr an diesem Nachmittag. Genau genommen hatte der Nachmittag nämlich bereits begonnen, denn das Einuhrläuten war schon eine Weile vorbei. Loudor stand aus Prinzip niemals vor Mittag auf, und zu seiner eigenen Bequemlichkeit bezeichnete er die beiden Stunden, die diesem bedeutsamen Ereignis folgten, als »den Morgen«, ob es nun ein Uhr nachmittags war oder zehn Uhr abends.

In diesem Sinn war es also »heute Morgen«, als Loudor Lord Heransly einlud, mit ihm zu speisen. Loudor kannte den Mann seit Oxford. Er hatte ihn nie besonders gemocht, aber andererseits mochte Loudor niemanden aus seiner Bekanntschaft besonders, und der Mann war manchmal nützlich. Daher betrachtete Loudor ihn trotz seines persönlichen Abscheus als einen Freund.

»Großer Gott, was ist das hier für eine Bude?« Heransly zog sich einen Stuhl heran und setzte sich, während er sich weiter voller Abscheu umsah.

»Ein Herrenklub«, erwiderte Loudor, oder gurgelte es vielmehr, da er den Mund voll hatte.

»Es ist ein Klub, das gebe ich zu. Ich sehe die Spieltische. Aber es besteht definitiv ein Mangel an Herren.«

»Wir sind hier«, meinte Loudor.

»Ja, und ich wüsste gern, warum genau. Warum wollten Sie sich nicht bei *White's* mit mir treffen?«

»Weil ich es verdammt leid bin«, brummte Loudor. »All diese Earls und Herzöge, jeder versessen darauf, würdevoller zu sein als alle anderen.« Loudor verzog bei dem Gedanken das Gesicht.

»Ich stand unter dem Eindruck, dass Sie eben jene Ränge anstreben.«

»Nur das Drumherum, Heransly, nur das Drumherum.«

»Was mich zu dem Grund führt, aus dem ich Sie treffen wollte«, sagte Heransly. »Ich habe gehört, dass Sie in den letzten Tagen viel Zeit mit Rockeforte verbracht haben und dass er die Gesellschaft Ihrer liebreizenden jungen Cousine genossen hat.«

»Was soll damit sein?«

»Sie wissen ganz genau, was«, fuhr Heransly ihn an. »Sie darf nicht heiraten, Loudor.«

»Sie denken, es sei wahrscheinlich, dass Rockeforte das Mädel heiraten wird?«

Heransly erwiderte nichts, daher legte Loudor seine Gabel beiseite und fuhr fort: »Sie haben es selbst gesagt, meine Cousine ist in der Tat ein liebreizendes Mädchen. Sie ist außerdem die Tochter eines Viscounts und ein Original. Man kann die Junggesellen nicht von einem solchen Köder fernhalten. Was allerdings Rockeforte betrifft ...« Loudor ließ seinen Satz dramatisch in der Luft hängen.

Heransly sprang fast von seinem Stuhl. »Sie haben Rockeforte angeworben? Sind Sie wahnsinnig! Mein Vater wird ...«

»Seien Sie kein Esel. Und sprechen Sie leise. Ich denke nicht, dass irgendjemand sich darum schert, was Sie sagen, aber der Lärm geht mir auf die Nerven. Ich könnte Rockeforte nicht rekrutieren, selbst wenn ich es versuchte. Er ist ein wenig amüsanter als seinesgleichen, das gebe ich zu, aber er ist trotzdem ehrenhafter, als es erträglich ist. Es schert mich auch nicht, wie viele Frauen er in seinem Bett hatte. Ich habe seiner Werbung um Sophie erst zugestimmt, nachdem er erwähnt hat, dass er nicht die Absicht habe, zu heiraten.«

»Das wäre ein kluger Plan, wenn Sie nicht gerade eben dargelegt hätten, wie ehrenhaft der Mann ist.«

Loudor tat das Argument mit einer knappen Handbewegung ab. »Ich sagte, er sei ehrenhaft, aber er ist kein Eunuch. Er will das Mädchen. Das hat er ganz deutlich gezeigt.«

»Ich weiß ein wenig über Rockeforte. Ich denke nicht, dass er der Typ ist, der ein Unschuldslamm in sein Bett holt.«

»Vielleicht will er nur wissen, ob er es könnte.« Loudor zuckte die Schultern und türmte ein kleines Häufchen Essen auf seiner Gabel auf. »Wen kümmert das schon? Seine bloße Anwesenheit hält die wahren Bedrohungen fern. Er teilt nicht gern. Und er wird sie gewiss nicht heiraten. Das hat er ebenfalls klargemacht.«

»Er wird nicht freundlich darauf reagieren, manipuliert worden zu sein«, bemerkte Heransly unbehaglich.

»Er wird es niemals erfahren.«

»Er ist kein Idiot.«

»Meiner Erfahrung nach sind alle Männer Idioten, wenn es um Lust geht.«

Heransly beobachtete voller Abscheu, wie Loudor sich den Mund vollstopfte. »Da ich mir sicher bin, dass sich diese Erfahrung auf Sie beschränkt, werde ich nicht widersprechen.«

8

Der Ball bei den Pattons unterschied sich für Sophie kaum von dem bei Lord Calmaton – bis hin zu der Tatsache, dass beide Gastgeber auf der Liste standen, die Mr Smith ihr gegeben hatte. Es waren zu viele Menschen da; eine beängstigende Anzahl von Kerzen; zu viel Seide, Schmuck und Speisen; und nicht annähernd genug Luft. Und, Gott vergebe ihr, sie genoss ihn von der ersten bis zur letzten Sekunde.

»Sophie! Da sind Sie ja!« Mirabelle bahnte sich einen Weg durch die Menge, um zu Sophie zu gelangen. »Himmel, was für ein Gedränge«, hauchte sie.

Sophie schenkte ihrer Freundin ein strahlendes Lächeln. »Ja, nicht wahr?«

Mirabelle erwiderte das Lächeln, dann verrenkte sie den Hals, um über Sophies Schulter zu spähen, runzelte die Stirn und fragte: »Wo ist Ihr Cousin?«

Sophie zuckte die Achseln. »Im Kartenzimmer, denke ich.«

»Jetzt schon? Ich wusste gar nicht, dass die Herren so früh beginnen.«

»Zweifellos hat mein Cousin auf dem Weg zum Kartenzimmer genug andere überredet, sich ihm anzuschließen.«

Mirabelle verzog angewidert den Mund. »Ich weiß, er gehört zu Ihrer Familie, Sophie, und sicher hat er eine Menge guter Eigenschaften, aber als Begleiter taugt er nicht viel.«

Sophie seufzte. »Ich weiß, und um ehrlich zu sein, als Cousin lässt er ebenfalls einiges zu wünschen übrig. Aber wie Sie sagten, er gehört zur Familie.«

Mirabelle nickte mitfühlend. »Ich habe auch solche Verwandten. Mein Onkel ist ein absoluter Flegel. Bedauerlicherweise ist er außerdem mein Vormund.«

»Das ist *wirklich* bedauerlich.«

»Ja, nicht wahr? Ich habe großes Glück, Lady Thurston zu haben. Sie ist seit meiner frühesten Kindheit ungewöhnlich freundlich zu mir. Sie besteht geradezu darauf, mir jedes Jahr die Saison hier in London zu finanzieren.«

»Ich wäre bereit zu wetten, dass dieses Unterfangen kein großes Opfer für sie bedeutet«, erklärte Sophie, die beobachtete, wie Lady Thurston mit einem ziemlich gut aussehenden älteren Mann sprach, eine hübsche Röte im Gesicht.

»Was genau der Grund ist, warum ich dem Arrangement weiterhin zustimme, und auch der Grund, warum ich kein besonders schlechtes Gewissen habe, dass ich ein Versager auf dem Heiratsmarkt bin.«

»Versager?«, fragte Sophie ungläubig. »An dem Abend, an dem wir uns kennengelernt haben, haben Sie nur zwei Tänze ausgelassen, soweit ich gesehen habe.«

»Trotzdem, ich bin ein anerkanntes Mauerblümchen.« Mirabelle formulierte die Tatsache ziemlich munter dafür, dass sie einen gesellschaftlichen Rang eingestand, der als nur geringfügig besser galt als die gefürchtete »alte Jungfer«.

»Ich kann meine Erlebnisse nur schwer mit Ihrer Feststellung in Einklang zu bringen«, murmelte Sophie nachdenklich.

»Sehen Sie dieses Mädchen dort drüben?«, begann Mirabelle anstelle einer Erklärung. »Die blonde junge Frau in dem hübschen, elfenbeinfarbenen Kleid, die in jungen Männern geradezu ertrinkt?«

Mirabelle wartete Sophies Nicken ab, bevor sie fortfuhr. »Sie heißt Elizabeth Tellijohn, und sie ist das, was man einen

Diamanten reinsten Wassers nennt. Sie ist schön, tüchtig, hat gute Beziehungen, gutes Benehmen und eine gewaltige Mitgift in Aussicht. Die Männer tanzen mit ihr, weil sie sie entweder verführen oder heiraten wollen oder beides. Männer tanzen mit mir, weil sie es müssen. Und das ist ein Zustand, mit dem ich ganz zufrieden bin.«

»Hätten Sie keine Lust, geheiratet oder verführt zu werden?«, fragte Sophie.

»Von dem richtigen Mann vielleicht, aber wenn ich in einem solchen Durcheinander nach ihm suchen sollte ...« Mirabelle deutete mit der Hand in die allgemeine Richtung der jungen Männer, die Miss Tellijohn umlagerten. »Ich denke, ich würde vielleicht verrückt werden.«

»Was gibt es an diesen Herren auszusetzen?«

Mirabelle zuckte die Achseln. »Vielleicht nichts. Vielleicht alles. Ich weiß es nicht, ich habe in der ganzen Zeit nur mit einem von ihnen getanzt, daher könnte ich es nicht mit Bestimmtheit sagen. Ich weiß jedoch, dass es eine Menge über einen Mann aussagt, wenn er nur bereit ist, mit einer Frau wie Miss Tellijohn zu tanzen und nicht mit einem Mauerblümchen.«

»Ich nehme an, das ergibt irgendwie einen Sinn.«

»Es ergibt absolut einen Sinn.« Mirabelle hielt für einen Moment nachdenklich inne, bevor sie weitersprach. »Wenn Sie sich jemals auf der Suche nach einem Ehemann befinden sollten – und ich hoffe, Sie sind nicht gekränkt, aber ich habe Ihren Äußerungen entnommen, dass Sie das gegenwärtig nicht sind –, schlage ich Ihnen vor, dass Sie genau nach den Herren Ausschau halten, die mit den Mauerblümchen tanzen.«

Sophies Gesichtsausdruck musste ihre Frage beantwortet haben, denn Mirabelle nickte und fuhr fort: »Ein Mann, der mit den am wenigsten begehrenswerten Mädchen tanzt, tut das aus einem von zwei Gründen. Entweder ist er mitfühlend genug, um zu begreifen, dass jedes junge Mädchen unbedingt tanzen möchte, selbst wenn es sein Bestes gibt, desinteressiert zu wirken. Dann gehört er zu den allerbesten und traurigerweise seltensten Herren. Oder seine Mutter zwingt ihn zu diesem speziellen Akt der Ritterlichkeit, und es gibt viel über einen jungen Herrn zu sagen, der mit einem Mauerblümchen tanzt, nur um seiner Mama zu gefallen.«

»Und aus welcher dieser beiden Gruppen stammt Ihre Schar von Bewunderern?«, erkundigte Sophie sich. »Für ein selbst ernanntes Mauerblümchen scheinen Sie ziemlich gefragt zu sein.«

Mirabelle lachte. »Oh, in der Tat. Ich stehe in dem recht zweifelhaften Ruf, Londons beliebtestes Mauerblümchen zu sein.«

»Mir war gar nicht klar, dass das überhaupt möglich ist.«

Mirabelle beugte sich vor, als würde sie ein großes Geheimnis offenbaren. »Der Trick besteht darin, das geringste aller Übel zu sein«, sagte sie mit einem kleinen Lächeln. »Die Schar meiner Verehrer rekrutiert sich aus denjenigen, die tanzen müssen, um ihre Mütter glücklich zu machen. In meiner ersten Saison habe ich penibel darauf geachtet, nicht affektiert zu sein, nicht zu flirten und niemandem auf die Zehen zu treten. Wenn möglich, und das war es im Allgemeinen, habe ich meine Tänzer zum Lachen gebracht. Kurzum, ich habe ihnen geholfen, sich ihrer Pflicht auf die denkbar angenehmste Weise zu entledigen, und wenn ihre Mütter beim nächsten Ball wieder verlangten, dass sie mit einem »dieser armen, reizlosen Mädchen« tanzten, erinnerten sie sich daran. Als Gegenleistung für meine Bemühungen bekomme ich Gelegenheit, mit einigen der nettesten Herren unter den

Anwesenden zu tanzen, und habe sogar das Vergnügen, einige von ihnen zu meinen Freunden zu zählen.«

Sophie starrte ihre Freundin für einen Moment an, bevor sie den Kopf schüttelte und lächelte. »Ich bin mir nicht sicher, ob ich beeindruckt sein soll von ihrer Schläue oder entsetzt über ihre Hinterlist.«

»Oh, beeindruckt, ohne Frage.«

Sophie blieb eine Erwiderung verwehrt, weil sich ein attraktiver junger Mann näherte, der vor Mirabelle eine schickliche, wenn auch einigermaßen verlegene Verbeugung machte.

»Miss Browning.«

»Mr Abner. Darf ich Ihnen Miss Sophie Everton vorstellen?«

Sophie knickste zur Begrüßung.

»Miss Everton ist gerade von ausgedehnten Reisen zurückgekehrt«, informierte Mirabelle ihn. »Zuletzt war sie in China.«

»Tatsächlich«, bemerkte Mr Abner. »Glänzend, glänzend ... genießen Sie Ihre Saison in London?«

»Ja, sehr, vielen Dank«, antwortete Sophie.

»Glänzend.« Er zupfte einmal an seiner Krawatte, dann schien er sich eines Besseren zu besinnen und verschränkte die Hände hinter dem Rücken.

Mirabelle schenkte ihm ein freundliches Lächeln. »Mr Abner ist ziemlich bekannt als tüchtiger Fechter.«

Mr Abner strahlte und warf kurz einen Blick auf eine respekteinflößende ältere Frau, dann drehte er sich wieder um und fragte: »Miss Browning, werden Sie mir die Ehre erweisen, mit mir zu tanzen?«

»Ich wäre entzückt«, erwiderte Mirabelle huldvoll und ergriff seinen Arm.

Es kostete Sophie ihre ganze Selbstbeherrschung, eine ungerührte Miene beizubehalten. Sie wähnte sich in Sicherheit, nachdem das Paar ihr den Rücken zugekehrt hatte, doch dann warf Mirabelle ihr über die Schulter einen Blick von solch übertriebener Unschuld zu, dass Sophie sich genötigt sah, zu den nächsten Balkontüren zu eilen.

Es war ein bequemer Fluchtweg und einer, den sie vielleicht später am Abend noch benötigen würde. Sie hatte bereits den erforderlichen Ausflug in den Waschraum gemacht und entdeckt, dass die einzige verschlossene Tür in der Haupthalle unglücklicherweise direkt gegenüber dem Billardzimmer lag, das mit einiger Sicherheit bereits von tanzfaulen Herren gut besucht war. Auf keinen Fall konnte sie sich durch die Tür gegenüber in das Studierzimmer schleichen.

Zudem würden sich Mrs Summers und die anderen Anstandsdamen als hinderlich erweisen. Sie hatten sich in einer Ecke des Ballsaals versammelt, von der aus sie zwar nicht den ganzen Tanzboden, sehr wohl aber die Türen zum Flur und zum Garten hin im Auge hatten.

Sophie seufzte und spähte über den Rand des Balkons. Nach unten ging es keine zwei Meter hinab. Das konnte sie mühelos schaffen. Natürlich wäre es einfacher, von der anderen Seite des Ballsaales aus in den Garten zu gehen und sich einen Weg zur Gartentür des Studierzimmers zu bahnen, doch es war dunkel, und in den Gärten einiger dieser größeren Häuser gab es Heckenlabyrinthe. Die Möglichkeit, sich in einem dunklen Labyrinth zu verirren, war zu albtraumhaft, um sie in Erwägung zu ziehen.

Außerdem war dies ein unbeachteter kleiner Balkon, wo ihr eine Entdeckung wenig wahrscheinlich erschien.

Sophie spähte zurück in den Ballsaal. Das Orchester war zu einem neuen Tanz übergegangen und Mirabelle zu einem anderen Partner. Darüber hinaus hatte sich wenig verändert. Was für Sophie und zu ihrem absoluten Unwillen ganz einfach bedeutete, dass ein gewisser Herr noch nicht eingetroffen war.

Sie musste wirklich – wirklich und wahrhaftig – aufhören, sich Gedanken über Rockeforte zu machen. Sie sollte ihre volle Aufmerksamkeit dem Unternehmen widmen, Whitefield zu retten. Schließlich wurde sie von dem Prinzregenten selbst bezahlt oder zumindest in seinem Auftrag, und was beschäftigte sie? Nicht ihre Aufgabe als Spionin und nicht die Tatsache, dass sie den Besitz ihrer Vorfahren möglicherweise verlieren würde, sondern ein Mann. Ein Mann, der sie zweifellos nur als eine weitere Eroberung betrachtete.

Sophie straffte die Schultern, hob ihre Röcke und schwang sich über das Balkongeländer. Sie würde in Lord Pattons Studierzimmer einbrechen und dann nach Hause fahren.

Die Aussicht darauf, einen Abend, der sonst schön gewesen wäre, in einem überfüllten Raum mit Menschen zu verbringen, die er ganz allgemein verabscheute, führte bei Alex für gewöhnlich dazu, dass ihn schon vorher ein kaltes Grauen befiel. Aber nachdem Sophie gesagt hatte, dass sie den Ball der Pattons besuchen wolle, hatte Alex sofort mit Bedauern seine Teilnahme am Konzertabend der Wycotts abgesagt.

Er hasste Bälle. Er hasste sie von ganzem Herzen.

In seiner Jugend mochte es eine Zeit gegeben haben, in der er sich auf ein solches Ereignis gefreut hatte – darauf, mit all den hübschen jungen Damen zu tanzen und zu flirten, all die gesetzten Matronen zu necken und zu schockieren, aber was immer an Freude er einst in solchen Aktivitäten gefunden hatte, war vor langer Zeit unter dem Ansturm kupplerischer Mütter, zickiger Debütantinnen und schleimender Idioten verschwunden, die allesamt fasziniert von seinem Titel und seinem Wohlstand gewesen waren, ohne die geringste Vorstellung davon zu haben, wer er war oder was er tat.

Dass andere sich überschlagen, um einem zu gefallen, findet man großartig, wenn man zehn ist; mit zwanzig ist es amüsant; mit dreißig ist es peinlich und beleidigend. Zugegeben, es gab einige Ausnahmen von der Regel. Da waren Menschen wie Mrs Peabody, die einzigartig unbeeindruckt von der Vorstellung waren, dass die vornehmsten Eigenschaften eines Individuums durch Geburt erworben sein sollten. Alex' engen Freunden war sein Titel ebenso gleichgültig, es sei denn, sie konnten ihn irgendwie zu einem Scherz auf seine Kosten benutzen.

Und jetzt Sophie. Das britische Fräulein, das in ihr steckte, bestand automatisch auf Förmlichkeiten, wenn sie es mit einem Angehörigen des britischen Hochadels zu tun hatte, aber mit der richtigen Ermutigung verrutschte diese Fassade, um eine eigensinnige, und, wie er sich vorstellte, leidenschaftliche Frau zum Vorschein zu bringen.

Heute Abend freute er sich tatsächlich auf einen Ball, und der Grund dafür war sie. Er wollte diese Frau wiedersehen.

Mit angemessener Verspätung traf er auf dem Ball ein. Bei jedem anderen als einem Herzog wäre diese nicht mehr angemessen gewesen. Zuerst hatte man von ihm verlangt, seine Krawatte zu wechseln, nachdem er in einer sehr unherzoglichen Weise etwas Portwein darauf verschüttet hatte, dann sollte er seine Schuhe wechseln, nachdem er auf dem Weg zu seiner Kutsche in eine Pfütze getreten war, und schließlich hatte er auf einen Wechsel der Kutsche warten müssen, nachdem sich herausgestellt hatte, dass ein Rad der ersten beschädigt gewesen war.

Er war immerhin ein Herzog, und daher kam er auf jeden

Fall passend – ganz egal, wann er einzutreffen geruhte. Und immerhin kam er mit einem Lächeln. Selbst die Missgeschicke dieses Abends hatten es nicht vermocht, seine gute Laune zu dämpfen.

Nachdem er jedoch eine halbe Stunde lang vergeblich versucht hatte, Sophie zu erspähen, war von Alex' Lächeln nur noch eine Grimasse übrig. Wenn noch ein einziger weiterer verdammter Narr ihn fragte, wo er seine Krawattennadel herhatte ...

»Warum kommst du zu einem Ball und machst dann ein Gesicht, als würde dir die Anwesenheit körperlichen Schmerz verursachen?«

Der Klang von Whits Stimme riss ihn aus seinen düsteren Überlegungen. Er stellte sich wirklich dumm an. Wahrscheinlich war das Mädchen in den Ruheraum der Damen gegangen und dort in irgendwelche seichten Gespräche verwickelt worden. Irgendwann würde er sie finden. Er brauchte nur ein wenig Geduld zu haben.

»Ah, viel besser so«, kommentierte Whit auf eine ausnehmend joviale und daher ausnehmend aufreizende Art und Weise. »Du hast nämlich schon die jungen Damen beunruhigt.«

»Nicht annähernd genug, um ihre Mütter abzuschrecken.«

Whit fuhr fort, als hätte er ihn gar nicht gehört. »Ich hatte befürchtet, dass du vielleicht jemandem an die Kehle gehen würdest.«

Alex warf seinem Freund einen vernichtenden Blick zu. »Führe mich nicht in Versuchung, Whit.«

»Apropos Kehle – ist das eine neue Nadel?«

Zur Hölle mit der Geduld. »Hast du Sophie gesehen?«

Whit zuckte die Achseln. »Ist schon ein Weilchen her. Sie ist auf den Balkon dort gegangen. Allein, falls dich das interessiert, aber ich bin mir sicher, dass sie inzwischen fort sein wird. Hast du den Kobold gesehen?«

»Mirabelle? Nein, warum?«

Whit verzog das Gesicht. »Ich habe meiner Mutter versprochen, heute Abend wenigstens einmal mit dem kleinen Teufelsbraten zu tanzen.«

»Denkst du nicht, es wird Zeit, dass du deinen Groll begräbst?«

Whit wirkte aufrichtig überrascht über diese Vorstellung. »Warum das denn?«

Alex widerstand dem Drang, seinem Freund einen Klaps auf den Hinterkopf zu geben. »Sie ist ein unverheiratetes Mädchen mit einem Trunkenbold von Onkel als Vormund, Whit. Sie braucht jemanden, der für sie eintritt.«

Whit sah ihn an, als wäre er ein völlig Fremder. Ein komplett wahnsinniger Fremder. »Sprechen wir von demselben Mädchen? Braunes Haar, braune Augen, die Zunge einer Natter? Denn sie hat jemanden, der für sie eintritt – ich glaube, er nennt sich Luzifer.«

Alex wusste, dass er seinen Freund nicht würde überzeugen können.

»Geh tanzen, Whit.«

»Entschlossen, die schöne Sophie zu finden, wie?«

Alex nickte knapp.

»Waidmannsheil«, murmelte Whit wohlgelaunt. »Ich ziehe jetzt los, um einen Drachen zu erlegen.«

Alex machte sich auf den Weg zu dem Balkon, ohne sich mit einer Antwort aufzuhalten. Whits kleiner Scherz hatte einen Nerv getroffen. Seine Besessenheit von Sophie wurde langsam absurd. Es war eine Sache, sich darauf zu freuen, sie zu sehen, aber ihr nachzujagen wie ein Hund einem Fuchs war eine ganz andere Sache. Es war lächerlich, idiotisch. Verdammt demütigend. Und er hoffte inbrünstig, dass niemand sonst es bemerkte, denn er hatte nicht die Absicht, aufzuhören, ehe er sie zur Strecke gebracht hatte.

Auf dem Balkon kam es jedoch nicht dazu. Genau, wie Whit vorausgesagt hatte, war Sophie nicht mehr dort. Enttäuscht erwog er, den Ruheraum zu stürmen, doch schließlich kühlte ihn die kalte Nachtluft ein wenig ab und verhalf ihm wieder zu einem klaren Kopf, und er entschied sich für eine taktvollere und unendlich weniger peinliche Methode, indem er Mirabelle bat, in den Ruheraum zu gehen und sich umzusehen.

Alex wandte sich um, aber eine Bewegung in der Dunkelheit unter ihm ließ ihn innehalten.

Sophie. Sie war allein im Garten und wirkte ziemlich verloren. Alex' Mund verzog sich langsam zu einem Lächeln, und er fragte sich, ob er annähernd so raubtierhaft aussah, wie er sich fühlte.

»Hallo«, flüsterte er. Dann ließ er sich mit der Anmut einer großen Katze über das Geländer gleiten.

Sophie hörte den Luftzug, kurz bevor Alex keinen Meter von ihr entfernt auf dem Boden landete.

»Allmächtiger Gott!«

»Pst, es wird Sie noch jemand hören.«

In dem Moment erschien diese Möglichkeit erheblich weniger wichtig als die Notwendigkeit, ihr Herz in seinen natürlichen Rhythmus zurückzuzwingen. Es kostete etliche Sekunden, dies zu erreichen. Ihre nächste Priorität war es, den lachenden Mann, der vor ihr stand, zu blutigem Brei zu schlagen.

»Autsch! Hören Sie auf damit!«

»Womit soll ich aufhören?« Zack.

»Lassen Sie das!« Bum.

»Das ist alles, was Sie sagen können?« Zack.

»Genug«, lachte Alex und packte trotz ihres wilden Gefuchtels zielsicher ihre Handgelenke.

»Sie haben mich fast zu Tode erschreckt!«

»Ich denke nicht, dass das möglich ist. Es sei denn, Sie hätten ein schwaches Herz. Das haben Sie doch nicht, oder?« Angesichts der Vorstellung schien er nicht übermäßig besorgt, eher erheitert. Und dazu sah der Bastard kein bisschen derangiert aus! Er war auf den Füßen gelandet, als wäre es Routine für ihn, von einem Balkon zu springen. Sie dagegen war bei ihrem Sprung in eine Hecke gerollt.

Und wofür das alles? Sie hatte in Mr Pattons Studierzimmer nicht das Geringste gefunden. Sie war durchs Fenster eingestiegen, hatte jede Schublade und jeden Schrank durchsucht und immer noch mit leeren Händen dagestanden. Dann hatte sie aus dem Fenster klettern müssen, nur um zu entdecken, dass die zwei Dienstboteneingänge im hinteren Teil des Hauses tatsächlich benutzt wurden. Und so war sie gezwungen gewesen, den ganzen Weg wieder zurückzugehen …

»Sophie?«

Sie blickte auf. Alex wirkte jetzt ein wenig angespannt. Gut. Sie sollte ihn ein wenig schmoren lassen, es würde ihm recht geschehen. Sie unterdrückte einen Seufzer. Nein, das würde es nicht. Wer weiß, vielleicht war seine Mutter an einem Herzversagen gestorben …

»Soph…«

»Nein«, blaffte sie und befreite mit einem Ruck ihre Hände, »ich habe kein schwaches Herz. Obwohl Sie die Möglichkeit in Betracht hätten ziehen sollen, bevor Sie mich wie ein verrückt gewordener Orang-Utan angesprungen haben.«

»Verrückt gewordener was?«

»Orang…«

»Oh, ich habe Sie schon verstanden. Ich war nur überrascht. Die meisten jungen Damen haben noch niemals von einem Orang-Utan gehört, geschweige denn, einen in einem Vergleich benutzt.«

»Ich bin nicht ›die meisten jungen Damen‹.«

»Das ist mir aufgefallen«, sagte er und rieb sich kläglich die Brust. »Wer hat Sie gelehrt, wie man einen Boxhieb platziert?«

»Mr Wang.«

»Er muss ein ziemlich guter Lehrer gewesen sein. Was Sie da mit ihren Fäusten gemacht haben ... beeindruckend.«

»Er ist ein Meister, und er hatte eine hingebungsvolle Schülerin. Wenn ich Ihnen wirklich hätte wehtun wollen«, erklärte sie naserümpfend, »hätte ich das tun können.«

Alex grinste sie an. »Das bezweifle ich nicht.«

Es kostete sie beträchtliche Anstrengung, ihr Gesicht zu einem finsteren Ausdruck zu zwingen.

Jetzt, da sich der Schreck über seinen dramatischen Auftritt langsam legte, wurde es schwierig, weiter wütend auf ihn zu sein. Es hatte etwas köstlich Verderbtes, mit einem bekannten Schürzenjäger allein in einem Garten zu sein. Vor allem, wenn besagter Schürzenjäger sein Bestes tat, um sie zu betören.

Und sie war ziemlich stolz auf die Fertigkeiten, die Mr Wang sie gelehrt hatte.

»Also, verraten Sie mir, meine kleine Boxerin, was machen Sie ganz allein hier im Garten?«

Ein kleiner Teufel ritt sie in diesem Moment; sie setzte eine leicht hochmütige Miene auf und sagte mit untypisch koketter Stimme: »Woher wissen Sie, dass ich ganz allein war?«

Alex' Grinsen verschwand sofort. »Waren Sie das nicht?«

Sie zuckte nonchalant die Schultern, drehte ihm den Rücken zu und ging einige Schritte, um einen Rosenbusch zu inspizieren. Es war ein törichtes Getue in einem törichten Spiel, aber es erzielte interessante Resultate.

»Beantworten Sie mir meine Frage, Sophie«, fuhr er sie an.

Ah, das machte Spaß.

Sie zuckte abermals die Achseln und beugte sich vor, um an einer der Blüten zu schnuppern. »Vielleicht war ich es und vielleicht auch nicht. Was geht Sie das an?«

Ihr war, als hörte sie ihn etwas knurren, das wie »Gute Frage« klang, aber da sie Desinteresse mimen wollte, forderte sie ihn nicht auf, lauter zu sprechen.

Allerdings hörte sie sehr wohl, wie er fluchte.

»Wer war es, Sophie?«, blaffte er hinter ihr. »Einer dieser lächerlichen Gecken oder dieser Casanova, Lord ... hören Sie auf, mit den Achseln zu zucken!«

Er hatte sie mit zwei schnellen Schritten erreicht. Sie hatte nicht einmal Zeit gehabt, sich zur Gänze aufzurichten, bevor er sie an den Schultern packte, herumwirbelte und grob an sich zog.

»Wer?«, verlangte er zu wissen.

»Ähm ...« Auch wenn das Spiel immer noch interessant war, war sie sich nicht ganz sicher, ob es nach wie vor als Spaß durchgehen konnte.

»Sie werden keinen, ich wiederhole, keinen Mann, absolut keinen allein in irgendeinem Garten treffen«, befahl er mit einer Selbstherrlichkeit, die seinem Zorn beinahe das Wasser reichen konnte. »Habe ich mich ...«

»Außer mit Ihnen natürlich«, bemerkte sie. Jedes vernünftige Mädchen hätte gewusst, dass dies ein guter Zeitpunkt war, um den Mund zu halten und einfach zustimmend zu nicken. Sophie hatte sich immer für ein einigermaßen vernünftiges Mädchen gehalten, aber im Moment war sie bereit, diese Ansicht einer erneuten Prüfung zu unterziehen. Alex Finger spannten sich um ihre Oberarme. Er senkte den Kopf, bis ihre Gesichter nur Zentimeter voneinander entfernt waren, und sie die Umrisse ihres Spiegelbildes in seinen grünen Augen sehen konnte.

»Habe ich mich klar ausgedrückt?«, knirschte er.

Sie schluckte oder versuchte es, da ihr Mund plötzlich ziemlich trocken geworden war. »Ja«, hauchte sie mit heiserer Stimme.

»Gut. Ich verbiete es.«

Das verlangte einfach nach einer Reaktion.

»Nun, nun, das ...«

Alex senkte den Kopf und küsste sie. Ob er es tat, um sie zum Schweigen zu bringen, oder einfach deshalb, weil er es wollte, wusste sie nicht. Noch kümmerte es sie, denn dies war ihr erster richtiger Kuss.

Und er war umwerfend. Es war nicht das sanfte Aufeinanderdrücken von Lippen, als dass sie sich das Küssen immer vorgestellt hatte, und offengestanden hatte sie diesen Vorstellungen eine Menge Zeit gewidmet. Nein, dieser Kuss war nachdrücklich, wild, atemberaubend. Alex umarmte sie und zog sie an sich, presste sie an sich. Sophie verlor alles Gefühl für Vernunft, alles Gefühl für Zeit und Raum, verlor alles bis auf die Fähigkeit zu empfinden.

Ihre Hände fanden seine Brust, seinen Hals, sein Gesicht. Ihre Finger fuhren in sein Haar, strichen durch diese reizvolle Locke über der Stirn, die sie nun schon seit Tagen hatte berühren wollen, und verfingen sich in seinem Nacken, während sie sich mühte, ihn noch näher heranzuziehen. Sie konnte ihm gar nicht nah genug sein. Er stöhnte und knabberte an ihrer Unterlippe. Etwas Heißes breitete sich von ihrer Brust bis hinunter in die Zehen aus.

Alex ließ ihren Mund in Frieden, um mit den Lippen über die Seite ihrer Kehle zu streichen. Sie schmeckte wie jede nur denkbare Süßigkeit, nach der er sich je verzehrt hatte, zur gleichen Zeit. Seine Hand stahl sich nach oben und streifte leicht ihren Busen, neckte beide Brüste. Sophie stöhnte, und das leise Geräusch sandte eine grimmige Welle von Verlangen durch seinen Körper. »Mein Gott, Sophie.«

Sophie ... Sophie Everton.

Bei dem Namen läuteten Alarmglocken in seinem Kopf. Sie waren nicht laut genug, um ihn daran zu hindern, sie abermals zu küssen, doch sie waren beharrlich. Ein kleines Läuten, das sich an der Begierde vorbeischlich.

Miss Sophie Everton, die Frau, die zu beobachten er ausgeschickt worden war. Die Frau, deren Cousin im Verdacht stand, ein Verräter zu sein. Die Frau, die ihn, den Herzog von Rockeforte, dazu trieb, Ballsäle zu durchsuchen, von Balkonen zu springen und sich zu benehmen wie ein anmaßender, besitzergreifender ... Orang-Utan.

Alex löste sich, packte Sophie mit dem letzten Rest seiner Willenskraft und schob sie um Armeslänge von sich weg.

Sophie stolperte ein wenig, bevor sie das Gleichgewicht wiedergewann. Wenn der Kuss unerwartet gewesen war, so war seine Beendigung ein absoluter Schock. Sie war keine Expertin in diesen Angelegenheiten, weit gefehlt, aber ... hätten sie nicht zuvor ein wenig langsamer machen sollen? Es kam ihr alles ziemlich abrupt vor. Ihr Herz und ihre Gedanken rasten noch immer, nach wie vor verloren in dem Kuss. Und sie begriff – sie war noch nicht ganz bereit dafür, dass er endete.

Alex dagegen wirkte erschöpft. Er krümmte sich und stützte die Hände auf die Knie. Sie konnte sein Gesicht nicht sehen, aber seine Schultern zitterten, als ... als lache er.

»Lachen Sie etwa?«, fragte sie und wünschte, ihre Worte wären mehr als ein entsetztes Wispern gewesen.

Alex holte tief Luft und richtete sich auf. »Sophie …«

»Sie lachen tatsächlich!« *Gütiger Gott.*

»Nein! Nun, ja, das tue ich, aber …«

»Sie herzloser … abscheulicher …« Oh, wie sehr wünschte sie, ihre besten Schimpfworte würden einer Sprache entstammen, die er verstand. »Ich kann nicht glauben – nein, warten Sie, doch, ich kann es. Ja, ich kann es glauben! Sie sind verachtenswert. Sie sind … Sie sind …« Arg!

»Sophie, bitte, wenn Sie mich nur anhören …«

»Nein! Nicht! Fassen Sie mich nicht an«, zischte sie. Sie sah rot. Feuerrot. »Fassen Sie mich nie wieder an. Kommen Sie nicht mal mehr in meine Nähe, oder bei Gott, ich werde Sie entmannen. Nun, habe ich mich klar ausgedrückt?« Sie wartete nicht auf eine Antwort, sondern drehte sich nur auf dem Absatz um und ging davon.

9

»Du hast sie ausgelacht?« Whits Gabel voll Ei war auf halbem Wege zu seinem Mund, als Alex seinen Bericht über die Ereignisse des vergangenen Abends beendete.

»Ich habe nicht sie ausgelacht«, knurrte Alex. »Ich habe über die Situation gelacht.« Die Ausrede klang laut ausgesprochen noch lahmer, als er schon befürchtet hatte.

Whit beäugte ihn zweifelnd. »Ich bin mir sicher, Miss Everton war entzückt, das zu hören.«

Alex zuckte sichtlich zusammen. Sophies Reaktion konnte, so sehr man seine Fantasie auch strapazierte, nicht als Entzücken beschrieben werden.

Whit stieß ein Geräusch aus, das irgendwo zwischen einem Schnauben und einem Lachen lag, dann stopfte er weiter Rührei in sich hinein.

Alex musterte desinteressiert seinen eigenen Teller. Er hatte wirklich keinen Hunger mehr. Er hatte Whit zu einer gottlosen Stunde – acht Uhr – an diesem Morgen geweckt und ihn dazu überredet, ihn zu *White's* zu begleiten, indem er ihm ein freies Frühstück sowie die Benutzung seines Schimmelgespanns versprach. Whit war sein ältester und treuester Freund und hätte sich wahrscheinlich auch ohne einen zusätzlichen Anreiz bereitgefunden, Alex zu begleiten, aber Alex hatte kein Risiko eingehen wollen. Er brauchte unbedingt einen Ratschlag. Als er nun seinem Freund dabei zusah, wie dieser abwechselnd gluckste und sein Frühstück herunterschlang, fragte Alex sich, warum er sich die Mühe überhaupt gemacht hatte.

Offensichtlich würde Whit keine Hilfe sein.

»Wieso hast du das nur getan?«, fragte Whit und spießte ein Stück Schinken auf.

»Das habe ich mich in den letzten acht Stunden selbst gefragt.« Tatsächlich hatte er sich genau diese Frage dreimal pro Minute gestellt, und zwar jede Minute der letzten acht Stunden.

»Und?«, hakte Whit nach und schob sich den Schinken in den Mund.

Alex stöhnte und legte angewidert seine Gabel beiseite. »Und ich glaube, ich habe restlos den Verstand verloren.« Whit nickte zustimmend und aß weiter.

Alex wünschte wirklich, er hätte seinem Freund nicht seine beiden Schimmel angeboten. »Ich kann nur hoffen, dass es nicht von Dauer ist«, brummte er.

»Oder ansteckend«, ergänzte Whit, dann zuckte er die Schultern. Er schluckte und sagte: »Blumen, Süßigkeiten und eine Erklärung wären verdammt noch mal besser als ›Es war die Situation‹. Außerdem würde ich dir ernsthaft raten, einfach zu Kreuze zu kriechen. Je eher, desto besser.«

»Ich bin mir sicher, dass du mir das raten würdest.«

»Warum suchst du Sophie nicht heute Nachmittag auf? Es hat keinen Sinn, das Problem gären zu lassen. Ich werde natürlich zur moralischen Unterstützung mitkommen.« Whit griff nach einem Scone und brachte es dann durch irgendwelche unheiligen Mittel fertig, mit vollem Mund boshaft zu feixen.

Alex ergötzte sich kurz an der Vorstellung, seinen Freund zu verprügeln, aber der Mann hatte gerade einen ganzen Teller mit Eiern und Schinken verschlungen. Die darauffolgende Schweinerei war die Genugtuung nicht wert.

»Wir sehen uns morgen«, blaffte Alex. Er warf seine Serviette auf den Tisch und stand auf. »Keine Minute früher.«

Whit salutierte frech mit der Gabel und kaute weiter. Alex starrte ihn finster an und erwog noch einmal Prügel. Dann begnügte er sich mit einem deftigen Schimpfwort und ging.

Ohne besonderes Interesse blickte Sophie aus dem Fenster der Kutsche. Ihr war nicht nach Einkäufen zumute, doch sie hatte sich gestern mit Kate und Mirabelle verabredet. Sie waren beide ganz reizend, und an jedem anderen Tag hätte Sophie sich auf ihre Gesellschaft gefreut. Aber nicht heute. Heute wäre sie am liebsten im Bett geblieben und hätte sich in Selbstmitleid und Selbstvorwürfen gesuhlt.

Er hätte sie nicht küssen dürfen. Das war alles, woran sie denken konnte. Und sie hätte seinen Kuss nicht erwidern dürfen. Aber er hatte es getan, dann hatte sie es getan, und es ließ sich nicht wieder ungeschehen machen. Und wenn sie ganz ehrlich war, wollte sie es auch nicht wirklich ungeschehen machen. Sie wünschte sich jedoch inbrünstig, dass das Zwischenspiel mit etwas anderem geendet hätte als damit, dass Alex sie ausgelacht hatte.

Es war ein wunderbarer Kuss gewesen, zumindest von ihrem unerfahrenen Standpunkt aus. Sophie runzelte die Stirn und ließ sich in die Polster sinken. Anscheinend betrachtete Alex das Zwischenspiel aus einer gänzlich anderen Perspektive. Nämlich aus der eines Schürzenjägers. Wahrscheinlich hatte er Dutzende von Frauen geküsst, Legionen, und zweifellos waren die meisten von ihnen erheblich versierter in der Kunst des Küssens als sie, aber wirklich, es war eine unverzeihliche Grausamkeit gewesen, über ihren Mangel an Fertigkeiten zu lachen.

Es war demütigend gewesen. Und es tat weh, noch mehr, als sie erwartet hätte. Sie hatte aufrichtig begonnen, Alex zu mögen, und für einen herrlichen Moment, als er die Arme um sie gelegt und sie die Lippen aufeinander gepresst hatten, hatte sie sich schön gefühlt, geschätzt und begehrt.

Und dann hatte er gelacht. Und sie war nach Hause gelaufen, jeder Zoll das leichtgläubige Mädchen vom Lande, und sie hatte geweint.

Das Öffnen des Wagenschlags rettete Sophie davor, diese schmerzliche Erinnerung noch einmal durchleben zu müssen. Sie blinzelte den Bediensteten zweimal an, bevor sie begriff, dass sie das Stadthaus der Coles erreicht hatten. Sie ließ sich hinunterhelfen und blieb dann einen Moment auf der Vordertreppe stehen, um die Schultern zu straffen und ihre Gedanken zu klären.

Rockeforte war ein Flegel, ein Schürzenjäger, ein Schurke und noch manch anderes, das ihr in diesem Moment nicht einfiel. Er war die Anstrengung nicht wert, die es kostete, wütend zu sein, und definitiv war er ihrer Tränen nicht würdig. In Zukunft würde sie ganz einfach absolut nichts mit dem Mann mehr zu tun haben.

»Sophie! Was stehst du denn da auf der Treppe?«

Sophie brauchte einen Moment, um zu begreifen, dass es Kate war, die nach ihr rief. Sie lehnte sich dazu weit aus einem Fenster im oberen Stockwerk. Sophie zuckte zusammen, denn die junge Frau war allgemein dafür bekannt, durch ihre Ungeschicklichkeit immer wieder Unheil heraufzubeschwören.

Kate schien die prekäre Natur ihrer Position nicht bewusst zu sein. »Kommen Sie doch herein. Mira und ich brennen darauf, aufzubrechen. Oh, warten Sie!« Kate verschwand für einen Moment und kehrte dann ans Fenster zurück, um sich diesmal noch weiter hinauszulehnen. Sophie war erleichtert, als von hinten eine Hand Kates Kleid packte und festhielt.

»Sparen Sie sich die Mühe, Sophie«, rief Kate wohlgelaunt. »Wir sind gleich unten.«

Wenig später waren Mirabelle, Kate und zwei Zofen zusammen mit zwei Bediensteten mit der Kutsche unterwegs.

Es war schwer, in der Gesellschaft von Kate und Mirabelle schlecht gelaunt zu bleiben. Kates natürliche Lebhaftigkeit und Mirabelles Schlagfertigkeit entlockten Sophie ein Lächeln, dann ein Grinsen und schließlich ein Lachen, noch bevor sie den modischen Einkaufsbezirk der Bond Street erreichten.

Und dann waren da natürlich die Läden selbst. Sophies früherer Einkaufsausflug in London war eilig und zweckdienlich gewesen, tatsächlich nicht viel mehr als eine Pflichtübung. Es war etwas ganz anderes, von Laden zu Laden zu schlendern, ohne Einkaufslisten und den Druck, in knapp einer Woche eine ganze Garderobe zu erwerben.

Die Mädchen waren ein lebhaftes Paar, dem viel mehr an einem angenehmen Vormittag lag als daran, das perfekte Häubchen oder den neuesten Musselin zu finden. Nach Sophies Eindruck hatten sie in weniger als zwei Stunden ein Dutzend Läden besucht und zu dritt insgesamt zwei neue Bänder und einen Federkiel gekauft.

Der ganze Morgen war wirklich ziemlich wundervoll gewesen und nur geringfügig beeinträchtigt worden, als Kate über etwas stolperte, das nach Sophies Vermutung ihre eigenen Füße waren, und mit einem behäbigen Herrn zusammenstieß, der aus einer Buchhandlung kam. Er erschien nicht im Mindesten pikiert über den Zwischenfall. Kate hatte während ihrer Entschuldigung auf entzückende Art verlegen gewirkt. Am Ende war es dem Mann irgendwie gelungen, die Verantwortung für das Ereignis auf sich zu nehmen, und er war mit einem ziemlich törichten Lächeln davongegangen. Mirabelle hatte stark danach ausgesehen, als wollte sie die Augen verdrehen, und Sophie hatte ihr Gelächter kaum bezähmen können, bis das glücklose Opfer außer Hörweite gewesen war.

Als sie sich in einer Konditorei niederließen, um ein Eis zu essen, fühlte Sophie sich schon bedeutend besser.

»Oh! Seht nur, seht nur, er ist es«, rief Kate und warf beinah ihren Stuhl und den halben Tisch um, nur um einen jungen Mann besser sehen zu können, der langsam auf der gegenüberliegenden Straßenseite vorüberging. Mirabelle hielt den Stuhl ihrer Freundin mit geübter Beiläufigkeit fest.

»Er wer?«, fragte Sophie.

»Lord Martin«, flüsterte Kate ehrfürchtig.

»Sie hat eine Schwäche für ihn«, erklärte Mirabelle.

Sophie brachte ihren Eisbecher in Sicherheit, bevor Kate ihn vom Tisch werfen konnte, als sie sich noch weiter vorbeugte. »Was du nicht sagst«, erwiderte Sophie trocken. Sie hatten beschlossen, einander zu duzen.

Sie wandte sich zum Fenster und musterte den jungen Mann mit akademischem Interesse. Lord Martin musste ungefähr in ihrem eigenen Alter sein, vielleicht ein oder zwei Jahre älter. Er war groß und blond, hatte breite Schultern, schmale Hüften und trug eine grüne Jacke von modischem Schnitt, eine hellbraune Kniehose sowie die obligatorischen Reitstiefel. Selbst aus der Entfernung war klar, dass er ein angenehmes Gesicht hatte. Sophie konnte Kates Interesse gewiss verstehen. Lord Martin schien dem gegenwärtigen Ideal maskuliner Schönheit voll und ganz zu entsprechen. Beinahe zu gut. Sie blinzelte. Dann legte sie den Kopf schräg.

»Er trägt Polster«, bemerkte Mirabelle.

»Was heißt das?«, fragte Sophie.

»Mira!«, rief Kate im gleichen Moment.

Mirabelle drehte sich zu Sophie um, um ihr als Erste zu antworten. »Polster, um die Schultern oder Oberschenkel zu betonen, ist heutzutage eine ziemlich verbreitete Praxis unter den Herren«, erklärte sie, bevor sie sich zu Kate umdrehte. »Also, ich verachte deinen Lord Martin nicht. Ich stelle lediglich eine Tatsache fest.«

Kate stieß ein ungläubiges Schnauben aus und richtete ihre Aufmerksamkeit wieder auf den nichts ahnenden Passanten. »Bei dem, was ich trage, um meine natürlichen Formen zu kaschieren, säße ich wahrlich im Glashaus, wenn ich Lord Martin danach beurteilen wollte.« Sie beobachtete den Mann, bis er um eine Ecke verschwand, dann ließ sie sich seufzend wieder auf ihren Stuhl fallen und schenkte Mirabelle ein kleines Lächeln. »Ich zweifle nicht an deiner Aufrichtigkeit, Mira«, sagte sie freundlich. »Nur an deiner Beobachtungsgabe.«

Mirabelle zuckte die Achseln. »Um ehrlich zu sein, die Beine könnten sehr gut ... nun, seine eigenen sein, aber die Schultern sind es nicht. Es ist mir aufgefallen, als wir Walzer getanzt haben. Sie sind nicht vollkommen weich, aber ...«

»Du hast mit ihm Walzer getanzt?«, fragte Kate. »Ich kann nicht fassen, dass du mir das nicht erzählt hast.«

Mirabelles Augen zuckten in die Höhe. »Sei nicht dumm, natürlich habe ich es dir erzählt. Du bestehst darauf, jedes Detail über jede Gelegenheit zu erfahren, bei der ich Seine Lordschaft gesehen habe. Ich erzähle dir von jedem Tanz oder Gespräch oder wenn wir auch nur im selben Raum waren.«

»Zusammen getanzt, ja«, konterte Kate. »Zusammen Walzer getanzt, nein.«

»Walzer ist ein Tanz«, gab Mirabelle zurück.

»Eine Quadrille ist ein Tanz, ein Walzer ist ... ist ...«

»Eine Abfolge von Tanzschritten zu Musik, also ein Tanz«, beendete Mirabelle ihren Satz für sie. »Wie jeder andere.«

»Wirst du bei deinen zukünftigen Berichten genauer sein?«, erkundigte Kate sich.

»Wenn du darauf bestehst«, seufzte Mirabelle.

»Ja, das tue ich.«

Mirabelle wandte sich mit einem kläglichen Lächeln an Sophie. »Kate ist seit dem zarten Alter von acht Jahren wahnsinnig in Lord Martin verliebt«, erklärte sie.

»Ich leugne es nicht«, antwortete Kate schnippisch.

Sophie genoss jede Minute in der Gesellschaft ihrer Freundinnen. Sie genoss das Gelächter, die Nähe, das gutmütige Geplänkel, das niemals auch nur entfernt etwas Grausames hatte. Sie genoss es, Freundinnen zu haben. Gestern hatte sie ihre Gesellschaft genossen, aber heute genoss sie ihre Freundschaft.

Sie hatte wirkliche, echte Freundinnen.

Die berauschende Freude, die diese Erkenntnis begleitete, war fast überwältigend. Noch nie zuvor hatte Sophie Freunde gehabt. Nicht, seit ihre Schwester gestorben war. Dies waren junge Frauen ihres eigenen Alters, mit denen sie zusammen sein wollte und die ihrerseits mit ihr zusammen sein wollten. Sie schlossen sie ihn ihre Scherze und Geschichten ein, in ihre Geheimnisse und Träume, und das alles ohne Peinlichkeit oder Verstellung, und sie fühlte sich akzeptiert.

»Gütiger Himmel«, rief Mirabelle und riss Sophie aus ihren Betrachtungen. »Seht nur, wie spät es ist!« Sie griff in ihr Ridikül und kramte einige Münzen heraus, die sie auf den Tisch legte. »Wir treffen uns bei dir zu Hause, Kate. Das sollte meinen Anteil abdecken.«

Kate betrachtete die Münzen und seufzte. »Willst du mir nicht erlauben …?«

Mirabelles zorniger Blick ließ sie abbrechen.

»Also schön«, murmelte Kate.

Sophie griff nach ihrer eigenen Tasche. »Fährst du nicht mit uns zurück, Mirabelle?«

Mirabelle schüttelte den Kopf. »Nein, ich habe noch eine Besorgung zu machen, aber ich erlaube nicht, dass ihr meinethalben zu spät kommt. Ich werde für den Rückweg eine Droschke nehmen. Und sieh mich nicht so an, Kate, ich werde einen der Bediensteten und eine Zofe mitnehmen, und deine Mutter braucht niemals davon zu erfahren.«

»Es macht mir nichts aus, zu warten, wenn du möchtest«, erbot sich Sophie.

»Das ist lieb von dir, aber ich bestehe darauf, dass du zu deiner Mrs Summers zurückkehrst. Sie klingt wie ein veritabler Habicht.«

»Im Allgemeinen schon«, sagte Sophie. »Aber in letzter Zeit war sie bemerkenswert nachlässig.«

Mirabelle drückte Kate einen Kuss auf die Wange, dann drehte sie sich um und tat das Gleiche mit Sophie. »Dann sehe ich euch morgen beim Tee«, sagte sie und verschwand.

Es war keine Bitte gewesen, sondern eine offene Einladung. Sophie schaffte es nur mit knapper Not, das breite Lächeln zu verbergen, das von Ohr zu Ohr gereicht hätte und sie zweifellos wie eine halb Wahnsinnige hätte aussehen lassen. Sie hatte Freundinnen.

Kate und Sophie beglichen ihre Rechnungen und traten auf die Straße hinaus, um auf ihre Kutsche zu warten. Es war wirklich ein schöner Tag, sonnig, aber mit genug Kühle in der Luft, dass Sophie sich nicht überhitzt fühlte in ihrer vielschichtigen Kleidung.

»Unsere Kutsche sollte jeden Moment hier sein«, bemerkte Kate. »Einer von den ... wahrhaftig, was um alles in der Welt tut dieses Mädchen da?«

Damit beschäftigt, das selbst herauszufinden, antwortete Sophie nicht sofort. Ein junges Mädchen, vielleicht auch eine Frau – sie war zu sehr in Lumpen eingehüllt, als dass Sophie ihr Alter hätte abschätzen können –, hatte sich ganz in die Mitte der Straße begeben und beugte sich über die Pflastersteine. Sie wandte den Mädchen den Rücken zu, aber trotzdem konnte Sophie sehen, dass sie mit den Fingern in der Rille zwischen zwei Steinen grub.

»Denkst du, sie hat etwas verloren?«, fragte Kate hoffnungsvoll.

»Ich denke, das hat sie, aber ich bezweifle ernsthaft, dass es etwas Greifbares ist«, erwiderte Sophie bekümmert. Die Frau war ganz offensichtlich wahnsinnig. Das war ein durchaus alltägliches Gebrechen, und es gab herzlich wenig, was man dagegen tun konnte oder dagegen tun würde für Frauen wie diese. Sie mochte vielleicht in einem drittklassigen Irrenhaus untergebracht werden, was, wenn man bedachte, wie grässlich selbst erstklassige Anstalten den Gerüchten zufolge waren, ihr mehr schaden als nutzen würde. Oder möglicherweise würde sie einfach davonlaufen und verhungern. Sophie fragte sich, ob sie dem Mädchen ihre Hilfe anbieten konnte. Zumindest konnte sie ihr genug Geld für eine ordentliche Mahlzeit und einen Platz zum Schlafen geben.

Sie hatte jedoch keine Erfahrung im Umgang mit Wahnsinnigen und war sich nicht ganz sicher, wie sie es bewerkstelligen sollte. Was, wenn sie gewalttätig war?

»Diese Straße ist für gewöhnlich ziemlich belebt«, murmelte Kate. »Was sie da tut, kann nicht sicher sein.«

Kate hatte recht. Die Bond Street war ein Einkaufsparadies für junge Damen und daher ein idealer Jagdgrund für junge Herren. Sophie sah sie schon den ganzen Morgen die Straße auf und ab paradieren, mit ihren eleganten Pferden angeben, ihren schmucken Kutschen, ihren schnellen Phaetons ... wie dem, der gerade um eine Ecke geschossen kam.

Beide Mädchen schnappten bei ihrem Anblick nach Luft.

»Vorsicht!«, brüllte Sophie und versuchte mit wildem Gestikulieren, den Kutscher des Phaetons auf das Mädchen aufmerksam zu machen.

»Steh auf, Mädchen!«, rief Kate der hockenden Gestalt zu.

Weder der Phaeton noch die junge Frau auf der Straße achteten auf die kreischenden Mädchen auf dem Gehweg. Der junge Mann an den Zügeln war zu beschäftigt damit, sich den Hals zu verrenken, um festzustellen, wer seine tollkühne kleine Ausfahrt beobachten mochte, und die junge Frau, nun, es ließ sich einfach nicht sagen, was sie tat.

»Steh auf!«, brüllte Sophie abermals, und erstaunlicherweise tat die junge Frau wie geheißen. Sie drehte sich zu dem Phaeton um und machte absolut keine Anstalten, ihm aus dem Weg zu gehen.

»Lieber Gott«, flüsterte Kate entsetzt.

Sophie hörte sie nicht. Sie war bereits vorwärts gestürmt.

10

Die Tat wäre eine spektakuläre Zurschaustellung von Heldentum gewesen.

Sie wäre als Beispiel von Tapferkeit gerühmt worden.

Hätte das Mädchen sich nicht in letzter Sekunde entschlossen, aus eigenem Antrieb beiseite zuspringen und Sophie ins Leere laufen zu lassen.

Sophie war nach vorn gestürzt, um das Mädchen zu packen und wegzureißen. Jetzt raste sie allein dahin, und ihre Füße bewegten sich zu schnell, um stehen zu bleiben, und zu langsam, um mit der oberen Hälfte ihres Körpers mithalten zu können. Sie spürte einen heftigen Luftzug, als der Phaeton vorbeiraste und sie nur um Zentimeter verfehlte. Sie musste sich jetzt einfach fallen lassen, das wusste sie. Irgendwann würde sie es tun müssen. Es gab jetzt kein Zurück mehr, und wenn sie nicht fiel, würde sie schließlich ...

Sophie sah den Schlag der Kutsche noch, bevor sie dagegen prallte. Dann wurde alles schwarz. Ihre Beine gaben unter ihr nach. Sie erwartete, mit den Knien hart aufs Pflaster zu schlagen, und hoffte flüchtig, dass sie das von dem heftigen Schmerz in ihrer Stirn ablenken würde. Der Aufprall kam nie. Stattdessen landete sie auf etwas Weichem, Warmem und ...

Oh nein. Bitte, nein, bitte, nein, bitte!

Als der Geruch zu ihr durchdrang, begriff Sophie, dass kein Betteln sie retten würde.

Sie spürte, wie Kate an ihrem Arm zog. »Steh auf, Sophie, du kniest in Pferde ...«

»Ich weiß!«

Sophie ignorierte das Gekicher und das unverblümte Gelächter der Menge, die einen Kreis zu formen begann, und erlaubte Kate, ihr auf die Füße zu helfen und sie zu dem Gehweg zu führen. Sie zwang sich, die Augen zu öffnen.

»Bist du verletzt?«, fragte Kate mit dem mitfühlendsten Gesichtsausdruck, den Sophie je gesehen hatte.

»Nein«, erwiderte Sophie kläglich. Und warum zum Teufel nicht? Gewiss sollte man erwarten, dass man, wenn man sich mit dem Kopf voraus gegen eine Kutsche warf, bewusstlos sein sollte.

Am besten für mehrere Tage.

»Bist du sicher?« Kate starrte ihr unverwandt auf die Stirn. »Du bist böse mit dem Kopf aufgeschlagen und hast irgendetwas Schreckliches gemurmelt.«

»Ich habe geflucht.«

»Wirklich? In welcher Sprache?«

»Mandarin vermutlich.«

»Oh.«

»Hör auf, mir auf die Stirn zu starren, Kate, mir geht es recht gut. Ich will einfach weg von hier.«

»Oh, ich glaube dir, das heißt, dass es dir gut geht. Es ist … es ist nur so, dass du das Wappen des Earls auf der Kutschentür getroffen hast, und jetzt hast du einen überaus erstaunlichen Abdruck von einer Lilie« – Kate zeigte auf Sophies Stirn – »genau hier.«

Sophie berührte zaghaft die anstößige Stelle und stöhnte.

Kate legte nachdenklich den Kopf schräg. »Ich frage mich, ob es einen blauen Fleck geben wird wie – oh, sieh mal, da kommt Alex.«

Oh. Lieber. Gott.

Sophie ließ die Finger von der Stirn sinken. Es war wohl

vergeblich zu hoffen, dass er nicht Zeuge ihrer demütigenden Vorstellung geworden war. Er kam aus einem Laden an der Ecke, und von diesem ging natürlich auch ein großes Fenster auf die Bond Street.

»Lass uns einfach winken und gehen«, flüsterte Sophie in Panik.

»Wir werden nichts dergleichen tun«, meinte Kate naserümpfend. »Es wäre feige.«

Sophie schaute auf ihr pferdemistverschmiertes Kleid hinab und traf eine Entscheidung.

»Damit kann ich mich abfinden.«

»Du wirst es später nur bereuen«, erklärte Kate entschieden. »Außerdem schauen inzwischen mindestens ein Dutzend wichtige Leute zu, mehrere von ihnen berüchtigte Klatschbasen, und sie alle werden jetzt mitansehen, dass der Herzog von Rockeforte sich nach deinem Wohlergehen erkundigt. Es wird eine Menge dazu beitragen, jedweden Schaden zu beheben, den dein Ruf durch dieses kleine Missgeschick erlitten hat. Jetzt Kinn hoch und lächeln.« Kate hatte ihre Ansprache leise und eilig gehalten, damit der sich schnell nahende Alex nichts davon mitbekam.

»Sind Sie verletzt, Sophie?« Alex wirkte eher besorgt als erheitert. Sophie war sich nicht sicher, ob ihr das eine oder andere peinlicher sein sollte.

»Nein, mir geht es ganz gut«, murmelte sie.

»Wie lautet Ihr voller Name?«

»Pardon?«

»Ihr voller Name«, wiederholte Alex. »Wie lautet er?«

»Das kann nicht Ihr Ernst sein«, spottete sie.

Er nahm ihr Gesicht in beide Hände und beugte sich nah herunter, zu nah. Wirklich, sie befanden sich in einer Menschenmenge. Die meisten Zuschauer zerstreuten sich zwar inzwischen, aber trotzdem, was konnte er sich dabei nur denken? Sie sah, wie sein Blick sich für einen Moment auf ihrer Stirn verfing, bevor er ihr in die Augen sah.

»Ihr voller Taufname, Sophie«, drängte er.

»Herrje, also gut – Sophie Maria Rose Everton, Gräfin von Pealmont, wenn Sie es genau haben wollen. Sind Sie nun zufrieden?«

Sie sah, wie er die Augenbrauen hochzog und sich um einen Zoll höher aufrichtete. »Gräfin?«

»Sie hat vorhin auch in einer Fremdsprache gesprochen«, bemerkte Kate flüsternd.

»Ich bin vollkommen klar im Kopf«, beharrte Sophie. »Und ich bin tatsächlich eine Gräfin. Ich habe den Ehrentitel als Kind erhalten, weil ich König George aus dem Teich meines Vaters gefischt habe, aber das war so albern, und er war nur reingefallen, weil ich ... aber egal, dürfen wir jetzt gehen?«

Sie richtete die Frage an Kate, aber es war Alex, der antwortete.

»Wir werden meine Kutsche nehmen. Holen Sie Ihre Zofe, Kate.«

Sophie hätte beinahe Einwände erhoben, aber alles war ihr lieber, als noch länger mit Pferdemist besudelt auf dem belebten Gehsteig zu verweilen. Eine Kutschfahrt mit dem herablassenden Herzog von Rockeforte konnte sie ertragen, wenn sie nur endlich den Schauplatz dieser Demütigung hinter sich ließ.

Als sie in der Kutsche saßen, schien Kate zu spüren, dass zwischen ihren beiden Freunden etwas nicht stimmte. Aber nachdem ihre wenigen Versuche, ein kameradschaftliches Gespräch in Gang zu bringen, nur auf einsilbige Antworten stießen, gab sie es auf. Sophie und Alex gaben sich derweil alle Mühe, einander nicht anzusehen. Kate musste zu irgendeiner

Art von Schlussfolgerung gelangt sein, denn als sie mit ihrer Zofe am Haus ihrer Mutter ausstieg, drehte sie sich um und drückte Sophie mit einem tröstlichen Lächeln einen Kuss auf die Wange. »Ich werde dir deinen Kutscher nachschicken.« Alex dagegen erhielt als Abschiedsgruß einen funkelnden, argwöhnischen Blick.

Alex beobachtete, wie Kate ins Haus ging. Anscheinend war sein Ansehen bei ihr drastisch gesunken.

»Sie haben es ihr erzählt«, sagte er zu Sophie und klopfte ans Dach, damit die Kutsche sich in Bewegung setzte.

»Oh, ja«, erwiderte Sophie gedehnt, ohne den Blick vom Fenster abzuwenden. »Ich kann mir kaum etwas Klügeres vorstellen, als Kate, die ich erst vor Kurzem kennengelernt habe, mit Geschichten über meine Demütigung durch einen ihrer ältesten und besten Freunde zu ergötzen. Ein wirklich schlauer Plan, in der Tat.«

Alex verzog das Gesicht. Die Vermutung war lächerlich gewesen. »Verzeihung«, murmelte er.

Sophie riss den Kopf herum. »Wofür genau? Dass Sie mich behandelt haben wie eine gewöhnliche Dirne? Dass Sie mich ausgelacht haben, dass Sie mich jetzt beleidigen? Ich fürchte, Sie werden sich ein wenig genauer ausdrücken müssen.«

»Wenn Sie es mir erlauben«, begann er in einem Ton, von dem er hoffte, dass er geziemend versöhnlich war, »hätte ich sehr gern die Chance, mich für all das zu entschuldigen.«

Sophie gab einen spöttischen Laut von sich, der tief aus ihrer Kehle kam. »Sie brauchen mehr Zerknirschtheit, als Sie in die Dauer dieser Kutschfahrt hineinpacken könnten, Euer Gnaden. Tatsächlich könnten wir direkt nach Dover fahren ...«

»Sophie.«

»Ich heiße Miss Everton«, erwiderte sie gereizt.

»Ich dachte, Sie hießen Lady Pealmont.«

»Da ich nicht daran interessiert bin, mit Ihnen zu sprechen, sehe ich nicht, wie das von Belang sein sollte.«

Alex holte tief Luft und beschloss, diese Bemerkung zu ignorieren. »Es tut mir leid«, sagte er klar und deutlich. »Es tut mir wirklich und wahrhaftig leid. Ich habe mich gestern Nacht schrecklich benommen, aber ich hatte nicht die Absicht, Sie in irgendeiner Weise zu beleidigen.«

»Warum haben Sie es dann getan?«, rief sie.

»Ich habe es überhaupt nicht getan!« Es war aus ihm heraus, bevor er sich bremsen konnte. Er musste einen weiteren tiefen Atemzug nehmen. »Das heißt, ich habe Sie nicht absichtlich gekränkt. Mein Benehmen gestern Nacht war zweifellos anstößig, aber nicht als eine Beleidigung gedacht.«

»Nun, Sie haben es bemerkenswert gut geschafft, das zu verbergen«, murrte sie.

»Sie hätten mir eine Chance geben sollen, es zu erklären«, fuhr er sie an.

»Sie hätten sich nicht auf eine Weise benehmen sollen, die einer Erklärung bedurfte«, gab sie zurück.

»Dessen bin ich mir bewusst. Aber so sehr ich es mir auch wünsche, ich kann die Vergangenheit nicht ungeschehen machen.«

»Würden Sie es wirklich gern tun?«, fragte sie leise.

»Ich ... würde was wirklich gern tun?«

»Die Vergangenheit ungeschehen machen, wenn Sie könnten? Zumindest diesen Teil davon?«

»Nur einen Teil von dem Teil davon.« Gütiger Gott, hatte er das wirklich gerade gesagt?

»Oh.« Sophie schien einen Moment lang darüber nachzudenken. »Welchen Teil?«

»Sie wissen ganz genau, welchen Teil.«

»Nein«, erklärte Sophie deutlich. »Ich weiß es nicht. Ich könnte nach unserem Gespräch davon ausgehen, dass Sie sich auf Ihr Gelächter beziehen, aber da Sie gelacht haben und ich gewiss nicht davon ausgegangen bin, dass Sie das tun würden, ist es wohl das Beste, wenn ich bei Ihnen nichts als gegeben voraussetze.«

»Dann setzen Sie nicht meine Schuld voraus.«

»Sie haben aber gelacht. Ich war dabei, erinnern Sie sich?«

»Ja«, knurrte Alex, »ich habe tatsächlich gelacht. Es war sehr, sehr schlechtes Benehmen. Ja, ich würde es zurücknehmen, wenn ich könnte. Aber wirklich, wie oft soll ich Ihnen sagen, dass ich nicht die Absicht hatte, Sie zu beleidigen, und wie oft soll ich mich dafür entschuldigen, das getan zu haben, bevor ich ...«

»Also würden Sie den Kuss nicht zurücknehmen?«

»Was?«

»Ich glaube, Sie haben mich verstanden.« Alex hatte keine Ahnung, wann er die Kontrolle über das Gespräch verloren hatte, doch vermutlich war es geschehen, als Sophie das erste Mal den Mund geöffnet hatte. Jedenfalls war es ihm ein Rätsel, wann ihm die Diskussion entglitten war, denn er hatte geglaubt, sie sprächen über sein Gelächter – und hier saß sie und fragte nach dem Kuss. Auf jeden Fall jedoch war ihm dieser ungewohnte Anflug von Verwirrung äußerst unbehaglich, und er war drauf und dran, etwas Schnippisches zu erwidern, um die Waagschale zu seinen Gunsten zu senken. Doch etwas an der Art, wie sie ihn ansah, brachte ihn zum Schweigen.

Sie wirkte nicht wütend, und sie schmollte auch nicht oder weinte oder tat sonst etwas, was er angesichts der Umstände vielleicht erwartet hätte. Wie gewöhnlich saß sie kerzengerade da, doch ihr Blick war gesenkt, und ihre Hände zerknüllten wieder den vorderen Teil ihres Rockes.

Würde er den Kuss zurücknehmen? Herrgott, nein. Am liebsten hätte er genau das gesagt: Herrgott, nein. Aber er spürte, dass ihre Frage ihr wichtiger war als alles andere, was sie besprochen hatten. Irgendwie musste seine Antwort das widerspiegeln, nicht nur in dem, was er sagte, sondern auch darin, wie er es sagte. Er hatte eine einzige Chance, sein Verhalten wiedergutzumachen, eine einzige Chance, ihr Vertrauen zurückzugewinnen. Es erstaunte ihn, wie sehr er sich das wünschte.

Sanft ergriff Alex ihr Kinn und drehte sie so, dass sie ihm in die Augen sehen musste. »Ich würde«, begann er langsam und bedächtig, »diesen Kuss nicht für die ganze Welt und alles in ihr eintauschen. Er war wunderbar.«

Sophies Augen wurden erschreckend groß. Er wertete das als ein ermutigendes Zeichen. »Ich würde«, fuhr er fort, »mit Freuden alles hergeben, was ich habe, um zurückzunehmen, was danach passiert ist. Wirklich, Sophie, es tut mir leid.« Er hielt einen Moment inne, damit sie seine Worte verdauen konnte. »Werden Sie mir verzeihen?«

Sie sah ihn mit solcher Intensität an und verharrte so reglos, dass Alex für einen schrecklichen Moment dachte, sie würde vielleicht Nein sagen. Doch dann blinzelte sie, schürzte ihre bemerkenswert ausdrucksstarken Lippen und nickte, als hätte sie gerade in seinen Gedanken gelesen und sie als zufriedenstellend erachtet.

»Ja«, sagte sie leise, aber deutlich. »Ich verzeihe Ihnen.«

Und dann lächelte sie. Eigentlich war es eher die Andeutung eines Lächelns, doch es genügte. Alex beugte sich vor, umfasste mit beiden Händen ihr Gesicht und küsste sie mit einer Intensität, die ihn selbst überraschte.

Er wollte ihr etwas zeigen, ihr etwas sagen. Sie von etwas Wichtigem überzeugen. Nur dass er keine Ahnung hatte, was dieses Etwas war. Dass sie es nicht bedauern würde, ihm verziehen zu haben? Dass er sie mehr begehrte als jede Frau, die er jemals gekannt hatte? Dass ...

Und dann gingen alle Gedanken innerhalb eines Herzschlags verloren, weil sie seinen Kuss erwiderte. Immer noch entzückend unerfahren, immer noch erregend eifrig. Sie stieß ein winziges, weibliches Stöhnen aus, und es war um ihn geschehen. Es scherte ihn nicht, dass sie unschuldig war, dass er seinen Auftrag hatte. Er würde sie bekommen. Er musste sie bekommen. Nachdem er die Arme um ihre Schultern und ihre Taille gelegt hatte, presste er sie fest an sich. Er wollte sich um sie schlingen. Wollte jeden Zoll von ihr spüren. Wollte sie schmecken, sie verschlingen. Er nahm die Lippen von ihrem Mund, um sie ihren Hals hinunterwandern zu lassen. Abermals stöhnte sie. Die Kutsche rumpelte in eine Spurrille.

Die Kutsche. Sie waren in einer Kutsche. Auf dem Weg zu ihrem Stadthaus. Er würde mehr Zeit brauchen. Als Kavalier hätte er angewidert von der Idee sein sollen, eine Dame in einer Kutsche zu lieben. Im Moment jedoch richteten sich seine Gedanken nicht darauf, wo sie waren, sondern darauf, wo er sie haben wollte – nämlich unter sich. Und zwar nackt.

Mehr Zeit. Er brauchte mehr Zeit. Er musste dem Fahrer sagen, dass er den langen Weg nehmen sollte. Er ließ die Lippen hinunter zu der Kuhle ihres Schlüsselbeins wandern, dann holte er tief Luft, um den Kopf freizubekommen.

Und würgte.

Bei dem Geräusch riss Sophie die Augen auf.

»... Alex?«

Für einen Moment sprach keiner von ihnen, bewegte sich keiner von ihnen. Dann hob er ganz langsam den Kopf, um sie anzuschauen. Sophie hatte diesen speziellen Ausdruck noch nie zuvor auf irgendjemandes Gesicht gesehen. Er sah verlegen aus, ein wenig grün um die Nase, und dann war da noch etwas, das sie nicht richtig deuten konnte.

»Es tut mir so leid, Sophie«, stöhnte er in einem so verzweifelten Tonfall, wie Sophie ihn noch nie vernommen hatte.

»Haben Sie gerade …?«

»Es ist das Kleid.«

»Das Kleid? Was ist los mit … oh nein. Ich hatte vergessen … wie peinlich.«

Alex ächzte. »Sie sind nicht diejenige, die gerade gewürgt hat.«

»Ja, das ist wahr. Nun, es hätte schlimmer kommen können. Sie haben sich nicht wirklich erbrochen.« Sie schaute auf das Kleid hinab. »Oder? Ich bin mir nicht sicher, ob ich in der Lage wäre zu erkennen …«

»Nein«, erklärte er mit Nachdruck. »Ich habe uns beiden die Würdelosigkeit erspart, mich über ihr Kleid zu erbrechen.« Er strich sich mit der Hand übers Gesicht und stieß ein niedergeschlagenes Stöhnen aus.

Sophie war sich nicht sicher, wie sie darauf reagieren sollte, daher schenkte sie ihm nur ein ermutigendes kleines Lächeln. Die Bemühung setzte eine Art bizarrer Kettenreaktion in Gang. Die Winkel ihres Mundes begannen unbehaglich zu zucken, ihr wurde eng um die Brust, ihre Schultern zitterten, und ihr Atem kam immer noch stoßweise. Sie hielt den Mund fest geschlossen und versuchte, durch die Nase zu atmen, aber es half nicht.

»Nur zu, lachen Sie, Sophie«, brummte Alex. »Sie werden sich sonst noch wehtun.«

Sie nahm ihn beim Wort und lachte. Und zwar heftig.

»Es tut mir leid. Wirklich. Es ist nur … alles so absurd … und unglaublich peinlich … es hieß, entweder lachen oder weinen, und … und ich …«

»Sie brauchen keine Ausreden zu erfinden. Gott weiß, dass ich Sie lieber lachen sehe, und wenn je eine Situation es herausgefordert hat ...«

Sie hörte, wie er selbst in ungezwungenes Gelächter ausbrach. Als sie sich endlich wieder ein wenig im Griff hatte, merkte sie, dass sie sich ganz so fühlte, als hätte sie geweint. Ihre Seiten schmerzten, ihre Augen und ihre Nase fühlten sich geschwollen an, und sie war müde. Aber sie lächelte, und dankenswerterweise tat er das Gleiche.

»Das hat sich gut angefühlt«, murmelte sie, plötzlich verlegen.

»Das stimmt.«

Die Kutsche kam zum Stehen. Sophie streckte die Hand nach der Tür aus, aber Alex' Griff auf ihrem Handgelenk hinderte sie daran. Sie drehte sich um und stellte fest, dass er plötzlich sehr ernst war. Er hob die andere Hand, um sanft ihr Gesicht zu streicheln.

»Irgendwann, Sophie«, sagte er leise, »irgendwann werden wir eine bessere Gelegenheit haben.«

Er nahm die eine Hand von ihrem Gesicht und ergriff mit der anderen ihre Hand. Er führte sie an die Lippen und drückte einen zarten Kuss auf die Innenseite ihrer Finger.

»Bald«, flüsterte er.

Sie war sich nicht sicher, ob er es als Versprechen oder als Drohung meinte. Sie war sich nicht sicher, welches von beiden sie sich wünschte. Nachdem sie sich zuerst davon überzeugt hatte, dass niemand sehen würde, wie sie aus der Kutsche des Herzogs von Rockeforte stieg, rannte sie beinahe das kurze Stück bis zum Haus.

Sie hatte bereits einen Fuß in der Tür, als Alex ihr nachrief: »Sophie, was die andere Person angeht, die Sie geküsst hat ...«

»Mrs Summers«, erklärte sie mit einem breiten Grinsen. »Nur ein Küsschen auf die Wange, um mir Glück zu bringen.«

»Sie ist unschuldig.«

William Fletcher schaute von seiner Arbeit auf, um Alex, der gerade unangemeldet in sein Studierzimmer geplatzt war, finster anzublicken. Einen Moment später stolperte ein junger Mann durch die Tür, der ziemlich gequält wirkte; er atmete schwer und errötete bis an die Wurzeln seines hellblonden Haares. »Es tut mir leid, Sir, ich habe versucht …«

»Schon gut, Sallings, nichts passiert.« Mit einer knappen Handbewegung entließ William den Jungen.

Alex sah ihm nach. »Ein neuer Sekretär?«

»Ja. Klopfst du neuerdings nicht mehr an?«

»Meistens. Was ist aus Kipp geworden?«

»Er hat einen anderen Posten erhalten.«

Alex nahm vor dem Schreibtisch Platz und streckte völlig entspannt die Beine aus. Er wirkte nicht wie jemand, der sich gerade ohne ein »Guten Morgen« gewaltsam den Weg in das Büro gebahnt hatte. »Wo?«, erkundigte er sich lässig.

William steckte seinen Federkiel in das Tintenfass. Das würde ihn eine Weile beschäftigen. »Auf dem Kontinent. Warum?«

»Er schuldet Whit Geld. Für längere Zeit?«

William kämpfte gegen den Drang, nach seinem Brandy zu greifen. Es war noch nicht einmal Mittag. »Gibt es einen besonderen Grund, aus dem Sie hier hereingestürmt sind, Rockeforte?«

Alex' Grinsen verblasste, und zum ersten Mal bemerkte William, dass die rechte Hand seines Gastes sich immer wieder um die Armlehne des Stuhls krampfte. Er war erregt und versuchte, es sich nicht anmerken zu lassen.

»Ich bitte wegen meines rüden Eintretens um Verzeihung, aber ich hatte einen Brief geschickt. Sie haben nicht geantwortet.«

»Vielleicht war ich ja beschäftigt.«

»Die Sache ist wichtig.«

William unterdrückte einen Seufzer. »Also gut, jetzt sind Sie hier. Ich glaube, Ihre Begrüßung vorhin war: ›Sie ist unschuldig‹? Ich nehme an, Sie sprachen von Miss Everton.«

»Ja.« Alex unterstrich die Feststellung mit einem heftigen Nicken. »Falls Loudor etwas im Schilde führt, weiß sie nichts darüber. Sie ist nicht daran beteiligt.«

»Sind Sie sich dessen ganz sicher?«

»Ich habe mich jetzt zehn Tage lang an ihre Fersen geheftet. Ich habe zwei Bälle besucht und eine Dinnerparty. Und ich habe sie in die Oper begleitet. Zweimal habe ich mich mit Loudor betrunken, und Sie hatten auf beide – Miss Everton und Loudor – Männer angesetzt, die, wie ich von Whit höre, keinen Erfolg hatten. Loudor mag etwas zu verbergen haben, aber Miss Everton nicht.«

»Zehn Tage sind wohl kaum ...«

»Wir haben in der Vergangenheit die Schuld oder Unschuld von Verdächtigen in weniger als zehn Tagen bewiesen. Ich habe eine Menge Zeit mit ihr verbracht, William, sie kennengelernt, wie Sie es erbeten haben. Jetzt sage ich Ihnen, sie ist unschuldig.«

William warf ihm über seinen Schreibtisch hinweg einen harten Blick zu. »Ihr Auftrag bestand darin, Miss Evertons Beziehung zu Loudor ungeachtet ihrer eigenen Rolle auszunutzen ...«

»Ich habe mich bereits durch Loudors Gästeliste gearbeitet. Wir brauchen das Mädchen nicht.«

»Entweder Sie halten ein Auge auf sie, oder ...«

»Lassen Sie sie in Ruhe, William.«

»Ich wünschte wirklich, Sie würden aufhören, mich zu unterbrechen. Es ist irritierend.«

»Und ich hätte gern, dass Sie mir in diesem Punkt vertrauen.«

»Das tue ich. Wenn Sie mich aussprechen lassen würden – entweder, Sie behalten sie im Auge, oder ich werde dafür sorgen, dass jemand anders es tut.« William hob die Hand, um jeden Widerspruch im Keim zu ersticken. »Ich will, dass sie beschützt wird. Ich vertraue Ihrer Einschätzung der Situation, aber wenn Loudor ein Verräter ist, könnte sie schon durch die bloße Nähe zu ihm in Gefahr sein.«

Alex nickte und lehnte sich auf seinem Stuhl zurück, und etwas von seiner Anspannung schien von ihm abzufallen. »Sie haben recht. Natürlich, Sie haben recht. Ich werde sie beobachten, aber ich will, dass Sie Ihre Männer abziehen.«

»Sie können sie nicht vierundzwanzig Stunden am Tag beobachten, Rockeforte.«

Alex fluchte leise. »Die anderen können das Haus beobachten, wenn ich nicht dort bin, und ihr folgen, wenn sie fortgeht, aber das ist alles.«

»Einverstanden.«

Alex kniff die Augen zusammen. »Ich meine es ernst, William. Keine Durchsuchung ihres Zimmers, keine …«

»Sie haben mein Wort«, unterbrach William ihn, erfreut darüber, überhaupt Gelegenheit dazu bekommen zu haben. »Miss Everton scheint einen ziemlichen Eindruck auf Sie gemacht zu haben.«

»Sie ist auch eine beeindruckende junge Frau.«

»Daran zweifle ich nicht. Es sieht Ihnen gar nicht ähnlich …«

»Sagen Sie es nicht, William.«

Alex schickte seine Kutsche leer zurück. Es waren nur zwei Meilen zu seinem Stadthaus, und er musste nachdenken – etwas, das er heute Morgen versäumt hatte. Herrgott, er hatte sich den Weg in Williams Büro beinahe erzwungen. Nein, das stimmte nicht – er *hatte* sich den Weg erzwungen.

Das war ihm vollkommen vernünftig erschienen – ein klarer Hinweis darauf, wie wenig er darüber zuvor überhaupt nachgedacht hatte.

Natürlich hatte er nachgedacht, allerdings über sie. Er hatte nur an sie gedacht. Miss Sophie Everton. Sie hatte jeden seiner Gedanken mit Beschlag belegt seit dem Moment, in dem er sie vor fast zwei Wochen bewusstlos von der Straße aufgehoben hatte. Für gewöhnlich, wenn er nicht gerade in Erinnerungen an irgendeine amüsante kleine Bemerkung von ihr schwelgte, hing er Tagträumen darüber nach, wie sie in seinem Bett aussehen würde und wie er es einrichten konnte, sie dorthin zu bekommen. All dieses volle, braune Haar, ausgebreitet auf seinem Kissen, all diese weiche Haut, gerötet von Verlangen. Und diese Lippen, diese wundervollen Lippen, die sich teilten – für ihn. Das Bild hatte ihm mehr als eine schlaflose Nacht eingetragen.

Und jeden Moment, den er nicht in ihrer Gesellschaft verbrachte, ertappte er sich dabei, dass er sich im Geiste wieder und wieder die gleichen Fragen stellte. Wo war sie gerade? War sie sicher? Glücklich? Was tat sie? Und mit wem war sie zusammen? Besonders Letzteres ärgerte ihn wirklich.

Schließlich ging ihm auf, dass er sich – obwohl er doch Tag und Nacht an sie dachte – in der vergangenen Woche kein einziges Mal gefragt hatte, was sie verbergen mochte. Tatsächlich schien ihm die Vorstellung, sie könnte eine Spionin für Frankreich sein, nicht nur absurd, sondern geradezu wie Verrat ihr gegenüber.

Daher der Brief, den er William geschickt hatte (er hatte sich nicht wirklich die Mühe gemacht, auf eine Antwort zu warten), und die darauffolgende Kutschfahrt. Als er sein Ziel halb erreicht hatte, hatte Alex begonnen, sich ziemlich schuldig zu fühlen, weil er sich bereit erklärt hatte, Sophie nachzuspionieren.

Nach zwei Dritteln des Weges hatte er sich selbst bereits restlos davon überzeugt, dass der gegen Sophie gerichtete Verdacht eine abscheuliche Beleidigung für sie war. Und dass William daran Schuld hatte. Keine geringe Leistung in weniger als zwei Meilen, aber andererseits hatte Alex nie viel für Schuldgefühle übrig gehabt.

Er war jedoch mehr als glücklich gewesen, als Retter der Entehrten auftreten zu können. Und als er dann Williams Haus erreicht hatte, war seine Entrüstung um der schönen Maid willen vollkommen aufrichtig und er selbst entschlossen gewesen, ihren Namen reinzuwaschen. Kurzum, er hatte sich in beschämenden Zorn hineingesteigert.

Erst als er im Büro William gegenübergesessen hatte – die vertraute Umgebung hatte ihm ins Gedächtnis gerufen, dass er der Herzog von Rockeforte war und kein grüner Junge, der Satisfaktion für irgendeine eingebildete Kränkung verlangte –, hatte er sich so weit beruhigen können, um zumindest nicht den Eindruck zu erwecken, als hätte er den Verstand verloren.

Das Treffen war in gewisser Weise ein Erfolg gewesen. Er hatte Sophies guten Charakter bekräftigt. Aber das größere Problem, nämlich seine lächerliche Fixierung auf das Mädchen, blieb bestehen.

Er musste für einige Tage Abstand gewinnen, eine gewisse Distanz einnehmen, und wichtiger noch, etwas von seinem gesunden Menschenverstand wiederfinden. Er musste sich daran erinnern, wer er war. Ein Angehöriger des Hochadels. Ein kampferprobter Soldat. Ein Agent der Krone. Er war ein Mann, bei Gott, nicht irgendein liebeskranker Bauernbursche, der sich von jedem hübschen Ding Geist und Körper durcheinanderbringen ließ. Er musste ...

An der Ecke zu Sophies Straße blieb Alex stehen. Wenn er auf dem langen Weg nach Hause ging, wäre es einfach genug ... er fluchte und wandte sich ab, beschleunigte seine Schritte, während er seinen Rückzug antrat.

Er musste irgendetwas tun. Dies war kein gesunder Zustand.

»Sophie, Liebes, Miss Browning hat gerade einen Brief für dich gebracht.«

Sie musste ihre Kleider wechseln und eine wichtige Besorgung erledigen. Jetzt reichte Sophie einer wartenden Dienstbotin ihre Handschuhe und ihr Häubchen und nahm den Brief, den Mrs Summers ihr hinhielt. Ihre ehemalige Gouvernante hatte bei offener Tür im vorderen Salon gesessen und offensichtlich auf ihre Rückkehr gewartet, weil sie einige Worte mit ihrer Schutzbefohlenen sprechen wollte. Sie war fast von ihrem Stuhl aufgesprungen, als Sophie durch die Tür getreten war.

Jetzt war sie anscheinend außerstande zu entscheiden, was dringender der Erörterung bedurfte: der Brief oder der Umstand, dass Sophie ohne einen geziemenden Begleiter ausgegangen war.

Sophie hoffte aufrichtig, dass es der Brief sein würde. Sie war gerade im Büro des Rechtsanwalts gewesen und hatte ihren eigenen Brief abgegeben, in dem sie umriss, wie wenig sie beim Ball der Pattons herausgefunden hatte. Es war niederschmetternd gewesen.

Mrs Summers hob ihr spitzes Kinn, um besser an ihrer langen Nase hinabschauen zu können. »Es geht einfach nicht an, dass du allein durch London wanderst, Sophie.«

Ah, sie hätte es wissen sollen. Gute Manieren kamen bei Mrs Summers immer an erster Stelle.

»Ich weiß«, antwortete Sophie, »aber ich hielt es für das Beste, Sie ausruhen zu lassen, da Sie sich nicht gut gefühlt haben, und ich habe einen Bediensteten mitgenommen.«

»Ich bin vollkommen genesen. Du hättest auf mich oder deinen Cousin warten sollen.«

»Ich wäre womöglich vorher an Altersschwäche gestorben, wenn ich auf diesen Mann gewartet hätte. Ist Ihnen aufgefallen, wie wenig er im Haus gewesen ist? Er hätte heute für mich Zeit haben sollen, aber …«

»Das ist nicht der Punkt.«

»Oh, bitte, Mrs Summers, lassen Sie uns nicht streiten. Ich verspreche, in Zukunft pflichtbewusster zu sein. Wollen Sie nicht wissen, was in Miss Brownings Brief steht?«

Mrs Summers musste begriffen haben, dass sie kein besseres Zugeständnis als das angebotene erhalten würde, denn sie warf in einer verärgerten Geste die Hände hoch – eher undamenhaft und daher sehr untypisch für Mrs Summers. Das überraschte Sophie.

London musste ihr guttun, dachte Sophie. Diese neue Mrs Summers war gewiss gut für Sophie. Die Frau war auf dem Ball eine wunderbar unaufmerksame Anstandsdame gewesen. Sie hatte nicht einmal bemerkt, dass ihre Schutzbefohlene für mehr als eine Stunde verschwunden gewesen war.

»Wirst du diesen Brief öffnen oder mich den ganzen Tag anstarren, was übrigens sehr unhöflich ist?«

»Oh. Natürlich. Entschuldigung. Es ist nur … sind Sie sich sicher, dass Sie sich wohlfühlen, Mrs Summers? Ich meine,

Sie haben sich doch seit der Kopfgrippe nicht übermäßig angestrengt, oder?«

»Es ist sehr lieb von dir, dich danach zu erkundigen, mein Kind, aber ich versichere dir, mir geht es gut. Jetzt zu dem Brief, bitte.«

Sophie bohrte einen Finger unter die Lasche und riss den Umschlag auf.

»Du solltest wirklich einen Brieföffner benutzen, Sophie.«

»Wahrscheinlich«, antwortete sie lächelnd, »aber Sie schienen irgendwie in Eile zu sein. Für den Fall, dass Sie es nicht bemerkt haben, wir stehen immer noch in der Eingangshalle.«

»Ja, nun, wie der Zufall es will, bin ich tatsächlich ein wenig in Eile. Ich bin auf dem Weg, auszugehen. Penny holt meinen Mantel und …«

»Auszugehen?«

Mrs Summers ging niemals aus. Nicht allein. Absolut niemals. Jetzt ging sie fast jeden Tag allein aus.

»Ja, das habe ich vor. Ich werde heute Nachmittag einige alte Freunde besuchen.«

»Sie haben eine erstaunliche Anzahl an alten Freunden, wissen Sie. Es ist ein Wunder, dass Sie sich nicht mit Porto ruiniert haben. Wie haben Sie die Zeit gefunden, so viele Briefe …«

»Der Brief von Miss Browning, Sophie.«

Sophie warf ihrer Gesellschafterin einen weiteren verblüfften Blick zu, bevor sie das Schreiben herauszog und seinen Inhalt überflog.

»Was steht denn drin, Liebes?«

»Es ist eine Erinnerung daran, dass ich zum Tee eingeladen bin.«

»Nun, das war das Warten wert.«

Sophie blinzelte. »War das Sarkasmus?«

»Ah, da ist ja Penny. Hast du Lust, dich mir anzuschließen, Liebes? Ich bin mir sicher, die Damen werden nichts dagegen haben.«

Sophie schüttelte stumm den Kopf. Sie fühlte sich ein wenig desorientiert.

»Also schön.« Mrs Summers warf einen Blick durch die Tür. »Sophie, du wirst die andere Kutsche benutzen müssen. Es macht dir doch nichts aus, oder?«

»Nein.«

»Gut. Grüße Lord Loudor von mir. Und nimm mindestens zwei Bedienstete mit, falls du dich entscheidest, zu deinen Freundinnen zu fahren.«

»In Ordnung.«

»Ausgezeichnet.« Mrs Summers gab ihr ein schnelles Küsschen auf die Wange, dann schwang sie die Tür auf und trat hinaus. Einen Moment später öffnete sich die Tür wieder. »Und du wirst nicht haltmachen, um dir Sehenswürdigkeiten anzuschauen, Einkäufe zu tätigen oder Besorgungen zu erledigen. Du wirst auf direktem Weg zu den Thurstons fahren und auf direktem Weg zurückkommen, hast du verstanden?«

Sophie hauchte einen kleinen Seufzer der Erleichterung. Das war die Mrs Summers, die sie kannte. »Ich verstehe.«

»Gut.«

Sophie ging in den vorderen Salon und beobachtete vom Fenster aus, wie die Kutsche davonfuhr. Sie seufzte, als die Kutsche um eine Ecke bog und außer Sicht geriet. Sie freute sich darüber, dass Mrs Summers sich amüsierte, aber sie konnte nicht umhin, einen Stich der Enttäuschung zu verspüren. Es würde eine lange, einsame Wartezeit werden, bis ihr Cousin eintraf. Er würde gewiss zu spät kommen. Falls er überhaupt auftauchte.

Für fast zwei geschlagene Stunden schaffte Sophie es, der Versuchung zu widerstehen, in seinem Schreibtisch zu wühlen. Wenn man bedachte, dass er sich nicht einmal die Mühe gemacht hatte, einen Brief zu schicken, um ihr mitzuteilen, dass er ihre Verabredung nicht einhalten konnte, fand sie ihre Zurückhaltung löblich.

Seit dem Mittag hatte sie geduldig im Studierzimmer gewartet, gegessen und getrunken und im Geiste Listen mit Fragen erstellt, die sie stellen wollte, und schließlich war sie ziellos durch den Raum geschlendert. Nun, vielleicht nicht ganz ziellos; ihr Weg hatte sie mit einer gewissen Regelmäßigkeit, die über bloßen Zufall hinausging, zur hinteren Seite des Schreibtischs geführt.

Zweimal war sie sogar stehen geblieben, um einen kleinen, gusseisernen Papierbeschwerer zu befingern. Bei ihrer vierten Runde merkte sie, dass sie den Gegenstand so eingehend betrachtet hatte, dass sie ihn von dem Papierstapel aufgehoben hatte, den er beschwerte, und nun sogar eben diese Papiere überflog. Darauf gab sie jede Vortäuschung eines beiläufigen Interesses auf und begann, den Schreibtisch ernsthaft zu durchsuchen.

Ihre Suche förderte zunächst nichts Erhellenderes zutage als eine ziemlich verstörende persönliche Korrespondenz, von der Sophie nur vermuten konnte, dass er sie mit seiner Mätresse führte, und zwei verschlossene Schubladen, die durch ihre bloße Existenz sehr interessant waren.

11

»Was. Ist. Das?«

Sophie war nie für ihr ausgeglichenes Temperament bekannt gewesen, aber sie war sich ziemlich sicher, dass sie in ihrem ganzen Leben noch nie so wütend gewesen war. Ebenso sicher war sie, dass ihr Cousin einen ähnlichen Eindruck haben musste. Er stand in der Tür, den Mund offen, während sein Blick abwechselnd zwischen den Papieren in ihren Händen und ihrer zornigen Miene hin und her wanderte.

Er begann zu stottern, ihm brach der Schweiß aus, und dann fluchte er.

Sophie stand vom Schreibtisch auf, an dem sie gesessen hatte. »Antworte mir!« Sie ließ die Faust auf den Schreibtisch krachen, und ein nervöser Dienstbote erschien an der Tür.

»Ähm, ich bitte um Verzeihung. Ist alles …?«

Loudor schien aus dem Erscheinen eines Untergebenen Kraft zu ziehen. »Alles in Ordnung hier, Mann, ganz in Ordnung.« Er wedelte mit der Hand, doch der Bedienstete wartete auf ein Nicken von Sophie, bevor er sich zurückzog.

Nachdem er seine Haltung zum Teil wiedergefunden hatte, richtete Loudor einen herablassenden Blick auf seine Cousine. »Nun, Sophie, Liebes, beruhige dich. Ich kann alles erklären, und du brauchst keine Szene zu machen.«

Sophie widerstand dem Drang, ihm den schwersten Gegenstand in Reichweite an den Kopf zu werfen – der gusseiserne Papierbeschwerer sah so aus, als würde er vielleicht genügen. Sie rief sich ins Gedächtnis, dass von einem Bewusstlosen vermutlich nur schwer Antworten zu bekommen waren, holte tief Luft und setzte sich kerzengerade auf den Stuhl hinter dem Schreibtisch.

Loudor wirkte erleichtert. »So ist es besser, nicht wahr? Hat keinen Sinn, sich zu echauffieren, du wirst nur krank werden.«

Natürlich, wenn sie auf seine Knie zielte …

»Ich bin kerngesund«, gab Sophie zurück. »Ebenso wie mein Vater. Also, erklär mir, warum ich ein Dokument in der Hand halte, das etwas anderes behauptet.«

Loudor räusperte sich. »Ich habe nur getan, was ich für das Beste hielt …«

»Für wen?«, fragte Sophie scharf. »Nicht für mich und gewiss nicht für meinen Vater! Du hast uns bestohlen! Wie konntest du nur? Wir sind eine Familie!«

»Nun, Sophie …«

»Komm mir nicht so herablassend. Du hast den Besitz meines Vaters jahrelang geplündert. Hast unsere Ländereien und unser Geld mit dem hier an dich gebracht.« Sophie schwenkte die Papiere durch die Luft. »Es sind acht! Acht! Achtmal hast du den Charakter meines Vaters verunglimpft! ›Instabil‹«, rief sie und schlug mit den Papieren auf den Schreibtisch. »›Schwächlich‹!« Ein weiteres Dokument folgte. »›Unausgeglichen‹!« Und noch eins. »›Gestört‹!« Sie warf den Rest der Papiere angewidert in seine Richtung und schnappte sich einen weiteren Bogen vom Schreibtisch. »Und das hier! Eine rechtsgültige Heirat mit einem Herrn von gutem Charakter bis zu meinem fünfundzwanzigsten Geburtstag, oder dir fällt der ganze Besitz Whitefield zu? Du bist nichts als ein gewöhnlicher Dieb!«

Loudors Miene verdüsterte sich. Wenn Sophie nicht so wütend gewesen wäre, hätte sie vielleicht Angst gehabt, aber ihre Sicht war erheblich getrübt durch Zorn.

»Also, Cousine«, höhnte Loudor und deutete mit dem Finger auf sie. »Du kannst mich nennen, wie dir beliebt, aber diese Übertragungen sind legal und bindend. Die Gerichte haben mir die volle Kontrolle über die Einkünfte deines Vaters gegeben.«

»Durch Betrug, den ich ans Licht zu bringen gedenke!«

Loudor schnaubte und ließ den Arm sinken. »Du kannst es versuchen, aber diese Dokumente werden vor jedem Gericht Bestand haben. Sie sind unterzeichnet von den angesehensten Männern …«

»Die meinen Vater über ein Jahrzehnt nicht gesehen haben, wenn sie ihm überhaupt je begegnet sind! Es sind falsche Zeugen, sie haben keinen Beweis …«

»Ah.«

Etwas an dem offenkundig aufgesetzten Lächeln auf Loudors Gesicht ließ Sophie stutzen.

»Ah was?«

»Beweis, mein liebes Mädchen, Beweis.« Loudor stolzierte zu einem braunen, zu dick gepolsterten Sessel und warf sich hinein. »Ich fürchte, ich habe ihn. Die Briefe, verstehst du …«

»Welche Briefe?«, knirschte sie.

»Die Briefe von dem guten Viscount, deinem Vater, natürlich. Überaus wirr, sehr beunruhigend für seine Freunde und Verwandten.«

Es folgte ein lastendes Schweigen, bevor Sophie begriff, was Loudor da sagte. »Du hast Briefe von meinem Vater gefälscht«, flüsterte sie in entsetzter Ungläubigkeit.

»Nicht persönlich, nein. Ich habe nicht das Talent dazu.«

Sophie schüttelte den Kopf. »Es bedeutet nichts«, erklärte sie, wobei ihre Worte im Wesentlichen an sie selbst gerichtet waren. »Sobald mein Vater eintrifft, werden sie nur als ein weiterer Beweis deiner Schuld dienen.«

»Meinst du?« Er fragte in einem so freundlichen Tonfall, dass Sophies Finger sich unwillkürlich um den Papierbeschwerer krallten. Seine nächsten Worte ließen sie jedoch erstarren. »Schrecklich detailliert, diese Briefe. Alle möglichen interessanten Einzelheiten über dein und deines Vaters Leben in allen möglichen fernen Ländern. Natürlich erst, sobald man das unsinnige Gefasel durchgearbeitet hat. Ziemlich unwahrscheinlich, dass jemand sie geschrieben haben sollte, der nicht überall dort gewesen ist. Und wie unwahrscheinlich muss es erst wirken, dass man vergessen hat, sie jemals geschrieben zu haben, es sei denn natürlich, man wäre nicht mehr ganz richtig im Kopf. Verstehst du?«

Der Knoten in Sophies Magen begann zu brennen. »Ich habe dir von unserem Leben erzählt«, flüsterte sie – vielleicht sagte sie es auch laut oder rief es. Sie wusste es nicht wirklich, weil das brennende Gefühl in ihre Brust und dann in ihre Kehle hinaufgewandert war.

»Du warst eine überaus hingebungsvolle Briefschreiberin.«

Das Brennen erreichte ihr Gesicht, ihre Ohren. »Du bist mehr als verachtenswert.«

»Ich dachte, ich hätte mich klar ausgedrückt, was die Beschimpfungen betrifft. Besser, du lernst jetzt, dir auf die Zunge zu beißen, meine Liebe, es sei denn, du möchtest dich auf der Straße wiederfinden und deinen Vater mit dir«, bemerkte Loudor mit einem unangenehmen Lächeln. »Das heißt, er würde auf der Straße stehen, wenn er sich nicht am anderen Ende der Welt befände.«

Mit einer einzigen schnellen Bewegung eilte Sophie um den Schreibtisch herum und trat vor ihren Cousin. Die Hände an ihren Seiten zu Fäusten geballt und den Kiefer so verkrampft, dass sie fürchtete, sich einen Zahn abzubrechen, brachte sie nur ein einziges Wort hervor.

»Hinaus.«

Loudor zog die Augenbrauen hoch, machte aber keine Anstalten, etwas zu sagen oder sich zu bewegen.

Sophie hob einen zitternden Finger und deutete auf die Türen des Studierzimmers. »Verschwinde.«

Immer noch keine Bewegung. Sie tat einen Schritt nach hinten, denn sonst hätte sie wohl mit einem Hieb ihrer immer noch geballten Faust Bewegung in ihn gebracht. Dann holte sie tief Luft und sprach langsam und deutlich. »Whitefield gehört noch immer meinem Vater, und dieses Haus wird immer mir gehören. Es hat nie meinem Vater gehört, sodass du es ihm auch nicht stehlen konntest. Und du bist hier nicht länger willkommen. Also, steh auf und verschwinde.«

Loudor sah aus, als würde er vielleicht Einwände erheben, doch Sophie schnitt ihm das Wort ab, ehe er etwas sagen konnte. »Wenn du mir nicht auf der Stelle aus den Augen gehst und mein Haus verlässt, werde ich dich als den Unrat, der du bist, hinauswerfen lassen.«

Sophie drehte sich um, um den Klingelzug zu betätigen und ihre Drohung wahr zu machen. Mit einer Schnelligkeit, die sie überraschte, sprang Loudor auf und packte ihr Handgelenk mit schmerzhaftem Griff.

Sie reagierte instinktiv. Mit der freien Hand raffte sie ihre Röcke und zog sie so weit hoch, dass sie Loudors Knie einen kräftigen Tritt verpassen konnte.

Er heulte auf und ließ ihren Arm los, bevor er zu einem würdelosen Häufchen zusammenbrach. Sophie kehrte schnell zum Schreibtisch zurück und riss seinen Brieföffner an sich. Das scharfe Ende ihrer improvisierten Waffe auf Loudor gerichtet, schob sie sich durch den Raum und achtete dabei darauf, außerhalb seiner Reichweite zu bleiben. Für einen Moment bedauerte sie, dass sie nicht ihre Messer an ihrem üblichen Platz über ihrem Knöchel befestigt hatte, doch sie hatte niemals geglaubt, dass sie in ihrem eigenen Heim solche Vorsichtsmaßnahmen würde ergreifen müssen.

Sie hatte den Klingelzug noch nicht erreicht, als Loudor den Blick hob und Anstalten machte, aufzustehen. »Du kleine ...«

Sophie warf den Brieföffner hoch und fing ihn geschickt an der Spitze wieder auf. Perfekt, um seinen widerlichen Kopf damit zu treffen. Sie lächelte bei dem Gedanken und sagte: »Täusch dich nicht, lieber Cousin, ich kann und werde diese kleine Waffe benutzen. Im Gegensatz zu dir stecke ich nämlich voller verborgener Talente.«

Loudor erbleichte und blieb sitzen. Mit ihrer Linken ertastete sie den Klingelzug und zog fest daran. Zwei Bedienstete und der Butler erschienen so schnell auf dem Schauplatz, dass sie ganz offensichtlich draußen vor der Tür herumgelungert haben mussten. Sie hätte einfach um Hilfe rufen können, begriff Sophie, aber dann hätte sie nicht das Vergnügen gehabt, Loudor zu treten.

»Gnädiges Fräulein?« Alle drei Diener sprachen sie gleichzeitig an. Das Eintreffen löste Sophies Anspannung, zumal sie erfreut registrierte, dass sie sich alle an sie gewandt hatten und den gefällten Loudor vollkommen ignorierten.

»Ich möchte Lord Loudor – und was immer an seinen Besitztümern er in fünfzehn Minuten zusammenpacken kann – aus dem Haus haben. Er kann dafür bezahlen, sich den Rest zuschicken zu lassen. Wenn er Schwierigkeiten macht, rufen Sie einen Polizisten.«

»Sehr wohl, gnädiges Fräulein.«

Sophie gab sich genau eine Stunde, um eine praktikable Lösung für ihr Problem zu ersinnen. Die erste halbe Stunde ging sie in ihrem Zimmer auf und ab und lauschte auf die fernen Geräusche von Loudor, der seine Sachen packte. Dabei durchlebte sie Wechselbäder schieren Zorns und blinder Panik. Sie würde Whitefield verlieren, ob sie ihre Mission erfüllte oder nicht. Sie würde alles verlieren.

Verdammt. Verdammt. *Verdammt* sollte er sein.

Ein Ruf und ein schwerer Aufprall rissen sie aus ihren aufgewühlten Gedanken. Sie riss die Tür auf und schrie aus voller Kehle: »Er hatte zwanzig Minuten! Rufen Sie die Polizei!« Dann schlug sie die Tür wieder zu.

Fünf Minuten später war es still im Haus. Sophie schätzte, dass die Polizei am Ende doch nicht notwendig gewesen war, da niemand sich bei ihr eingefunden hatte. Der bloße Gedanke, ihren Cousin los zu sein, verschaffte Sophie etwas Erleichterung. Sie warf sich in einen gepolsterten Sessel und ging in Gedanken ihre Möglichkeiten durch.

Sie konnte Whitefield nicht aufgeben. Es war nicht nur das geliebte Zuhause ihrer Kindheit, es war für sie und ihren Vater auch die einzige verlässliche Einkommensquelle. Ihre Beschäftigung mit Antiquitäten, der sie im Ausland nachgingen, war mehr eine Liebhaberei. Es war ihnen nie gelungen, Gewinn zu machen, und sie bezweifelte, dass es ihnen jemals möglich sein würde. Wahrscheinlich konnten sie von dem Geld leben, das sie vom Königshaus bekam, falls sie ihre Mission erfüllte, doch das war ein ziemlich großes »Falls«. Vor allem im Lichte ihres jüngsten Unvermögens, aus den Häusern von Patton und Calmaton irgendwelche nützlichen Informationen zu beschaffen.

Sie konnte das Wenige an Geld nehmen, was ihrer Familie verblieben war – und alles Geld, das sie vielleicht verdiente –, und es investieren, aber weder sie noch ihr Vater verstanden etwas davon.

Vielleicht sollte sie mit ihrem Geld einen Rechtsanwalt engagieren, um die Übertragung des Besitzes anzufechten und zumindest so lange hinauszuzögern, bis ihr Vater von China nach England zurückgekehrt war.

Sie stöhnte und ließ den Kopf in die Hände sinken. Es würde niemals funktionieren. Zuerst würde ein Brief ihren Vater erreichen müssen, und dann waren die üblichen Vorkehrungen zu treffen – es würde Monate dauern, bis er in England war. Sie hatte nicht die Mittel, um für so lange Zeit einen anständigen Rechtsanwalt zu engagieren. Und wenn es misslang, würde sie das Wenige an Geld verlieren, das ihnen noch blieb.

Sie richtete sich auf und runzelte die Stirn. Ganz offensichtlich war dies eine sehr unglückselige Angelegenheit. Gewiss würde sich etwas Brillantes ergeben, um die Dinge ins Gleichgewicht zu bringen. Aber was? Und wichtiger noch, wann? Sie konnte nicht gut dasitzen und darauf warten, dass etwas passierte. Sie musste etwas unternehmen.

Sie musste ...

Zwanzig Minuten später war sie auf dem Weg durch die Stadt. Sie hatte einen Brief für Mrs Summers hinterlassen, in dem sie ihr kurz erklärte, dass Loudor nicht mehr in ihrem Haus wohnte.

Sie hatte einen Plan.

»Sophie, du bist es!«

Sophie erwiderte Kates strahlendes Lächeln und folgte ihr in einen kleineren Salon im hinteren Teil des Cole'schen Stadthauses.

»Mirabelle und ich haben beschlossen, heute für keine anderen Besucher zu Hause zu sein«, erklärte sie. »Lässt sich ziemlich schwer bewerkstelligen, wenn die ganze Welt einen durch die vorderen Fenster sehen kann.«

»Ja, das nehme ich an«, murmelte Sophie, die nur mit halbem Ohr zuhörte. »Ich entschuldige mich dafür, dass ich nicht zuvor einen Brief geschickt habe ...«

»Unsinn«, erklang Mirabelles Stimme, während sie sich auf ein Sofa fallen ließ. »Du warst eingeladen.«

Sophie lächelte dankbar und nahm beklommen ihren eigenen Platz ein. Mit einem Mal fühlte sie sich unbehaglich und nervös. Noch nie zuvor hatte sie jemanden um Hilfe gebeten, zumindest nicht, seit sie alt genug gewesen war, um sich selbst anzukleiden und allein zu essen, und gewiss hatte sie niemals jemandem um Hilfe gebeten, den sie noch keine vierzehn Tage kannte. Wie lange genau wartete man, ehe man sich eine Freundschaft zunutze machte? Und was genau war dieser Nutzen? Um Geld zu bitten, gehörte sich nicht, so viel wusste sie zumindest. Und selbst wenn es anders war, würde Sophie sich niemals dazu überwinden können, eine solche Bitte vorzubringen. Doch Rat zu suchen, war doch gewiss akzeptabel, nicht wahr? Vielleicht sogar erwünscht?

»Du wirkst geistesabwesend, Sophie«, bemerkte Mirabelle.

Sophie blickte auf und merkte, dass beide Mädchen sie erwartungsvoll musterten. Kate reichte ihr eine Tasse Tee. Gütiger Gott, irgendjemand hatte inzwischen Tee gebracht, ohne dass sie es bemerkt hatte. Sie war geistesabwesend. Nein, sie war mehr als geistesabwesend, sie würde unter der Anspannung noch verrückt werden. Der Gedanke ängstigte sie so sehr, dass ihr ganz flau im Magen wurde, und ohne viel Federlesens verkündete sie: »Ich habe meinen Cousin hinausgeworfen.«

12

Kate ließ die Teetasse fallen. Was sich, wie sich zeigte, für Sophie nur von Vorteil war. Sie war zu sehr damit beschäftigt, den Schlamassel zu ihren Füßen zu bereinigen, um auf die leise Stimme in ihrem Kopf zu hören, die sie für ihr Herausplatzen maßregeln wollte. Sie reichte Kate die leere und einigermaßen klebrige Tasse zurück, und Kate nahm sie entgegen, ohne hinzuschauen. Kates Mund und Augen waren vor Schreck weit aufgerissen. Mirabelle sah kaum anders aus.

»Oh, sagt doch etwas, bitte, ich …«, begann Sophie.

»Kannst du das denn?«, fragte Mirabelle in einem ehrfürchtigen Flüsterton.

»Ich kann, und ich habe es getan«, erklärte Sophie resolut. »Und mit gutem Grund, das versichere ich euch.«

»Davon bin ich überzeugt«, entgegnete Mirabelle aufrichtig, »aber was ich meinte, war, kannst du jemanden aus seinem eigenen Haus werfen …«

»Das Stadthaus gehört mir«, unterbrach Sophie sie. »Es hat immer mir gehört.«

Mirabelle dachte nach. »Oh«, sagte sie und wirkte immer noch ein wenig benommen. Dann fügte sie hinzu: »Mach den Mund zu, Kate. Sonst hast du bald eine Fliege darin.«

Kate klappte mit einem hörbaren Geräusch den Mund zu. Das Geräusch ließ Sophie zusammenzucken.

»Es ist eine sehr lange Geschichte«, erklärte Sophie. »Aber die Quintessenz ist, Lord Loudor hat meine Familie auf verwerfliche und abscheuliche, legale Weise bestohlen.«

»Nun«, erwiderte Mirabelle, die offensichtlich nach etwas suchte, was sie darauf sagen konnte. »Nun.«

Da sie darauf nichts Intelligentes zu erwidern fand, drehte Sophie sich zu Kate um.

»Bist du böse auf mich, Kate?«

Kate schüttelte stumm, aber nachdrücklich den Kopf.

»Nun«, sagte Mirabelle abermals. »Vielleicht würde es helfen, wenn du uns die ganze Geschichte erzählst.«

Genau das tat Sophie. Nun, sie gab nicht alles preis. Ihre Spionagetätigkeit für den Prinzregenten behielt sie dann doch lieber für sich. Aber alles andere erzählte sie ihren Freundinnen. Es gab keinen Grund, es nicht zu tun. Tatsächlich wäre es wohl falsch gewesen, etwas zurückzuhalten, da sie die beiden ja um Hilfe bitten wollte. Und es tat so überaus gut – als würde sie ein wenig von ihrer Last auf den Schultern eines anderen abladen.

»Ich bin all meine Möglichkeiten durchgegangen«, erklärte sie, nachdem sie über die Ereignisse des Tages berichtet hatte, »und ich denke … ich weiß, dass die einzige Lösung darin besteht zu heiraten, und zwar schnell zu heiraten. Nach den Bedingungen, den lächerlichen Bedingungen, die die Gerichte ausgehandelt haben, fällt Whitefield, wenn ich vor meinem fünfundzwanzigsten Geburtstag einen Ehemann finde, an mich.«

Mirabelle nickte nachdenklich und zustimmend.

Kate, die immer noch benommen wirkte, stieß ein hörbares Seufzen aus, blinzelte einmal und sagte dann: »Nun.« Sophie gewann den Eindruck, dass das arme Mädchen dem Gespräch nicht ganz folgen konnte.

»Bist du mir wirklich nicht böse, Kate?«

»Oh, ganz sicher nicht«, antwortete Kate ernsthaft. »Ich war nur ein wenig betäubt, das ist alles. Aber jetzt geht es mir wieder gut, wirklich.« Um ihre Worte zu unterstreichen, griff Kate nach einer sauberen Tasse und einem Unterteller und schenkte Sophie frischen Tee ein. »Wie können Mira und ich helfen?«

Sophie war stark danach zumute, vor Erleichterung und Dankbarkeit zu weinen. Da war keine Spur von Unsicherheit in Kates Stimme. Sie hatte keinen Moment gezögert, bevor sie ihr ihre Unterstützung angeboten hatte, und nicht einmal darauf gewartet, dass Sophie darum bat. Und nach Mirabelles Gesichtsausdruck zu urteilen, schätzte Sophie, dass sie ebenso entschlossen war wie Kate.

»Ich weiß«, sagte Kate, ohne Sophies Antwort abzuwarten. »Wir können uns an meine Mutter wenden. Sie kennt jeden, und dies ist genau die Art von Vorhaben, die sie liebt – ich meine, Ehestiften. Sie würde im Handumdrehen einen Ehemann für dich finden.«

»Vielleicht«, murmelte Sophie ausweichend. Lady Thurston war eine entzückende Frau, aber Sophie war nicht ganz wohl dabei, Kates Mutter in ihren Wust von Problemen hineinzuziehen. »Ich hatte gehofft, ihr zwei würdet vielleicht einige geeignete Herren kennen.«

Mirabelle nickte und stand auf. »Wir werden eine Liste machen«, verkündete sie, dann ging sie zu dem kleinen Schreibtisch, um Papier, Tinte und Feder zu holen. »Am besten, wir halten deine Mutter für den Moment heraus, Kate«, bemerkte sie, während sie Sophie die Schreibutensilien reichte und sich wieder setzte. »Ich habe sie sehr lieb, aber sie ist eine gewaltige Klatschbase.«

»Das ist wahr«, gab Kate zu. »Also schön, wen kennen wir, oder vielmehr, wen kennst du, Mirabelle? Da ich noch nicht debütiert habe und von Rechts wegen überhaupt keine Herren kennen sollte.«

»Doch dank deiner Mutter kennst du jeden Herrn in einem Hundertmeilenradius«, erwiderte Mirabelle.

»Ja, aber die interessantesten Dinge erfahre ich von dir und Evie.«

»Ähm, bevor wir anfangen«, begann Sophie, »sollte ich einige ... Bedingungen erwähnen.«

Kate und Sophie sahen sie erwartungsvoll an.

»Ich weiß, ich darf nicht zu wählerisch sein, aber ...«

Kate schnitt ihr mit einer ungeduldigen Handbewegung das Wort ab. »Natürlich hat jedes Mädchen besondere Ansprüche. Was sind deine?«

Sophie zögerte die Antwort hinaus, indem sie sich räusperte. Sie hatte nur einen Anspruch, aber er war gleichermaßen schwer zu erfüllen wie nicht verhandelbar. »Ich beabsichtige, am Ende der Saison zu meinem Vater zurückzukehren, spätestens im nächsten Frühjahr. Ich brauche einen Ehemann, der bereit ist, mich gehen zu lassen.« Sie wappnete sich gegen ihre Einwände.

»Oh«, bemerkte Mirabelle leise. Kate sagte nichts, sondern blickte nur kurz zu Mirabelle hinüber.

»Ich weiß, es ist viel verlangt von einem frischgebackenen Ehemann«, fuhr Sophie fort, »aber ich habe das Stadthaus und Whitefield als Mitgift, und ich bin die Tochter eines Viscounts.«

»Das ist es nicht, Sophie«, erklärte Kate. »Es ist nur ... wir hatten uns so darauf gefreut, dich um uns zu haben.«

Sophie war außerordentlich glücklich über diese Bemerkung. »Das«, sagte sie, »ist so ziemlich das Netteste, was mir seit sehr langer Zeit irgendjemand gesagt hat. Ich danke euch.«

Kate errötete. »Nun«, sagte sie und gab sich nonchalant, »ich bin eben eine sehr nette Person.«

Mirabelle schnaubte. »Du verbringst zu viel Zeit in Evies

Gesellschaft, um wirklich eine nette Person zu sein. Nun, so sehr ich es hassen werde, dich gehen zu sehen, Sophie, ich würde es noch mehr hassen, dich gehen zu sehen, nachdem Lord Loudor sich euer Gut erschlichen hat. Wir sollten jetzt diese Liste zusammenstellen.«

Kate und Sophie nickten beide, doch nachdem sie minutenlang verschiedene Herren als mögliche Ehegatten in Betracht gezogen und wieder verworfen hatten, wurde Sophie wieder nervös. Offenbar gab es nicht viele geeignete Männer, die ihrer jungen Ehefrau erlauben würden, am anderen Ende der Welt zu leben.

»Wir stellen das vollkommen falsch an«, erklärte Mirabelle schließlich. Sie tippte sich mit dem Finger versonnen ans Kinn. »Ich denke«, fügte sie nachdenklich hinzu, »dass wir die Liste auf Witwer beschränken sollten.«

Kate wirkte entzückt. »Oh! Das ist sehr klug. Aber nicht irgendwelche Witwer.«

»Natürlich nicht«, gab Mirabelle zurück.

»Nur Witwer mit einem Erben«, verdeutlichte Kate.

Mirabelle nickte. »Und vorzugsweise mit einem Ersatz.«

»Natürlich.«

Sophie hob die Hand. »Warum sollte ich wollen, dass ... oh, das ist klug.«

Ein Witwer, der bereits mit zwei Söhnen gesegnet war, würde ihr Angebot einer Ehe, die nur auf dem Papier bestand, viel eher annehmen. Soweit Sophie wusste, bestanden die meisten Ehen der feinen Gesellschaft nach der Produktion von Erben ohnehin nur noch auf dem Papier. Sie brauchte einen Ehemann, der bereit war, auf alles zu verzichten, was dem voranging.

»Wird das nicht die Anzahl geeigneter Kandidaten weiter einschränken?«, fragte Sophie.

»Tatsächlich«, bemerkte Kate strahlend, »denke ich doch, dass es viel mehr Herren gibt, die man zu ehelichen sich vorstellen könnte, wenn sie nur mehrere Tausend Meilen entfernt bleiben, als es Herren gibt, deren Gegenwart man ständig um sich ertragen könnte.«

Sophie dachte genauso. »Das stimmt. Wollen wir dann von Neuem beginnen?«

Die Aufgabe erwies sich als erheblich anspruchsvoller als erwartet. Nach zwei Stunden, zwei Kannen Tee und zu vielen Keksen blieb Sophies Liste mit verfügbaren Junggesellen niederschmetternd kurz. Sie war müde, verdrossen und hegte langsam den recht unfreundlichen Gedanken, dass englische Ehefrauen eine zu hohe Lebenserwartung hatten.

Ihre Schuldgefühle wurden ein wenig gemildert, als Mirabelle seufzte und sagte: »Es gibt nicht genug Witwer.« Was wirklich nur eine taktvollere Art war, genau das Gleiche auszudrücken.

»Ich wünschte, Evie wäre hier«, murmelte Kate.

»Evie?«, wiederholte Sophie. Sie hatte den Namen einige Male gehört, war aber immer zu sehr an dem gerade geführten Gespräch interessiert gewesen, um eine Erklärung zu erbitten. Jetzt jedoch schien ein sehr guter Zeitpunkt.

»Meine Cousine«, erklärte Kate. »Sie lebt in Haldon Hall und kommt für gewöhnlich mit uns nach London, aber in diesem Jahr hat sie darauf bestanden, auf dem Land zu bleiben.«

»Warum? Ist sie krank?«

»Nun, das erzählt meine Mutter zu Evies Leidwesen zwar allen Leuten, aber in Wirklichkeit«, antwortete Kate, »ist sie putzmunter. Evie hatte bereits vier Saisons, und sie beharrt darauf, dass sie ohnehin nicht heiraten werde, was zählt also eine weitere Saison, die sie in Haldon verpasst?«

»Evie ist entsetzlich schüchtern gegenüber Menschen, die

sie nicht gut kennt«, berichtete Mirabelle weiter, »und resolut in der Gegenwart derer, die sie kennt. Von einem Unfall in ihrer Kindheit hat sie einige bleibende ... körperliche Andenken zurückbehalten. Vermutlich ist sie deswegen etwas empfindlich. Alles in allem ist sie, in der engstirnigen Sicht der Gesellschaft, kein Hauptgewinn auf dem Heiratsmarkt.«

»Ich verstehe«, antwortete Sophie, denn ihr fiel nichts anderes ein, was sie hätte sagen können.

»Aber sie ist sehr gut in diesen Dingen«, ergänzte Kate.

»Welcher Art von Dingen?«

»Im Ränkeschmieden«, erwiderte Kate, und zwar mit solcher Zuneigung, dass Sophie es nur als das denkbar größte Kompliment auffassen konnte.

»Oh!«, rief Mirabelle plötzlich und richtete sich auf ihrem Stuhl auf. »Da fällt mir etwas ein, was Evie gesagt hat. Schreib Sir Frederick Adams und Mr Weaver auf.«

Kate wirkte verwirrt. »Sir Frederick? Aber er ist kein Witwer.«

Mirabelle tat ihren Einspruch ab. »Er ist perfekt, vertrau mir. Setz ihn auf die Liste, Sophie.«

Sophie hob die Schreibfeder, zögerte jedoch. Sie sah Kate an, dann Mirabelle, dann wieder Kate. Es war nicht so, dass sie Mirabelle nicht vertraute, sie kannte sie nur nicht so gut wie Kate. Und Kate sah Mirabelle an, als hätte sie den Verstand verloren. Vorsicht war hier wahrscheinlich die beste Devise. Sophie war zwar bereit, ihren neuen Freundinnen einen beachtlichen Vertrauensvorschuss zu gewähren, aber hier ging es um einen zukünftigen Ehegatten für sie, nicht um ein neues Häubchen.

Sie drehte sich wieder zu Mirabelle um. »Warum?«, fragte sie. Sie hatte die Namen noch nicht notiert.

»Warum ist er perfekt, warum solltest du ihn auf die Liste setzen, oder warum solltest du mir vertrauen?«

»Die beiden ersten Fragen.«

Mirabelle holte tief Luft und dachte sorgfältig über ihre nächsten Worte nach. »Sir Frederick«, begann sie langsam, »ist ein Mann, der ... der die Gesellschaft von Frauen meidet.«

»Ohh«, antwortete Sophie in jähem Verstehen. Sie zog die Augenbrauen hoch, und ihre Lippen blieben in der »Oh«-Position, noch lange, nachdem der Laut verklungen war.

Kates Lippen taten das Gleiche, aber sie senkte die Augenbrauen verwirrt, statt sie hochzuziehen. »Wie kommt das?«, fragte sie.

Mirabelle und Sophie wurde ein wenig unbehaglich zumute. Kate sah Sophie an, die sogleich geschäftig die Namen auf die Liste setzte. Sie kannte auch Kate nicht so gut, überlegte sie. Gewiss überließ sie diese Art von Aufklärung am besten einer alten Freundin.

Mirabelle verzog das Gesicht und murmelte etwas über »Lady Thurston« und »Bannstrahl«, dann räusperte sie sich und begann.

»Verstehst du, Kate, einige Männer – und soweit ich weiß, einige Frauen – bevorzugen die Gesellschaft ihres eigenen Geschlechtes.«

»Ich bevorzuge auch die Gesellschaft meines eigenen Geschlechtes«, wandte Kate ein. »Sehr sogar.«

»Ja, aber nicht annähernd so sehr wie Sir Frederick«, sagte Mirabelle anzüglich.

»Und nicht auf eine illegale Art und Weise«, fügte Sophie hinzu, die dachte, dass sie den ganzen Tag hier sitzen würden, so wie Mirabelle um das Thema herumtanzte, und dann stellte sie fest, dass sie selbst außerstande war, auf den Kern der Sache zu sprechen zu kommen.

»Illegal«, wiederholte Kate.

»Auf intime Weise illegal«, deutete Mirabelle an.

Es dauerte einen Moment, aber schließlich dämmerte das Licht der Erkenntnis auf Kates hübschem Gesicht.

»Ooh.« Diesmal zuckten ihre Augenbrauen in die Höhe. »Wirklich?«

Sophie und Kate nickten beide.

»Und Mr Weaver?«

»Ist Sir Fredericks … guter Freund«, antwortete Mirabelle.

»Nun, das ist … nun, ich weiß nicht, was das ist. Interessant, nehme ich an, aber was hat es mit Sophies Liste zu tun?«

»Es ist ganz einfach«, erwiderte Mirabelle. »Männer wie Sir Frederick und Mr Weaver müssen heiraten, um ihren Ruf zu schützen, aber wie Sophie brauchen sie eine Partnerin, die bereit ist, eine Ehe nur auf dem Papier zu führen.«

»Das klingt in der Tat perfekt«, murmelte Kate.

»In zweifacher Hinsicht, denn man kann sie erpressen, wenn sie sich als wenig entgegenkommend erweisen«, meinte Mirabelle mit einem Grinsen, das gerade boshaft genug war, um ihren Scherz zu entlarven.

»Nun, damit hätten wir jetzt fünf Namen«, bemerkte Sophie und sah auf ihre Liste. »Ich nehme nicht an, dass Evie zufällig noch jemanden sonst erwähnt hat?«

»Nein, tut mir leid. Aber wir können sie in einigen Wochen bei dem großen Landfest der Coles fragen«, sagte Mirabelle. »Du wirst in den nächsten ein bis zwei Tagen deine Einladung erhalten, denke ich, und dies ist kein schlechter Anfang, fünf Namen.«

»Ja, das stimmt wohl«, räumte Sophie ein.

»Jetzt zum Übrigen«, erklärte Kate resolut.

»Zum Rest wovon?«, fragte Sophie aufrichtig verwirrt.

»Zu den übrigen Vorbereitungen natürlich. Du wirst einige deiner Kleider ändern lassen müssen ...«

»Ich habe gerade erst neue Kleider gekauft«, wehrte Sophie ab.

»Und sie sind entzückend, wirklich. Selbst meine Mutter hat sich darüber geäußert, und sie ist eine Fanatikerin in diesen Dingen.«

Das beruhigte Sophie ein wenig.

»Es ist wahr«, bemerkte Mirabelle. »Meine Garderobe bezeichnet sie als ihren Sargnagel.«

»Aber wenn du in weniger als zwei Monaten an einen Mann kommen willst, wirst du etwas offenherziger sein müssen«, verkündete Kate.

»Ich bin mir nicht sicher ...«

»Nicht auf skandalöse Weise offenherzig«, verdeutlichte Kate. »Du suchst nach einem Ehemann, nicht nach einem Beschützer. Nur ein wenig ... verführerischer. Einige Änderungen werden genügen.«

Sophie wandte sich um Unterstützung heischend an Mirabelle.

Die Unterstützung blieb aus. »Sieh nicht mich an«, meinte Mirabelle und strich sich mit der Hand über ihr entschieden tristes Kleid. »Das ist Kates Stärke.«

Durch die vielen Anproben wurden die nächsten vier Tage eine bizarre Wiederholung von Sophies ersten Tagen in London. Abgesehen davon, dass Mrs Summers diesmal bemerkenswerterweise nicht dabei war. Nach beträchtlichem inneren Ringen hatte Sophie beschlossen, ihre Gesellschafterin nicht über das volle Ausmaß von Loudors Verrat in Kenntnis zu setzen. Seit ihrer Ankunft in London hatte Mrs Summers mehr gelächelt und mehr gelacht, als Sophie es seit längerer Zeit erlebt hatte. Wenn Mrs Summers mit ihrer hageren

Gestalt und ihrer steifen Haltung dazu in der Lage gewesen wäre, hätte sie sich mit federndem Gang fortbewegt. Sophie brachte es nicht übers Herz, das Licht in den Augen ihrer Freundin mehr als unbedingt notwendig zu trüben. Zu dem Wunsch, sie glücklich zu sehen, kam die Furcht, Mrs Summers könne es sich in den Kopf setzen, dass sie eine Last für die Familie sei, und anderswo eine Anstellung suchen.

Mit diesem beängstigenden Gedanken im Kopf beschönigte Sophie den schlimmsten Teil ihrer Zwangslage. Sie erklärte, Lord Loudor habe Whitefield bestohlen – nicht so sehr, dass es Anlass zu unmittelbarer Sorge gebe, aber Sophie sei nun bereit, eine vorteilhafte Verbindung in Betracht zu ziehen, um den Familienbesitz abzusichern. Ihre Gesellschafterin hatte die Nachricht überraschend gut aufgenommen. Vor allem, als sie von dem plötzlichen Interesse ihrer Schutzbefohlenen an einem zukünftigen Ehemann gehört hatte. Sie ging sogar so weit und erlaubte Sophie, dass sie nach eigenem Gutdünken Kleider ändern ließ und auch sonst veranlasste, was sie für nötig hielt.

Vorausgesetzt natürlich, dass Sophie versprach, ihre Zofe sowie mindestens zwei Bedienstete mitzunehmen und sich ständig in der Gesellschaft von Miss Browning und Lady Kate aufzuhalten (deren Mutter natürlich eine alte Freundin von Mrs Summers war).

Zwischen Einkaufsausflügen, gesellschaftlichen Besuchen und kurzen, aber intensiven Lektionen von Kate in der Kunst des Flirtens fand Sophie kaum Zeit zum Schlafen, geschweige denn dazu, sich über das seltsame Benehmen ihrer Anstandsdame Gedanken zu machen.

Nichts jedoch schien sie von den Gedanken an Alex ablenken zu können. Alles erinnerte sie an ihn und an die Tatsache, dass er seit ihrem Kuss in der Kutsche – das war inzwischen fünf Tage her – weder vorbeigekommen war noch ihr eine Nachricht geschickt hatte.

Nach ihrem Besuch bei Mirabelle und Kate wäre sie am liebsten als Nächstes zu Alex gelaufen. Um ihm alles zu erzählen, damit er ... was tun konnte? Was würde er tun? Ihr die Rolle einer Mätresse anbieten und den Schutz, der damit verbunden war? Zugegeben, die Idee hatte einen gewissen Reiz, aber das würde nicht Whitefields Rettung garantieren. Außerdem würde es den Menschen, die sie liebte, das Herz brechen.

Womöglich würde er ihr auch anbieten, ihr bei der Suche nach einem Gatten behilflich zu sein, was, so unvernünftig es auch war – und sie wusste, dass es unvernünftig war –, ihr selbst das Herz brechen würde.

Womöglich würde er auch Hinz und Kunz erzählen, dass es einen Bruch in der Familie gab. Wirklich, wie gut kannte man eine Person nach so kurzer Zeit?

Womöglich würde er Loudor gegenüber erwähnen, wie verzweifelt sie war. Oder womöglich ...

Womöglich musste sie den Mund halten und ihn vollständig vergessen.

Auf einer Bank im Hyde Park saßen ein knollennasiger Mann und eine hochgewachsene Frau in einem blauen Kleid.

Sie beobachteten, wie die Vögel von Baum zu Baum flatterten. Für zufällige Passanten waren sie ein wenig bemerkenswertes Paar, das den seltenen englischen Sonnenschein genoss.

»Wie geht es voran?«, erkundigte er sich, hob die Nase in den Wind und genoss die leichte Brise.

»Ich bin mir nicht sicher«, antwortete sie. »Soweit ich weiß, haben sie sich seit mehreren Tagen nicht getroffen.«

»Hmhm.«

»Könnten Sie sich in ihm irren?«, fragte sie.

»Ich glaube nicht.«

Sie nickte nachdenklich und richtete ihre Aufmerksamkeit auf ihre Zehen. Sie steckten in dem noch nicht ganz weichen Leder neuer Stiefel, deren Spitzen unter dem Saum ihres Kleides hervorlugten. Es war lange her, seit sie das letzte Mal neue Schuhe gekauft hatte.

»Und Sie?«, fragte er und beobachtete sie, wie sie in die Betrachtung ihrer Stiefelspitzen versunken war.

Sie schaute auf. »Ich kenne ihn nicht einmal.«

»Ich meinte das Mädchen«, erwiderte er mit einem kleinen Lächeln.

»Oh.« Sie setzte die Inspektion ihrer Fußbekleidung fort. »Nein, bei ihr passt es genau. Ich nehme an, dass es sich einfach ergeben wird. Wir brauchen nur Geduld zu haben.«

»Ich bin kein geduldiger Mann.«

»Nein, das sind Sie nicht«, kicherte sie. »Falls es Sie beruhigt, derzeit kursiert ein faszinierendes Gerücht.«

»Und dieses Gerücht wäre?«

Sie hob den Kopf, um seinen Blick zu suchen. »Es heißt, sie sehe sich nach einem Ehemann um.«

Am Abend des Balls bei den Forents ging Alex in seinem Londoner Haus beinahe die Wände hoch. Sein selbst auferlegtes Exil hatte sich als ein spektakulärer Fehlschlag erwiesen. Während der letzten Tage war er abwechselnd nervös, gelangweilt und unerträglich niedergeschlagen gewesen. Seine gewöhnlichen Beschäftigungen hatten nichts dazu beigetragen, Geist und Körper vom Gedanken an oder von der Sehnsucht nach Sophie zu befreien.

Er hatte sich mit Angelegenheiten seines Gutes beschäftigt, eine kurze Reise nach Rockeforte unternommen, um ein wenig zu angeln, hatte zwei Bücher über die Geschichte Chinas gelesen (natürlich zu seiner eigenen Weiterbildung), einmal mit Whit und Lord Loudor getrunken, einmal nur mit Whit und einmal ganz allein.

Beim ersten Trinkgelage hatte sich alles ums Geschäft gedreht, und Alex hatte das Gespräch auf den unbeliebten Prinzregenten gebracht, den Krieg mit Napoleon und auf die Frage, was Loudor von der ganzen schmutzigen Affäre halte. Doch dann war Loudors Wohnungswechsel zur Sprache gekommen. Sophies Cousin hatte als Vorwand genannt, er brauche mehr Privatsphäre. Alex hielt das bestenfalls für eine lahme Ausrede, und so lud er Whit für den nächsten Abend zu einem Gläschen ein, um die Angelegenheit zu erörtern. Bei diesem Zechgelage war nichts herausgekommen, außer einer endlosen Darlegung von Whits klugen und in Whits Augen ungemein amüsanten Erkenntnissen über Alex' Interesse an Sophie. Dies hatte zu dem letzten, einsamen Zechgelage geführt, das leider mit seiner Lektüre des zweiten Bandes zusammenfiel, wodurch bei Alex die verworrene Vorstellung zurückblieb, dass China früher einmal irgendwie den Franzosen gehört hatte.

Er war müde, verkatert und verärgert, weil ihm klar war, dass er dieses Buch würde noch einmal lesen müssen, bevor er mit Sophie irgendeine Art von Konversation über das Thema versuchen konnte.

Heute Abend wollte er unbedingt mit ihr sprechen. Und am Abend danach. Und jede folgenden Abend, bis er sie endlich satthatte.

Er musste sie haben. Etwas anderes kam nicht infrage. Er war sich nicht sicher, in welcher Eigenschaft er sie wollte, nein, in welcher Eigenschaft er sie haben musste, definitiv haben musste, auch wenn es ganz gewiss im Bett war. Und wenn es notwendig wäre – und bei diesem Gedanken stieß er einen tiefen Seufzer aus, den ein kleiner Teil seines Gehirns als Heuchelei identifizierte –, würde er sie auch heiraten.

Die Idee hatte wirklich etwas für sich. Irgendwann musste er ja heiraten, nicht wahr? Er musste einen Erben produzieren. Sie schien als Braut eine ebenso geeignete Kandidatin zu sein wie jedes andere junge Mädchen. Er würde vielleicht sogar so weit gehen zu sagen, dass sie besser war als die meisten, weil er Sophie aufrichtig mochte.

Sie mochte? Verdammt, er war besessen von ihr. Von allem an ihr. Ihrem breiten Lächeln, ihrem schnellen Verstand, ihrer bezaubernden Bemühung, die korrekte britische Lady mit der Weltreisenden zu versöhnen, ihre vollkommene Gleichgültigkeit gegenüber seinem Wohlstand und seinem Stand. Von allen guten Eigenschaften Sophies schätzte er diese besonders. Sie gab sich keine Mühe, dem Herzog von Rockeforte um den Bart zu gehen, und maß ihren Geist lieber mit dem Mann als mit dem Titelträger.

Sie würde eine exzellente Herzogin abgeben, befand er. Sie war stark, intelligent und glücklicherweise – denn sie würde seine Herzogin sein – äußerst begehrenswert.

Kein albernes, kokettes Fräulein, seine Sophie.

13

Sie war albern und kokett.

Quer über Lord Forents Ballsaal hinweg beobachtete Alex das Geschehen völlig schockiert. Sophie lächelte sittsam, wedelte verführerisch mit ihrem Fächer und – lieber Gott, dies war der beunruhigendste Teil – klimperte mit den Wimpern wie eine gut trainierte Debütantin.

Schlimmer noch, sie machte ihre Sache hervorragend. Es gab im ganzen Saal keinen Mann unter siebzig, der nicht von ihren Reizen eingenommen war.

Nicht, dass er ihnen einen Vorwurf machen konnte. Denn sie stellte dabei einen guten Teil ihrer Reize zur Schau. Sophie trug ein Gebilde aus elfenbeinfarbener Seide, das dazu geschaffen war, die Aufmerksamkeit eines Mannes zu erregen. Es verlieh ihrem vollen Haar die Farbe dekadenter, dunkler Pralinen, ließ ihre Augen wie Saphire leuchten und ihre sahnige Haut strahlen.

Wie ihre früheren Kleider war es relativ schmucklos; nur ein schlichtes, goldenes Band war auf die Puffärmel und den Saum genäht. Doch im Gegensatz zu ihren anderen Kleidern war ihr heutiges nicht mit dem Diktat übertriebener Sittsamkeit geschneidert worden. Natürlich überschritt sie damit bei Weitem nicht die Grenzen des Anstands – sie hatte weder ihren Rock befeuchtet, damit er ihr an den Schenkeln klebte, noch den Saum gekürzt. Aber der Stoff schmiegte sich um jede Wölbung ihres Körpers, und unverkennbar waren zwei zusätzliche Daumenbreit ihres Busens sichtbar. Ihre schwellenden Brüste und das verlockende Dekolleté waren selbst aus der Ferne deutlich zu erkennen.

Finster runzelte Alex die Stirn. Was er sah, sahen auch alle anderen. Und nach dem veritablen Schwarm eifriger junger Männer zu urteilen, die Sophie aufwarteten, gefiel ihnen allen, was sie sahen.

»Du siehst aber grimmig aus.«

Alex drehte kaum den Kopf, um die Ankunft eines kichernden Whit zur Kenntnis zu nehmen. Wie schwer konnte es sein, die Gecken zu zerstreuen? Gewiss nicht allzu schwer. Er könnte mühelos mit mindestens zweien fertig werden, und die Übrigen würden danach vermutlich die Flucht ergreifen. Seine Stimmung hellte sich deutlich auf.

Natürlich gab es auch die unwahrscheinliche Chance, dass sie so viel Verstand hatten, sich zusammenzutun. Er bezweifelte es, aber man konnte es nie mit Bestimmtheit wissen, und was würde er dann tun? Alex lächelte und drehte sich zu Whit um. Dafür, überlegte er, hatte man Freunde.

»Auf gar keinen Fall«, sagte Whit.

»Weißt du überhaupt, was du da ablehnst?«

»Ich habe nicht die leiseste Ahnung. Ich weiß nur, dass du diese Männer zornig angestarrt hast«, er deutete auf die anstößige Gruppe um Sophie herum, »und dann hast du mich angegrinst.« Er schüttelte den Kopf. »Und es war genug, um daraus zu schlussfolgern, dass nichts Gutes daraus entstehen würde. Insbesondere nicht für mich.«

»Und das ist alles, was zählt?«

»Ja«, antwortete Whit wohlgelaunt.

Alex wandte sich genau in dem Moment zu Sophie um, als irgendein Casanova sie auf den Tanzboden führte.

»Wieder. Grimmig«, sagte Whit.

»Hmpf.«

»Ich habe vorhin mit ihr gesprochen.«

»Ach ja?« Alex riss den Kopf zu seinem Freund herum.

»Immer mit der Ruhe, gütiger Herr, ich wollte sie mir nur einmal aus der Nähe ansehen.«

»Und?«

»Sie erinnert mich an meine Schwester.«

Alex war überrascht von Whits ominösem Tonfall. »Du magst doch Kate«, bemerkte er.

»Ich himmle das Mädel an. Ich würde über glühende Kohlen für sie gehen und darauf stehen bleiben, wenn sie mich darum bäte, aber sie ist ein Teufelsbraten, und das weißt du sehr gut. Sie wird ja in diesem Winter neunzehn«, fuhr Whit fort. »Mutter hat beschlossen, ihr Debüt zu verschieben, damit Kate noch ein Jahr lang intensiv in Sachen Benimm unterrichtet werden kann.«

»Denkt sie wirklich, das wird helfen?«

»Wohl schon, sonst täte sie es nicht. Mutter brennt nur darauf, uns alle zu verheiraten. Sie war schon schlimm genug, als ich volljährig wurde, und ich bin nur ein Sohn. Arme Kate, Mutter bereitet ihre erste Saison vor, als würde sie in einen Krieg ziehen. Tatsächlich ist es ziemlich beunruhigend.«

»Ja, nun, um Kates willen hoffe ich, dass die Bemühungen deiner Mutter von Erfolg gekrönt werden.«

»Ich beabsichtige, dafür zu sorgen«, erklärte Whit voll ungewohnter Inbrunst. »Ich werde nicht zulassen, dass Kate von den unangenehmeren Mitgliedern der Gesellschaft niedergemacht wird. Ich werde nicht zulassen, dass irgendjemand auf ihr herumtrampelt, was das betrifft, und ich erwarte deine Unterstützung.«

»Die solltest du auch erwarten. Obwohl wir nicht blutsverwandt sind, weißt du, dass ich Kate trotzdem als eine Schwester betrachte.«

»Und du akzeptierst die Verpflichtungen, die mit dieser Verbindung einhergehen?«

»Selbstverständlich.«

»Gut, dann werden wir uns gemeinsam elend fühlen.«

»Prächtig.«

Alex blaffte dieses letzte Wort förmlich. Sein Ärger über Sophies Bewunderer wuchs sprunghaft an. Von Natur aus war er nicht eifersüchtig; besitzergreifend, ja, aber nicht eifersüchtig. Wenn man ihn vor einem Monat gefragt hätte, worin der Unterschied bestand, hätte Alex wahrscheinlich nicht vernünftig antworten können. Das hatte sich jedoch in dem Moment geändert, als Sophie ihn im Garten der Pattons mit der Andeutung geärgert hatte, sie habe sich dort mit jemand anderem getroffen. Und sie hatte es nur gesagt, um ihn zu reizen, entschied er energisch. Nicht, weil Sophie nicht zu den Mädchen gehörte, die auf dem Ball eines Fremden eine mitternächtliche Verabredung treffen würden, sondern weil die Alternative – dass sie doch zu diesen Mädchen gehörte – zu beunruhigend war, um sie in Erwägung zu ziehen.

Und das machte den Unterschied aus, ob man besitzergreifend oder eifersüchtig war. Furcht.

Furcht, dass sie ihn zum Narren halten könnte. Furcht, dass sie sich in die Arme eines Mannes warf, der ihrer nicht würdig war. Furcht, dass sie ihn vielleicht für mangelhaft erachten würde. Furcht und all die unbehaglichen Nebenwirkungen, die damit einhergingen – Ärger, Argwohn, Unsicherheit.

Alex konzentrierte sich auf den Ärger. Er wartete, bis er den Blick eines unglücklichen jungen Mannes aus Sophies Gefolge auf sich gezogen hatte, dann sah er diesen sehr bedrohlich, sehr herzoglich kopfschüttelnd an und setzte sich zu der Schar ihrer Verehrer hin in Bewegung.

Wie er vorhergesehen hatte, flüsterte der junge Mann dem nicht gar so jungem Mann neben ihm etwas zu und zog sich dann zurück. Der nicht gar so junge Mann wiederholte die Prozedur mit dem geradezu ältlichen Herrn an seiner Seite. Als Alex Sophie erreicht hatte, waren nur noch drei dieser Nichtsnutze verblieben. Entweder waren sie sehr mutig oder sehr dumm. Alex schaffte es, sie kurz nacheinander mit einem zornigen Blick, einem finsteren Stirnrunzeln und, bei einem besonders übermütigen Leutnant, einem Knurren loszuwerden.

Mit nicht wenig Befriedigung beobachtete Alex, wie der Leutnant die Flucht ergriff, dann konzentrierte er sich auf Sophie. Ihm lag die scharfe Frage auf der Zunge, welcher Teufel sie ritt, dieses Kleid zu tragen. Aber nach kurzer Besinnung überwog doch das Gefühl, dass er mit diesen Fragen lieber vorsichtig sein sollte. Sophie schien bereits ein wenig verärgert über ihn. Und er bemühte sich ja um die Rolle des Ehemannes, nicht um die der Anstandsdame. Apropos ...

»Wo ist Ihre Mrs Summers?« Seine Stimme klang härter, als er beabsichtigt hatte.

Sie sah ihn finster an. Kein widerlich süßes Lächeln für ihn, bemerkte er. Alex war sich nicht sicher, ob ihm das gefiel oder nicht.

»Warum haben Sie das getan?«, fuhr sie ihn ungehalten und ohne auf seine Frage einzugehen an.

»Was getan?«

»Sie sind hier herangestürmt gekommen und haben meine neuen Freunde vertrieben wie ein großer, brummiger ...«

»Orang-Utan?«, bot er an.

»Bär«, beendete sie ihren Satz.

»Sie scheinen über eine ganze Menagerie zu meiner Beschreibung zu verfügen.«

»Es ist nicht meine Schuld, dass Sie sich jedes Mal, wenn ich Sie sehe, wie ein Tier benehmen.«

Alex unterdrückte ein Stöhnen. Wann immer er sie sah, hätte er sich nur zu gern wie ein Tier benommen. Er erblickte einen jungen Mann, der den Anschein erweckte, als wollte er auf Sophie zugehen, und funkelte ihn an.

Der Junge schwenkte zu dem Tisch mit den Erfrischungen ab.

»Hören Sie damit auf«, zischte Sophie.

»Ich brauchte es nicht zu tun, wenn Ihre Anstandsdame da wäre, wo sie hingehört«, blaffte er zunehmend gereizt.

»Mrs Summers ist bei all den anderen Anstandsdamen, wenn Sie so dringend zu ihr wollen. Ihre Pflichten und die der anderen sind ein wenig vermindert durch die Tatsache, dass ihre Schutzbefohlenen sich hier unter aller Augen und in der besten Gesellschaft befinden. Außerdem ...«, sie erblickte den ältlichen Lord Buckland, schenkte ihm ein ermutigendes Lächeln und winkte ihm zu, bevor sie weitersprach: »... tue ich nichts, das Tadel verdient hätte.«

Alex folgte ihrer Blickrichtung.

»Das reicht.« Er fasste sie am Ellbogen und manövrierte sie zu den Terrassentüren, wobei er sie halb führte, halb hinter sich herzerrte.

Sophie leistete nur kurz Widerstand, bevor sie anscheinend zu dem Schluss kam, dass es die Aufmerksamkeit nicht wert war, die ein solches Verhalten nach sich ziehen würde. Sie lächelte den anderen Gästen zu, an denen sie vorbeikamen, aber Alex hörte sie etwas über Anstandsdamen murmeln, die nicht den richtigen Leuten aufgezwungen würden.

Endlich erreichten sie die relative Ungestörtheit der steinernen Terrasse. Sophies Lächeln war schlagartig verschwunden.

»Was glauben Sie eigentlich, was Sie da tun?«, zischte sie zornig.

»Ich könnte Sie das Gleiche fragen«, gab Alex bissig zurück.

»Das sieht Ihnen gar nicht ähnlich, Sophie.«

Mit einem Ruck befreite sie ihren Arm und trat einen Schritt zurück. »Woher wollen Sie das wissen? Sie kennen mich noch nicht einmal einen Monat. Das qualifiziert Sie kaum dazu, meinen Charakter zu beurteilen.«

Es gab einfach kein vernünftiges Argument gegen diese Feststellung. Alex spürte in allen Knochen, dass er Sophie sehr wohl kannte, dass er sie verstand – und auf solche Gefühle vertraute er bewusst immer. Aber irgendwie erschien ihm der Ausdruck ›Ich weiß es einfach‹, ganz gleich, wie aufrichtig er vorgebracht wurde, unvernünftig kindlich. Er zog es stattdessen vor, ihre Worte zu ignorieren. Das schien der Logik nach das Zweitbeste zu sein.

»Warum ermutigen Sie diese Männer?«, fragte er scharf.

Sophie richtete den Blick gen Himmel und stieß einen langen Seufzer aus. »Weil es einfach Spaß macht, Alex«, sagte sie, als würde sie einem kleinen Kind etwas erklären, einem Kind, das schon vor langer Zeit ihre Geduld erschöpft hatte. »Weil es amüsant ist. Ich amüsiere mich. Und jetzt gerade«, fügte sie vielsagend hinzu, »tue ich das nicht.«

Alex zwang sich, sich zu entspannen, und rief sich erneut ins Gedächtnis, dass er versuchte, dieses Mädchen zu umwerben.

»Das können wir mühelos ändern, denke ich.« Er lehnte sich an die Seite des Hauses und verschränkte die Arme vor der Brust. »Was würden Sie denn gerne tun?«

»Wie bitte?«

»Was würden Sie gern tun?«, wiederholte er. »Sie haben den Wunsch geäußert, sich zu amüsieren. Ich stehe Ihnen zur Verfügung. Wir können tanzen, wenn Sie möchten.«

»Meine Karte ist voll.«

»Ich könnte Ihnen ein Glas Champagner holen.«

»Ich habe keinen Durst.«

»Wir könnten uns in den Garten schleichen.«

»Und ich bin auch nicht dumm.«

»Letzteres ist das, was ich gern tun würde. Für den Fall, dass Sie interessiert sind.«

»Das bin ich nicht.«

»Dann machen Sie einen Vorschlag, Sophie. Helfen Sie mir auf die Sprünge.«

»Ich würde gern«, erklärte sie, »zu meinen Freunden zurückkehren.«

»Das ist keine Option.«

»Ihnen scheint die Vorstellung Ihrer Entbehrlichkeit völlig fremd zu sein.«

»Mit mir werden Sie mehr Spaß haben.«

Sie starrte ihn erstaunt an. »Merken Sie, wie selbstherrlich das klingt?«, fragte sie und hörte sich eher erstaunt als gekränkt an.

Er zuckte lediglich die Achseln. »Tatsächlich habe ich nur die denkbar verschwommensten Vorstellungen. Es gehört zu einer herzoglichen Existenz.«

»Sie sind wirklich ganz und gar unglaublich.«

»Vielen Dank.«

»Das war nicht als Kompliment gemeint.«

»Ein kleines Versehen Ihrerseits, da bin ich mir sicher.«

Sie musterte ihn neugierig. »Wissen Sie, es besteht eine gute Chance, dass Ihr Kopf, wenn er noch größer wird, nicht mehr genug Platz für uns beide auf der Terrasse lässt.« Da die Terrasse sich über die gesamte Länge des Hauses erstreckte, wollte das einiges bedeuten. »Ich habe ein wenig Angst um Sie.«

»Ich bin gerührt. Bedeutet das, dass Sie beschlossen haben, mit mir hier draußen zu bleiben?«

Sie warf ihm einen vernichtenden Blick zu und ging zu dem Geländer auf der gegenüberliegenden Seite, um sich dagegen zu lehnen. »Ich glaube, Sie haben beschlossen, dass ich bleiben werde.«

»Glücklicherweise läuft das auf das Gleiche hinaus.«

»Ich entscheide, wie ich am besten dabei zu Werke gehe, wenn ich Ihnen Ihren riesigen Kopf vom Körper abschneide.«

Alex lächelte und folgte ihr zum Geländer. »Sie dürfen versuchen, was immer Sie wollen, aber nach Ihren eigenen Aussagen ist mein Kopf zu groß für Sie, um ihn mit den Händen zu umfassen. Sie würden niemals richtig zupacken können.«

Sie bemühte sich, ein Lächeln zu verbergen. »Für wie blutrünstig müssen Sie mich halten …«

»Nun, wenn Sie sich für Enthauptung als Gesprächsthema …«

»… Ihnen mit bloßen Händen den Kopf abzureißen«, fuhr sie fort.

»… denke ich, dass die Beschreibung gerechtfertigt ist«, beendete er seinen Satz.

»… wo doch Lord Heransly im Ballsaal einen absolut brauchbaren Säbel trägt.«

»Sophie.«

»Ich bin mir sicher, es würde ihm nichts ausmachen, ihn mir für einige Minuten zu borgen. Er war überaus aufmerksam, bevor Sie *ihn* vertrieben haben. Vielleicht springe ich einfach wieder hinein und schaue, ob ich ihn finden kann.«

Alex' Erheiterung war wie weggeblasen.

»Sie werden sich nicht mit Heransly einlassen.«

»Und warum nicht?«, fragte sie.

»Weil ich es verbiete.«

»Mmh«, sagte sie leise und legte den Kopf abschätzend auf eine Seite. »Vielleicht ist der Anschwellungsprozess ein verzögerter ...«

Alex umfasste ihr Kinn mit einer Hand und zwang sie, ihm in die Augen zu schauen. »Hören Sie mir zu, Sophie. Das ist kein Spiel mehr. Lord Heransly ist kein Mann, mit dem man spaßen kann. Sie können sich ja gern mit Ihren neuen Bewunderern amüsieren.« Er erstickte fast an der Lüge. »Aber halten Sie sich von Heransly fern. Er ist ein Schurke, ein Schürzenjäger und ...«

»Das sind Sie auch«, stieß sie atemlos hervor.

»Er ist ein persönlicher Freund Ihres Cousins.«

Daraufhin blinzelte sie, und für einen Sekundenbruchteil fiel ein Schatten über ihr Gesicht, bevor sie ihre Züge zu einer Maske der Gleichgültigkeit zwang. Sie schob seine Hand weg.

»Warum sollte das eine Rolle spielen?«, fragte sie. »Sie sind ebenfalls ein Freund von ihm.«

»Ich bin ein Bekannter. Und sagen Sie mir, warum es eine Rolle spielen sollte. Was ist zwischen Ihnen und Loudor vorgefallen?«

»Gewiss haben Sie es gehört. Es ist nichts weiter. Er hat jetzt seit Jahren allein gelebt und fühlte sich nicht wohl inmitten der Unruhe, die zwei Frauen verursachen.« Sie sprach die Worte gelassen aus, doch es gelang ihr nicht, ihm dabei in die Augen zu schauen.

»Man könnte einwenden, dass ihm als ihrem nächsten männlichen Verwandten hier in London sein persönliches Wohlergehen nicht über ihre Sicherheit gehen darf.«

»Oh, Mrs Summers und ich sind vollkommen sicher. Wir haben mindestens zwei Dutzend Dienstboten, und einige von ihnen sind ziemlich kräftig.«

Sie war sicherer, dachte Alex, wenn Loudor aus dem Haus

war, aber dahinter steckte mehr als ein Mann, der seinen Freiraum brauchte.

»Sophie«, sagte er leise. »Sophie, sehen Sie mich an.«

Ein wenig widerstrebend blickte sie zu ihm auf. Alex wusste, dass sie etwas verbarg. Sie wirkte nervös, vielleicht sogar ein wenig ängstlich. Er wollte sie in die Arme nehmen. Er wollte sie küssen, ihre Lippen, ihr Ohr, ihren Hals, bis die kleinen Falten auf ihrer Stirn sich lösten. Aber vor allem wollte er, dass sie ihm vertraute.

Er hob die Hand und ergriff sachte eine Locke ihres Haares, die Sophie absichtlich nicht festgesteckt hatte und die sich verführerisch an ihrem Gesicht hinabschlängelte. Er rieb die Strähnen zwischen Daumen und Zeigefinger, staunte über die Weichheit des Haares, bevor er es ihr hinters Ohr schob, als wolle er es beschützen. Dann ließ er die Hand langsam sinken und liebkoste mit dem Daumen ihre Wange und ihr Kinn.

»Sie sollen wissen, dass Sie aus jedem Grund zu mir kommen können, Sophie«, flüsterte er. »Aus absolut jedem. Es gibt nichts, was ich Ihnen verwehren würde.«

»Ich ...«

»Nichts, was ich nicht für Sie tun würde.«

In ihrer Verwirrung war es Sophies erster Instinkt, etwas Kokettes zu sagen, etwas Sarkastisches, etwas, das die Mauer verstärken würde, die sie in der letzten Woche aufgebaut hatte, um sich gegen ihn zu schützen. Eine Mauer, die zumindest schon brüchig gewesen war und die jetzt, als sie neben ihm stand, die Hitze seiner Liebkosung spürte und die Wärme seiner Worte, vollends einstürzte.

Sie war wütend auf ihn gewesen, weil er heute Abend ihre Verehrer verjagt hatte, aber noch wütender war sie auf sich selbst gewesen. Sie hatte sich so sehr gefreut, ihn zu sehen, war so erleichtert gewesen, die Gesellschaft von Männern abzuschütteln, die ein gut einstudiertes Kichern einem belesenen Geist vorzogen. Mit jeder Minute, die verstrich, war die Scharade deprimierender geworden. Sie verabscheute es, etwas zu spielen, was sie nicht war, verabscheute es, sich den Launen von Männern anzupassen, die sie nicht respektieren konnte. Wenn sie sich an einen von ihnen band, würde sie für immer die Hoffnung auf Liebe aufgeben. Wahrscheinlich würde sie mit ihrem Ehemann niemals die Freuden beiderseitigen Respekts, der Zuneigung und des Begehrens erleben.

Aber vielleicht konnte sie diese Freuden heute Nacht erleben.

»Gehen Sie ein Stück mit mir«, flüsterte sie.

Es war eine schreckliche Idee. Eine gefährliche Idee. Sie musste einen Ehemann finden und Whitefield retten. Sie musste in Lord Forents Studierzimmer nach einem Beweis für Verrat suchen. Doch gerade jetzt konnte sie sich nicht dazu überwinden, sich mit einer dieser Aufgaben zu befassen.

Was immer notwendig war, sie würde das Überleben ihrer Familie sichern. Sie hatte die ganze Welt bereist und in einem Jahrzehnt mehr Orte gesehen, als die meisten Menschen in ihrem Leben zu Gesicht bekamen. Nur ein Ort war Heimat. Nur einer barg Erinnerungen an eine Mutter und Schwester, die sie geliebt und verloren hatte.

Sie würde ihre Zukunft für Whitefield geben. Dieser Moment, dieser kleine Splitter der heutigen Nacht würde ihr gehören.

Alex warf einen flüchtigen Blick in das Innere des Ballsaals, um sicherzugehen, dass man sie nicht beobachtete. Dann führte er sie schnell die steinernen Stufen hinunter und in ein Labyrinth aus gut beleuchteten Pfaden vorbei an Rosenbüschen, Springbrunnen und Hecken und weiteren Rosenbüschen, bis sie sich vollkommen verirrt hatte.

Alex brachte sie zu einem kleinen Aussichtspavillon und zog sie hinter eine mit Reben bedeckte Mauer und dann in seine Arme.

Für einen Moment lehnte er einfach seine Stirn an ihre und hielt sie fest. Nichts hatte sich je so gut angefühlt, so richtig, wie Sophie in seinen Armen. In der Vergangenheit war die Umarmung einer Frau lediglich einer der Schritte hin zum Liebesakt gewesen.

Mit Sophie war es anders. Ihre weiche Gestalt, die sich an seinen Körper schmiegte, war viel mehr als ein bloßer Schritt auf dem Weg zur Verführung, viel mehr als ein Schritt in einer Abfolge von Schritten, die notwendig waren, um das ultimative Ziel zu erreichen. Sophie Everton in den Armen zu halten, bedeutete an sich schon Erfüllung.

Durch den Stoff ihrer Kleidung hindurch spürte er sie nur zu deutlich. Er hörte ihr Herz hämmern, spürte ihren Atem an seinem Hals. Er merkte, wie sie sich in seinen Armen entspannte, und dies ließ eine Welle des Besitzerstolzes in ihm aufwallen.

Sie war sein.

Und plötzlich war es nicht genug, sie einfach nur in den Armen zu halten. Er musste sie kosten, musste sie als sein Eigentum markieren. Um keine Frage offenzulassen, wem sie gehörte.

Seine Lippen tanzten leicht über ihre, bis er spürte, dass sie nachgab. Dann ließ er den Mund hungrig über ihren gleiten, strich ihr mit dem Daumen über Lippen und Kinn, bis ihre Lippen sich weit genug öffneten, dass er die Zunge hindurchgleiten lassen konnte. Angesichts des neuerlichen Eindringens keuchte sie an seinem Mund auf, und seine Muskeln verspannten sich.

»So gut«, stöhnte er und verließ ihren Mund, um ihr Ohr

zu kosten und dann die Seite ihres Halses. Er verweilte an der empfindlichen Stelle, wo ihr Hals auf ihre glatten Schultern traf.

Wieder schnappte sie nach Luft, und Alex wusste, dass einer von ihnen bald ein Ende machen müsste, oder es würde zu weit gehen. Als Gentleman sollte er es tun. Er sollte sie von sich wegschieben.

Bei diesem Gedanken zog er sie unwillkürlich fester an sich. Noch ein paar Minuten, beschloss er, nur noch ein paar Minuten.

Er richtete seine Aufmerksamkeit wieder auf ihren Mund und ergötzte sich an den kleinen Lauten, die sie ausstieß, den zaghaften Bewegungen ihrer Zunge an seiner, die schüchterne Erkundung seines Rückens durch ihre Hände.

Ohne bewusste Absicht glitt seine Hand von ihrer Taille nach oben, um sich leicht auf ihre wunderschön zur Geltung gebrachte Brust zu legen. Vielleicht hatte ihr neues Kleid doch seine Vorzüge. Er spürte, wie sie sich verkrampfte, und erwartete, dass sie sich zurückziehen würde. Als sie stattdessen seiner Hand entgegenkam, wusste er, dass er der Sache jetzt ein Ende machen musste, sonst würde es zu spät sein.

Er löste sich von ihr, ein wenig überrascht darüber, wie falsch sich die Bewegung anfühlte. Es kostete ihn jede Unze seiner Willenskraft, sie nicht wieder an sich zu reißen. Nur um sicher zu sein, trat er einen Schritt zurück. Sie schaute blinzelnd zu ihm auf. »Warum hören Sie auf?«

»Einer von uns musste es tun«, antwortete er mit ebenso erstickter Stimme.

»Oh«, erwiderte sie – ein wenig töricht, wie ihr schien. Sie brauchte einen Moment, um die Bedeutung seiner Worte zu begreifen.

»Oh«, sagte sie schließlich mit erheblich mehr Gefühl. »Oh, nein. Wie lange waren wir hier draußen?«

»Nicht annähernd lange genug«, murmelte Alex leise.

»Mrs Summers wird gewiss nach mir suchen.«

»Sie hätte Sie erst gar nicht hinausgehen lassen dürfen«, bemerkte er. Und ohne die leiseste Spur von Groll, stellte sie fest.

»Sie könnte jeden Moment auftauchen«, entgegnete Sophie – vor allem, weil sie das Gefühl hatte, Mrs Summers das schuldig zu sein.

Er liebkoste mit einem Finger ihre Wange. »Zweifellos haben Sie recht. Dann zurück auf den Ball mit Ihnen.«

Er hätte sie gern wegen Loudor ausgefragt, doch er hatte sie schon zu lange draußen festgehalten.

»Und Sie?«

»Ich werde eine angemessene Zeit verstreichen lassen, bevor ich in den Saal zurückkehre, für den Fall, dass jemandem unsere Abwesenheit aufgefallen sein sollte.«

»Und dann?« Sophie hoffte, dass er sie zum Tanz auffordern würde.

»Und dann werde ich mich verabschieden. Ein Herzog ist niemals der Erste, der eintrifft, noch ist er der Letzte, der geht«, erklärte er mit einem Anflug von Selbstironie. Er musste außerdem eine gewisse Entfernung zwischen sie bringen, damit er nichts tat, das sie beide bereuen würden. Wie zum Beispiel, sie sich vor zweihundert Gästen über die Schulter zu werfen und in den nächsten abschließbaren Raum zu schleppen.

»Ich verstehe«, lachte sie. »Nun denn. Auf Wiedersehen.«

Und mit diesen Worten stellte sie sich auf die Zehenspitzen, gab ihm einen Abschiedskuss und verschwand in Richtung Haus.

Alex hätte beinahe nach ihr gerufen, verschluckte den Ruf jedoch aus Angst vor einer Entdeckung. Er hatte nicht erwartet, die Dinge ganz so zu beenden, sondern geglaubt, es würden ein paar gewisperte Komplimente und vielleicht die eine oder andere Zärtlichkeit folgen. Doch anscheinend war Sophie nicht die Frau, die viel Wert auf Schmeicheleien legte. Das war gut zu wissen.

Außerdem hoffte er, dass sie eine einigermaßen gute Lügnerin war. Sie hatte ihm keine Zeit gelassen, ihr zu empfehlen, dass sie ihr Äußeres ein wenig in Ordnung brachte.

Als sie davongelaufen war, hatte sie gründlich und aufs Reizendste zerknittert ausgesehen.

Sophie ging von der Terrasse nicht in den Ballsaal zurück, sondern trat durch eine andere Gartentür in den kleinen Salon und begab sich von dort aus eilends in das Ruhezimmer der Damen. Mit einem Seufzer der Erleichterung darüber, den Raum leer vorzufinden, ließ sie sich auf einen gepolsterten Stuhl vor einem kleinen Spiegel fallen.

»Gütiger Gott.« Sie befand sich in einem desolaten Zustand. Dem Gedränge im Ballsaal war sie nur ausgewichen, weil sie sich desorientiert, erregt und etwas benommen gefühlt hatte. Sie dachte, sie würde nur ein paar Sekunden brauchen, um ihre Gedanken zu ordnen. Doch so, wie sie aussah, würde sie eine Viertelstunde benötigen, um auch alles andere zu in Ordnung zu bringen.

Röte stahl sich ihren Hals empor und breitete sich auf ihren Wangen aus, während sie ihr Haar richtete und darüber nachdachte, wie genau ihre Frisur so zugerichtet worden war.

Alex' Hände.

Überall. Und trotzdem irgendwie nicht genau dort, wo sie sie brauchte.

Alex' starke Arme um sie herum, seine breite Brust an ihrer, seine weichen Lippen, die sich über ihre eigenen bewegten, seine Zunge ...

»Nein.« Sie funkelte das Bild im Spiegel an. Später. Später konnte und würde sie zu dieser Erinnerung zurückkehren. Aber jetzt musste sie sich darauf konzentrieren, einen Beweis für Hochverrat zu finden, und sich wieder bei ihrer Anstandsdame einfinden, bevor jemand einen Suchtrupp ausschickte.

Sie holte tief Luft, um sich zu beruhigen, und schlüpfte aus dem Raum.

Sie hatte bereits entdeckt, dass das Studierzimmer unverschlossen war und die Tür einen Spaltbreit offen stand, und sie hatte sich ernsthaft versucht gefühlt, sich sogleich hineinzustehlen und mit dieser speziellen Angelegenheit für die Nacht fertig zu sein. Doch sie hatte ihr Vorhaben recht schnell fallen lassen. Sie hatte nicht die geringste Lust, den ganzen Abend über Beweismaterial an ihrem Leib zu verstecken.

Dass sie etwas Belastendes finden würde, dessen war sie gewiss. Ihre beiden letzten Bemühungen waren in einem Fall von fragwürdigem Erfolg und im anderen vollkommen nutzlos gewesen. Dieses Mal stand ihr einfach etwas Glück zu.

Sie war auf halbem Wege zur Tür, als sie begriff, dass sich jemand im Studierzimmer aufhielt. Sie hörte Männerstimmen und Gelächter, und Zigarrengeruch drang in den Flur.

Verdammt. Verdammt. Verdammt.

Sie hatte ihre Chance verpasst. Stirnrunzelnd ging sie um des äußeren Scheines willen weiter zum Ruheraum der Damen. Sie brauchte nur auf eine weitere Gelegenheit zu warten. Und wenn sich die nicht schnell genug bot, würde Sophie sie selbst schaffen.

14

Am nächsten Morgen war die Eingangshalle von Sophies Haus voller Blumen, die ihre Bewunderer geschickt hatten.

Von Alex war nichts gekommen. Sophie sagte sich, dass es so am besten sei, und machte sich daran, Dankesbriefe zu verfassen – eigentlich überflüssigerweise, wenn man bedachte, dass die meisten der Adressaten in den nächsten ein bis zwei Tagen persönlich vorsprechen würden. Selbst Sir Frederick hatte einen entzückenden Strauß aus Tulpen und Rosen geschickt.

Sophie lachte leise in sich hinein bei der Erinnerung an den gequälten Ausdruck auf Sir Fredericks Gesicht, als er gezwungen gewesen war, um des äußeren Scheins willen den inbrünstigen Bewunderer zu spielen. Von allen Männern auf der Liste war Sir Frederick ihre erste Wahl. Er hatte genauso verärgert über ihr törichtes Debütantinnengetue gewirkt, wie sie sich gefühlt hatte. Er hatte sogar versucht, sie ein- oder zweimal in ein intelligentes Gespräch zu verwickeln. Normalerweise hätte sie diese Chance ergriffen, aber die übrigen Männer, darunter Mr Weaver, wie sie nicht umhin konnte, zu bemerken, hatten Sir Frederick angesehen, als hätte er den Verstand verloren. Also hatte sie sich besonnen und weiterhin den entzückenden Dummkopf gespielt. Sie war noch nicht ganz bereit, ihre Chancen bei allen anderen aufzugeben, nur um einen einzigen zu beeindrucken. Wenn Sir Frederick in den nächsten Tagen nicht vorsprach, würde sie ihn einfach selbst aufsuchen müssen. Wenn sie Gelegenheit bekamen, einander besser kennenzulernen, überlegte sie, war es durchaus möglich, dass sie Freunde werden konnten.

Entschlossen, sich in Sir Fredericks Augen zu rehabilitieren, schickte sie ihm als Erstem ihr Dankesschreiben. Sie formulierte es sorgfältig, weil sie diese Gelegenheit nutzen wollte, sich als humorvoll und intelligent zu zeigen. Zweifellos sah er seine Aufgabe, junge Damen zu umwerben, ganz so wie die Herren, die mit Mauerblümchen tanzten. Wenn es schon getan werden musste, tat man es am besten auf die am wenigsten schmerzhafte Weise.

Sophie dachte über die restlichen Kandidaten auf der Liste nach. Lord Verant war am vergangenen Abend nicht zugegen gewesen, und Mr Holcomb hatte einmal mit ihr getanzt und sie dann prompt zugunsten einer attraktiven Frau ignoriert, die ihm im Alter näher war. Sophie hatte kurz erwogen, ihn wegzulocken, dann aber festgestellt, dass sie sich nicht dazu überwinden konnte. Ein Blick auf die bewundernde Miene, mit der Mr Holcomb die Frau angeschaut hatte, und Sophie war angewidert von sich selbst gewesen, weil sie auch nur daran gedacht hatte, sich zwischen die beiden zu stellen.

Sie war ein wenig in Panik geraten bei dem Gedanken, dass ihre ohnehin schon kurze Liste noch zusammenschrumpfte, aber dann hatte jemand sie einem Mann in mittleren Jahren vorgestellt sowie einem uralten Herrn, die beide erst jüngst nach England zurückgekehrt waren – aus Amerika, beziehungsweise vom Kontinent. Der erste hatte seine Frau vor einigen Jahren bei der Geburt seines einzigen Sohnes verloren. Der zweite war ein kinderloser Witwer, aber Sophie dachte, in seinem Alter würde er von einer Ehefrau gewiss nicht mehr erwarten, dass sie ihm einen Erben schenkte.

Was ihre verbliebenen Kandidaten betraf, gab sie keinem den Vorzug, auch wenn sie Mr Johnson eher abgeneigt war, weil er die meiste Zeit über das Wort an ihre Brust gerichtet hatte. Sie hatte den leisen Verdacht, dass er ihrem geplanten Aufbruch nach China ablehnend gegenüberstehen würde. Jedenfalls, wenn sie ohne ihn dorthin reisen wollte.

Nun, sie konnte es sich nicht leisten, ihm nicht noch eine Chance zu geben, befand sie resolut, aber sie schickte ihm ihren Brief zuletzt.

England war ein schönes Land, überlegte Alex, als er sich im Regen zu Fuß auf den Weg zu Sophies Haus machte. Und London war eine schöne Stadt, überlegte er, während er einem verdächtigen Haufen auf dem Gehweg auswich. Mayfield war besonders hübsch, befand er, nachdem er an dem vierten roten Ziegelsteinhaus in diesem Block vorbeigekommen war. Tatsächlich war die Welt im Allgemeinen ein recht angenehmer Ort, und Alex fühlte sich ganz wohl darin.

Und das alles, weil er Sophie Everton endlich richtig geküsst hatte.

Kein Lachen diesmal, kein Würgen, keine Demütigung für einen von ihnen. Es war verdammt gut gewesen. Er war verdammt gut gewesen, überlegte er mit durch und durch maskulinem Stolz. Er hatte sie dazu gebracht, zu seufzen und zu schnurren. Und süßere Geräusche, die von süßeren Lippen kamen, konnte er sich nicht vorstellen. Natürlich hatte sie ihn, wenn sein Gedächtnis ihn nicht trog, dazu gebracht, zu keuchen und zu stöhnen, was bedeutete, dass sie ebenfalls verdammt gut gewesen war.

Sie waren zusammen gut. Und dieses Wissen verlieh seinem Schritt zusätzliche Elastizität und ließ ihn grinsen wie einen Idioten.

Bis er die Kutsche sah.

Eine schwarze, glänzende Kutsche parkte vor Sophies

Haus. Eine schwarze, glänzende Kutsche, von der er wusste, dass sie nicht Sophie gehörte.

»Verdammt.«

Als er die Stufen zur Haustür hinaufsprang, fragte er sich, welchen ihrer Bewunderer er würde in die Flucht schlagen müssen. Stirnrunzelnd hämmerte er an die Vordertür. Es schien eine Ewigkeit zu dauern, bis sie geöffnet wurde, und als jemand aufmachte, musste er die Hände zu Fäusten ballen, um sich daran zu hindern, den ältlichen Butler beiseite zu stoßen, in den Salon zu stürzen und den Flegel, der mit Sophie dort drinnen saß, gewaltsam herauszuzerren.

Er konnte sie lachen hören. Nicht das übelkeiterregende Kichern, das sie am vergangenen Abend von sich gegeben hatte, sondern das aufrichtige, sanfte, melodische Gelächter, bei dem ihm warm ums Herz wurde. Oder jedenfalls war ihm warm ums Herz geworden, wenn sie mit ihm gelacht hatte.

»Der Herzog von Rockeforte«, kündigte der Butler ihn an.

Hinter ihm verdrehte Alex die Augen. Er hasste es, so angemeldet zu werden. Es bedeutete ihm nichts, überhaupt angemeldet zu werden, aber es war besonders aufreizend, wenn die eigene Anwesenheit zwei Personen angekündigt wurde, die mitten am Nachmittag in einem Salon saßen.

Bei der Erinnerung daran, dass sich in besagtem Salon tatsächlich zwei Personen befanden statt nur der einen, die dort hingehörte, rüstete Alex sich für die Schlacht, schob sich an dem Butler vorbei ... und hielt inne.

»Sir Frederick?«

»Rockeforte, schön, Sie zu sehen.«

Sir Frederick?

Ein wenig desorientiert schüttelte Alex die Hand, die der Mann ihm darbot.

Was zum Teufel tat Sir Frederick hier?

Alex schüttelte sich im Geiste. Was zum Teufel kümmerte ihn das? Der Mann stellte keine Bedrohung dar. Er würde sogar so weit gehen zu sagen, dass er Sir Frederick mochte. Er verstand ihn nicht notwendigerweise, aber das war nicht der Punkt.

Er durchquerte den kleinen Raum und nahm Platz, ein wenig enttäuscht über die verlorene Chance, einen potenziellen Rivalen zu verdreschen. Obwohl es so wohl das Beste war. Er bezweifelte, dass diese Art von Benehmen bei Sophie gut ankommen würde. Er betrachtete sie. Sie strahlte ihn an.

Und ja, die Welt war in der Tat ein schöner Ort.

»Sir Frederick hat mir gerade von Carleton House erzählt«, erklärte Sophie, während sie Alex eine Tasse Tee reichte. Er hatte keinen Durst, aber sie hatte ihm noch nie zuvor Tee serviert, und er fand diese hausfrauliche Geste seltsam angenehm. Er nahm die Tasse entgegen und warf Sir Frederick einen Blick zu.

»Ich gehe davon aus, dass Sie dort gewesen sind?«

Sir Frederick nickte grimmig. »Nur ein einziges Mal, aber einmal war vollauf genug.«

»Ist es wirklich so schlimm?«, erkundigte Sophie sich.

Alex zuckte die Achseln. »Es ist gewiss … aufwendig.«

»Und es verändert sich ständig«, ergänzte Sir Frederick. »Prinny hat dort mehr Änderungen in Auftrag gegeben, als die meisten Männer von ihren Schneidern verlangen.«

»Ein Teil des Grundes, warum der Mann so verschuldet ist«, sagte Alex. »Und seine gewaltigen Partys machen die Sache nicht besser.«

»Ebenfalls aufwendig?«, fragte Sophie.

»Bei der Dinnerparty, die ich besucht habe, hat eine spärlich bekleidete junge Frau als Tafelaufsatz gedient«, bemerkte Sir Frederick anstelle einer Antwort.

Sophies Augen wurden rund. »Warum sollte er so etwas tun?«

Alex lachte. »Es besteht wenig Hoffnung, die Komplexitäten von Prinnys Verstand zu ergründen. Ich schlage vor, dass Sie es gar nicht erst versuchen.«

»Oh.« Sophie unterdrückte ein nervöses Lachen. »Es ist natürlich nicht komisch ...«

»Natürlich nicht«, pflichtete Alex ihr bei, ohne sich die Mühe zu machen, seine eigene Erheiterung zu verbergen.

»Und er ist unser Prinzregent«, fuhr Sophie fort.

»Gott stehe uns bei«, bemerkte Sir Frederick.

»Aber, und ich hoffe, Sie halten das nicht für schrecklich unpatriotisch von mir, aber könnte er ... das heißt ... nehmen Sie an, dass er nach seinem Vater schlagen könnte?«

Darüber lachten die Männer mit aufrichtiger Erheiterung.

Sie lächelte und versuchte, sich nicht auf ihrem Stuhl zu winden. König George war vollkommen verrückt. Eine traurige Tatsache für sich allein genommen, aber die Vorstellung, dass der Mann, der versprochen hatte, ihr ein Vermögen dafür zu bezahlen, dass sie einige der herausragendsten Männer in der Stadt ausspionierte, ebenfalls geistesgestört sein könnte, war beunruhigend.

»Machen Sie nicht so ein ängstliches Gesicht, Sophie«, lachte Alex. »Wir versprechen, Sie nicht des Hochverrates zu bezichtigen.«

Sophie warf ihm einen vernichtenden Blick dafür zu, dass er vor Sir Frederick ihren Taufnamen benutzte. Er lächelte unschuldig.

»Ich denke nicht, dass Prinny verrückt ist.« Sir Frederick schien nichts von der stummen Kommunikation mitzubekommen. »Nur sehr, sehr exzentrisch und wahrscheinlich nicht übermäßig klug.«

»Eigentlich ist er ziemlich gerissen«, bemerkte Alex. »Aber er hat einen erschreckenden Hang, seine besten Eigenschaften in Alkohol und Laudanum zu ertränken.«

Sir Frederick nickte und trank seinen Tee aus, bevor er sich erhob. »Es wird Zeit, dass ich gehe. Vielen Dank für den reizenden Nachmittag, Miss Everton. Ich hoffe, ich darf Sie wieder besuchen? Ausgezeichnet. Rockeforte, es war mir eine Freude, Sie wiederzusehen.«

»Sir Frederick.«

Alex wartete, bis er gegangen war, bevor er seine Aufmerksamkeit auf Sophie richtete. »Sie sehen sehr selbstzufrieden aus.«

Sie lächelte leicht. In der Tat war sie zufrieden mit sich. Das Gespräch mit Sir Frederick war sehr gut verlaufen.

»Haben Sie Lust, mir zu erzählen, warum?«, erkundigte Alex sich beiläufig.

»Eigentlich nicht.«

»Das habe ich erwartet. Machen Sie einen Spaziergang mit mir.«

»Einen Spaziergang?« Sie schaute aus dem Fenster, als würde sie nach Bestätigung suchen. »Es regnet.«

»Ein leichter Nebel«, konterte er.

»Es könnte jede Minute anfangen zu schütten.«

»Gewiss nicht. Es war den ganzen Tag ziemlich beständig.«

»Ich denke nicht, dass das eine verlässliche Methode ist, das Wetter vorherzusagen.«

»Haben Sie noch nie einen Spaziergang im Regen unternommen, Sophie?«

»Doch, das habe ich, aber …«

»Aber?«

»Aber nicht mehr seit meiner Kindheit. Jedenfalls nicht absichtlich. Mrs Summers würde es nicht gutheißen.«

»Ah, die schwer fassbare Mrs Summers. Wo ist diese außerordentlich lasche Wächterin ihrer Tugend überhaupt?«

»Zu Besuch bei alten Freunden, und achten Sie auf Ihren Ton, wenn Sie von ihr sprechen. Ich werde keine Beleidigungen dulden.«

»Sie verstehen mich falsch, mein Liebes.«

Sie errötete angesichts der vertraulichen Anrede.

»Ich würde nicht im Traum daran denken, ein böses Wort gegen die Frau zu sagen«, fuhr er fort und erhob sich von seinem Stuhl. »Ich liebe ihre Nachlässigkeit. Tatsächlich verlasse ich mich darauf.«

»Was tun Sie?«

»Näher an Sie heranrücken.«

»Warum?«

»Ich denke doch, das ist offensichtlich.«

»Nun, tun Sie es nicht.«

Alex setzte sich neben sie, und dann, bevor sie auch nur begriff, was er vorhatte, hatte er sie auch schon auf seinen Schoß gezogen.

»Alex!« Sie bemühte sich aufzustehen, aber es war bestenfalls eine nutzlose Anstrengung, schlimmstenfalls eine peinliche. Seine Arme waren wie Stahlseile.

»Sehen Sie, ist das nicht besser?« Alex war sich nicht ganz sicher, ob es besser war. Ihn stach etwas Hartes in den Rücken, und die Sitzfläche fühlte sich an, als säße er auf einem Haufen Steine.

»Gütiger Himmel, was ist los mit diesem Ding?«

»Es ist alt«, blaffte sie. »Gehen Sie wieder dort hinüber.« Sie versuchte nicht länger, sich hochzustemmen, und zeigte auf den Stuhl, den er freigemacht hatte.

»Eine ausgezeichnete Idee«, erwiderte er und schob einen Arm unter ihre Knie.

»Allein«, verdeutlichte sie.

»Und Sie diesem buckeligen alten Ding ausliefern? Unsinn. Hören Sie auf zu zappeln, Süße. Ich würde Sie ungern fallen lassen. Ich habe nämlich meinen Stolz.«

»Ich hoffe, Sie heben sich einen Bruch«, brummte sie.

Er würdigte dies keiner Antwort. Stattdessen ließ er sich mit einem zufriedenen Seufzer nieder und machte es ihr auf seinem Schoß bequemer. »Ah, also, das ist besser. Warum haben Sie sich das da nicht vom Hals geschafft?« Er deutete mit dem Kinn auf das anstößige Sofa.

Weil sie es sich nicht leisten konnte. Die Einkaufsmöglichkeiten, die ihr der Dienst als Spionin eröffnet hatten, schlossen Mobiliar nicht ein.

»Weil es mir gefällt«, log sie und versuchte zu ignorieren, dass er an ihrem Fuß herumspielte. »Ich glaube, es hat meiner Großmutter gehört.«

Es hätte ihr jedenfalls gehören können, dachte sie, was ja wohl fast das Gleiche war.

Alex beäugte das Sofa zweifelnd. »Bestimmt Ihrer Ururgroßmutter. Und da Sie inzwischen ungemein tot sein dürfte, denke ich, sie können sich seiner entledigen, ohne ihre Gefühle zu verletzen.« Seine Hand glitt ihren Knöchel hinauf.

»Alex ...«

»Ich sehe, dass Sie die Vorhänge gewechselt haben. Sehr klug.« Seine Hand bewegte sich weiter aufwärts, um ihre Wade zu liebkosen.

Sie hatte das leichtere, erheblich weniger modrige Paar auf dem Dachboden gefunden. »Vielen Dank«, sagte sie automatisch. »Jetzt lassen Sie mich bitte los. Es könnte jemand hereinkommen.«

»Es könnte, aber es wird nicht. Nicht wenn Ihr Butler ein Wörtchen mitzureden hat. Ich denke, er war recht eingenommen von mir.« Seine Hand schlüpfte nur ein klein wenig höher.

»Er war eingenommen von Ihrem Titel.«

»Ich wusste doch, dass er eines Tages nützlich sein würde«, murmelte er.

»Mrs Summers könnte zurückkehren.«

»Das sagen Sie immer, und nie kommt sie. Ich beginne mich zu fragen, ob die Frau eine Ausgeburt meiner Fantasie ist.«

Er beugte sich vor, um sie zu küssen, aber sie riss den Kopf zur Seite, und seine Lippen streiften stattdessen ihre Wange. Er stieß einen erschöpften Seufzer aus. »Was ist los, Sophie? Gestern Nacht ...«

»Waren wir in einem gut versteckten Aussichtspavillon mit wenig Gefahr, gesehen zu werden.«

»Ja, aber jetzt ...«

»Jetzt sitzen wir in meinem Salon, wo jeder hereinkommen könnte.«

»Vielleicht, aber es ...«

»... wird sich nicht wiederholen, Alex«, erklärte sie entschlossen. »Ich bedaure die gestrige Nacht nicht, keine Sekunde davon, aber es darf nicht wieder geschehen.«

»Warum zur Hölle nicht?«, begehrte er zu erfahren, und seine Hand hielt auf ihrem Knie inne.

»Weil ich es sage.«

»Das ist die absolut infantilste Begründung, die ich je gehört habe.«

»Das mag sein, aber wenn Sie ein Gentleman sind, werden Sie respektieren, dass ich sie gebrauche.«

Alex öffnete den Mund zu einer Erwiderung, wurde aber durch ein Klopfen an der Vordertür unterbrochen. Bei all den Störungen begann er zu verstehen, wie William sich an jenem

Tag im Büro gefühlt hatte. Es gefiel ihm nicht im Mindesten.

»Alex, bitte.«

Er fluchte leise, ließ sie jedoch von seinem Schoß gleiten. Bis ihr Gast eintrat, saß sie wieder sittsam auf dem Sofa.

Wie es die Gewohnheit aller Herren war, stand Alex auf, wann immer ein Gast den Raum betrat. Ihm gehörte der Raum nicht wirklich, aber er empfand ziemlich besitzergreifend, was die Frau betraf, der er gehörte, und ihm gefiel die Idee, dass er und Sophie gemeinsam gegen einen gewöhnlichen Eindringling dastanden. Doch kaum eine Sekunde später wünschte er, er hätte Platz behalten. Selbst wenn er sich nicht gerade ungebeten in Sophies Nähe wagte, verdiente Lord Heransly nicht einmal die übliche Höflichkeit. Der Mann war ein abscheuliches, verkommenes Individuum – selbst seine Eltern waren an ihm verzweifelt. Den Gerüchten nach hatte sein Vater die Zuwendungen für seinen Sohn drastisch gekürzt, um der wachsenden Legion von Bastarden des jungen Mannes ein wenig Unterstützung zukommen zu lassen, und Heransly hatte sich bitter über diese Entscheidung beklagt. Eines Abends bei *White's* hatte Alex ihn murmeln hören: »Dafür haben wir doch Armenhäuser.«

»Lord Heransly.« Sophies Tonfall war durchaus freundlich, aber Alex konnte in ihren Zügen einen Anflug von Bestürzung ausmachen. Sie war auch nicht allzu erfreut, den Mann zu sehen. Gut.

»Euer Gnaden.« Lord Heransly machte eine tiefe Verbeugung.

Alex neigte nur knapp den Kopf. »Ich glaube, Miss Everton hat Sie begrüßt.«

Heransly wirkte betroffen über den Tadel. »Ähm … ja, natürlich. Ich entschuldige mich, Miss Everton.« Er verbeugte sich abermals, diesmal vor Sophie. »Es ist mir wie immer eine Freude, Sie zu sehen.«

Alex war ernsthaft in Versuchung, Heransly das Knie ins Gesicht zu rammen. Er hätte ja behaupten können, es sei ein unglücklicher Tick, die Folge einer alten Kriegsverletzung vielleicht. Er zwang sich, sich zu entspannen. Dieser Mann war ein enger Freund von Loudor. Alex konnte es sich nicht leisten, ihn bewusstlos zu schlagen.

»Was führt Sie hierher, Heransly?« Alex bemühte sich – zu seiner eigenen Überraschung erfolgreich – um einen freundlichen Tonfall. Er wusste genau, worauf Heransly aus war, und es gefiel ihm nicht.

»Ich nehme an, das Gleiche, was Sie hierher geführt hat.« Heransly zwinkerte ihm verschwörerisch zu, was in Alex den Wunsch weckte, dem Mann ein Augenlid abzureißen. Es war eine Schande, dass er das nicht auf einen Muskelkrampf zurückführen konnte.

»Ich fürchte, ich habe mich mit Miss Everton bereits verabredet, um …«

»Eine Ausfahrt zu unternehmen«, sagte Sophie schnell. Alex warf ihr einen amüsierten Blick zu. »Eine Ausfahrt«, räumte er ein.

»Bei diesem Wetter?«, fragte Heransly und schaute an Alex vorbei, um durch die Fenster zu spähen.

Sophie nickte. »Es kommt mir töricht vor, auf einen sonnigen Tag zu warten«, erklärte sie. »Vor allem in England. Vermutlich wird Mrs Summers jeden Moment hier sein, um mich zu begleiten.«

»Vermutlich«, sagte Heransly skeptisch.

»Ich werde nur eben veranlassen, dass die Kutsche vorfährt.« Mit diesen Worten machte sie sich auf die Suche nach James, dem Butler. Etwas an Lord Heransly machte sie ein wenig nervös, und die Art, wie Alex die ganze Zeit mit den Zähnen knirschte, brachte sie geradezu aus der Fassung.

Heransly sah ihr nach und wirkte zunehmend verwirrt. »Sie haben nicht Ihre eigene Kutsche mitgebracht, Rockeforte?«

»Die Ausfahrt war eine spontane Entscheidung«, erklärte Alex unbefangen. »Wollen Sie nicht Platz nehmen?« Alex genoss die Chance, in Sophies Haus den Gastgeber zu spielen. Das war fast so effektiv wie ein offenes Herauskrähen seiner territorialen Ansprüche. Sophie und alles, was zu ihr gehörte, war sein. Das Haus war sein, nicht, dass er noch eines gebraucht hätte; es ging ums Prinzip. Die Stühle waren sein. Selbst das zierliche kleine Teeservice war sein. Je eher Heransly ... nein, je eher alle das verstanden, umso besser.

Offenbar hatte Heransly den Fingerzeig bereits verstanden. »Nein, danke. Wenn Sie sich mit Miss Everton für den Nachmittag verabredet haben, sollte ich mich jetzt wohl auf den Weg machen.«

Alex begleitete ihn zur Vordertür.

»Ich glaube, ich besitze einige Schuldscheine von Ihnen«, bemerkte Alex, während Heransly Mantel und Handschuhe anzog.

»Ähm ... ja. Ja, das tun Sie.«

»Ich habe sie genau an dem Tag gewonnen, an dem ich Miss Everton kennengelernt habe. Haben Sie das gewusst?«

Heransly zupfte an seiner Halsbinde. »Nein, das habe ich nicht.«

»Ich hatte bis heute gar nicht mehr daran gedacht. Ich glaube, Ihr Anblick hier in Miss Evertons Gesellschaft hat mich daran erinnert.«

»Ich verstehe.«

»Tun Sie das? Ich denke, sobald Sie beide getrennte Wege gehen, werde ich die Schuldscheine erneut vergessen. Es ist höchst merkwürdig. Tatsächlich würde ich gutes Geld darauf wetten, dass ich Monate, sogar Jahre nicht daran denken würde, aber sollte ich Ihren Namen auch nur im selben Satz mit dem von Miss Everton hören ...« Alex zuckte die Achseln und ließ den Satz unvollendet. Wenn Heransly nicht klug genug war, um diesen Wink mit dem Zaunpfahl zu verstehen, würde er dem Mann einfach die Nase brechen, und zur Hölle mit dem Kriegsministerium.

Glücklicherweise kam es nicht so weit.

»In Ordnung, Rockeforte, in Ordnung«, kicherte Heransly, während er die letzten Knöpfe an seinem Mantel schloss. »Ich verdiene das wohl. Loudor hat schließlich versucht, mich zu warnen.«

»Sie wovor zu warnen?«

»Dass Sie ihre Ansprüche erhoben haben. Ich hätte mich nicht auf Ihr Territorium wagen sollen, aber ich habe dem Mann nur halb geglaubt. Er ist schließlich nicht der Hellste, was?« Er zwinkerte abermals, und Alex lächelte, auch wenn er sich darüber gewaltig ärgerte.

Vielleicht hatte er gerade Loudors Schwachstelle gefunden: einen Vertrauten von ihm, dem ein Herzogtitel mehr bedeutete als Loyalität. Alex' Titel war ihm heute schon zweimal von Nutzen gewesen. Ausnahmsweise war er dankbar für die traditionelle Stiefelleckerei der feinen Gesellschaft.

»Ich habe den Verdacht, dass dieser Leuchte kein Öl mehr nachgefüllt worden ist, seit er das Schulzimmer verlassen hat«, bemerkte er. Es war ein entschieden lahmer Scherz und das mit Absicht. Er wollte testen, ob Heransly jede Kröte schluckte. Heransly lachte schallend.

Perfekt.

»Da wir gerade von Miss Evertons Cousin sprechen, ich hatte geplant, ihn heute Abend auf ein Gläschen bei *White's* einzuladen«, log Alex lässig. »Aber ich denke, ich würde die Gesellschaft eines Mannes vorziehen, der meinen Gefallen an schönen Frauen und scharfem Witz teilt. Interesse?«

Der Mann schien vor Begeisterung einer Ohnmacht nahe. »Es wäre mir eine Freude, Euer Gnaden. Und wegen … wegen meiner Schuldscheine …«

»Vergessen«, sagte Alex mit einer wegwerfenden Handbewegung. »Man kann einem Mann ja wohl keinen Strick daraus drehen, dass er es versucht, oder?« Alex unterstrich diese letzte Bemerkung mit zwei herzhaften Schlägen auf Heranslys Rücken. Und wenn sie ein wenig zu herzhaft ausfielen, nun, das ließ sich nicht ändern.

»Lord Heransly?«

Beim Klang von Sophies Stimme drehten die beiden Männer sich um.

»Brechen Sie schon auf?«

Alex verbarg sein Lächeln über diese höfliche Frage. Sophie schien es nicht im Mindesten leidzutun, dass er schon aufbrach.

»Ich fürchte, ich muss«, antwortete Heransly glatt. Er machte zum Abschied eine Verbeugung vor ihr, dann vor Alex. »War mir ein Vergnügen, Miss Everton. Euer Gnaden.«

Sophie schaute ihm nach. »Er kommt mir schrecklich wohlgelaunt vor.«

»Ach ja? Ist mir gar nicht aufgefallen. Fährt die Kutsche dann vor?«

»Mmh? Oh ja.« Sie stieß einen Seufzer aus und setzte sich eine Haube auf. »Jetzt habe ich wohl keine Wahl mehr.«

»Sie klingen, als stünde Ihnen gleich der Märtyrertod bevor.«

Sie warf ihm einen Blick zu, der besagte, dass er nicht weit daneben lag.

»Worüber haben Sie beide gesprochen, während ich fort war?«, erkundigte Sophie sich, sobald sie bequem in der Kutsche saßen.

»Nur über dies und das. Wohin fahren wir?«

Sie sah ihn leer an. »Ich habe keine Ahnung.«

»Sie werden sich etwas überlegen müssen. Es war Ihre Idee, erinnern Sie sich? Ich wollte einen Spaziergang machen.«

»Nun, wohin wollten Sie denn gehen?«

Alex hatte keine Ahnung.

»Nur um den Block.«

»Das ist alles?«

»Nun, es regnet.«

Sophie ließ den Kopf gegen das Polster fallen und stieß ein verärgertes Stöhnen aus.

Alex erbarmte sich ihrer. »Haben Sie sich schon die Sehenswürdigkeiten angeschaut?«

Sie hob den Kopf. »Nein, tatsächlich habe ich das noch nicht getan.«

Alex grinste und streckte den Kopf zum Fenster hinaus, um dem Fahrer Anweisungen zu geben.

Und dann waren sie unterwegs.

15

Mit Rücksicht auf Sophies Ruf besuchten sie Stätten, die nur selten von der guten Gesellschaft frequentiert wurden, und sogar einige, die sie zur Gänze mied. Sophie genoss die Bilder und Geräusche und gelegentlich sogar die Gerüche von London, aber es war ihr Führer, der sie wahrhaft in seinen Bann schlug. Zu jedem Ort, den sie besuchten, wusste Alex eine Geschichte, und seine Anekdoten waren so unterhaltsam, dass sie regelmäßig vergaß, auf die Umgebung zu achten, in der diese Anekdoten spielten.

Dort drüben war die erste Taverne, die er und Whit jemals besucht hatten. Im reifen Alter von fünfzehn Jahren hatten sie es geschafft, sich restlos zu betrinken, bevor es acht schlug. Zwei kräftige Diener hatten sie aus der Schenke tragen müssen.

Und dort war die Ecke, an der der zehnjährige Alex auf der panischen Flucht vor Lady Willards bösem kleinen Dachshund den Karren eines Obstverkäufers umgeworfen hatte. Dieses Missgeschick hatte sein erstes Paar Kniehosen – auf das er außerordentlich stolz gewesen war – ruiniert und ihn genötigt, sechs Tüten zermatschte Äpfel und vierzehn Zitronen zu erwerben.

Sophie lauschte seiner Stimme, dem rauen Klang, den Höhen und Tiefen, die so charakteristisch für ihn waren. Sie beobachtete, wie er regelmäßig die linke Augenbraue hochzog, aber niemals die rechte. Ihr fiel auf, dass er sich mit einem Finger aufs Knie klopfte, wenn er sich in Gedanken verlor, und wenn er lachte, reckte er das Kinn hoch. Sie sah, wie sich harte Muskeln unter dem Stoff seiner Kleider bewegten, und wie die bloße Berührung seines Armes ein langsam wanderndes Brennen auf ihrer Haut auslöste. Sie wurde darauf aufmerksam, dass sein Blick zu ihrem Mund zu fliegen schien, wann immer es geschah. Sie beobachtete jede Einzelheit an ihm, und es verunsicherte sie.

Sie konnte es sich nicht leisten, ihr Herz an den Herzog von Rockeforte zu verlieren. Es kümmerte sie nicht, dass er anscheinend die Gewohnheit hatte, Frauen zu verführen, und dass er niemals irgendwelche Gefühle jenseits schlichten körperlichen Begehrens für sie zum Ausdruck gebracht hatte. Sie konnte es nicht riskieren, dass ihr Herz sie von der Notwendigkeit einer Heirat mit einem geeigneten Herrn ablenkte. Die Aufgabe war schon schwierig genug, auch ohne die zusätzliche Komplikation einer unerwiderten Liebe.

Im Laufe der nächsten Stunde unternahm sie eine nahezu heldenhafte Anstrengung, sich gefühlsmäßig von dem Mann zu distanzieren, der ihr gegenübersaß. Und scheiterte kläglich. Nur, dass ihr nicht kläglich zumute war. Sie lachte und flirtete, redete und debattierte. Sie war glücklicher und entspannter, als sie es seit sehr langer Zeit gewesen war. Da sich das im Laufe des Nachmittags wahrscheinlich kaum ändern würde, beschloss sie, die Frage sicherer Entfernung ruhen zu lassen und sich einfach nur zu amüsieren.

»Haben Sie Hunger?«, fragte Alex.

»Ein wenig.«

»Ausgezeichnet. Ich kenne genau das richtige Lokal.«

›Das richtige Lokal‹ entpuppte sich als baufälliges Gasthaus mit Taverne in der Nähe des Hafens.

»Sind Sie sicher, dass niemand, der uns kennt, hier sein wird?«

»Absolut«, erwiderte er. »In dieses Lokal setzt niemand aus den besseren Vierteln je einen Fuß.«

Sie glaubte ihm das ohne Weiteres. Der große Schankraum war voller lärmender Gäste in zweckmäßiger Arbeitskleidung, die laut sprachen und noch lauter lachten. Mehrere kleine Kinder flitzten mit solch glückseliger Hemmungslosigkeit von Tisch zu Tisch, dass es unmöglich war festzustellen, welches Kind zu welchen Eltern gehörte. Ein stetiger Strom freundlicher Kellnerinnen pendelte zwischen dem Schankraum und der Küche hin und her. Für die feine Gesellschaft wäre das Ganze eine Studie des Pöbels gewesen. Für Sophie war es ein sauberes Etablissement, in dem die Mehrheit der Speisenden aus glücklichen, gut genährten Familien bestand. Sie hatte schon in erheblich respektableren Esszimmern gesessen, wo man den unglücklichen Gästen drittklassige Speisen vorsetzte, zubereitet von einem überbezahlten, fünftklassigen Koch.

»Sie sind offensichtlich schon hier gewesen«, bemerkte sie, sobald sie an einem Tisch Platz genommen hatten.

»Mr McLeod war ein Stallbursche meines Vaters«, erklärte Alex. »Einmal, als ich noch ein kleiner Junge war, bin ich meiner Kinderfrau ausgerissen und in einen Fischteich gefallen. Es war Mr McLeod, der mich fand und herauszog.«

Unsicher nahm Sophie einen Schluck aus dem Humpen Bier, den ein Schankjunge gebracht hatte. »Er hat Ihnen das Leben gerettet.«

»Das hat er. Als mein Vater starb, hat er den McLeods eine kleine Summe vermacht, und mit diesem Geld haben sie diese Schenke eröffnet. Seine Frau und seine Töchter waren schon immer begabte Köchinnen.«

»Ihr Vater muss ein sehr freundlicher Mann gewesen sein«, murmelte Sophie leise.

»Und willensstark«, stimmte Alex mit einem liebevollen Lächeln zu. »Er hat versucht, McLeod zu Lebzeiten für seine gute Tat zu belohnen, aber der Mann hat jedes Angebot halsstarrig abgelehnt. Sagte, er hoffe, dass irgendjemand das Gleiche für eins seiner Kinder tun würde, wenn es nötig sein sollte, selbst wenn er keine Belohnung anbieten konnte. Also hat mein Vater in seinem Testament behauptet, es sei sein letzter Wunsch – einer von vielen, wie sich herausstellte –, die McLeods gut versorgt zu sehen. Er hat sich diesbezüglich ziemlich poetisch ausgedrückt. Ich konnte ihn beinahe lachen hören, während er es geschrieben hat. Er war ein alter Gauner, und er wusste, dass McLeod kaum die letzte Bitte eines Mannes würde ablehnen können.«

Sophie begann ihm weitere Fragen nach seinem Vater zu stellen, brach jedoch ab, als eine junge Frau einen großen Teller mit einer Speise brachte, die sie noch nie zuvor gesehen hatte.

»Was ist das?«

»Aal in Aspik«, antwortete er.

Hätte sie in sein Gesicht und nicht auf den Teller geschaut, wäre ihr vielleicht das schelmische Glitzern in seinen Augen aufgefallen, und sie hätte gezögert, bevor sie »Oh!« sagte und sofort nach einem Stück griff.

Alex konnte seine Verblüffung nicht verbergen. »Sie mögen das?«

»Ich habe keine Ahnung«, antwortete sie wahrheitsgemäß. »Ich habe noch nie zuvor Aal in Aspik gegessen.«

Alex betrachtete ihren Enthusiasmus mit einem Gefühl des Staunens. Es war erfrischend, jemanden zu sehen, der so begierig darauf war, das Leben zu genießen, statt blasierte Langeweile zur Schau zu stellen. Die Welt war voller neuer Dinge, die es zu entdecken galt, man musste einfach weiter schauen als bis zur eigenen Nasenspitze, um sie zu finden. Sophie, so schien es, begriff das.

Aus seinem nachdenklichen Lächeln wurde ein breites Grinsen, als er beobachtete, wie sie sich ein Stück Aal in den Mund steckte, eine halbe Sekunde darauf kaute und dann erbleichte. Ihr Kinn klappte herunter, ohne dass ihre Lippen sich teilten, und Alex gewann den deutlichen Eindruck, dass sie versuchte, diesen Bissen so weit wie möglich von Gaumen und Zunge fernzuhalten. Das, oder sie würgte mit geschlossenem Mund.

»Hier.« Er zog ein Taschentuch hervor, aber sie schüttelte den Kopf. Dann presste sie zu seinem absoluten Erstaunen die Augen fest zu, packte mit beiden Händen die Tischkante und kaute – sehr, sehr schnell.

Es war das Entzückendste, was er je gesehen hatte.

Sie schluckte, keuchte, griff nach ihrem Bierhumpen und trank ihn halb leer, bevor sie sprach. »Das war grässlich. Durch und durch grässlich«, lachte sie. »Ich kann mir nicht vorstellen, warum Mr Wang auf der Reise nach England so davon geschwärmt hat.« Sie legte die Stirn in Falten und verzog die Lippen. »Ich denke, er hat sich über mich lustig gemacht.«

»Vielleicht«, räumte Alex immer noch lachend ein. »Aber vielleicht mag er Aal in Aspik ja auch wirklich. Viele Leute mögen ihn, müssen Sie wissen.«

Sie machte ein angewidertes Gesicht. »Mögen Sie ihn?«, fragte sie mit offenkundiger Ungläubigkeit.

»Gütiger Gott, nein, er ist abscheulich. Ich dachte nur, Sie würden vielleicht gern etwas Neues probieren.«

»Oh«, sagte sie, ein wenig sprachlos über seine Aufmerksamkeit. »Das wollte ich. Ich meine, das will ich. Ich lasse mir nie die Chance entgehen, eine neue Speise zu kosten.«

Sie griff nach einem Stück Brot. Sie konnte den Geschmack des Aals nicht ganz aus dem Mund bekommen. Sie hatte das Brot schon halb an die Lippen geführt, als sie innehielt und hinzufügte: »Es sei denn, es ist aus Hirn zubereitet. Mir ist klar, dass Kalbshirn als Delikatesse gilt, aber ich habe nicht viel übrig für die Idee, den Kopf eines Tieres zu verzehren.«

»Vollkommen verständlich«, versicherte er ihr. »Hätten Sie Lust, noch etwas anderes zu probieren? Mrs McLeod wäre entzückt, Sie mit einigen schottischen Speisen vertraut zu machen, stelle ich mir vor. Haben Sie jemals Haggis gegessen?«

Nach mehreren ihr aufgetischten Spezialitäten des Hauses bemerkte Sophie, ein solches Essen sei vielleicht der Grund, warum die Schotten so berühmt für ihren kräftigen Körperbau seien. Alex betrachtete mit zweifelnden Blicken die verschiedenen Speisen auf dem Tisch. »Es ist eine deftige Kost, das gebe ich zu.«

»Was es wohl eher trifft: Man muss schon kräftig sein, um ständig so zu essen und zu überleben.«

»So hatte ich das noch gar nicht betrachtet. Ein ungewöhnliches Mittel, die Schwachen auszumerzen, aber effektiv, möchte ich meinen.«

»Hm. Würden Sie mir wohl bitte das Brot reichen?«

Alex gab ihr seins. »Sie wären eine der Ersten, die abtreten müssten.«

»Ich fürchte, das stimmt. Ich habe keinen Tropfen schottisches Blut in mir.«

»Ein Jammer«, befand Alex. »Es heißt, schottische Mädels seien äußerst feurig.«

Er warf einen vielsagenden Blick zur Küche, aus der über dem Klirren von Töpfen und Pfannen das Gelächter der McLeod-Töchter zu hören war.

Sophie verdrehte die Augen. Sie hatte die McLeod-Frauen vorhin kennengelernt. Sie waren freundlich, sympathisch und entschieden kräftig.

»Erzählen Sie mir mehr über Ihren Vater«, drängte sie.

Alex sah sie überrascht an.

»Es tut mir leid«, sagte sie. »Ich wollte Sie nicht aufregen. Wenn Sie es vorziehen ...«

»Ganz und gar nicht. Ich bin nicht im Mindesten aufgeregt, und es macht mir nichts aus, über meinen Vater zu sprechen. Ich werde diese seltsame Angewohnheit, so zu tun, als hätten die Toten nie existiert, niemals verstehen.«

Sophie nickte zustimmend. »Es kann schwierig sein, aber in gewisser Weise ist es eine Beleidigung ihres Andenkens, es nicht zumindest zu versuchen.«

»Ihre Mutter und Ihre Schwester sind bei einem Kutschenunfall ums Leben gekommen, bevor Sie England verlassen haben, nicht wahr? Fällt es Ihnen schwer, über sie zu sprechen?«

Sie schaute überrascht auf. »Mir war gar nicht klar, dass Sie von meiner Schwester wussten.«

»Ich glaube, Lady Thurston hat es mir erzählt«, erwiderte Alex glatt, während er sich wegen der Lüge im Geist ein Dutzend Beschimpfungen an den Kopf warf. »Sie ist eine alte Freundin Ihrer Mrs Summers.«

Sophie nickte. »Ja, natürlich, das hat Mrs Summers erwähnt.«

»Werden Sie mir von Ihrer Schwester und Ihrer Mutter erzählen?«

Sophie stellte fest, dass sie mit Alex über die beiden geliebten Menschen sprechen konnte, ohne sich überwältigt zu fühlen. Sie erzählte ihm von einigen der lächerlicheren Mätzchen, die sie und ihre Zwillingsschwester Elizabeth angestellt hatten, und wie sie einmal im Alter von acht Jahren versucht hatten, die Identität zu tauschen. Sie hatten den ganzen Tag geglaubt, alle getäuscht zu haben, bis eins der Stubenmädchen von oben darauf hinwies, dass sie zwei ganz verschiedene Haarschnitte hatten.

Sie erzählte, wie ihre Mutter jeden Tag ins Kinderzimmer gekommen war, um mit ihnen Tee zu trinken, und wie sie abends in das riesige Bett gekrochen war, das Sophie und Elizabeth sich geteilt hatten, um sich zwischen sie zu setzen und Geschichten vorzulesen. Als sie den Kinderbüchern entwachsen waren, hatte sie stattdessen Romane mitgebracht und sich geweigert, die Tradition aufzugeben, und jeden Abend hatte sie ein Kapitel vorgelesen.

»Ich vermisse sie furchtbar«, meinte Sophie leise. »Aber ich vermisse Lizzy noch mehr. Denken Sie, das macht mich zu einem schrecklichen Menschen?«

Sie hatte das noch nie irgendjemandem gegenüber zugegeben. Es war ihr immer so herzlos erschienen, mehr um den Verlust eines Familienmitglieds zu trauern als um den des anderen. Aber wie sie da so mit Alex saß, fühlte es sich nicht herzlos an. Es fühlte sich nach Wahrheit an.

»Ich halte das gar nicht für schrecklich. Ich denke, es ist völlig verständlich. Wir erwarten von unseren Eltern, dass sie vor uns gehen, so ist die Natur. Aber bei einem Bruder oder einer Schwester, und noch mehr bei einem Kind, gehen wir davon aus, dass sie genauso lange leben wie wir selbst oder noch länger. Und dann ist da die Tatsache, dass sie Ihre Zwillingsschwester war ...«

Sophie nickte nachdenklich. »Bei meiner Mutter hatte ich das Gefühl, Lachen und Liebe verloren zu haben. Bei Lizzy habe ich das Gefühl, die Hälfte meiner selbst verloren zu haben.«

»Ich kann mir kaum vorstellen, wie das sein muss«, sagte Alex sanft.

Sophie schenkte ihm ein schiefes Lächeln. »Vermutlich ist das der Grund, warum die Leute es vermeiden, von den Toten zu sprechen. Wir werden trübselig.«

»Noch dazu an einem so zauberhaften Nachmittag. Ist Ihnen aufgefallen, dass die Sonne hervorgekommen ist?«

Es war ihr aufgefallen. Ein Lichtstrahl fiel durch ein nahes Fenster, traf gelegentlich Alex' Augen und brachte die goldenen und grünen Einsprengsel darin zum Leuchten, die ihr bisher noch nicht aufgefallen waren.

»Erzählen Sie mir mehr von Ihrer Kindheit«, drängte Alex sie.

Den Rest des Nachmittags sprachen sie über ihre Familien und ihre Freunde. Sie redeten über die Vergangenheit und erzählten einander ihre Träume für die Zukunft. Sie trieben von einem Thema zum nächsten und beschränkten sich dabei keinesfalls auf Tod und Verlust. Sie lachten viel und stritten ein wenig in freundlichem Tonfall, und als Sophie sich zwischendurch die Zeit nahm, innezuhalten und darüber nachzudenken, wurde ihr klar, dass sie in diesem Moment wirklich glücklich war.

Kurz vor Sonnenuntergang räumte eine der McLeod-Frauen die letzten ihrer Teller ab. Sophie wäre gern noch weit bis in den Abend geblieben, hätte an ihrem Bier genippt und Alex' Gesellschaft genossen, doch sie wusste, dass sie das nicht konnte.

Mrs Summers kochte inzwischen sicherlich, und Sophie hatte keine Ahnung, wie gut beleuchtet die Straßen in diesem Teil Londons sein mochten oder ob der Mond herauskommen würde. Sie wollte zu Hause sein, bevor die Stadt wirklich und wahrhaftig dunkel wurde.

Alex schickte jemanden los, ihre Kutsche zu holen, bezahlte für das Mahl und eskortierte sie zur Tür.

»Euer Gnaden!«

Mr McLeod stand in der Küchentür. »Euer Gnaden, einen Augenblick bitte. Wenn es Ihnen nicht allzu viel ausmacht, Molly hat für Sie und das Mädel ein frisches Blech Kekse gebacken, die Sie mitnehmen sollen.«

»Molly ist seine Frau«, erklärte Alex mit einem kaum verborgenen Lächeln. Er hatte das Gefühl gehabt, dass Sophie sich bei der Erwähnung des Namens der Frau neben ihm verkrampfte. Er verachtete sich selbst ein wenig dafür, aber angesichts dieses Zeichens ihrer Eifersucht hätte er am liebsten laut gejubelt. Es gefiel ihm, dass sie ebenfalls Besitzansprüche hatte.

»Ich werde in der Kutsche warten.« Sophie war sichtlich erleichtert. »Gehen Sie und verabschieden Sie sich, und bitte, richten Sie den McLeods meinen Dank und meine Komplimente aus. Alles war wunderbar.«

Alex warf einen schnellen Blick auf die Vordertür, um sich zu überzeugen, dass die Kutsche bereits auf der anderen Straßenseite stand, dann folgte er Mr McLeod in die Küche.

Sophie war halb über die Straße, als sich eine Hand auf ihre Schulter legte. Sie wirbelte herum und fand sich einem untersetzten Mann mit vorgewölbter Brust und Schlägergesicht gegenüber, sowie einem beträchtlich schlankeren mit schwarzem Haar, das ihm in fettigen Locken um sein spitzes Gesicht fiel. Beide wirkten kräftig und rochen übel, und sie waren offensichtlich betrunken. Die Hand des größeren Mannes glitt von ihrer Schulter, um nach ihrem Oberarm zu greifen.

»He, kleiner Vogel. Wohin fliegst du denn so schnell?«

Sein Komplize kam hinter ihm hervorgetorkelt, um über ihr aufzuragen wie ein Geier. Sophie musste sich daran hindern, das Gesicht zu verziehen, so überwältigend war der Gestank der ungewaschenen Körper und des billigen Gins. Auf ihren Reisen war sie schon früher Männern wie diesen begegnet. Jede Reaktion abseits kühler Geringschätzung war eine offene Einladung für Ärger.

Leidenschaftslos betrachtete sie die fremde Hand auf ihrem Arm, dann blickte sie langsam hoch und fixierte den Mann mit kühlem Blick.

»Lassen Sie mich los.«

Beide Männer brachen in schallendes Gelächter aus, das so ähnlich klang, dass sie wohl miteinander verwandt sein mussten.

»Geben Sie sie frei!«

Alle drei drehten sich um, um zu sehen, wie der Kutscher mit der Peitsche in der Hand von seinem Sitz sprang.

Für Betrunkene waren ihre Angreifer überraschend flink. Bevor Sophie reagieren konnte, drehte der größere Mann ihr den Arm hinter den Rücken und legte ihr seine freie Hand auf den Mund. Der dünnere Mann hob seinen Arm, um den Peitschenhieb abzuwehren. Nach dem ersten Schlag packte er die Peitsche und entriss sie dem Fahrer, dann holte er aus und rammte ihm die Faust ins Gesicht.

Sophie ging davon aus, dass der Fahrer bewusstlos war. Der Mann, der sie festhielt, zerrte sie zu einer verlassenen Gasse, sodass sie den Kutscher nicht mehr sehen konnte.

Dann ließ der Mann ihren Arm los und wirbelte sie zu sich herum, um sie mit dem Rücken an die Wand zu pressen. Sophie nutzte die Gelegenheit, um ihm einen Fausthieb auf die Nase zu versetzen. Er heulte vor Schmerz auf, ließ sie aber nicht los, sondern stieß sie nur umso heftiger gegen die Backsteinmauer und begann, an ihren Röcken zu reißen. Immer wieder schlug sie zu, gebrauchte jeden Trick, den sie kannte, drosch mit Fäusten und Füßen auf ihn ein. Einen Moment lang glaubte sie, sie könne sich losreißen, zumindest so weit, um das Messer zu ziehen, das an ihrem Bein festgeschnallt war. Doch dann war da ein zweites Paar Hände, das ihre Arme seitlich festhielt.

»Das Miststück ist temperamentvoll, hm?«

»Sei still und halt sie fest.«

Sophie füllte die Lungen mit Luft, um einen ohrenzerreißenden Schrei auszustoßen, aber ein zorniges Brüllen hinter den Männern kam ihr zuvor. Einen Herzschlag später waren beide Männer von ihr weggesprungen. Atemlos und zitternd lehnte sie an der Mauer.

Alex fällte den dünneren mit einem einzigen Schlag auf den Kopf. Der zweite Mann umkreiste ihn argwöhnisch. Nachdem er seinen Gegner gemustert und sich selbst für mangelhaft befunden hatte, versuchte der Betrunkene, Alex mit einer Erklärung zu besänftigen. »War doch nur ein bisschen Spaß, Chef. Wussten ja nicht, dass der Vogel vergeben war, so ganz allein wie sie da rauskam.«

Alex sah nicht so aus, als wolle er sich beruhigen lassen, sondern eher, als wäre er bereit zu töten. Mit einem Satz brachte er den Mann zu Fall und setzte sich rittlings auf ihn, dann hieb er ihm grimmig die Fäuste ins Gesicht.

Sophie hatte kein so versöhnliches Wesen, dass sie auch nur das leiseste Mitleid darüber empfand, wie Alex den Mann windelweich prügelte. Sie hätte es selbst getan, wäre sie dazu in der Lage gewesen. Doch sie konnte nicht zulassen, dass er den Mann totschlug – schon weil sie nicht dafür verantwortlich sein wollte, dass jemand gewaltsam sein Leben verlor.

»Alex! Alex, aufhören! Sie werden ihn umbringen!«

Mitten in der Bewegung hielt Alex inne und sah sie an. Hätte sie nicht bereits an der Wand gestanden, wäre sie einen

Schritt zurückgetreten. Seine Augen waren wild, sein Atem ging stoßweise, und seine Zähne waren zu einem Knurren gebleckt. Sophie schaute zu der Mündung der Gasse und sah, dass sich dort eine kleine Menschenmenge versammelt hatte.

»Holen Sie McLeod«, rief sie den Leuten zu, bevor sie ihre Aufmerksamkeit wieder auf Alex richtete. »Alex ...«

»Er hätte Sie nicht anfassen dürfen!«, donnerte er, und sie drückte sich noch fester an die Wand.

»Nein, das hätte er nicht tun sollen«, sagte sie mit ihrer versöhnlichsten Stimme, »aber ...«

Wieder versetzte er dem Mann einen Hieb.

»Alex! Bitte, Sie machen mir Angst.«

»Steigen Sie in die Kutsche!«

»Nein.«

»Sofort!«

»Nein!«, brüllte sie, erstaunt über ihren eigenen Mut. »Nicht ohne Sie.«

Er funkelte sie an, lockerte aber seinen Griff um den Kragen des Mannes keineswegs. Sie versuchte es mit einer anderen Taktik. »Alex, bitte, ich möchte nach Hause.«

Unentschlossen blickte er auf den am Boden liegenden Mann und dann wieder zurück zu ihr. Sophie öffnete den Mund, um etwas zu sagen, hielt aber inne, als Mr McLeod vortrat und die Hand sachte auf Alex' Schulter legte. »Sie haben Ihre Sache gut gemacht, Euer Gnaden. Es wird Zeit, dass Sie sich um das Mädel kümmern.«

Alex starrte auf die Hand auf seiner Schulter, dann folgte er dem Arm mit seinem Blick, bis er das dazugehörige Gesicht erreichte. Sophie wusste nicht, was er dort sah, aber was immer es war, sie würde ewig dankbar dafür sein. Alex schien zu sich zu kommen. Er stand auf, ließ vorher aber noch den

Kopf des Mannes mit einem schauerlichen Aufprall auf das Pflaster krachen.

»McLeod!«

»Jawohl, Euer Gnaden.«

»Kümmern Sie sich um diesen Abschaum.«

»Aye. Tritt jetzt beiseite, Molly, und lass Seine Gnaden aufstehen. Ihr da …!«

So schnell die Menge sich gebildet hatte, zerstreute sie sich auch wieder. Die bewusstlosen Männer wurden gepackt und weggeschleppt. Wohin, kümmerte Sophie nicht. Ihre ganze Aufmerksamkeit galt Alex.

16

Alex sagte kein Wort, sondern fasste Sophies Ellbogen nur mit einem festen Griff und führte sie zu der wartenden Kutsche. Von der Seite warf sie ihm einen verstohlenen Blick zu. Er schien fuchsteufelswild zu sein.

Er half ihr hinein, dann wechselte er einige wenige knappe Worte mit dem Kutscher, der sich von dem Angriff inzwischen erholt hatte, bevor er selbst einstieg.

Machte er ihr Vorwürfe für das, was geschehen war? Der Gedanke bohrte sich ihr wie ein Messer in die Brust.

Alex klopfte mit der Faust scharf gegen die Decke, damit die Kutsche sich in Bewegung setzte. Bei dem Geräusch zuckte Sophie zusammen. Und dann war es mit ihrer Beherrschung vorbei.

»Ich habe nichts Unrechtes getan!«, rief sie mit zittriger Stimme und fing zu ihrer Beschämung an zu weinen. Im Allgemeinen war sie keine Heulsuse. Und sie hatte in der Vergangenheit gewiss Schlimmeres erlebt als das, was sich gerade abgespielt hatte. Nichtsdestoweniger spürte sie, wie die Tränen flossen, und sie konnte nicht verbergen, wie rau ihr Atem ging.

Alex nahm sie in die Arme, sobald er sie schluchzen hörte. Ehe sie wusste, wie ihr geschah, saß sie auf seinem Schoß, den Kopf an seiner Schulter geborgen und fest in seinen Armen.

»Ist ja gut, Herzlieb. Ist ja gut. Es war nicht Ihre Schuld.«
»Sie sind zornig«, warf sie ihm schniefend vor.
Er drückte sie fester an sich. »Nicht auf Sie, Sophie.«

»Wegen irgendetwas sind Sie zornig«, bemerkte sie.
»Ich bin außer mir vor Zorn auf diese Männer.«
»Ja, aber sie sind nicht in dieser Kutsche, und …«
»Und ich ärgere mich über mich selbst«, räumte er schließlich ein.

Sophie versuchte sich aufzurichten, um sein Gesicht zu sehen, aber er drückte sachte ihren Kopf zurück. »Entspann dich jetzt einfach. Das war ein Riesenschreck.«

»Es geht mir schon viel besser, wirklich«, beharrte sie, aber lehnte sich trotzdem an ihn. »Warum sind Sie wütend auf sich selbst?«

Alex zögerte, bevor er antwortete, und als er schließlich sprach, war seine Stimme rau von Gefühl. »Ich hätte das niemals zulassen dürfen.«

»Es war auch nicht Ihre Schuld, Alex.«

»Ich hätte Sie sicher bis zur Kutsche geleiten müssen.«

»Das ist absurd«, erklärte sie. »Sie stand nur auf der anderen Straßenseite.«

Sie spürte, dass er den Kopf schüttelte. Sein Kinn rieb eine kratzige Spur über ihre Stirn. »Es spielt keine Rolle, wie nah sie war, es war meine Pflicht, Sie sicher dort hinzubringen. Und dabei habe ich versagt.«

Ein langes Schweigen folgte, in dem Sophie über seine Worte nachdachte und überlegte, was sie sagen konnte, um die Dinge wiedergutzumachen. Schließlich entschied sie sich für: »Hmhm.«

Alex zog sie an den Schultern hoch, um sie anzusehen. »Was bedeutet das, ›hmhm‹?«

»Oh, nichts«, antwortete sie beiläufig. »Mir ist nur gerade klar geworden, dass es sich um diesen Männer-Unsinn handelt.«

Alex quittierte ihre Impertinenz mit einem kleinen Lä-

cheln. »Ich denke nicht, dass es Ihnen erlaubt ist, ein Wort wie ›Männer-Unsinn‹ zu benutzen.«
»Wirklich? Wie seltsam, dass ich jetzt erst von dieser Regel höre.«
»Nun, Sie waren für eine Weile außer Landes.«
»Hmhm.«
Wieder drückte Alex sie an sich.
»Alex, ich habe mich vollkommen erholt, bitte, lassen Sie mich los.«
»Nicht jetzt schon.«
»Doch«, beharrte sie.
Er gab nur zum Teil nach, indem er ihr erlaubte, aufrecht sitzen zu bleiben, aber sich weigerte, sie von seinem Schoß herunterzulassen. »Ich kann diese plötzliche Aversion nicht verstehen, die Sie hegen ...«
»Es ist keine Aversion«, unterbrach sie ihn. »Es geht darum, ein wenig gesunden Menschenverstand und gutes Urteil walten zu lassen.«
»Na schön, hören Sie auf zu zappeln, liebes Herz. Ich kann dieses plötzliche Interesse an Anstandsregeln nicht verstehen. Sie waren gestern Nacht bereit, einige davon zu vergessen.«
»Das war gestern Nacht.«
»Ich versuche zu verstehen, was sich zwischen gestern Nacht und heute Abend verändert hat. Habe ich etwas getan, das Sie aufgeregt hat?«
»Nein! Nein, das ist es nicht. Wirklich, ich habe nur ... wir können nicht ...« Sie stieß einen resignierten Seufzer aus und gab es auf. »Wir können einfach nicht.«
»Wieder verstehe ich nicht.«
»Und ich kann es Ihnen nicht erklären. Sie müssen einfach meine Wünsche in dieser Angelegenheit respektieren.«
Alex hob sie hoch und setzte sie widerstrebend auf die

Bank ihm gegenüber. »Wenn dies ein Spiel ist, das Sie spielen, Sophie«, flüsterte er, »warne ich Sie jetzt, dass es Ihnen nicht gefallen wird, wenn ich gewinne.«

Sophie blickte ihn finster an. »Ich spiele kein Spiel mit Ihnen. Sie brauchen nicht beleidigend zu werden.«

»Ist es nicht das, was Sie mit all Ihren Verehrern tun – Sir Frederick, Lord Verant und ihresgleichen –, Sie zum Narren halten?«, fragte er etwas bissig.

»Das tue ich ganz gewiss nicht!« Sie wusste, dass er über ihre Zurückweisung verärgert war und in der Folge um sich schlug, aber das machte seine Bemerkungen nicht weniger schneidend.

Sie spielte nicht mit diesen Herren; sie hatte sehr konkrete Pläne, was sie betraf. Vielleicht war Ränkeschmieden nicht ehrenhafter, als mit anderen Menschen zu spielen, aber der Zweck und das erhoffte Ergebnis waren nicht dasselbe. Sie versuchte nicht, die Herzen dieser Männer zu brechen oder sie um ein Vermögen zu beschwindeln. Sie beabsichtigte, einen von ihnen zu einem respektablen Ehemann zu machen. Das war eine traditionelle Beschäftigung unverheirateter Frauen, und sie weigerte sich, deswegen ein schlechtes Gewissen zu haben. Oder jedenfalls würde sie nicht zulassen, dass Alex ihr deswegen schlimmere Gewissensbisse bescherte, als Sophie sie ohnehin bereits hatte. Er war wohlhabend, trug einen Adelstitel und war ein Mann. Die ganze Welt lag ihm zu Füßen. Er war nicht in der Position zu beurteilen, was sie tun musste, um zu überleben.

Sie verschränkte die Arme vor der Brust und starrte aus dem Fenster, wobei sie ihn vielsagend ignorierte.

Sie hörte ihn vor sich hin brummen. Dann regte er sich und brummte ein wenig lauter. »Ich entschuldige mich, wenn Sie sich beleidigt gefühlt haben.«

»Aber die tatsächliche Beleidigung tut Ihnen nicht leid«, spottete sie und funkelte ihn an.

Seine Stirn furchte sich in einer Mischung aus Frustration und Verwirrung. »Ich vermag keinen Unterschied darin zu sehen.«

»Sie haben sich gerade für das entschuldigt, was ich empfunden habe, nicht für das, was Sie gesagt haben. Das ist ein großer Unterschied. Ihre Version einer Entschuldigung schließt ein, dass Sie in keiner Weise verantwortlich für meine Gefühle waren.«

»Ich bin nicht daran interessiert, mit Ihnen über solche Spitzfindigkeiten zu streiten, Sophie.«

»Das ist wieder ein Ausweichmanöver. Und es sollte Sie interessieren, denn um solche Spitzfindigkeiten wurden schon Kriege geführt.«

»Ich liege nicht im Krieg mit Ihnen. Wir haben eine Meinungsverschiedenheit. Und ich entschuldige mich dafür, Sie beleidigt zu haben.«

Er sah aus, als wolle er ein sarkastisches kleines »Jetzt zufrieden?« an das Ende der Entschuldigung anhängen, aber man musste ihm zugutehalten, dass er den Mund hielt.

»Danke«, antwortete sie aufrichtig, wenn auch ein wenig förmlich.

»Vergeben.«

»Und vergessen?«

»Noch nicht. Ich bin mir nicht sicher, ob ich schon alles herausgeholt habe«, entgegnete sie mit einem kleinen Lächeln.

Alex akzeptierte diese Ouvertüre der Vergebung selbst mit einem Lächeln.

Eine Weile fuhren sie in nachdenklichem Schweigen dahin. Sophie dachte darüber nach, wie sie die Mauer verstärken konnte, die sie sich vorhin zwischen sich selbst und Alex ausgemalt hatte.

Alex hingegen überlegte, wie er diese Mauer einreißen konnte, auf deren Errichtung Sophie so versessen zu sein schien.

Sie hatten Sophies Haus fast erreicht, als er plötzlich auf den Sitz neben ihr wechselte und ihre Hand nahm. »Ich werde Ihre Wünsche respektieren, so wie Sie es wünschen, Sophie. Ich bitte Sie jedoch, auch meine zu respektieren.«

Sie kniff argwöhnisch die Augen zusammen. »Und die wären?«

»Sie behalten sich das Recht vor, meine Avancen zurückzuweisen, wie Sie es für richtig halten, und ich behalte mir vor, sie zu machen, wann immer ich kann.«

In ihrem Gesicht malte sich Unglauben. »Das ist wohl kaum miteinander vereinbar.«

»Aber zweifellos wird die Kombination sich als unterhaltsam erweisen.«

»Ich denke nicht ...«

»Sie brauchen sich keine Sorgen zu machen. Ich werde keinen von uns in Verlegenheit bringen, indem ich mich wie ein liebeskranker Bauer benehme ... und Karrenladungen voll Blumen vor Ihrer Tür ablade und dergleichen. Ich wünsche lediglich, dass wir ein wenig Zeit zusammen verbringen – eine Ausfahrt im Park machen, bei den Bällen tanzen, einige Museen besuchen, derlei Dinge.«

»Ich bin mir immer noch nicht sicher ...«

»Sie brauchen auch keine Sorge zu haben, dass ich Ihre Beaus vertreiben werde«, erklärte er ungeduldig. »Die Aufmerksamkeiten eines Herzogs werden Ihren Reiz nur erhöhen, ihn nicht vermindern.«

Daran hatte sie nicht gedacht. Ein wenig gesunde Konkurrenz mochte genau das Richtige sein, um die Dinge zu beschleunigen. Unglücklicherweise gab es jedoch das kleine Problem, dass Alex sich als recht besitzergreifend erwiesen hatte.

»Das mag für einige Herzöge zutreffen. Sie dagegen neigen dazu, sagen wir, Besitzansprüche zu erheben.«

Alex verzog das Gesicht zu einer Grimasse, dann seufzte er wie jemand, der allzu viel ertragen muss. »Ich schwöre hiermit, keinen der jungen Herren zu vergraulen …«

»Oder der alten.«

Er warf ihr einen verärgerten Blick zu. »… keinen der Herren zu vergraulen, die nähere Bekanntschaft mit Ihnen wünschen, es sei denn, Sie bitten mich selbst darum, genau das zu tun, oder falls Sie sich in unmittelbarer Gefahr befinden.«

»Körperlicher Gefahr«, korrigierte sie. »Ich möchte nicht, dass Sie dieses spezielle Schlupfloch benutzen, wann immer ich den Eindruck mache, ich könnte ein klein wenig verärgert sein.«

»Gütiger Gott, Sie sind der geborene Rechtsanwalt.«

»Ja, Rechtsanwalt war nach Botschafter meine zweite Wahl. Leider bleiben beide Berufe für mich unerreichbar. Nun bringen Sie das Versprechen zu Ende, wenn Sie so freundlich sein wollen.«

Alex stöhnte, kapitulierte jedoch. »Ich verspreche, keine Herren zu verscheuchen, die sich dafür entscheiden, ihre Bekanntschaft mit Ihnen zu vertiefen, es sei denn, Sie bitten mich ausdrücklich darum, dies zu tun, oder es droht Ihnen unmittelbar ernsthafter körperlicher Schaden«, sagte er pflichtschuldigst auf.

Sie nickte die ganze Zeit über, dann fügte sie hinzu: »Oder gesellschaftlicher Schaden. Das wäre wohl ebenfalls in Ordnung.«

»Ich werde dieses lächerliche Versprechen nicht wiederholen.«

»Natürlich nicht. Es ist ja nicht so, als würden Sie nicht jetzt schon jede mögliche Entschuldigung finden, um es zu umgehen. Ich meinte einfach, dass ich, sollten Sie sich dafür entscheiden, mich vor einem gesellschaftlichen Ruin zu retten, Ihnen dies nicht vorhalten würde.«

»Wie aufmerksam«, meinte er gedehnt. »Sie sind ein veritabler Quell der Großzügigkeit«, fügte er trocken hinzu. In Wirklichkeit schmiedete er bereits Pläne, um seinen improvisierten Schwur zu umgehen.

Die Idee mit dem unbeherrschbaren, von einer Kriegsverletzung herrührenden Tick hatte in seinen Augen immer noch etwas für sich.

»Ich gebe mir gewiss Mühe«, erwiderte sie keck.

»Sind wir uns dann einig? Wollen wir in dieser Gelegenheit die Wünsche des anderen respektieren?«

»Ich werde zustimmen, eine gewisse Zeit mit Ihnen zu verbringen, Alex. Es ist nicht direkt eine lästige Pflicht, nicht wahr? Aber ich verspreche nicht, dass ich meine gesamte Zeit mit Ihnen verbringen werde.«

»Natürlich nicht«, entgegnete er und strich im Geist die Möglichkeit, sie so stark mit Beschlag zu belegen, dass er gar nicht erst in die Verlegenheit kam, sein Versprechen einzuhalten.

»Dann stimme ich dem Arrangement zu.«

»Exzellent. Ich schlage vor, wir besiegeln den Pakt mit ...«

»Einem Händedruck?«, bot sie hilfreich an.

Sein Blick wanderte zu ihren Lippen hinab. »Ich dachte an etwas Verbindlicheres.«

»Ein Händedruck ist durchaus üblich, glaube ich.«

»Aber kaum im Geiste unseres kleinen Vertrages.«

»Ich denke, diese Meinungsverschiedenheit könnte im Geiste unseres kleinen Vertrages sein«, brummte sie.

Dagegen ließ sich nichts einwenden. »Ich dachte eher an …«

»Einen Blutschwur?«, schlug sie vor.

»Was? Nein, an einen Kuss. Wo haben Sie Ihre Ideen her?«, fragte er verwundert.

»Ich glaube, es ist mir gestattet, Ihre Avancen zurückzuweisen, wie ich es für richtig erachte.«

»Sie würden lieber Blut fließen lassen als mich zu küssen?«

»Nun, es braucht kein großer Schnitt zu sein«, wandte sie ein. »Ein kleiner Nadelstich würde genügen. Ich habe eine Hutnadel in meinem Ridikül, die ihren Zweck wunderbar erfüllen wird.«

Sie griff in ihre Tasche und nahm einen Gegenstand heraus, der, zumindest für Alex, mehr Ähnlichkeit mit einer tödlichen Waffe hatte als mit einem modischen Accessoire. Sie schwenkte die Hutnadel mit schwungvoller Gebärde vor seiner Nase.

»Da hätten wir sie.«

Er drückte ihre Hand herunter. »Sie haben es geschafft, den Augenblick zu ruinieren.«

»Was für ein Jammer.«

»Runde eins geht an Sie«, sagte er ohne Groll.

»Ich dachte, Sie hätten gesagt, wir führten keinen Krieg.«

»Da Sie einen Dolch schwenken, gestatte ich mir, mich zu korrigieren.«

»Nun, wenn wir Zeit miteinander verbringen wollen, werden Sie sich daran gewöhnen müssen.«

»An die Hutnadel?«

»Nein, daran, sich zu korrigieren, denn Sie werden zweifellos im Unrecht sein, wann immer wir streiten.«

»Ich bin entsprechend gewarnt. Stecken Sie die Nadel weg, Sophie.«

Sie beäugte ihn abschätzend. »Ich bin mir nicht sicher, ob das gerade jetzt schon eine gute Idee wäre.«

»Vielleicht nicht, aber wir werden gleich vor Ihrer Haustür sein.«

»Oh!« Sie legte die Hutnadel zurück in ihr Ridikül und versuchte erfolglos, ihr zerzaustes Äußeres wiederherzustellen. »Danke für alles, Alex«, sagte sie aufrichtig, wenn auch ein wenig geistesabwesend.

»Es war mir ein Vergnügen. Soll ich Sie dann morgen wiedersehen?«

»Ich weiß nicht«, erwiderte sie und klopfte den Schmutz aus ihren Röcken. »Vielleicht habe ich andere Pläne.« Sie setzte ihr sehr zerknittertes Häubchen auf und band es mit einer schlaffen Schleife unter dem Kinn fest. »Wie sehe ich aus?«

Zerlumpt, zerknittert, schmutzig, zerzaust und herzzerreißend schön.

Alex nahm ihr Gesicht in die Hände und küsste sie. Er hatte keine Zeit für mehr, als seine Lippen kurz, aber leidenschaftlich auf ihre zu pressen. Doch es war genug, um sein Blut in Wallung zu bringen und sie atemlos zu machen. Spielerisch knabberte er an ihrer Unterlippe, dann küsste er sie sanft auf die Stirn.

»Ich dachte, Sie hätten gesagt, ich hätte den Augenblick ruiniert«, flüsterte sie.

»Hatten Sie auch«, erwiderte er, »aber nur für eine Sekunde.«

17

Sophie seufzte und schaute lustlos aus dem Fenster des Salons. Während der letzten Woche hatte sie jedes Dinner, jede Soiree, jedes Picknick, jeden Ball und jedes Konzert besucht, kurz, jede Veranstaltung, die auch nur die geringste Chance auf einen Kontakt mit einem ihrer »aufgelisteten Herren« versprach, wie Kate und Mirabelle ihre Heiratskandidaten mittlerweile nannten. Zur Freude ihrer Verehrer hatte sie bei jedem Anlass pflichtschuldigst die Rolle des liebreizenden Dummkopfs gespielt. Und mit jedem Mal wuchs ihre Erschöpfung und Entmutigung, was die ganze Scharade betraf.

Bevor sie nach London gekommen war, hatte Sophie in ihrem Leben an weniger als einem Dutzend gesellschaftlicher Ereignisse teilgenommen, und sie war ganz aufgeregt gewesen bei der Aussicht auf alles, was eine Saison in London zu bieten hatte. Aber nicht auf diese Weise.

Sie hatte nie eine echte Debütantin sein wollen. Sie hatte sie nur sehen wollen.

Jetzt, da sie die Gelegenheit hatte, beides zu tun, war sie nur allzu bereit, zu vergnüglicheren Unternehmungen überzugehen. Dank ihres Cousins kam das jedoch nicht infrage. Sie musste weiter das fade Fräulein spielen und sich einen passenden Ehemann angeln. Das Problem war, je feuriger ihre Verehrer wurden, umso zweifelhafter erschien ihr der Plan, einen von ihnen zu heiraten.

Sie wollte nicht die Gattin eines Mannes sein, der Frauen nur für Souvenirs hielt, die man kaufte oder gewann. Sie fühlte sich schuldig, dass sie ihre Verehrer darüber täuschte, wer sie wirklich war, bekümmert von der Erkenntnis, dass sie für immer jede Chance verlieren würde, einen richtigen Ehemann und eine Familie zu haben. Und sie war unglaublich niedergeschlagen angesichts der Gewissheit, dass sie sich niemals, nie und nimmer – selbst wenn sie lange genug lebte, um Witwe zu werden – in der Gesellschaft eines Mannes so frei und glücklich fühlen würde, wie sie das in Alex' Gesellschaft tat.

Natürlich hatte sie herzlich wenig Gelegenheit, diese Gewissheit auf die Probe zu stellen. Sie hatte nur wenige Blicke auf ihn erhascht, seit sie in der letzten Woche in ihrer Kutsche ihre seltsame kleine Übereinkunft geschlossen hatten. Ein flüchtiger Blick von der anderen Seite eines Ballsaals, bevor er mit ihrem Cousin im Kartenzimmer verschwand, ein Blick von Weitem auf ihn im Hyde Park, wo er mit Lord Thurston und Lord Calmaton ausritt.

Sie hatte beinahe gedacht, er hätte sie vollkommen vergessen, eine Vorstellung, die sie gleichzeitig mit Erleichterung und Grauen erfüllte, aber vor zwei Tagen hatte sie abends in der Oper gesessen und sich sehr bemüht, nicht an ihren letzten Besuch mit Alex zu denken, als sich ihr die Haare in ihrem Nacken aufstellten. Sie drehte den Kopf, und da war er, ignorierte die kleine Gruppe von Menschen in seiner Loge und … sah nur sie an. Sie hatte gespürt, wie sie errötete, und er hatte ihr ein Lächeln gesandt, das gar kein Lächeln gewesen war. Es war ein langes, langsames, boshaftes Grinsen. Und es hatte ihr Blut rasen lassen. Sie wollte die Arme wieder um ihn legen, wollte seine Lippen auf Mund und Hals spüren und seine Hände, die keck umherstreiften. Sie wollte ihn spüren, wollte ihn riechen, ihn schmecken.

Es tat weh, es tat ganz einfach weh, so sehr wollte sie ihn.

Und das ging nicht an.

»Warum das lange Gesicht, gnädiges Fräulein?«

Sophie leckte sich die trockenen Lippen und blickte auf; Penny setzte ein Tablett mit Erfrischungen auf einen Beistelltisch. Das junge Mädchen war außerordentlich hilfreich gewesen, seit Sophie das Stadthaus übernommen hatte. Penny wusste alles über das Personal: wer was tat, wer mit wem am besten zusammenarbeitete, wer niemals mit wem im selben Raum sein sollte. Sie hatte sogar James gefunden, den Butler, nachdem der erste Butler sich dafür entschieden hatte, mit Lord Loudor fortzugehen. Eines Tages würde sie eine exzellente Haushälterin abgeben. Wenn Sophie die Mittel gehabt hätte, hätte sie dem Mädchen inzwischen eine wohlverdiente Gehaltserhöhung zuteilwerden lassen.

»Es ist nichts, Penny. Ich bin nur nicht an all den Regen gewöhnt, nehme ich an.«

»Es ist trostlos, nicht wahr?« Penny warf einen schnellen Blick aus dem Fenster. »Ich finde, es hilft, ab und zu etwas Zeit im Garten zu verbringen. Denken Sie an die hübschen Blumen, die Sie bald haben werden, gnädiges Fräulein.«

»Du hast recht, Penny. Die Blumen werden wunderschön sein. Danke, dass du mich aufgeheitert hast.« Der Gedanke an einen farbenprächtigen Garten war nicht wirklich hinreichend, um Sophies Stimmung aufzuhellen, aber es schien unfreundlich, das zuzugeben.

»Warum brauchen Sie Aufmunterung?«, erklang eine Männerstimme von der Tür. Sophie zuckte zusammen, hoffte inbrünstig, dass ihre Reaktion nicht bemerkt worden war, und drehte sich rechtzeitig um, um zu sehen, wie Alex den Raum betrat und einen Platz mit Beschlag belegte. Ihm folgte auf dem Fuß Sophies Butler, der gehetzt, aber entschlossen wirkte.

»Der Herzog von Rockeforte!«, verkündete James atemlos.

»Ja, danke, James.«

»Ich wünschte, er würde aufhören, das zu tun«, brummte Alex, nachdem der Mann sich verbeugt hatte und gegangen war.

In dem Bemühen, milde erheitert zu wirken statt überrascht und auf unvernünftige Weise entzückt über sein plötzliches Erscheinen, setzte sie ein Lächeln auf. »Sie haben versucht, ihm davonzulaufen, nicht wahr?«

»Ja, und es war ein würdeloses Spektakel, wie ein zwölfjähriger Junge an Ihrem Diener vorbeizurennen.«

»Ich hätte Ihnen sagen können, dass es nicht funktionieren würde«, informierte Sophie ihn. »Ich habe ihn ausdrücklich angewiesen, Ihre Ankunft anzumelden, ganz gleich, was für ein Theater Sie vielleicht machen würden. Mir ist aufgefallen, wie sehr Sie zusätzliche Aufmerksamkeit genießen.«

Alex schnaubte nur.

Penny gelang es auf bewundernswerte Weise, ein Kichern zu unterdrücken. »Benötigen Sie noch etwas anderes, gnädiges Fräulein?«

»Vielen Dank, nein. Du darfst dir den Rest des Tages freinehmen, wenn du möchtest, ich werde heute Abend nicht ausgehen.«

»Vielen Dank, gnädiges Fräulein.«

Sophie sah der Zofe nach, dann richtete sie einen kritischen Blick auf ihren Gast. Gemäß seinem Versprechen hatte Alex weder Blumen noch Süßigkeiten oder selbst geschriebene Gedichte mitgebracht. Zu Tode gelangweilt von der geistlosen Konversation, die sie gezwungenermaßen mit anderen Herren ertragen musste, war Sophie gezwungen zuzugeben, dass sie Alex heute mit offenen Armen willkommen geheißen hätte, selbst wenn er mit einem Korb voller giftiger Nattern erschienen wäre. Sie brauchte verzweifelt eine Ruhepause von ihrer erschöpfenden Scharade, und Alex bot ihr dafür die erste Chance seit Tagen.

Kate war nach Haldon Hall aufgebrochen, dem Landsitz ihrer Familie, um ihrer Mutter bei den letzten Vorbereitungen zu ihrem großen jährlichen Fest behilflich zu sein, und Mirabelle war widerstrebend zu einem kurzen Besuch zu ihrem Onkel gefahren. Sir Fredericks Gesellschaft hatte ein gewisses Maß an Erleichterung gebracht, doch er schien ziemlich beschäftigt mit persönlichen Angelegenheiten und tauchte nur sporadisch bei gesellschaftlichen Ereignissen auf. Es schien ihr schrecklich unfair, dass der eine Herr auf der Liste, den sie wirklich mochte, derjenige war, von dem sie am wenigsten zu sehen bekam.

»Sie hängen Tagträumen nach, Sophie.«

»Hm? Oh, ja.«

»Und Sie haben meine Frage noch nicht beantwortet. Warum brauchen Sie eine Aufmunterung?«

Er stellte die Frage leichthin, aber sie bemerkte die Aufmerksamkeit, mit der er ihr Gesicht musterte. Sie hielt ihre Stimme und Miene unbewegt.

»Nur das Wetter«, bemerkte sie mit einer wegwerfenden Handbewegung.

»Sie lügen.«

Sie sah ihn überrascht an. »Wie kommen Sie darauf?«

»Wenn ich Ihnen das erkläre, würden Sie sich in Zukunft mehr Mühe geben, und ich würde diesen besonderen Vorteil verlieren, nicht wahr?«

»Ich glaube, ich wollte wissen, *warum* Sie zu wissen glauben, dass ich gelogen habe, nicht *woher* Sie es wussten, womit eingestanden wäre, dass ich tatsächlich gelogen habe.« Wenn diese verworrene Masse von Worten ihn nicht von seiner ursprünglichen Frage ablenkte, würde wohl kaum etwas diesen Zweck erfüllen.

»Ich habe kein Interesse daran, das jetzt zu entwirren, geschweige denn, etwas darauf zu erwidern. Beantworten Sie einfach die ursprüngliche Frage, wenn Sie so freundlich sein wollen. Warum bedürfen Sie einer Aufheiterung?«

Verdammt. Sie hätte wissen sollen, dass Taktik bei ihm nicht funktionieren würde. Sie versuchte, gar nichts zu sagen, aber Alex füllte das Schweigen rasch aus.

»Sie gehen heute Abend nicht aus«, murmelte er nachdenklich. »Sie sind doch nicht krank, oder?«

»Nein, ich bin nicht krank. Ich bin einfach müde. Ist es mir nicht erlaubt, einen schlechten Tag zu haben?«

»Natürlich ist es das. Ich bin nur neugierig, warum das gerade heute so sein sollte.«

Sophie sank in ihren Stuhl zurück. Ihr fiel einfach keine Antwort darauf ein, die keine Lüge beinhaltete.

»Ist heute Morgen irgendetwas passiert?«, hakte er nach. »Ich bin heute früh im Park Ihrer Mrs Summers über den Weg gelaufen. Sie erwähnte, dass Sie sich gestern Abend gut amüsiert hätten ... meinte, Sie hätten glücklich gewirkt.«

Sie war am gestrigen Abend nicht glücklich gewesen. Sie hatte sich nur nicht elend gefühlt, zumindest nicht bis ganz zum Schluss. Sie war bei einer großen Dinnerparty im Haus von Mr und Mrs Granville in Mayfield zu Gast gewesen. Das einzige Ereignis der Woche, bei dem nicht einer ihrer Verehrer zugegen war. Das allein hatte das Abendessen angenehmer gemacht als die meisten.

Sie hatte die Einladung angenommen, weil Mr Granville auf ihrer anderen Liste stand – der Liste möglicher Verräter, die ihr Mr Smith gegeben hatte. Sie hatte einen Abend mit gutem Essen genossen und mit überraschend guter Gesellschaft, wenn man bedachte, dass der Gastgeber ein möglicher Sympathisant Napoleons war. Und einmal mehr hatte sie ihre Pflicht getan, indem sie in seinem Haus umhergeschlichen und in sein Studierzimmer geschlüpft war, als die Damen sich in den Salon zurückgezogen hatten, während die Herren im Esszimmer ihren Portwein genossen. Und wieder einmal war sie mit leeren Händen heimgekehrt.

Noch schlimmer, sie platzte bei ihrer Rückkehr in eine lebhafte Diskussion über den Herzog von Rockeforte und Lord Thurston. Beide hatten, so schien es, jüngst bei *White's* ein feierliches Gelübde abgelegt, bis zum Alter von vierzig unverheiratet zu bleiben. Lord Loudor hatte als Zeuge fungiert.

Danach hatte der Abend einen guten Teil von seinem Reiz verloren. Auch wenn sie die ganze Zeit über gewusst hatte, dass Alex sie nicht als mögliche Ehefrau umwarb, hatte es ihr einen empfindlichen Stich versetzt, das so deutlich ausgesprochen zu hören. Sie hätte mit der Illusion leben können, dass die Idee einer Heirat mit ihr ihm zumindest durch den Kopf gegangen war.

Im Salon sprach Alex trotz ihrer offenkundigen Wortkargheit weiter. »Ich habe es persönlich bisher nicht erlebt, dass Sie sich bei Ihren Einladungen wirklich amüsiert hätten.«

»Sie waren nicht jedes Mal dabei, wenn ich einer Einladung gefolgt bin.«

»Stimmt«, erwiderte er. Aber meistens war er zugegen gewesen, ohne dass sie etwas davon gemerkt hatte. Er hatte ihr ein gewisses Maß an Raum geben wollen. Eine Chance, zu ihm zu kommen, wenn sie Hilfe brauchte, weil irgendetwas an ihr nagte. Und er konnte es sich selbst gegenüber eingestehen, er wollte ihr auch eine Chance geben, ihn zu vermissen, nur ein klein wenig. »Aber einige Male war ich dabei, und jedes Mal haben Sie sich unweigerlich mit derselben Gruppe von Männern umringen lassen, mit denen Sie nichts gemein haben. Ich möchte wetten, dass das etwas mit Ihrer gegenwärtigen Unzufriedenheit zu tun hat.«

»Alex, darüber haben wir doch bereits gesprochen.«

»Aber ich habe noch keine zufriedenstellende Erklärung für Ihr Verhalten bekommen. Sie weichen aus, Sie ergehen sich in Zweideutigkeiten, und Sie lügen. Ich will wissen, warum.« Er beugte sich vor und maß sie mit einem harten Blick. »Warum sind Sie so entschlossen, die Männer zu Aufmerksamkeiten zu ermutigen, an denen Ihnen nichts liegt?«

»Es sind nur Notlügen«, brummte sie. »Und ich weiche nur aus, weil Sie mich bedrängen und Informationen haben wollen, die zu geben ich nicht bereit bin.« Sie machte sich gar nicht erst nicht die Mühe, seine korrekte Einschätzung ihrer Gefühle gegenüber den aufgelisteten Herren zu leugnen, nicht, wenn er so leicht erkennen konnte, wann sie log. Für einen Augenblick musterte sie sein Gesicht und stellte sich vor, wie sie sich ihm anvertraute, hörte ihn seine Hilfe anbieten ... als Beschützer oder, schlimmer noch, als Ehestifter. Bei dem Gedanken krampfte sich ihr der Magen zusammen, und sie richtete sich auf und reckte das Kinn.

»Das ist eine Ausflucht«, bemerkte Alex.

»Zufällig ist es die Wahrheit. Ich diskutiere das nicht mit Ihnen, Alex. Sie können es entweder akzeptieren, und wir können zu weitaus erfreulicheren Themen übergehen, oder Sie können mich verlassen, aber ich habe nicht die Absicht, den Rest meines Nachmittags damit zu vergeuden, mit Ihnen zu streiten.«

Alex ließ sich bewusst Zeit mit der Entscheidung, und Sophie gelang es nur mit Mühe, ruhig zu bleiben. Selbst ein Streit mit Alex war besser, als allein im Haus zu sitzen und keine Ablenkung von ihren Sorgen zu haben.

Alex starrte sie noch einen Moment länger an, dann entspannte er sich wieder. »Also schön.«

»Also schön, Sie werden sich meinen Wünschen fügen und bleiben, oder also schön, Sie werden sich meinen Wünschen fügen und gehen?«

Alex lächelte über den kleinen Hieb. »Ersteres. Also kommen Sie, Sie haben mir Konversation über erfreuliche Themen versprochen. Dann lassen Sie uns beginnen.«

Sophie hätte vor Erleichterung beinahe die Augen geschlossen. Jetzt konnte sie den Rest des Tages damit verbringen, hier mit Alex zu sitzen und über alles zu diskutieren, von Politik bis zu Mode. Er würde nicht herablassend zu ihr sprechen oder die Wahl von Themen einschränken. Er würde nach ihrer Meinung fragen, sich sorgfältig anhören, was sie sagte, und ihr ganz gewiss widersprechen. Aber statt ihr einen gönnerhaften Klaps auf die Hand zu geben und sie mit einem gleichermaßen gönnerhaften Lächeln zu bedenken, würde er das Thema von Gleich zu Gleich mit ihr erörtern. Sie liebte ihre Wortgefechte, selbst wenn sie den Verdacht hegte, dass er sich mit Absicht schwierig stellte. Alex mochte sie als hübsches Souvenir sehen, das es zu gewinnen galt, aber zumindest betrachtete er sie als ein hübsches Souvenir mit funktionierendem Verstand.

Sie befanden sich mitten in einer durch und durch vergnüglichen Debatte über die Wahrscheinlichkeit eines Krieges mit den Amerikanern, als er aufstand und erklärte: »Wir werden dies ein andermal fortsetzen müssen. Ich muss gehen.«

»Was? Aber Sie sind doch gerade erst gekommen.« Gütiger Gott, sie hoffte, dass sie nicht ganz so jämmerlich klang, wie sie befürchtete.

»Es ist fast fünf«, sagte Alex mit einem Blick auf die Wanduhr. »Ich bin seit fast zweieinhalb Stunden hier.«

»Aber ich dachte ...«

»Was dachten Sie?«, erkundigte er sich aufrichtig, während er seinen Mantel glatt strich und seine Halsbinde zurechtzupfte.

Dass er zum Abendessen bleiben würde, dachte sie. Dass er sie davon überzeugen würde, heute Abend doch auszugehen, nur sie beide, es sei denn, eine Anstandsdame wäre von Nöten.

»Dass Sie länger bleiben würden«, sagte sie stattdessen in der Hoffnung, nach ihren voreiligen Worten noch etwas von ihrem Stolz zu retten.

»Nun, Miss Everton, werden Sie mich vermissen?«

Sophie schnaubte statt einer Antwort.

»Das kann man wohl aus keiner ihrer Sprachen mit ›Ja, schrecklich‹ übersetzen?«

»Ich fürchte, nein.«

»Ein Jammer.« Er kam zu ihr herüber, um ihr einen keuschen Kuss auf die Stirn zu geben. »Wenn Sie bereit sind zu betteln, wäre ich vielleicht bereit zu bleiben. Jetzt werde ich meine andere Verabredung einhalten müssen.«

»Mit meinem Cousin?«

Alex schien den Tadel in ihrer Stimme nicht zu hören. »Nein, eigentlich habe ich mit seinem Freund zu tun, Lord Heransly.«

Dem Sohn des Earls? Dem, vor dem er sie gewarnt hatte?

»Ich werde Sie in Haldon sehen«, sagte er.

»Nicht vorher?« Soviel zu ihrem Stolz, aber das Fest der Thurstons fand erst in einigen Tagen statt, und ...

»Sicher, dass Sie nicht bereit sind zu betteln?«

Sie lächelte ein wenig ironisch, dann fügte sie hinzu: »Das war auch Englisch, für den Fall, dass Sie sich gewundert haben.«

Alex lachte nur, machte zwei flinke Schritte und küsste sie hart und schnell, bevor sie Einwände erheben konnte. Er zog sich zurück, sah sie für einen Moment an und strich mit dem Daumen über ihre Unterlippe. »Gott, ich liebe Ihren Mund.«

Als Sophie sich hinreichend erholt hatte, um eine Antwort zu geben, war er fort.

Am nächsten Tag erhielt sie einen Brief von Alex.

Liebe Sophie,
sollten Sie in irgendeiner Angelegenheit meiner Hilfe bedürfen, zögern Sie nicht, mir sofort eine Nachricht zu meinem Landsitz zu schicken. Die Adresse finden Sie unten.
Ihr Alex
P. S. Ich verspreche auch, Sie nicht betteln zu lassen.

Sie bewahrte den Brief auf ihrem Nachttisch auf.

Ein untersetzter Mann in mittleren Jahren saß, einen Brandy in der Hand, in einer von Londons ruhigeren Tavernen. Ihm gegenüber saß ein viel kleinerer Herr, dessen exotische Gesichtszüge und Vorlieben in puncto Alkohol ihn als Ausländer auswiesen.

»Das ist ein ziemlich großes Unterfangen«, bemerkte der Kleinere. »Sind Sie sicher, dass es funktionieren wird?«

»So sicher, wie man nur sein kann. Es sind eine Menge Überlegung und Planung hineingeflossen.«

»Wir verlassen uns trotzdem stark auf das Glück.«

»Soweit ich weiß, hat das Mädchen Glück im Überfluss«, antwortete der Untersetzte.

»Viel Glück, aber auch viel Pech. So wie jeder andere auch.«

»Mag sein, aber einige der Situationen, in denen sie sich befunden hat ...«

»... hat sie im Wesentlichen selbst herbeigeführt. Das Mädchen ist eigensinnig und kühn.«

Der Untersetzte lächelte und tippte sich an die übergroße Nase. »Das qualifiziert sie für diese Sache.«

»Ja, aber wir werden trotzdem abwarten müssen, ob sie es akzeptieren wird.«

»Ich glaube, das wird sie. Allen Berichten zufolge amüsiert sie sich glänzend.«

»Das tut sie, der kleine Wildfang.« Der Ausländer lächelte und stand auf. »Ich werde für einige Tage nach Wales reisen. Sie wird das Fest bei den Coles besuchen, und ich vermute, dass sie dort sicher genug sein wird, ohne dass ich ihr folge.«

»Sie ist überall sicher genug.«

Der kleine Mann schüttelte den Kopf und warf einige Münzen auf den Tisch. »Wie ich sagte – eigensinnig und kühn. Man muss sie im Auge behalten.«

Das Fest der Coles galt vielen als der Höhepunkt der Saison. Die verwitwete Lady Thurston oder vielmehr ihr Sohn scheute keine Kosten. Jedes Jahr war das riesige Haus bis an die Dachsparren gefüllt mit Menschen, die begierig auf die Zerstreuungen Haldon Halls waren: zwei Wochen der erlesensten Speisen, einigen der besten Jagdreviere Englands sowie Eröffnungs-, Mittel- und Abschlussball.

Lady Thurston hatte Sophie anvertraut, dass sie, so gern sie auch Gäste bewirtete, die Sache lieber etwas kleiner halten würde – mit weniger Gästen und nur einem einzigen Ball. Aber ihr Ehemann hatte die Tradition vor Jahren begründet, und jetzt fühlte sie sich verpflichtet, sie beizubehalten.

Haldon Hall war ein riesiges Herrenhaus, das sich über Meilen zu erstrecken schien. Das ursprüngliche Gebäude ging auf die Zeit zurück, als ein früherer Cole vor etwa dreihundert Jahren als Baronet in den Adelsstand erhoben worden war. Dem Aussehen des Hauses nach zu urteilen, hatte, so Sophies Vermutung, jede folgende Generation es um einen Anbau ergänzt, und ihre Geschmäcker war offenbar recht unterschiedlich gewesen. Die Wirkung war verwirrend.

Zweimal verlief sie sich in dem Labyrinth der Korridore, bevor sie am ersten Abend den Speisesaal fand. Eine beunruhigende Vorstellung für ein Mädchen, das sich rühmte, einen guten Orientierungssinn zu besitzen (den sie im Dschungel noch verfeinert hatte). Als es ihr endlich gelang, die vordere Treppe zu entdecken, geschah es nur, um festzustellen, dass

Alex am Fuß der Treppe mit einem wissenden Lächeln auf sie wartete.

»Sie werden sich daran gewöhnen«, meinte er.

»Wie bitte?«, fragte sie unschuldig. Sie fühlte sich nicht wohl bei der Vorstellung, dass er sie gut genug kannte, um zu wissen, dass sie sich verirrt hatte. Also lag ihr Zimmer nirgendwo in der Nähe dieser speziellen Treppe. Woher hatte er gewusst, dass sie sich nicht nur umgeschaut hatte? Noch weniger behagte ihr das beinah überwältigende Verlangen, ihn einfach ... zu berühren. Überall. Gott, er war attraktiv, und sie hatte ihn seit Tagen nicht gesehen.

»Bei mir brauchen Sie sich nicht zu entschuldigen«, erwiderte er glatt. »Aber Lady Thurston hat sich schon Sorgen um ihren verschwundenen Gast gemacht. Sie kommen zwanzig Minuten zu spät zum Abendessen.«

»Verdammt.« Sophie raffte ihre Röcke und eilte die Treppe hinunter, nachdem sie zu dem Schluss gekommen war, dass nicht der richtige Zeitpunkt war, um sich darum zu scheren, Alex dieses selbstgefällige Lächeln vom Gesicht zu wischen.

Alex ergriff ihre Hand und schob sie in seine Armbeuge. »Ich werde Sie nach dem Essen herumführen, wenn Sie möchten.«

»Das wird nicht notwendig sein, vielen Dank.«

»Ich könnte Ihnen all meine Lieblingsorte zeigen«, gab er freundlich zu bedenken.

»Vermutlich allesamt schwach beleuchtet und gut verborgen.«

»Ich werde mein Bestes tun, dafür zu sorgen, dass es auch Ihre Lieblingsorte werden«, flüsterte er, während sie das Speisezimmer betraten.

»Ebenfalls unnötig«, flüsterte sie zurück, bevor sie ihren Platz einnahm.

Lady Thurston war nicht im Mindesten verärgert über Sophies Verspätung. Sie war zu beschäftigt damit, Diener auszuschicken, um nach sechs weiteren verschwundenen Gästen zu suchen. Anscheinend war es Tradition, sich in Haldon Hall zu verirren.

Das Abendessen war eine kunstvolle Angelegenheit, mit lauter Speisen, die Sophie noch nie gekostet hatte – Hummer, Austern, Weinbergschnecken. Bedauerlicherweise war sie außerstande, viel davon zu genießen. Lady Thurston hatte sie zwischen Lord Verant und Mr Johnson gesetzt, beide auf ihrer Liste und beide ausnehmend langweilige Tischherren. Es kostete sie all ihre Energie, ein Gespräch in Gang zu halten und dabei geziemend dumm zu wirken.

Weiter oben an der Tafel betrachtete Alex leidenschaftslos seinen Teller. Er liebte Austern, aber bei der Beobachtung, wie Sophie schamlos mit ihren beiden Tischnachbarn flirtete, drehte sich ihm der Magen um.

Genug war genug, befand er. Er hatte während dieser letzten Wochen die Geduld eines Hiob bewiesen und jeden Instinkt unterdrückt, der ihm zuschrie, sich zwischen Sophie und ihrer Bewunderer zu stellen und zu brüllen: »Sie ist mein!« Vielleicht sollte er sich sogar ein- oder zweimal auf die Brust schlagen. Ganz gewiss hätte er *ihnen* gern ein paar Mal auf die Brust schlagen, und was er mit ihrer Brust gern getan hätte, duldete keine Erwägung in der Öffentlichkeit.

Und das alles wofür? Ein paar gestohlene Küsse. So zauberhaft diese gewesen waren, Alex wollte mehr. Er wollte sie ganz. Ihre Zeit und ihre Aufmerksamkeit. Ihre Zuneigung. Und er wollte nicht teilen.

Er beobachtete, wie sie über etwas kicherte, das Lord Verant sagte. Oh, er war wirklich geduldig gewesen. Er verdiente verdammt noch mal einen Heiligenschein.

»Hören Sie auf, so finster dreinzuschauen, Alex, mein Lieber. Die Leute werden denken, es stimme etwas mit dem Essen nicht.«

Alex bedachte seine Gastgeberin mit einem entschuldigenden Lächeln. »Das Essen ist wunderbar. Ich fürchte, ich war in Gedanken verloren.«

»Ja«, erwiderte Lady Thurston ungerührt. »Sie ist ein reizendes Mädchen. Und so ein Auge für Mode.«

Alex hielt klugerweise den Mund und zeigte ein ganz neues Interesse für Meeresfrüchte.

Es musste etwas geschehen.

Am nächsten Abend fand der Eröffnungsball statt, der offiziell als Anfang des Festes galt. Sophie stand ein klein wenig abseits vom Tanzboden bei Mirabelle und Evie Cole, die ihr gerade vorgestellt worden war. Die arme Kate hatte man in ihrem Zimmer allein gelassen. Da sie noch nicht offiziell debütiert hatte, würde sie sich mit dem detaillierten Bericht ihrer Freundinnen über den Ball begnügen müssen.

Sophie fand Evie faszinierend. Sie war kleiner und erheblich kurvenreicher als die beiden anderen Mädchen, mit hellbraunem Haar und einem Gesicht, das Sophie recht hübsch fand, trotz der dünnen Narbe, die von ihrer Schläfe bis zu ihrem Kinn verlief.

Zuerst war sie von schüchterner Vorsicht und neigte dazu, gelegentlich zu stottern. Aber nach einer Weile entspannte sie sich. Und als Mirabelle erzählte, wie Sophie ihren eigenen Cousin aus dem Haus geworfen hatte, wurde Evie immer lebhafter und erwies sich als Frau mit scharfem Verstand und spitzer Zunge.

Ihr Gespräch verebbte, als Alex und Whit zu ihnen traten. Wie immer sah Alex blendend aus; er trug einen schwarzen

Abendanzug – damit unterschied er sich wohltuend von einigen anderen jüngeren Herren, deren bunte Westen Sophie an das Gefieder besonders farbenprächtiger Papageien erinnerten.

Die übliche Begrüßungsrunde folgte, wobei man sich strikt an die Tradition und die Regeln der Etikette hielt, bis Whit sich zu Mirabelle umdrehte und in einem überraschend kühlen Ton sagte: »Kobold.«

Sophie beobachtete, wie Mirabelles normalerweise leuchtende Augen langsam zu zornigen schmalen Schlitzen wurden, bevor sie einen schnellen, achtlosen Knicks machte.

»Kretin.« In Mirabelles Begrüßung lag eine Vielzahl von Gefühlen, und keines davon war freundlich.

Whit erwiderte ihren finsteren Blick mit einem frechen Grinsen. »Ich nehme an, es sollte mich nicht überraschen, dich hier zu finden. Gott weiß, du bist ja dauernd hier.«

Mirabelle lächelte kokett und riss in gespielter Bekümmerung die Augen weit auf. »Oje, du bist verstimmt über meine Anwesenheit heute Abend, nicht wahr? Nun, dies ist dein Zuhause, wenn du mich also entschuldigen willst, werde ich mich nur schnell von deiner Mutter verabschieden und aufbrechen.«

»Mirabelle«, knurrte Whit.

»Sie hat schließlich die Einladung ausgesprochen, und es wäre nachlässig von mir, ihr keine volle und detaillierte Erklärung für mein verfrühtes Aufbrechen zu geben. Was soll ich ihr sagen, Whit? Soll ich einfach erwähnen, dass du mich zum Gehen aufgefordert hast?«

»Wage es nicht.«

»Nein? Nun, dann, dass du mich wegschickst? Mir sagst, ich solle meine Sachen packen?«

»Mirabelle ...«

»Es ist wirklich schwierig, dir zu gefallen. Dass du mich hinauswirfst? Mich ermunterst, mich unverzüglich zurückzuziehen?«

»Wenn du auch nur daran denkst ...«

»Dass du mich hinauskomplimentierst, ins Exil geschickt oder auf andere Weise meine Einladung rückgängig gemacht hast? Komm schon, Whit, mach nicht so ein ängstliches Gesicht, das tut man als Mann nicht. Gewiss wird deine Mutter sich deinen Wünschen fügen. Du bist schließlich der Herr im Haus, nicht wahr?«

»Das reicht jetzt.«

»Ja, ich denke wirklich, dass es genügen wird«, erwiderte sie unbeschwert. »Nun, wenn du mich bitte entschuldigen willst, es ist höchste Zeit, dass ich der Gastgeberin meine Aufwartung mache.« Selbstsicher und mit einem breiten Grinsen ließ Mirabelle ihn einfach stehen.

Sophie fand, dass Mirabelle ihren Sieg verdiente. Whit war entschieden zu rüde gewesen. Im Moment sah er Mirabelle mit einiger Beklommenheit nach. »Das wird sie nicht tun.«

Alex schaffte es kaum, durch sein halb ersticktes Gelächter ein Wort hervorzubringen. Schließlich sagte er: »Sie hat jedenfalls die richtige Richtung eingeschlagen.«

Sie alle beobachteten Mirabelle, die zielstrebig durch die Menge schritt. Als sie Lady Thurston erreichte, stieß Whit einen erstickten Laut aus und machte sich unverzüglich auf den Weg zu den beiden Frauen.

Alex lachte über den Anblick.

»Mirabelle wird doch nicht wirklich ...«, fragte Sophie.

»Nein, wird sie nicht«, erwiderte Evie. »Sie liebt Lady Thurston wie eine Mutter und würde sie um nichts in der Welt aufregen wollen, gewiss nicht nur aus Bosheit gegen Whit. Sie wollte nur, dass er sich wand.«

»Ich würde sagen, das ist ihr recht gut gelungen«, bemerkte Sophie.

»Ja, nicht wahr?«, stimmte Evie zu. »Es gelingt ihr, Whit auf ziemlich regelmäßiger Basis in seine Schranken zu weisen. Es macht ihm schrecklich zu schaffen und erheitert den Rest von uns noch mehr. Wenn ihr mich entschuldigen wollt, ich sollte besser sicherstellen, dass sie sich für eine Weile aus dem Weg gehen.«

Sophie wartete, bis Evie gegangen war, dann wandte sie sich an Alex. »Gibt es einen besonderen Grund, warum diese beiden heute Abend so schlecht aufeinander zu sprechen sind?«

»Nicht nur heute Abend, Sophie, jeden Abend und jeden Tag zwischen diesen Abenden. Sie sind nie gut miteinander ausgekommen.«

»Wirklich? Warum denn nicht? Sie ist die beste Freundin seiner Schwester und seiner Cousine, und seine Mutter mag sie. Ich mag sie. Was gibt es an ihr auszusetzen?«

»Halt dich da raus, es wird dich nur frustrieren. Ich mag sie auch. Nur frag Whit nicht nach einer Liste ihrer Fehler, sie ist bestimmt sehr umfangreich.«

»Und eingebildet«, spottete Sophie.

»Nun, um fair zu sein, Mirabelle kann genauso gut austeilen, wie sie einsteckt.«

»Vielleicht«, räumte sie ein. »Aber es kam mir merkwürdig vor, dass sie nicht miteinander zurechtkommen.«

»Nicht so unglaubwürdig, wenn du die Geschichte dahinter kennen würdest.«

»Kennst du die Geschichte dahinter?«, fragte sie.

»Natürlich, jeder kennt sie. Es ist kein Geheimnis.«

Sophie dachte für einen Moment darüber nach. »Nun, dann würden wir nicht wirklich über unsere Freunde tratschen, wenn du es mir erzählen würdest, nicht wahr?«

Alex schenkte ihr ein gewinnendes Lächeln, und Sophies Herz geriet aus dem Takt. Sie musste sich wirklich, wirklich zusammenreißen. Oder zumindest lernen, den Blick auf den Boden gerichtet zu halten.

Alex lachte leise. »Sie sind wirklich ein Original, und ein größeres Kompliment kann ich niemandem machen.«

»Oh, nun … dann vielen Dank«, murmelte Sophie, die ein wenig enttäuscht war. Sie kannte gewiss einige Komplimente, die sie lieber von ihm hören würde.

Alex ergriff sanft ihren Arm. »Also, tun wir es einfach. Haben Sie Durst? Ich besorge uns etwas Champagner, wir setzen uns auf die Terrasse, und ich ergötze Sie mit all den schmutzigen Einzelheiten von Whits und Mirabelles Geschichte. Wie klingt das?«

»Wenn Sie sicher sind, dass die beiden sich darüber nicht aufregen würden.«

Alex führte sie zu dem Erfrischungstisch und reichte ihr ein Champagnerglas. »Ich verspreche Ihnen, es wird ihnen überhaupt nichts ausmachen. Tatsächlich wären beide mehr als glücklich, Ihnen jenen schicksalsträchtigen Nachmittag ausführlich in jeder Einzelheit zu schildern, aber ihre Versionen weichen stark voneinander ab. Sie brauchen einen objektiven Berichterstatter.«

»Ja.«

»Oh ja. Ich war nämlich dabei.«

»Ich fühle mich, als würde ich gleich die Details irgendeines schrecklichen Verbrechens erfahren, dessen Zeuge Sie gewesen sind«, sagte sie, während er sie hinausführte.

»Die Mitspieler in diesem speziellen Drama würden dieser Beschreibung wahrscheinlich zustimmen, aber so schlimm war es eigentlich gar nicht. Sie sind nur zu halsstarrig, um es zuzugeben. Ah, hier ist es günstig.«

Die Terrasse war groß, gut beleuchtet und im Augenblick wenig benutzt. Er führte sie zu einer relativ abgelegenen Bank an einem Ende, die ihnen ein gewisses Maß an Privatsphäre bot.

Dann nahm er einen Schluck Champagner und räusperte sich dramatisch.

»Die Mätzchen sind unnötig«, lachte sie.

»Ja, das sind die meisten Freuden. Jetzt benehmen Sie sich, ich versuche, hier mit einer epischen Erzählung zu beginnen. Sie erfordert ein gewisses Maß an Konzentration.«

»Ja, natürlich, tut mir schrecklich leid.«

»Ist schon gut ... wo war ich?«

»Sie hatten noch gar nicht richtig angefangen.«

»Es war der Sommer des Jahres ... nun, ich erinnere mich nicht, in welchem Jahr es war, aber Whit und ich waren siebzehn und hier in Haldon Hall auf Urlaub von Eton.«

»Das wäre siebzehnhundertachtundneunzig gewesen.«

»Wie bitte?«

»Sie waren damals siebzehn, und sie sind jetzt einunddreißig, also war das Jahr siebzehnhundertachtundneunzig.«

»Richtig. Ja, es ist das Jahr siebzehnhundertachtundneunzig, oder viel mehr war es das. Whit und ich waren über die Ferien zu Hause und Lady Thurston gab ein Fest. Mit vielen Gästen. Unter ihnen eine sehr reizende junge Frau namens Sarah Wilhelm. Sie war ungefähr in unserem Alter, vielleicht ein oder zwei Jahre jünger, und ein absoluter Engel, wenn man sie ansah. Herrliche Locken von goldgesponnenem Haar, Augen von der Farbe des Himmels, und ein Busen, für den ein Mann ...«

»Ich verstehe vollkommen, Alex, sie war attraktiv.« Sie funkelte ihn an.

Er zwinkerte. Ihr Herz tat erneut einen Satz.

»Sie war eine Erscheinung«, fuhr Alex fort. »Und Whit verliebte sich Hals über Kopf in sie. Wie die Dinge liegen, lebt Mirabelles Vormund, ihr Onkel, nur zwei Meilen von Haldon Hall entfernt, und sie verbrachte ihre Zeit mehr hier als dort, wie es immer noch der Fall ist. In dem Sommer war sie nur ein winziges Mäuschen von einem Mädchen – sie kann nicht älter als elf gewesen sein.«
»Zehn, und Kate muss sieben gewesen sein.«
»Ausgezeichnet. Darf ich fortfahren?«
»Bitte, tun Sie das.«
»Die Mädchen waren zehn und sieben und folgten uns auf Schritt und Tritt, wenn wir hier waren.«
»Wie süß.«
»Die Süße war damals an uns verschwendet. Wir waren siebzehn, wenn Sie sich erinnern, und ziemlich durchdrungen von der eigenen Wichtigkeit, wie es nur Jungen sein können, kurz bevor sie Männer werden.«
Sophie nahm im Geiste Anstoß an dem Wort »nur« in diesem Satz, hielt aber klugerweise den Mund.
»Eines schönen Nachmittags beschloss eine kleine Gruppe von uns, unten am See zu picknicken. Es war ein ungewöhnlich heißer Frühlingstag gewesen, und das Wasser war ziemlich grün und schlammig geworden, aber Whit bestand darauf, die liebreizende Miss Wilheim einzuladen, mit ihm eine Ruderpartie auf dem See zu unternehmen. Und sie sah tatsächlich liebreizend aus, ganz Pfirsich und Sahne in einem entzückenden kleinen Ensemble mit passendem Häubchen und …«
»Alex.«
»Schon gut. Nun, Kate und Mirabelle setzten es sich in den Kopf, ebenfalls hinauszurudern. Sie stahlen sich mit dem einzigen anderen Boot davon …«

»Sie haben es nur geborgt.«

»Na schön. Sie borgten sich das verbliebene Boot aus, und in weniger als fünf Minuten gelang es ihnen, damit das Boot des ahnungslosen Whit und der liebreizenden Miss Wilheim zu rammen.«

»Oje.«

»Ganz recht. Ein gewaltiges Durcheinander folgte. Whit, vernarrter Dummkopf, der er war, war so damit beschäftigt gewesen, seine zukünftige Braut zu betrachten, dass er die Mädchen nicht bemerkt hatte. Und schlimmer noch, er hatte nicht auf seine Riemen geachtet, die ihm prompt beide in den See rutschten. Und während ich mir sicher bin, dass er vollkommen glücklich damit gewesen wäre, den Rest des Tages und gewiss den Rest der Nacht mit Miss Wilheim in dem Boot zuzubringen, war er vernünftig genug zu begreifen, dass die junge Dame das wahrscheinlich anders sehen würde. Also verlangte er in einem Versuch, die Situation unter Kontrolle zu bekommen, dass die Mädchen ihre Ruder hergaben, damit er seinen Gast an Land rudern und dann zurückkommen konnte, um die beiden zu holen.«

»Klingt vernünftig.«

»Nicht für zwei verschüchterte kleine Mädchen. Sie hatten schreckliche Angst vor Whits Zorn, und er war natürlich sichtlich erregt. Sie waren davon überzeugt, dass er sie als Rache für den Unfall einfach auf dem See sich selbst überlassen würde. Sie weigerten sich, die Ruder herzugeben.«

»Das kann sein Temperament nicht besänftigt haben.«

»In der Tat, das hat es nicht. Er fiel sofort über Kate her und beschimpfte sie wegen ihrer bereits legendären Unbeholfenheit. Es war schrecklich ungerecht von ihm, da jedes Mädchen ein Ruder hatte und gleichermaßen verantwortlich war, aber das kam ihm damals gar nicht zu Bewusstsein, und er schimpfte sie aus, bis das arme Mädchen schließlich weinte. Mirabelle hatte schon immer einen ungewöhnlichen Beschützerinstinkt gezeigt, was Kate betraf, und sie wollte Whits Benehmen einfach nicht dulden. Sie stand auf, das Ruder in der Hand, und hielt Whit eine Gardinenpredigt. Das Mädchen hatte schon immer eine scharfe Zunge, obwohl sie diese generell im Zaum hielt. Als sie mit ihm fertig war, hatte Whits Gesicht eine knallrote Farbe angenommen.«

Alex lachte leise. »Der arme Whit. Von einem kleinen Mädchen zu beschämtem Schweigen gebracht. Es war ihm furchtbar peinlich, er war wütend, und aus einem Instinkt heraus handelte er, beugte sich vor und packte Mirabelles Ruder.«

»Oh nein.«

»Genau das hat Mirabelle auch gesagt, und noch ein ›Das wirst du nicht tun‹ hinzugefügt. Sie hatte für eine Zehnjährige einen beeindruckend starken Griff, und sie zog das Ruder wieder zurück. Whit ließ aber nicht los.«

»Oh, Himmel«, lachte Sophie.

»Es kommt noch besser. Er hatte natürlich keinen allzu sicheren Stand auf dem Boot, und als vortrat, blieb er mit dem Knie am Bootsrand hängen.« Alex demonstrierte Whits missliche Lage mit einer kurzen Pantomime. »Die Mädchen schrien. Miss Wilhelm schrie. Teufel, möglicherweise schrie auch Whit, aber er war bereits halb untergetaucht, daher werden wir es niemals erfahren.«

»Oh, lieber Gott!« Sophie lachte so laut, dass sie Aufmerksamkeit erregte, aber es kümmerte sie nicht.

»Genau das schrie auch die liebreizende Miss Wilhelm. Unmittelbar, bevor sie selbst kopfüber ins Wasser flog.«

»Wie schrecklich.« Sie war vor Lachen kaum in der Lage, die Worte hervorzubringen.

»Ich fand es von meinem Standpunkt an Land aus auch recht amüsant.«

»Davon bin ich überzeugt. Was ist dann passiert?«

»Nun, die Mädchen traten einen hastigen Rückzug ans gegenüberliegende Ufer an und verschwanden im Haus. Whit war gezwungen, der nunmehr beträchtlich weniger liebreizenden Miss Wilheim an Land zu helfen. Glücklicherweise reichte das Wasser ihr nur bis zum Kinn, daher war sie niemals wirklich in Gefahr gewesen. Aber sie boten einen bemerkenswerten Anblick, so ganz in Grün. Und sie sah aus wie ein Kopf ohne Rumpf – natürlich mit Häubchen –, der wie ein Korken auf dem Wasser dümpelte.«

Sophie spürte Tränen der Heiterkeit auf den Wangen. »Das arme Ding. War sie nicht sehr wütend?«

»Sie und ihre Mutter haben ihre Sachen gepackt und sind noch am selben Nachmittag abgereist.«

»Wirklich? Das war ein wenig unversöhnlich. Ich nehme an, Whit gibt Mirabelle die Schuld am Verlust seiner einen großen Liebe.«

»So war es, mehrere Monate lang, bis schließlich an sein Ohr drang, dass das Mädchen ein eitles und gehässiges kleines Ding war. Aber da war immer noch sein verletzter Stolz, und als die beiden Hitzköpfe sich hinreichend beruhigt hatten, um die Absurdität der Situation zu erfassen, waren mehr als genug grausame Worte zwischen ihnen gefallen, um die Kluft unüberwindbar zu machen. Und seither haben sie einfach so weitergemacht und tolerieren die Gesellschaft des anderen nur mit Mühe, um der Menschen willen, die sie beide lieben.«

»Hm«, murmelte Sophie. »Mir scheint, Whit hätte Mirabelle dafür danken sollen, dass sie ihn vor einer desaströsen Verbindung gerettet hat.«

»Eines Tages wird er das vielleicht tun, wenn sie sich jemals dazu überwindet, sich dafür zu entschuldigen, dass sie ihn in den See geworfen hat.«

»Das hat sie nie getan?«

»Nein, sie beharrt darauf, dass es nichts anderes gewesen sei, als was er dafür verdient habe, dass er Kate so schlecht behandelt hatte.«

»Verstehe. Es ist eine Schande, dass sie beide so eigensinnig sind.«

»Eigensinn, glaube ich, ist ein viel zu zahmes Wort für die beiden. Bedauerlicherweise passt halsstarrige Sturheit besser, denke ich.«

»Das ist mehr als ein Wort.«

»In diesem Fall ist mehr als eines nötig.«

Sophie runzelte nachdenklich die Stirn. »Es ist seltsam«, überlegte sie laut, »dass ich nie auch nur einen Hinweis auf diese Geschichte bekommen habe.«

Alex zuckte die Achseln. »Es ist eine ziemlich lange Geschichte.«

Sie schüttelte den Kopf. »Ich meine, was ihre Gefühle füreinander betrifft. Ich habe viel Zeit in Kates und Mirabelles Gesellschaft verbracht, seit ich nach London gekommen bin. Natürlich war Whit bei mehr als einer Gelegenheit Gesprächsthema, und ich habe Mirabelle nie ein unfreundliches Wort sagen hören oder ...«

»Nur Whit?«, fragte Alex.

»Wie bitte?«

»Ist Whit das einzige natürliche Gesprächsthema?«

»Seien Sie nicht absurd, wir unterhalten uns über vieles.«

Alex zog die Augenbrauen erwartungsvoll hoch.

»Unter anderem über Sie«, gab Sophie schließlich zu und verdrehte die Augen. »Aber im Augenblick geht es nicht um Sie ...«

»Oh, das sollte es aber. Ich bin viel interessanter.«

»Es gibt einiges, das Sie viel mehr sind«, versetzte Sophie.

»Gut aussehend?«, bot er mit einem Grinsen an. »Gefährlich?«, vermutete er und beugte sich zu ihr vor. »Unwiderstehlich?« Er schnurrte förmlich.

Sophie bog sich von ihm weg, und ihr Blick flog hektisch über die Terrasse. »Alex ...«

»Keine Sorge«, flüsterte er. »Sie sind alle hineingegangen.«

Und mit dieser ziemlich unromantischen, aber nichtsdestoweniger aufmerksamen Beruhigung nahm er ihr Kinn und küsste sie sanft, seine Lippen behutsam und nicht fordernd. Sophie spürte, wie sich seine freie Hand um ihre Taille schlängelte, um leichten Druck auf ihr Kreuz auszuüben. Sie schmolz in ihn hinein, und die Welt um sie herum verschwand.

Da war nur Alex. Sie spürte einzig seine Hände, hörte einzig seinen gewisperten Atem, schmeckte nur seinen Mund auf ihrem eigenen.

Schon bald zog er sich zurück, und ihr Körper folgte unwillkürlich dem seinen. Sie wollte mehr, so viel mehr. Er lachte leise an ihren Lippen, und sie öffnete die Augen. Gütiger Gott, inzwischen saß sie praktisch auf seinem Schoß. Sie lehnte sich zurück und schenkte ihm ein verlegenes Lächeln.

»Ich muss gehen«, sagte sie, im Wesentlichen, um das Schweigen zu beenden.

»Kommen Sie mit mir«, drängte er.

»Wohin?«

»Irgendwo hin, wo wir ungestörter sind.«

Sophie löste sich, und der Nebel in ihrem Kopf hob sich sofort. Wenn er einen Ort brauchte, der abgeschiedener war als ein Fleckchen, das geeignet war für hitzige Küsse, dann wollte er mehr tun als nur küssen.

»Wir sind bereits zu lange hier draußen«, erklärte sie ihm. »Und ich habe Lord Verant den ersten Walzer versprochen.«

Alex' Gesicht verdüsterte sich sofort. »Was verbergen Sie vor mir?«

Sophie stand auf, um zu gehen. Weder konnte sie seinen Vorwurf abstreiten, noch war sie bereit, ihr Verhalten jetzt schon zu erklären.

Alex packte ihr Handgelenk, bevor sie einen Schritt in Richtung Tür tun konnte. Er stand auf und riss sie in einer einzigen fließenden Bewegung enger an sich.

»Genug«, knurrte er. »Sie gehören mir, Sophie, nicht Mr Johnson, nicht Lord Verant und Gott weiß nicht Sir Frederick. Ich habe Ihnen Ihren Spaß gelassen, aber das hört jetzt auf. Keine Spielchen mehr, Sophie, und keine Geheimnisse mehr. Verstehen Sie?«

»Es ist kein Spiel«, wisperte sie mit trockenen Lippen.

»Dann sagen Sie mir, was es ist«, blaffte er.

Sie hätte es gern getan. Sie hätte ihm gern alles erzählt und dann in seinen Armen geweint. Sie fürchtete seinen Verrat nicht länger, aber …

Was, wenn er versuchte, es ihr auszureden? Auf ihre Entschlossenheit war dieser Tage kein Verlass mehr. Wenn er sie davon überzeugte, von ihrem Plan abzulassen, um eine Liaison mit ihm zu beginnen, würde sie wahrscheinlich ruiniert sein – zusammen mit ihrem Vater, Mrs Summers und Mr Wang.

Und was, wenn seine Absichten ehrenhaft waren? Gewiss hatte er ihr nicht im traditionellen Sinne des Wortes den Hof gemacht, aber er hatte immer große Mühe an den Tag gelegt dafür zu sorgen, dass ihr Ruf unversehrt blieb. Was, wenn er ihr anbot, sie zu heiraten? Sie hielt das nicht für besonders wahrscheinlich, aber ihr Herz vollführte bei dem Gedanken einen komischen kleinen Tanz.

Dann löste sich ihr Glück sofort in Nichts auf. Sie hatte allen Grund zu glauben, dass sie sich vielleicht in Alex verlieben würde. Und je mehr Zeit sie in seiner Gesellschaft verbrachte, umso wahrscheinlicher wurde das. Nicht die gewöhnliche Verliebtheit, die die feine Gesellschaft bevorzugte, und nicht die Schwärmerei, die Kate für Lord Martin empfand, sondern echte Liebe. Wahre Liebe. Und wie standen die Chancen, wahre Liebe zu finden? Gütiger Gott, welcher Katastrophe würde sie sich stellen müssen, um das Glück der wahren Liebe auszugleichen? Der Gedanke war beängstigend.

Am Ende antwortete ihr Zögern an ihrer Stelle.

Alex ließ ihre Hand los. »Wenn Sie bereit sind, Ihr Verhalten zu erklären, werden wir reden. Bis dahin würde ich es vorziehen, wenn wir getrennter Wege gingen.« Es war eine kalte Dusche. Oder ein Bad in einem Eisbach. »Ich schlage vor, Sie denken einmal darüber nach, was Sie zu verlieren haben, Sophie. Und ich schlage vor, Sie tun das schnell. Meine Geduld nähert sich dem Ende.«

Mit einer steifen Verbeugung verabschiedete sich Alex und ging.

19

Sophie verbrachte den Rest der Nacht, den ganzen folgenden Tag und die nächste Nacht in ihrem Zimmer und schützte Kopfschmerzen vor. Sie hatte versucht, sich nur zwei Stunden zuzubilligen, um sich in ihrem Leid zu suhlen, aber zum ersten Mal in ihrem Leben hielten sich ihre Gefühle einfach nicht an ihren Zeitplan. In der ersten Nacht hatte sie sich in den Schlaf geweint und war mit geschwollenen Augen und dem Gefühl einer schweren Last auf ihrer Brust erwacht.

Sie hatte das Frühstück ausgelassen und versucht, sich auf ihren Plan zu konzentrieren, Whitefield zu retten, nur um von einem neuerlichen Weinkrampf geschüttelt zu werden. Schließlich gab sie den Versuch auf und legte sich einfach wieder ins Bett. Am nächsten Tag würde es sicher besser gehen.

Aber viel besser ging es dann doch nicht. Mehrere Stunden vor Tagesanbruch war sie aufgewacht und hatte nach weiteren Tränen beschlossen, später beim Tee Evies Hilfe in Anspruch zu nehmen, um ihre Liste noch einmal zu überprüfen. Dann, bevor die Woche vorüber war, würde sie einen der Herren auswählen, sich verloben und Alex unverzüglich alles sagen. Sie würde nicht bis zu der feierlichen Verkündigung der Verlobung warten müssen. Sobald eine mündliche Übereinkunft getroffen war, konnte Alex ihr nicht mehr seine Hilfe anbieten oder sie zu überzeugen versuchen, ihr Wort zu brechen.

Bevor sie wieder eingeschlafen war, hatte sie sich gefragt,

ob Alex ihr vergeben würde und was es bedeuten konnte, wenn er es tat. Welche Art von Beziehung konnten sie haben, sobald sie einem anderen Mann gehörte? Sie würde ihrem Ehegelübde niemals untreu werden, nicht einmal in einer Vernunftehe. Aber würde sie das vor Liebe retten? Ihr Schlaf erwies sich als unruhig.

Der Morgen dämmerte hell und klar. Sophie war geneigt, das in ihrer gegenwärtigen Stimmung als Kränkung aufzufassen. Die Männer ritten zur Jagd und überließen die Frauen ihren eigenen Zerstreuungen. Sophie arrangierte für den Nachmittag einen Damentee für ihre drei Freundinnen und verbrachte den Rest des Morgens damit, einen Brief an ihren Vater zu schreiben.

Die Mädchen trafen sich in dem kleinen Salon im ersten Stock, wo sie wahrscheinlich nicht gestört werden würden. Evie wurde sofort über Sophies Pläne in Kenntnis gesetzt, sich zu verehelichen, und sie hatten gerade begonnen, neue Namen zur näheren Betrachtung zu notieren, als die Salontür geöffnet wurde und Whit mit verschmitzter Miene eintrat.

»Guten Tag, die Damen«, sagte er heiter. »Hallo, Kobold.«

»Whit!«, rief Kate aus, die nicht recht erfreut schien, ihn zu sehen. »Was machst du hier? Ich dachte, du wärest mit den anderen zur Jagd geritten.«

»Ich bin zurückgeblieben, um Mutter bei den letzten Vorbereitungen für den nächsten Ball zu helfen. Ich dachte, ich könnte einen Moment erübrigen, um mit den Damen eine Tasse Tee zu trinken ... und mit dem Kobold.«

»Ich habe es schon beim ersten Mal gehört«, brummte Mirabelle.

»Die Sache ist die, Whit«, sagte Kate verlegen, »die Sache ist die, dass dies ein Tee für Damen ist.«

»Ach ja?«, erkundigte er sich unschuldig. »Nun, ich werde

meinen einfach schnell trinken und euch dann in Ruhe lassen. Gibt es frische Kekse?«

»Ähm ... ja.« Kate griff zögernd nach einer weiteren Tasse. Mirabelle drehte sich zu Whit um, als er sich neben sie setzte. »Ich glaube, was deine Schwester zu sagen versucht ...«

»Ich weiß, was sie zu sagen versucht hat«, blaffte Whit. »Im Gegensatz zu einigen anderen erkenne ich es, wenn ich nicht willkommen bin.«

Kate und Evie stöhnten. Sophie beobachtete mit entsetzter Faszination, wie die beiden Beleidigungen austauschten.

»Und du willst trotzdem bleiben? Ich sähe es nicht gern, wenn sich der große und mächtige Lord Thurston auf mein Niveau herabließe«, meinte Mirabelle gedehnt.

Er biss in einen Keks. »Ich dachte, mir wäre da bisher vielleicht etwas entgangen. Zum Beispiel das Vergnügen, andere zu ärgern. Und mach dir keine Sorgen, dass ich zu tief sinken könnte. Dein Niveau würde ich nicht einmal mit Schaufel und Spitzhacke erreichen.«

»Du bist wirklich ein Flegel, Whit. Es ist ein Wunder, dass es immer noch Menschen gibt, die dich in dem Glauben lassen, du seist ein Gentleman.«

»Es ist meine Natur als Gentleman, die mich in diesem Dutzend Jahren oder mehr davon abgehalten hat, dich umzubringen. Wenn ich ein geringerer Gentleman wäre oder wenn du ein Mann wärest, hätte ich dich inzwischen herausgefordert.«

»Und wenn du ein Mann wärest, hätte ich die Herausforderung angenommen.«

Sophie tat ihr Bestes, um ihre Erheiterung zu verbergen. Evie machte sich die Mühe gar nicht erst. Sie lachte und prostete Mirabelle zu. Kate brachte es fertig, ihr Gelächter so weit zu unterdrücken, dass sie ihn zurechtweisen konnte. »Wenn ihr euch nicht vertragt, dann musst du eben gehen.«

»Ich?«, rief Whit indigniert. »Warum ich? Was ist mit ihr?«
»Sie ist eingeladen«, antwortete Kate steif.
»Ich bin eingeladen«, wiederholte Mirabelle triumphierend.
Sophie konnte ihr keinen Vorwurf machen.
»Was ist mit Alex?«, fragte Evie unvermittelt.
Sophie würgte. Der folgende Husten verteilte eine Fontäne von Kekskrümeln auf ihrem Schoß. »Tut mir leid«, stieß sie heiser hervor und wischte verzweifelt ihre Röcke ab und schaute gedemütigt zu Whit hinüber, der heiter lächelte. »Entschuldigung.«
»Siehst du, Kate, deshalb sollte man nicht mit vollem Mund sprechen«, erklärte Mirabelle klipp und klar.
»Entschuldigung«, murmelte Sophie abermals. »Aber Sie haben mich überrascht. Alex ist nicht ... das heißt, er erfüllt meine Anforderungen nicht.«
»Welche Anforderungen?«, erkundigte sich Whit.
Er wurde rundheraus ignoriert.
»Stimmt, aber so wie er dich ansieht ...« Kate seufzte.
»Wie sieht er mich denn an?«
»Welche Anforderungen?«, wiederholte Whit.
»Als würde er nichts lieber tun, als dich in den nächsten Wäscheschrank zu schleppen und dir seinen Willen aufzuzwingen«, erklärte Kate mit hämischer Begeisterung.
»Kate! Du solltest nicht einmal etwas über dergleichen Dinge wissen, geschweige denn, darüber reden«, tadelte Whit. »Und welche verdammten Bedingungen?«
»Wenn dir nicht gefällt, worüber wir reden, Whit, kannst du ja gehen«, antwortete Kate hochmütig.
Whit knurrte etwas wie »diese verdammten neumodischen Romane«, blieb aber ansonsten friedlich.
»Er scheint Ihre Gesellschaft sehr zu schätzen, Sophie«,

meinte Evie. »Mir ist klar, dass er in dem Ruf steht, ein Schürzenjäger zu sein, aber das ist größtenteils Gerede. Er ist ein guter Mann.«

»Er ist mit meinem Cousin befreundet«, murrte sie. *Und im Moment spricht er nicht mit mir*, fügte sie bei sich hinzu.

Whit rutschte auf seinem Stuhl hin und her. Mirabelle trank einen Schluck Tee und sagte: »Es ist nicht ungewöhnlich für einen Herrn, mit der Familie einer jungen Dame, der er den Hof macht, freundschaftlich verbunden zu sein. Selbst wenn er sie nicht besonders mag.«

Sophie war sich nicht sicher, ob man das, was sie und Alex taten, als Werbung betrachten konnte, aber das konnte sie nicht gut aussprechen, solange Whit dabei war.

»Und Kate hat recht«, fuhr Mirabelle fort. »Er scheint ziemlich erpicht auf deine Gesellschaft zu sein.«

»Erpicht«, kommentierte Whit, »ist ein zu mildes Wort. Er jagt Ihnen nach wie ein halb verrückter Irrer.«

»Ich denke, der Wortbedeutung nach ist ein Irrer immer ganz verrückt«, stellte Mirabelle fest.

Whit antwortete mit etwas, das sich nur als ein Knurren beschreiben ließ.

»Das reicht«, verkündete Kate. »Ich glaube, du hast deinen Tee ausgetrunken, liebster Bruder.«

»Eigentlich habe ich noch mehr als die Hälfte …«

»Du hast ausgetrunken.«

Whit seufzte und stellte seine Tasse weg. »Wenn du nicht meine einzige Schwester wärst, würde ich dich im Schlaf erwürgen und deine eigene Unbeholfenheit dafür verantwortlich machen«, sagte er liebevoll.

»Bettwäsche ist nicht ungefährlich«, meinte Evie.

Mirabelle murmelte etwas über mörderische Earls. Zum Glück war es zu leise, als das der Earl es hätte hören können.

Whit drückte seiner Schwester einen Kuss auf die Stirn und ging.

Die Mädchen warteten, bis seine Schritte sich entfernt hatten.

»Nun, Sophie, was Alex betrifft ...«, hakte Kate nach.

Sie zögerte nur einen Moment, bevor sie beschloss, zumindest einen Teil von dem preiszugeben, was zwischen ihr und Alex vor sich ging. »In absolutem Vertrauen?«

Es folgte ein Moment des Schweigens, bis Evie rief: »Warum sehen alle mich an?«

Dieser Bemerkung folgte ein weiterer Moment des Schweigens.

Evie stieß ein gekränktes Schnauben aus. »Ich habe noch nie das Geheimnis einer Freundin verraten. Es ist einfach so, dass ich nicht viele Freunde habe.«

»Das ist beides richtig«, erklärte Kate Sophie. »Evie würde das Geheimnis eines Freundes mit ins Grab nehmen.«

»Wir sind noch nicht die besten Freundinnen, Sophie«, sagte Evie und wählte ihre Worte mit Bedacht. »Aber ich habe jedes Vertrauen, dass wir es sein werden. Sie scheinen eine intelligente Frau zu sein, und Sie haben die höchsten Empfehlungen«, fuhr sie fort und deutete auf Kate und Mirabelle. »Ich gebe Ihnen das Cole'sche Ehrenwort, dass ich Ihre Geheimnisse hüten werde.«

»Mehr kannst du nicht verlangen«, erklärte Mirabelle zuversichtlich. »Die Coles halten ihr Wort immer. Es ist für sie eine Frage des Stolzes.«

Sophie akzeptierte das. »Vielen Dank, Evie.«

»Sie können mir danken, indem Sie Ihr Geheimnis mit uns teilen. Und sehen Sie zu, dass es ein großes ist«, sagte sie freundlich. »Ich möchte nicht gern all die Mühe auf mich genommen haben, meinen guten Ruf bezeugen zu lassen, nur um zu erfahren, dass er Ihnen Tulpen geschickt und Ihre bloße Hand berührt hat.«

Sophie grinste. »Er hat mir nie Blumen geschickt. Und er hat mich geküsst, oder viel mehr, wir haben uns geküsst.«

Es folgte ein dreimaliges Aufkeuchen und dann: »Wann?«

»Hat es Ihnen gefallen?«

»Seht ihr, ich wusste, dass er sie mögen würde. Ein richtiger Kuss oder nur ein Küsschen?«

Sophie war sich nicht sicher, wem sie zuerst antworten sollte, daher dachte sie, dass sie vielleicht mit der letzten Frage als Erstes begann. »Es war ein richtiger Kuss«, sagte sie, und ihre Wangen wurden heiß. »Es hat mir sehr gefallen, und das erste Mal haben wir uns auf dem Ball der Pattons geküsst.«

»Das erste Mal?«, krächzte Mirabelle.

»Es ist noch ein- oder zweimal vorgekommen«, antwortete Sophie ausweichend.

»Nun, wie oft war es?«, fragte Kate. »Ein- oder zweimal?«

»Viermal.«

»Ach du meine Güte.« Das kam sowohl von Kate als auch von Mirabelle.

»Oh, jetzt weiß ich, dass ich Sie mag«, erklärte Evie mit einem zufriedenen Lächeln. »Aber das erste Mal ist das denkwürdigste, nicht wahr?«

»Evie hat einen der Stallburschen geküsst«, erklärte Kate und verdrehte die Augen.

»Der ziemlich attraktiv ist«, stellte Mirabelle fest.

»Er ist ein veritabler Adonis«, sagte Evie.

»Haben Sie ... das heißt, sind Sie noch ...?« Sophie war sich nicht sicher, wie sie fragen sollte, ob Evie eine verbotene Affäre mit einem Mitglied des Personals hatte.

»Leider ist es nie über einige Küsse hinausgegangen, bevor er zu grüneren Weiden weitergezogen ist. Aber genug davon, diese beiden haben alles darüber gehört. Erzählen Sie uns von Ihrem Alex.«

»Er ist nicht *mein* Alex. Und es gibt nicht viel zu erzählen. Wir haben uns an diesem ersten Abend geküsst, und ...«

»Und ...?«, drängten alle drei gleichzeitig.

Sophie schauderte. »Und dann hat er gelacht.«

»Oh nein«, murmelte Evie und klang eine Spur mehr amüsiert als entsetzt. »Weshalb denn das?«

»Er sagte, es sei die Situation gewesen.«

»Was zum Teufel bedeutet das?«, fragte Evie.

»Ich habe keine Ahnung. Aber er hat sich entschuldigt.«

»Ich möchte hoffen, dass er erheblich mehr getan hat, als sich zu entschuldigen«, erklärte Mirabelle entrüstet.

»Was immer er getan hat, es sollte Blumen beinhalten, Süßigkeiten, Poesie, eine riesige Menge Schmeichelei und eine noch riesigere Menge an Betteleiい«, fügte Kate hinzu.

Mirabelle nickte zustimmend, bevor sie ergänzte: »Eine kleine Bestrafung wäre nicht unangebracht. Selbstgeißelung wäre in diesem Fall angemessen gewesen.«

»Und dann ein härenes Hemd«, schlug Evie vor.

»Aber vorher noch Salz in die Wunden«, gab Mirabelle zurück.

»Oh, natürlich«, lachte Sophie. »Aber keine dieser Maßnahmen war notwendig. Außerdem«, sagte sie und wurde wieder nüchtern, »erwarte ich keine Erklärung von Alex, und ich habe keinen Hinweis darauf erhalten, dass er mir eine geben will.«

»Bist du dir sicher?«, fragte Kate zaghaft.

»Ja, in beiden Punkten. Ich denke, er spielt den Schürzenjäger nur, und selbst wenn er es nicht täte, würde er mir niemals erlauben, zu meinem Vater zurückzukehren.«

»Und Sie sind sich sicher, dass es das ist, was Sie sich am meisten wünschen?«, erkundigte Evie sich leise.

Sophie nickte, aber aus irgendeinem Grund war sie nicht mehr so fest davon überzeugt wie vor drei Wochen. Diese Angelegenheit mit Alex hatte eine größere Wirkung auf sie, als ihr bewusst gewesen war. Als sie sich leisten konnte. »Es ist das Beste, unter das, was zwischen mir und Alex war, einen Strich zu ziehen. Ich muss mich auf die Herren auf der Liste konzentrieren. Apropos, Evie ...«

Mehrere Tage später hatte Sophie drei neue Namen auf ihrer Liste und zwei ausgestrichen. Die drei Neuerwerbungen waren Herren in mittleren Jahren ohne Söhne, aber mit Neffen und männlichen Cousins, die sie mit Freuden als ihre Erben sehen würden. Ihre Liste solchermaßen erweitert, fühlte sie sich sicher, die Jagd auf die beiden Männer aufzugeben, die am wenigsten geeignet für ihre Bedürfnisse waren, Mr Johnson und Mr Fetzer. Den ersten fand sie grässlich, und der zweite war so uralt und gebrechlich, dass sie schon bei der Vorstellung, ihn in eine lieblose Ehe zu zerren, Schuldbewusstsein empfand.

Für die nächsten drei Tage ließ sie sich wieder ganz auf die Feier ein und nahm an fast jedem geplanten Ereignis teil. Im Gegensatz zu anderen Feiern dieser Art, von denen sie gehört hatte, blieben hier die Frauen sich nicht selbst überlassen, während die Männer tagsüber ihr Programm an Belustigungen absolvierten. Vielmehr hatte Lady Thurston auch für die Damen verschiedene Zerstreuungen vorbereitet. Es gab morgendliche Ausritte, Turniere im Bogenschießen, Tanzlektionen, Picknicks, Salonspiele, einen Ausflug in das nahe Dorf und jeden Nachmittag Tee.

Sophie versuchte alles, um sich von ihren Sorgen abzulenken, und sie spielte bei Tag die Rolle des perfekten Gastes und abends die der entzückenden Debütantin.

Am vierten Tag war sie den Tränen nah. Nichts hatte es vermocht, auch nur für einen Augenblick den erstickenden Schmerz in ihrer Brust zu vertreiben. Sie vermisste Alex mit jedem Atemzug. Und um die Dinge noch schlimmer zu machen, sie hatte fast jeden Namen auf der Liste ausgestrichen. Lord Verant hatte bemerkt, dass es von fragwürdiger Weisheit zeuge, weibliche Personen in »solch unzivilisierte Länder« reisen zu lassen, und war als Erster ausgestrichen worden. Mr Carrow hatte dazu heftig genickt, was zu seiner eigenen Entfernung von der Liste geführt hatte. Lord Chester hatte durchblicken lassen, dass er einer jungen Dame von beträchtlichem Wohlstand den Hof mache, und Mrs Packard hatte klargestellt, dass ihr Sohn, Sir Andrew, dasselbe tun sollte. Sophie betrachtete die verbliebenen Namen und traf eine Entscheidung – sie würde Sir Frederick fragen … bald.

Wenn das erledigt war, konnte sie Alex alles erklären. Wenn er immer noch mit ihr befreundet sein wollte, dann … nun, irgendwie klang der Ausdruck »Freunde« nicht reizvoll. Sie wollte nicht mit Alex befreundet sein. Sie wollte viel mehr als das. Sie wollte alles – was wohl kaum geschehen würde und ein Desaster wäre, wenn es doch dazu käme.

Aber es gab einfach keinen Ausweg … sie würde Sir Frederick heiraten und auf das Beste hoffen.

Ihre einzig andere Möglichkeit bestand darin, Sir Frederick zu heiraten und das Schlimmste zu befürchten.

20

Der erste Ball hatte ein Farbenmotto gehabt, Gold und Weiß. Der der zweite war ein Maskenball.

Lady Thurston vertraute Sophie an, der Mittelball sei ihr Lieblingsball, weil dabei die Gäste selbst die kunstvollsten Dekorationen beisteuerten. Und sie hatte recht: Einige trugen Kostüme, die über das bloß Kunstvolle hinausgingen und schon bizarr waren. Die Frau in dem Federgewand war gewiss ein eigenartiger Anblick. Die meisten Gäste wählten jedoch Kostüme, die weniger Wagemut erforderten. Viele entschieden sich wie Sophie für ein gewöhnliches Ballkleid, aber alle trugen Masken.

Die geheimnisvolle Atmosphäre kam Sophies Plänen sehr entgegen. Sie musste in Lord Forents Studierzimmer gelangen, da ihr das am Abend seines Balls nicht gelungen war, und sie musste Sir Frederick einen Besuch abstatten. Beides würde sie heute Nacht tun.

London war weniger als zwei Stunden entfernt. Und wer würde bei der großen Zahl der Gäste ein blassrosa Kleid mit einer Halbmaske vermissen? Vielleicht Mirabelle und Evie, aber sie beabsichtigte ohnehin, ihre Freundinnen um Hilfe zu bitten.

Alex würde ihre Abwesenheit gewiss nicht bemerken. Sie war während der ganzen Woche praktisch unsichtbar für ihn gewesen, und wenn sie einander im Flur begegneten oder zu einer Partie Whist zusammengeworfen wurden, hatten sie es bei förmlichen Begrüßungen und dem Austausch nichtssagender Höflichkeiten belassen. Und Gott helfe ihr, sie hatte sich ernsthaft versucht gefühlt, dem Zufall etwas nachzuhelfen, um die Zahl dieser Begegnungen zu erhöhen. Aber sie hatte es nicht gekonnt. Er hatte seine Wünsche klargemacht, und sie würde sie respektieren.

Sie würde sich heute Abend mit Sir Frederick verloben, Forents Büro durchsuchen und zurück sein, ehe der Morgen graute. Und dann würde sie Alex morgen früh gleich als Erstes alles erzählen.

Zuvor jedoch musste sie Mirabelle finden. Lady Thurston hatte erwähnt, dass Mirabelle in ihr Zimmer zurückgekehrt sei, um einen zerrissenen Saum zu flicken, und Sophie hatte sich sofort erboten, sie aufzusuchen und Hilfe anzubieten. Sie brachte zwar keine gerade Naht zustande, doch die Chance, sich mit Mirabelle zu beraten, wie sie sich am besten davonschleichen konnte, wollte sie sich nicht entgehen lassen.

Als sie auf dem Absatz der Treppe im Westflügel war, hörte sie einen gedämpften Hilfeschrei, dem Kampfgeräusche folgten. Sie fand schnell heraus, woher der Lärm kam, öffnete das Schloss des Raumes in Rekordzeit und stürmte hinein.

Mr Jarles hatte Mirabelle auf ein Bett gepresst; er hielt ihr mit der einen Hand den Mund zu und packte mit der anderen ihre Röcke. Mirabelle kämpfte offensichtlich gegen ihn, aber der Mann wog sicher dreimal so viel wie sie.

»Lassen Sie sie los!«

Überrascht durch die Störung lockerte Mr Jarles seinen Griff um Mirabelle so lange, dass diese ihm einen heftigen, angewiderten Stoß versetzen und vom Bett krabbeln konnte. Sophie schob Mirabelle hinter sich, dann griff sie zu ihrem Knöchel und zog eins ihrer Messer.

Mr Jarles stand vom Bett auf und wirkte dabei wie ein Mann, der niemals für seine Sünden verantwortlich gemacht worden war und nicht die Absicht hatte, es diesmal dazu kommen zu lassen.

Sophie beobachtete ihn argwöhnisch, während er seinen Mantel abklopfte und demonstrativ die Halsbinde richtete.

Hinter ihr ging Mirabelles Atem in rauen Stößen. »Ich wollte das nicht«, flüsterte sie. »Ich habe ihn nicht eingeladen …«

»Ich weiß.«

»Wir sollten gehen«, drängte Mirabelle.

Sophie antwortete nicht. Sie fasste ihr Messer an der Spitze und hielt es so, dass Mr Jarles es sehen konnte. »Sie werden noch im Laufe der Nacht von hier verschwinden. Innerhalb der nächsten Stunde werden Sie jede Entschuldigung vorbringen, die Ihr armseliger Verstand ersinnen kann, und dann werden Sie sich irgendwohin verfügen und eine Möglichkeit finden, sich Miss Browning niemals wieder auf mehr als hundert Meter zu nähern. Habe ich mich klar ausgedrückt?«

Mr Jarles wirkte wenig beeindruckt. Nachdem er sich wieder hergerichtet hatte, ging er zu einer Kommode und griff nach einem Glas mit einer dunklen Flüssigkeit.

»Ich werde nichts dergleichen tun. Das Mädchen hat keine Mitgift und keinen Schutz. Sie wird ohnehin als Mätresse enden.« Er lehnte sich achtlos an die Wand und fügte hinzu: »Da kann sie geradeso gut meine werden.«

»Und«, fuhr Sophie fort, als hätte er überhaupt nichts gesagt, »Sie werden sich bei ihr entschuldigen.«

Mr Jarles gab ein hässliches Schnauben von sich. »Mich entschuldigen? Bei einer Hure?«

Sophie warf das Messer. Mit einem dumpfen Aufprall bohrte es sich fünf Zentimeter von seinem Ohr entfernt in die Wand.

Mr Jarles erbleichte und ließ das Glas fallen.

Mirabelle stieß einen schwaches Quieken aus.

Sophie zog ihr anderes Messer und hielt es hoch, sodass er es sehen konnte. »Entschuldigen Sie sich.«

Er brauchte einen Moment, aber schließlich schnarrte er ein verängstigtes, kleines »Tut mir leid.«

Sophie wog das Messer in ihrer Hand. »Ich kann recht gut damit umgehen«, erinnerte sie ihn. »Vergessen Sie das nicht, während Sie packen.«

Er schien nicht geneigt, Einwände zu erheben, daher fasste Sophie Mirabelle an der Hand und führte sie aus dem Raum.

»Ist alles in Ordnung?«, fragte sie, während sie zügig zu den Gästeräumen im Ostflügel gingen.

Mirabelle nickte zittrig und strich mit einer nervösen Geste die Vorderseite ihres Rockes glatt. »Es geht schon wieder.«

»Wir sollten nach Lady Thurston suchen.«

»Nein.«

Die Nachdrücklichkeit in Mirabelles Stimme überraschte Sophie. »Aber sie muss …«

»Nein«, wiederholte Mirabelle energisch. Dann seufzte sie und blieb stehen, um sich zu Sophie umzudrehen. »Bitte, versteh mich, Sophie. Lady Thurston ist wie eine Mutter für mich. Sie hat mehr für mich getan … sie bedeutet mir mehr, als ich jemals in Worten ausdrücken könnte. Ich will nichts sagen oder tun, was sie aufregen würde.«

Sophie dachte für einen Moment nach. »Dann Whit …«

Mirabelle stieß ein freudloses kleines Lachen aus und ging weiter. »Whit würde sich nicht für mich ins Zeug legen, es sei denn vielleicht, indem er den Mann zum Essen einlädt.«

Sophie mochte das nicht glauben, aber es war nicht der richtige Zeitpunkt, darüber zu streiten. Mirabelle war verständlicherweise erregt, und eine Diskussion über Whits Sinn für Humor oder dessen Mangel würde sie nur weiter verstören.

»Irgendjemand muss dafür sorgen, dass er abreist«, sagte Sophie stattdessen.

»Er wird abreisen«, antwortete Mirabelle tonlos.

Sophie brauchte einen Moment, um die volle Tragweite dieser Bemerkung zu verstehen.

»Das ist schon früher passiert, nicht wahr?«

Mirabelle nickte, ohne sie anzusehen.

Sophie räusperte sich. »Das letzte Mal ... hat er ... wie hast du ...?«

»Ich habe ihm ein Knie in die Lenden gerammt.«

»Oh«, erwiderte Sophie, pflichtschuldigst beeindruckt. »Gute Idee.«

Der Hauch eines Lächelns glitt über Mirabelles Gesicht. »Evie hat es mir beigebracht. Sie hat es von einem der Dienstmädchen gelernt. Bedauerlicherweise kann man den Trick nur schwerlich zweimal beim selben Mann anwenden.«

Sophie hatte die Auswirkungen dieses speziellen Manövers einmal gesehen. Es schien tatsächlich die Art von Gegenwehr zu sein, aus der ein Mann schnell lernen würde.

Sie blieben vor Mirabelles Tür stehen. Sophie wartete, während Mirabelle ihren Schlüssel hervorholte und aufschloss.

»Danke für das, was du heute Abend für mich getan hast, Sophie.«

Sophie spürte, dass sie errötete. Diese tiefe Dankbarkeit machte sie verlegen. »Das war doch nicht der Rede wert«, erwiderte sie mit aufgesetzter Munterkeit. »Du hättest für mich das Gleiche getan.«

Mirabelle quittierte diese Bemerkung mit einem kleinen Lachen und öffnete die Tür. Als sie beide eingetreten waren, schloss sie von innen ab. »Ich hätte es gewiss versucht«, sagte sie und ging durch den Raum, um sich auf die Bettkante zu setzen. »Aber ich fürchte, mir fehlt dein Talent mit den Messern.«

»Das kann man lernen«, bot Sophie an und setzte sich ebenfalls. »Und wenn du dir so schreckliche Sorgen machst, dass du in meiner Schuld stehst – was schlicht und einfach unwahr ist, wohlgemerkt –, habe ich genau die richtige Lösung ...«

Mirabelle zeigte ihr einen selten benutzten Gang, der auf der Rückseite des Hauses ins Freie führte. Sie würde verbreiten, Sophie habe Kopfschmerzen und wolle nicht gestört werden, und sie versicherte sich Evies Hilfe, damit diese den Stallburschen dazu brachte, heimlich Sophies Pferde anzuspannen, während Kate sich auf die Suche nach zusätzlichen Laternen für die Kutsche machte. Sophie wusste, es würde merkwürdig aussehen, aber sie wollte die Kutsche so hell beleuchten, wie die Sicherheit es zuließ.

Binnen einer Stunde war sie auf dem Weg nach London.

Alex bemerkte Sophies Abwesenheit fast sofort. Bei seinem ersten Abstecher in den Ballsaal hatte er sie gesehen; sie hatte mit Mr Johnson getanzt und sich anscheinend durchaus nicht wohlgefühlt dabei. Natürlich wirkte sie seiner Meinung nach nie übertrieben erfreut über die Aufmerksamkeiten ihrer Bewunderer – trotz ihres zur Schau gestellten Lächelns und Gelächters –, aber diesmal war ihre Unzufriedenheit für alle Augen sichtbar gewesen.

Interessant. Vielleicht war sie endlich zur Vernunft gekommen. Er hatte beabsichtigt, ihr heute Abend genau diese Frage zu stellen – *Sind Sie zur Vernunft gekommen?* Verdammt, es wurde wirklich Zeit. Die ganze Woche hatte er damit verbracht, von Weitem jede ihrer Bewegungen zu beobachten, an jedem Wort zu hängen, das sie in Gesprächen mit anderen sprach, jeden Gesichtsausdruck zu deuten, jede Geste ihrer Hand und jede Modulation ihrer Stimme. Er hatte sogar Whit als Kundschafter ausgeschickt. Er musste sein Problem mit ihr eindeutig bald lösen, sonst konnte er sich ins Tollhaus einweisen lassen.

Als Nächstes hatte er beobachtet, wie sie mit Mr Holcomb tanzte und sich dabei nur geringfügig wohler fühlte.

Ein hervorragendes Zeichen, befand er. Er würde ihr noch eine oder zwei Stunden geben, um zu ihm zu kommen, und wenn sie das nicht tat, würde er ein zufälliges Zusammentreffen arrangieren. Er sah keinen Grund darin, ihr das volle Ausmaß seines geistigen Verfalls zur Kenntnis zu bringen.

Danach hatte er sie für eine Weile aus den Augen verloren. Der Earl von Efford hatte ihn in ein Gespräch verwickelt und dann darauf bestanden, dass er mit seiner Nichte tanzte, Miss Mary Jane Willory – einer erstaunlichen jungen Frau, deren Attraktivität durch ihre boshafte Natur enorm verringert wurde. Nach dem Tanz hatte das Mädchen darauf bestanden, ihn ihrer lieben Freundin Miss Heinz vorzustellen, einer leicht pummeligen jungen Frau, die unter einer Halbmaske offensichtlich reizlos war und außerdem entschieden keine liebe Freundin. Aber Miss Willory hatte ihm wegen des armen, lieben Mädchens, das den ganzen Abend nicht getanzt hatte, in den Ohren gelegen, und wenn Seine Gnaden es nur über sich bringen könne, diese Sache zu bereinigen, würde Miss Willory dies als eine persönliche Gefälligkeit werten.

Alex hatte sein Bestes getan, der zu Tode beschämten Miss Heinz beizustehen, und behauptet, sie würde ihm einen Gefallen tun, und dass er sich mit nichts Geringerem als einem Walzer zufriedengeben werde und sich keine bessere Beschäftigung vorstellen könne, sich die Zeit bis dahin zu vertreiben, als mit ihr zu plaudern. Miss Willory war geziemend beschämt abgezogen und hatte es Alex überlassen, ein stockendes Gespräch mit der netten, aber quälend schüchternen Miss Heinz zu führen.

Glücklicherweise wurde fast sofort ein Walzer gespielt. Nachdem er seiner ritterlichen Pflicht, mindestens einmal am Abend mit einem Mauerblümchen zu tanzen, auf diese Weise nachgekommen war, hatte Alex eine Runde durch den Raum gedreht, um nach Sophie Ausschau zu halten. Und hatte zu seiner Beunruhigung festgestellt, dass sie verschwunden war. Er hatte den ganzen Ballsaal nach ihr abgesucht, die Terrasse, den Garten, und schließlich hatte er sich an Evie gewandt, damit sie im Ruheraum der Damen nachsah.

Und bei dieser Gelegenheit eröffnete Evie ihm: »Sophie hat wieder Kopfschmerzen bekommen. Sie ist nach oben auf ihr Zimmer gegangen.«

Alex kniff argwöhnisch die Augen zusammen. Evie war nie besonders gut darin gewesen, sich zu verstellen. Wenn sie flunkerte, spannte sie immer einen Mundwinkel leicht an, was dazu führte, dass ihre Narbe sich am Rand ein wenig verzog. Und jetzt, da er darüber nachdachte, fiel ihm auf, dass er bei seiner Suche auch sie und Mirabelle nicht gesehen hatte. Evie musste gerade erst in den Ballsaal zurückgekehrt sein.

»Was verschweigst du mir?«

Evie erwiderte seinen forschenden Blick mit einem abschätzenden, legte den Kopf leicht schräg und runzelte die Stirn. »Du liebst sie, nicht wahr?«, fragte sie schließlich.

Vor Überraschung zuckte Alex tatsächlich zusammen. Liebe? Liebe? Er hatte über Liebe nicht einmal nachgedacht. Liebte er Sophie? Er hatte sie natürlich gern, sie bedeutete ihm etwas, und er bewunderte und schätzte sie. Gewiss begehrte er sie mehr als jede Frau, der er je begegnet war. Aber liebte er sie?

»Es ist offensichtlich«, murmelte Evie, und Alex brauchte eine Sekunde, um zu begreifen, dass sie ihre eigene Frage beantwortete, nicht seine. »Du wirst natürlich nach ihr sehen wollen, und vielleicht gefällt ihr das sogar. Aber erwarte von mir in dieser Sache keine weitere Hilfe. Ich habe mein Wort gegeben.«

Alex machte sich nicht die Mühe, um eine Erklärung für diese einigermaßen kryptische Feststellung zu bitten. Evies vielsagender Ton verriet ihm genug.

Sofort eilte er zu Sophies Zimmer. Sie war natürlich nicht da, aber er hatte sich dessen vergewissern müssen. Er schickte ein Dienstmädchen, Whit zu holen, und suchte unterdessen nach Hinweisen darauf, wohin sie gegangen sein könnte. Mit jedem Gegenstand, den er betrachtete, trat ungeheißen ein Bild von Sophie in seinen Geist. Ihre tanzenden, blauen Augen, die über diesen Fächer spähten. Locken dunklen Haares, die unter diesem Häubchen hervorlugten. Ihre vollen, entzückend ausdrucksstarken Lippen, die lächelten, als sie in diesem Kleid mit ihm getanzt hatte. Ihre schlanken Hände in diesen Handschuhen. Die Wölbung ihrer Brüste ...

»Das ist ein sehr schlechtes Zeichen.«

Alex sah auf und entdeckte Whit in der Tür. »Das denke ich nicht«, erwiderte er gelassen. »All ihre Sachen sind hier, und ... woher weißt du überhaupt, dass Sophie verschwunden ist?«

»Ich wusste es gar nicht. Ich sprach von der Tatsache, dass du die Habseligkeiten einer jungen Dame durchwühlst. Hast du vollkommen den Verstand verloren?«

»Das ist durchaus möglich. Im Moment ist es jedoch die geringste meiner Sorgen. Sophie ist verschwunden.«

Whit wurde sofort ernst. »Bist du dir sicher?«

»Ja. Es sei denn, du bist ihr auf dem Weg hier herauf begegnet?«

Whit schüttelte den Kopf. »Irgendwelche Theorien?«

»Evie weiß etwas, und ich denke, Mirabelle vielleicht ebenfalls. Befrage sie, und wenn nötig auch Kate. Ich werde mit dem Personal sprechen.«

Mirabelle ging die mit Büchern gesäumten Regale in der Bibliothek von Haldon Hall entlang und ließ sich von dem Geruch alten Leders und polierten Holzes trösten. Sie liebte die Bibliothek. Tatsächlich liebte sie alles an Haldon, aber die Bibliothek liebte sie am meisten. Die Bibliothek auf dem Gut ihres Onkels, eine schäbige Sammlung im Vergleich zu der von Haldon Hall, hatte den zusätzlichen Nachteil, mit dem Studierzimmer ihres Onkels verbunden zu sein – einem Raum, den sie mied wie die Pest.

Hier jedoch konnte sie nach Herzenslust umherschlendern und aus Tausenden von Büchern zu jedem erdenklichen Thema wählen. Sie konnte lesen, bis ihr die Augen vor Müdigkeit den Dienst versagten.

Mit dem Finger strich sie über den Rücken eines besonders dicken Bandes. Das war es, was sie brauchte, um sich von den Ereignissen des heutigen Abends abzulenken. Sie zog das Buch heraus und drehte sich um, um die Bibliothek zu verlassen.

»Hallo, Kobold.«

Mirabelle ließ ihr Buch fallen und wirbelte mit einem Aufkeuchen herum; Whit lehnte lässig an der Tür der Bibliothek – und beobachtete sie mit einer Intensität, die sie schaudern ließ.

»Was zum Teufel tust du hier?«, blaffte sie in einem Versuch, ihr Unbehagen zu verbergen.

Whit zuckte die Achseln und bewegte sich mit achtloser Geschmeidigkeit auf sie zu. »Das Gleiche wie du vermutlich. Ich bin nur auf der Suche nach einer leichten Bettlektüre.«

Er bückte sich und hob das Buch auf, das zu ihren Füßen lag. »Die Amphibien der Neuen Welt? Offensichtlich sind wir unterschiedlicher Ansicht, was unsere Definition von ›leicht‹ betrifft.«

»Unter anderem«, bemerkte Mirabelle und riss ihm das Buch aus der Hand. »Was willst du?«

»Oh, ich denke, du weißt, was ich will«, meinte Whit gedehnt und schenkte ihr ein Lächeln ohne jede Wärme. »Antworten.«

Mirabelle sah keinen Grund, so zu tun, als würde sie nicht verstehen. Bei einem anderen Mann hätte sie vielleicht Unschuld geheuchelt oder zumindest den Versuch unternommen, einigermaßen höflich zu sein. Aber dies war Whit; er würde ihr Ersteres niemals abkaufen und war Letzteres nicht wert.

»Nun, von mir wirst du sie nicht bekommen. Jetzt geh, bevor jemand hereinkommt und …«

»Ich gehe nicht, bevor du mir erzählst, wo Sophie geblieben ist.«

»Warum fragst du nicht Evie und Kate?«, gab sie zurück. Sein Stirnrunzeln verriet ihr, dass er das bereits versucht hatte und auf ähnliche Wortkargheit gestoßen war, und sie bedachte ihn mit einem spöttischen kleinen Lächeln. »Ich verstehe. Schön. Ich werde gehen.«

Mirabelle schob sich an ihm vorbei, stolzierte auf die Tür zu und legte die Hand auf die Klinke. Sie ließ sich nicht drehen. Sie versuchte es wieder. Abgeschlossen. Sie fuhr zu Whit herum.

Spöttisch ließ er den Schlüssel vor ihrem Gesicht hin- und herbaumeln. »Vielleicht hätte ich mich ein wenig genauer ausdrücken sollen. Wir gehen nicht, ehe du mir sagst, wo Sophie geblieben ist.«

»Du bist verrückt! Alle möglichen Leute könnten Schlüssel zur Bibliothek haben. Du wirst mich ruinieren!«

Whit zuckte abermals die Achseln. Sie stampfte auf ihn zu.

»Gib mir den verflixten Schlüssel!«, zischte sie.

»Fang an zu reden, oder wir werden hierbleiben, bis jemand anders uns herauslässt. Deine Entscheidung, Kobold.«

»Du verdammter, arroganter, herzloser Esel!«

»Du hast ein ziemlich farbenprächtiges Vokabular, sodass ich die Vermutung wage, dass du deine literarischen Beschäftigungen nicht auf das Thema Zoologie beschränkst.«

»Zum letzten Mal, du Kretin. Gib. Mir. Den. Schlüssel.«

»Wo. Ist. Sophie.?« Whit trat mit jeder Silbe näher an sie heran, bis sie von einem Meter achtzig finster dreinblickender Männlichkeit überragt wurde. Es war ein offenkundiger Versuch, sie einzuschüchtern, und eine andere Frau wäre vielleicht instinktiv zurückgewichen. Mirabelle wich um keinen Zentimeter. Stattdessen umfasste sie das Buch mit beiden Händen und schlug Whit damit mitten ins Gesicht. Das Ergebnis war ein durch und durch befriedigendes Klatschen und ein langer, bunter Strom von Kraftausdrücken.

Whit stolperte rückwärts, heulte auf und hielt sich die Nase. »Was zum Teufel ist los mit dir?«, brüllte er. Zumindest dachte sie, dass es das war, was er brüllte. Seine Stimme klang ein wenig komisch. Bedauerlicherweise gab es keinen Zweifel an der Lautstärke.

»Pst!«, flüsterte sie zornig. »Es wird dich noch jemand hören!«

»Das hoffe ich auch!«

»Still! Du verwöhnter, kleiner ...« Ein Kratzen im Flur unterbrach sie. Gütiger Gott, irgendjemand hatte den Lärm gehört. Sie sah sich hektisch um. Whit hielt den Schlüssel immer noch in der Hand. Die er sich inzwischen aufs Gesicht presste, um die Blutung aus seiner Nase zu stillen.

»Gibst du mir nun den Schlüssel oder nicht?«

»Nein!«

Mehr Lärm aus dem Flur. Stimmen. Mirabelle geriet in Panik. Gegenwehr kam diesmal nicht in Frage. Verstecke gab es auch nicht in der Bibliothek. Die Tische waren zu hoch, die Stühle zu niedrig und die Beleuchtung zu gut. Sie ließ ihr Buch fallen, rannte zu einem der Fenster und riss es auf. Es war ein gutes Stück bis nach unten, und unter dem Fenster stand irgendein Strauch.

»Was machst du da, Kobold?« Whit hatte den Kopf immer noch in den Nacken gelegt, und schielte über seine blutende Nase zu ihr hinunter.

An der Tür wurde gerüttelt. »Was zum … es ist abgeschlossen. Simmons, geben Sie mir Ihren Schlüssel.«

Mirabelle hoffte aufrichtig, dass es sich bei dem Strauch nicht um Rosen handelte. Sie setzte sich auf das Sims und schwang die Beine über den Rand.

»Mirabelle, nein!«

Ein kurzes Rauschen, dann war sie verschwunden.

21

Alex hatte seine liebe Not mit dem Personal. Er war überzeugt, dass mehrere der Dienstboten etwas verbargen, aber weder mit Bestechung, Drohungen oder Schmeichelei konnte er ihr Schweigen brechen. Er brummte gerade etwas über die Nachteile, die es habe, wenn das Personal sich seiner Positionen zu sicher war, als Mirabelle in ziemlich zerzaustem Zustand in die Dienstbotenhalle trat. Sie ihrerseits murmelte etwas über die Vorteile, an manchen Morgen im Bett zu bleiben.

»Mirabelle!«, rief er überrascht. Er glaubte, sie stöhnen zu hören, war sich aber nicht sicher. »Wo ist sie?«, fügte er sofort hinzu. Es bestand die Möglichkeit, dass Whit bereits mit ihr gesprochen hatte oder dass er es bereits wusste, aber …

Sie drehte sich um und bedachte ihn mit einem angespannten Lächeln. »Ich weiß nicht, wovon du sprichst.«

»Das ist nicht dein Ernst?«

»Doch«, antwortete sie gelassen, »denn ich versuche, höflich zu sein.«

»Warum, zur Hölle?«

»Weil ich dich recht gern mag. Und obwohl ich ein Geheimnis, das nicht das meine ist, nicht preisgeben kann, kann ich diesen Umstand doch wenigstens höflich erklären.«

Alex spürte, wie seine Hände sich zu Fäusten ballten. Er holte tief Luft und sorgte dafür, dass seine Worte ruhig und gelassen herauskamen. Mirabelle reagierte nicht gut auf Einschüchterungen oder Drohungen. »Ich mag dich ebenfalls sehr gern, Mirabelle. Mir liegt auch etwas an Sophie. Tatsächlich liegt uns beiden etwas an Sophie. Also, warum wollen wir nicht – warum schüttelst du den Kopf?«

»Ich werde dir nicht verraten, wo Sophie ist. Ich kann es nicht. Ich habe ihr mein Wort gegeben.«

Alex entschied, dass eine direkte Taktik vielleicht am besten funktionieren würde. »Sie könnte in Gefahr sein, Mirabelle.«

Damit hatte er jedenfalls ihre Aufmerksamkeit. Sie sah ihn schief an. »Könnte?«

»Ist, sie ist in Gefahr. Ich bin mir dessen sicher.« Sicher, dass sie in Gefahr sein könnte, da sie allein unterwegs war. Absolut überzeugt, dass sie in Gefahr sein würde, sobald er sie in die Hände bekam. »Also, bitte ...«

»Welche Art von Gefahr?«, fragte sie und kniff die Augen noch weiter zusammen.

»Die gefährliche Art!«, blaffte er und begann plötzlich zu verstehen, worüber Whit sich all diese Jahre beschwert hatte.

Argwöhnisch legte sie den Kopf zur Seite. »In dem Sinn, dass es für eine Frau gefährlich ist, bei hellem Tageslicht in einer respektablen Gegend einen halben Häuserblock weit ohne Eskorte zu gehen, oder wie auf einem Schiff, das gerade sinkt und ...«

»Die zweite Sorte, Mirabelle!«, unterbrach Alex sie verärgert.

Mirabelle musterte sein Gesicht quälende zehn Sekunden lang, und Alex war hin- und hergerissen zwischen Bewunderung für ihre Loyalität einer Freundin gegenüber und dem fast unwiderstehlichen Verlangen, sie zu schütteln, bis sie endlich redete. Er war nur eine Sekunde von Letzterem entfernt, als sie schließlich seufzte und sagte: »Sie ist nach London gefahren.«

»Was! Warum?«

»Sprich leiser. Das kannst du sie selbst fragen. Die Zahl der Versprechen, die ich innerhalb einer einzigen Nacht zu brechen bereit bin, ist begrenzt.«

»Richtig.« Er wandte sich zum Gehen.

»Alex? Du könntest überlegen, ob du nicht in ihrem Stadthaus auf sie wartest. Es ist nicht das einzige Ziel, das sie ansteuern könnte, aber ich halte es für vernünftig anzunehmen, dass es zumindest eines davon ist. Meinst du nicht auch?«

Alex grinste – er konnte nicht anders. Er drehte sich um und gab Mirabelle einen Kuss auf die Stirn. »Danke.«

Sie lächelte grimmig. »Bring sie nur sicher wieder zurück. Ich will mein Wort nicht umsonst gebrochen haben.«

Er nickte ihr beruhigend zu und machte sich im Laufschritt auf den Weg.

Whit ist ein Idiot, befand er. *Mirabelle Browning ist ein reizendes Mädchen.*

Alex und Whit sattelten ihre Pferde selbst. Das ging nicht nur schneller und mit weniger Lärm, als wenn sie um Hilfe gebeten hätten. Alex hatte dadurch auch eine andere Beschäftigung, als seinen quälenden Sorgen nachzuhängen. Er durfte gar nicht an all die Dinge denken, die einer Frau zwischen Haldon Hall und London zustoßen konnten. All die Dinge, die ihr in London zustoßen konnten. All die zusätzliche Gefahr, die ihr vielleicht drohte, weil sie die Cousine eines Mannes war, der im Verdacht stand, ein Verräter zu sein.

Später würde er sich gestatten, etwas zu empfinden. Für den Augenblick würden ihn Panik über ihr Verschwinden und Selbstvorwürfe wegen seines Unvermögens, sie gesund und sicher in Haldon Hall festzuhalten, nur ablenken.

»Ich kann nicht glauben, dass sie dir die Nase gebrochen hat«, bemerkte er. Er konnte sich keine effektivere oder vergnüglichere Art vorstellen, sich abzulenken, als seinen Freund zu peinigen. »Das muss eine Premiere sein.«

»Nein, ist es nicht. Hast du die Sache mit der Billardkugel vergessen?«, brummte Whit.

»Gütiger Himmel, das hatte ich tatsächlich. Wer hätte auch gedacht, dass das Mädchen so gut zielen kann?«

»Ich jedenfalls nicht, sonst wäre ich ja nicht stehen geblieben.«

»Ja. Wirklich beeindruckend.«

»Sag mal, dir gefällt das Thema wohl sehr gut?«

Alex zog einen Steigbügel zurecht und feixte. »Außerordentlich.«

»Bastard.« Whit unterstrich die Schmähung mit einer vulgären Geste.

Alex ging zu dem anderen Steigbügel hinüber. »Du hättest sie nicht aus diesem Fenster springen lassen sollen, weißt du. Sie hätte sich ernsthaft verletzen können.«

»Ich hätte gern gesehen, wie du sie aufgehalten hättest.«

»Sie wusste nichts von der Tür hinter dem Bücherregal?«

Whit schüttelte den Kopf, dann stöhnte er und befingerte zaghaft seine Nase.

»Erstaunlich, ich hätte gedacht, sie würde inzwischen jede Ritze und jeden Spalt von Haldon Hall kennen.«

Whit stieß ein nichtssagendes Grunzen aus. »Wie hast du das mit Sophie herausgefunden?«

Alex grinste. »Mirabelle hat es mir erzählt.«

Dies führte zu einer Abfolge von grimmigen, wenn auch nicht ganz zusammenhängenden Flüchen.

»Sie ist ein reizendes Mädchen«, fügte Alex hinzu. Aber so ersprießlich es war, Whit gegen sich aufzubringen, Alex wusste, dass es an der Zeit war, über ernstere Dinge zu sprechen. Er ließ Blicke und Hände ein letztes Mal über Pferd und Zaumzeug wandern. »Reite du zu Loudor. Ich denke nicht, dass sie bei ihm sein wird, aber wir sollten ganz sichergehen. Wenn sie dort ist, schick mir eine Nachricht und tu, was du kannst. Ich will, dass du auch zu William reitest. Sag ihm, was passiert ist, und wenn nötig, sorge dafür, dass er ein paar Männer nach ihr suchen lässt. Wenn es sein muss, zerr ihn aus dem Bett.«

»Was wirst du tun?«

»Ich werde zuerst bei ihr zu Hause nachschauen.«

»Und wenn sie an keinem dieser Orte ist?«

Alex schwang sich auf sein Pferd. »Dann werden wir Kontakt mit jedem aufnehmen, den sie kennengelernt hat, seit sie nach London gekommen ist. Wenn nötig, werden wir von Tür zu Tür gehen.«

Whit nickte. »Noch etwas anderes?«

»Nur noch eins ...«

Sophies Plan war nicht sonderlich kompliziert. Zuerst und vor allem würde sie Sir Frederick aufsuchen und eine Vernunftheirat vorschlagen. Danach würde sie zu Fuß den kurzen Weg zu Lord Forents Haus machen und einen Blick auf den Inhalt seines Studierzimmers werfen. Mit ein wenig Glück – und sie fand, dass ihr das jetzt zustand – würde sie vor dem ersten Licht der Morgendämmerung wieder in Haldon Hall sein.

Sie stieg einen halben Block entfernt von Sir Fredericks Haus aus ihrer Kutsche und gab dem Fahrer Anweisungen, sich in vier Stunden an ihrem Stadthaus einzufinden. Dann eilte sie den Gehweg entlang und erreichte ihr erstes Ziel gerade rechtzeitig, um zu sehen, dass Mr Weaver eingelassen wurde.

Hölle und Verdammnis. Sie konnte dem Mann nicht gut in Anwesenheit seines Geliebten einen Antrag machen.

Sie ging den Gehweg hinunter, bis sie am Haus vorbeischauen und die Kutsche mit dem Gespann vor den Ställen deutlich sehen konnte. Stirnrunzelnd betrachtete sie beides und fluchte leise. Die Pferde zuckten mit den Ohren in ihre Richtung, wirkten ansonsten aber von ihrem Wutausbruch unbeeindruckt.

Sophie zog ihren Umhang fester um sich, hievte ihre Tasche höher auf die Schulter und machte sich auf den Weg zu Lord Forents Haus. Dort würde sie tun, was sie sich vorgenommen hatte, und hoffen, dass Mr Weavers Kutsche verschwunden war, wenn sie wieder herkam.

Der Weg zu Lord Forent war kurz, und dafür war Sophie außerordentlich dankbar. Die Straßen Mayfields waren gut beleuchtet, doch das Licht reichte kaum über das Pflaster des Gehweges hinaus. Da der Mond größtenteils hinter Wolken verborgen war, ragten die Häuser wie riesige Mausoleen in den dunklen Himmel, und die Gärten mit ihren perfekt gestutzten Hecken erinnerten sie an Friedhöfe.

Sophie beschleunigte ihren Schritt. Sie hasste es, ihren Ängsten nachzugeben, wusste aber, dass es töricht wäre, so zu tun, als gäbe es sie nicht. Als sie Lord Forents Haus erreichte, blieb sie stehen und betrachtete das Anwesen voller Bestürzung und Resignation. Der Garten war ebenso dunkel und düster wie alle anderen. Sie hatte nicht wirklich erwartet, den Weg hell erleuchtet zu finden, wie er das am Abend des Balls gewesen war, aber hoffen durfte man schließlich immer.

Sie holte eine kleine Laterne aus ihrer Tasche, entzündete sie und eilte schnell zu einem seitlichen Gartentor, das sie von ihrem Besuch noch in Erinnerung hatte. Es war gefährlich, ein Licht zu benutzen, doch sie hatte keine andere Wahl. Sie konnte nicht einfach in der pechschwarzen Finsternis durch den Garten gehen. Gütiger Himmel, in pechschwarzer Finsternis konnte sie nicht einmal durch ihr eigenes Schlafzimmer gehen. Sophie drapierte ihren Umhang über dem Arm und hielt ihn vor die Laterne, damit man das Licht vom Haus aus nicht sehen konnte.

Sie schlich sich über die Kiespfade – wobei sie einen gewissen Aussichtspavillon geflissentlich ignorierte – und zählte die Fenster.

… vier, fünf, sechs, dort!

Es waren gut zwei oder zweieinhalb Meter bis nach oben, aber das Haus war aus rauen Steinen gemauert, von denen manche Lagen etwas vorkragten. Wie geschaffen, um daran hinaufzuklettern. Sie stellte die Laterne unter einen Busch und bedeckte sie mit ihrem Umhang, um das Licht zu verbergen. Dann raffte sie ihre Röcke, um sie sich über den Beinen zu verknoten, und kletterte schnell, wenn auch nicht unbedingt anmutig, zum Fenster hinauf und schob es mühelos auf.

Gott sei Dank. Sie wusste nicht, wie die Chancen standen, in Mayfield ein Fenster unverschlossen zu finden, aber sie schätzte, dass sie gering waren.

Zwanzig Minuten später war sie bereit, sich der Idee hinzugeben, dass das offene Fenster die Bilanz ihres Glücks nicht nur ausgeglichen, sondern die Waagschale deutlich zu ihren Gunsten gesenkt hatte.

Wie konnte hier nichts sein? Sie hatte jede Schublade und jeden Schrank durchsucht und nicht einen einzigen belastenden Beweis gefunden.

Kurz davor, sich vor Enttäuschung die Haare zu raufen, setzte sie sich an den Schreibtisch und öffnete ein Rechnungsbuch. Vielleicht suchte sie an den falschen Stellen. Vielleicht versteckten Männer wie diese ihre Geheimnisse in Nachttischen oder in Safes hinter großen Porträts. Oder vielleicht ...

Sie hielt inne, weil ihr in der Zahlenreihe ein vertrauter Betrag auffiel. Sie blätterte einen Monat zurück und fand einen ähnlichen Eintrag. Dann noch einen Monat und noch ein Eintrag. Es ging so weiter und weiter. In neun der letzten zwölf Monate hatte es Zahlungen an Forent gegeben, deren Betrag identisch war mit dem, was Loudor von Whitefield gestohlen hatte. Sie war diese Zahlen oft genug durchgegangen, um die genauen Beträge im Kopf zu haben. Und hier sah sie sie wieder, bis auf den letzten Shilling.

Sämtliche Zahlungen waren von Lord Heransly gekommen, dem nichtsnutzigen Sohn des Earls.

Wenn ihr Cousin diese Zahlungen geleistet hätte, wäre es vermutlich um die Begleichung von Spielschulden gegangen. Loudor war ein notorischer Spieler. Aber die Zahlungen kamen von Forents eigenem Sohn. Das ergab keinen Sinn.

Sie hielt in ihren Überlegungen inne, als sie aus dem Flur eine Bewegung hörte. Sofort ließ sie das Rechnungsbuch fallen, blies die Kerze aus, eilte zum Fenster und stieg hinaus. Nachdem sie etwa ein Viertel der Strecke hinuntergeklettert war, machte sie in ihrer Hast einen falschen Schritt und verlor den Halt.

Stoff riss, dann fiel sie, dann kam der harte Aufprall auf dem Boden.

Umpf!

Es war kein tiefer Sturz, aber sie landete auf dem Rücken, und alle Luft wich ihr aus den Lungen. Eine scheinbare Ewigkeit lag sie der Länge nach da und keuchte wie ein Fisch auf dem Trockenen.

Als sie endlich wieder durchatmen konnte, gelang es ihr gegen den Protest jedes Muskels und jedes Knochens in ihrem

Körper, sich auf den Bauch zu rollen und sich auf die Knie hochzuziehen. Recht zuversichtlich, dass sie nicht wieder ohnmächtig werden würde, rappelte sie sich ganz auf, griff nach dem Umhang und der Laterne und rannte los.

Sie hatte ihr Haus fast erreicht – nachdem sie beschlossen hatte, dass sie ihren Ausflug zu Sir Frederick verschieben würde, bis sie sich mit einer Tasse von etwas Heißem gestärkt und sich etwas anderes angezogen hatte –, als sie zum ersten Mal das beunruhigende Gefühl beschlich, dass sie beobachtet wurde. Wie angewurzelt blieb sie stehen und wirbelte herum, um in die Dunkelheit zu spähen, und sie lauschte aufmerksam auf Geräusche einer Verfolgung. Nichts.

Sie blieb noch zwei weitere Male stehen, aber wann immer sie auf Schritte hinter sich lauschte, hörte sie nichts.

Es war eine ungeheure Erleichterung, als sie die Stufen zur Tür ihres Hauses hinaufstieg und die Tür aufschwang.

»Aah! Oh Gott! Oh! A ... Al ...«

»Alex. Mein Name ist Alex.«

»Ja! Ich meine, natürlich ist er das ... Alex.« Sophie schloss die Tür und wandte sich Alex zu. Er lehnte am Treppengeländer – ganz Muskel und Anspannung ... und Zorn. Sie ließ ihre Tasche auf einen Beistelltisch fallen, machte einen halbherzigen Versuch, ihre Röcke zu glätten, und rang dann, weil ihr nichts anderes mehr blieb, um sich zu beschäftigen, nervös die Hände. »Was tun Sie denn hier?« Ihre Stimme war hell und fröhlich. Viel, viel zu fröhlich.

»Das Gleiche könnte ich Sie fragen«, antwortete Alex.

»Oh, nun ... ich wohne hier.«

Der Blick, mit dem er sie bedachte, war eisig genug, dass sie sich innerlich wand.

»Oder meinen Sie, in London?«, fuhr sie mit erzwungener Leichtigkeit fort. »Nun, ich ... ähm ... ich habe etwas vergessen ... etwas ziemlich Wichtiges ... und ich bin zurückgekommen, um es zu holen.«

»Und was wäre das?«

Sie wünschte wirklich, er würde blinzeln. Dieser Blick aus schmalen Augen war beunruhigend. »Ähmmm. Nun, ich fürchte, das ist etwas Persönliches.«

»Ich fürchte, Sie werden es mir dennoch sagen müssen.«

Nun, das war ein bisschen viel. Sie sah ihn stirnrunzelnd an, gab jede Heuchelei einer normalen Konversation auf und sagte: »Nein, das muss ich nicht.«

»Doch.«

»Nein.«

»Doch.«

»Nein. Wirklich, soll das die ganze Nacht so weitergehen?«

Endlich blinzelte er, bewegte aber davon abgesehen keinen Muskel. »Das liegt bei Ihnen.«

»Ausgezeichnet. Ich stimme dagegen.«

Alex reagierte prompt. Mit einer einzigen schnellen Bewegung packte er sie am Arm und zerrte sie in den vorderen Salon. Er stieß sie vor sich her, dann wirbelte er herum und schloss die Tür. Sophie sprach ein schnelles Dankgebet für mehrere brennende Kerzen im Raum, die die Dunkelheit in Schach hielten. Alex schien kurz vor der Explosion zu stehen, was für sich genommen schon beängstigend genug war.

»Sie«, knirschte er, »werden sich setzen ...« Er nahm einen Stuhl und ließ ihn vor Sophie auf den Boden krachen. »Und zwar genau hierher. Ich ...« Er nahm einen zweiten Stuhl und stellte ihn direkt vor den ersten. »... werde mich hierher setzen. Und wir werden sitzen bleiben, bis ich vollkommen sicher bin, dass Sie mir jede einzelne meiner Fragen vollständig und aufrichtig beantwortet haben.«

»Ähm ...«

»Sofort!«

Sophie setzte sich. Seine Selbstherrlichkeit gefiel ihr nicht, doch im Augenblick schien ihr eine gewisse Zurückhaltung geboten.

»Was um Himmelswillen ist mit Ihrem Kleid passiert?«

Sophie zuckte zusammen, weil er plötzlich viel lauter sprach. Sie senkte den Blick und schaffte es kaum, ein Stöhnen zu unterdrücken. Ihr Kleid war vom Saum bis zur Taille mit Schlamm bedeckt. Sie zupfte geistesabwesend daran und bemerkte auch mehrere Risse.

»Ich bin gestürzt.«

»Sie sind gestürzt«, äffte er sie langsam nach. Er glaubte ihr nicht.

»Ja, ich bin gestürzt. Wirklich.«

»Sind Sie verletzt?«

»Nein, mir geht es gut.«

Alex musterte sie eindringlich, und Sophie wurde etwas unbehaglich zumute. Er nickte, anscheinend zufriedengestellt, und nahm seinerseits Platz. Wieder wand sie sich. Die Stühle standen zu dicht beieinander, und sie musste die Füße wegziehen, damit ihre Knie nicht seine langen Beine streiften.

»Wo?«

»Wo es mir gut geht?«, fragte sie ein wenig ungläubig.

»Wo sind Sie gestürzt?«

»Oh, hier in London.«

Vielleicht war es doch möglich, dieses Verhör ohne eine krasse Lüge zu überstehen.

Alex sah sie finster an.

Vielleicht auch nicht.

»In Mayfield«, erklärte sie.

Andererseits, vielleicht auch doch.

»Sophie«, knurrte er warnend.

»Es tut mir leid, Alex, aber ich werde Ihnen nicht erzählen, was ich heute Nacht getan habe. Es ist nicht mein Geheimnis, und ich darf es nicht verraten.«

»Gütiger Gott, warum sagen das heute Abend alle? Warum gebraucht nicht einer einmal seinen Verstand?«

»Ich weiß nicht, wovon Sie sprechen.«

Alex grub die Finger in die Armlehne seines Stuhles. Er holte tief Luft und zwang sich, sich zu entspannen. »Da wir gerade über Ihre Kleidung sprech…«

»Tun wir das?«

»Wir tun es jetzt. Was in Gottes Namen haben Sie da an?«

»Ähm … ein Ballkleid?«

Alex kniff gefährlich die Augen zusammen.

»Ich weiß wirklich nicht, wie ich es sonst nennen soll«, sagte Sophie aufrichtig.

»Es ist unanständig«, zischte Alex.

Sie schaute ihn an, und Gekränktheit kämpfte mit Verwirrung. »Das ist es ganz gewiss nicht. Ich …«

»Und Sie tragen jetzt seit Wochen Kleider wie dieses. Warum, Sophie?«

»Sie gefallen mir«, erwiderte sie entrüstet. Und es stimmte – nachdem sie sich an die aktuellen, weniger konservativen Schnitte gewöhnt hatte, hatte sie die neue Erfahrung, modisch gekleidet zu sein, durchaus genossen. »Und ich sehe nicht …«

»Und«, fiel er ihr ins Wort, »Sie haben schamlos geflirtet …«

»Das ist genug, mehr als genug, um genau zu sein. Ich habe nichts getan, das man als unziemlich bezeichnen könnte, und meine Kleidung hat nicht einmal einen missbilligenden Blick erregt, geschweige denn eine Bemerkung.« Sie hielt inne, weil ihr etwas eingefallen war. »Vielleicht einen einzigen missbilligenden Blick von Mrs Willcomb, aber das lag nur daran, dass ihr Ehemann mich überaus rüde angegafft hat, doch das kann man mir kaum zum Vorwurf machen. Er gafft jede Frau an.«

»Warum tun Sie das?« Sophie antwortete nicht, daher versuchte er es mit einer anderen Methode. »Warum ermutigen Sie die Aufmerksamkeiten dieser Männer, Sophie? Diesmal will ich Antworten ... suchen Sie nach einem Ehemann?«

Er war nicht überrascht, dass diese letzten Worte ihm schwer über die Lippen kamen, wohl aber von der Gewaltbereitschaft, die die Vorstellung von Sophie in den Armen eines anderen Mannes in ihm entfachte.

»Tun das nicht alle Frauen?«, unterbrach Sophie seinen Gedankengang. Und wich dem Thema außerdem hübsch aus, bemerkte er grimmig.

»Beantworten Sie mir meine Frage, Sophie, Ja oder Nein. Suchen Sie nach einem Ehemann?«

Sophie tastete verzweifelt nach einem geziemenden Ausweichmanöver, aber ihr fielen keine Worte ein, keine Ausrede, die nicht so weit hergeholt gewesen wäre, dass sie Alex' Intelligenz beleidigen würde.

Wenn sie auch nur einen Funken Verstand hatte, überlegte Sophie unglücklich, würde sie sich im Moment nicht den Kopf über die Möglichkeit zerbrechen, Alex zu kränken. Bei Gott, der Mann brauchte jemanden, der ihn einmal gehörig zurechtstutzte. Tatsächlich sollte sie ihn einfach hinauswerfen. Es war schließlich ihr Haus, und es würde ihr gegenwärtiges Dilemma recht hübsch lösen.

Sie konnte es nicht tun. Zum einen würde sie jemanden finden müssen, der körperlich dazu in der Lage war, die Aufgabe zu übernehmen, und es war höchst unwahrscheinlich, dass Alex sie lange genug entschuldigen würde, um das zu bewerkstelligen. Und dann war da der Skandal, den es unweigerlich hervorrufen würde. Sie und Alex hatten ein Fest auf dem Land verlassen, und das mitten in der Nacht. Wenn sie allein in ihrem Haus gefunden würden, wäre sie ruiniert und die Chance, Whitefield zu retten, mit ihr.

Doch keiner dieser Gründe schien auch nur annähernd so wichtig wie die simple Tatsache, dass sie nicht wollte, dass er ging.

Sie hatte gerade fast zwei Stunden damit verbracht, im dunklen London herumzuschleichen. Sie hatte ziemliche Angst, dass jemand ihr gefolgt war, und sie war ganz allein im Haus. Sie war verängstigt, verwirrt, entmutigt und völlig erschöpft.

Alex' Anwesenheit war, ungeachtet seines gegenwärtigen Verhaltens, beruhigend. Sie fühlte sich ein wenig sicherer mit ihm im Haus, etwas weniger allein.

»Sophie?«

Und, oh, wie müde sie es war zu lügen. Müde, auszuweichen und zu manövrieren. Halbwahrheiten vorzubringen, weil sie zu große Angst hatte, ihm die ganze Geschichte zu erzählen. Müde, sich zu fragen, was aus ihr und aus ihm werden sollte. Aus ihnen beiden.

Sag es ihm einfach, sagte sie sich. *Sag es ihm einfach und bring es hinter dich. Er wird es ohnehin niemandem verraten. Es ist nur ein paar Stunden früher als geplant und ...*

»Sophie.«

»Ich muss heiraten.«

»Wie bitte?«

»Ja«, sagte sie, und ihre Stimme klang selbst in ihren eigenen Ohren merkwürdig, ein wenig zu hohl, als spreche sie durch ein Rohr. »Ich suche nach einem Ehemann. Ich muss heiraten.«

Es trat Stille ein, während Alex verdaute, was sie gesagt hatte. Als er endlich sprach, war seine Stimme leise und ruhig, beinahe besänftigend. »Ich verstehe, dass die meisten jungen Damen sich eine eigene Familie wünschen, aber ...«

»Ich will nicht heiraten. Ich muss es tun, und zwar innerhalb von vierzehn Tagen.«

»Von vierzehn Tagen?« Bei den Worten brach Alex Stimme ein wenig.

Sophie versuchte aufzustehen, doch Alex hielt sie in einem sanften, doch unbarmherzigen Griff am Handgelenk fest.

»Ich gehe nur zum Schreibtisch. Ich habe etwas, dass ich Ihnen zeigen will. Es wird vieles erklären.«

Er ließ ihr Handgelenk nicht los.

»Sie wollen doch immer noch eine Erklärung, oder?«

Er schien einen Moment lang darüber nachzudenken und musterte ihr Gesicht. Als er losließ, ging sie zum Schreibtisch und nahm das Dokument, das für all ihre Sorgen verantwortlich war. Bevor sie sich eines Besseren besinnen konnte, griff sie auch nach ihrer Liste potenzieller Ehegatten. Sie kehrte zu ihrem Platz zurück und reichte Alex als Erstes den Beweis von Loudors Verrat.

Er war auf den Füßen, bevor er das Papier auch nur zur Hälfte durchgelesen hatte. Als er mit der Lektüre fertig war, ging er im Raum auf und ab und fluchte.

Sophie ließ ihn schäumen. Ihre eigene Reaktion auf den Verrat ihres Cousins war ähnlich gewesen, obwohl Alex einige erlesene Ausdrücke benutzte, die ihr nicht eingefallen waren, und einige, die sie noch nie gehört hatte. Irgendwann hatte sie sich beruhigt, und er würde das auch tun.

Nur, dass Alex nicht so aussah, als würde er sich in absehbarer Zeit beruhigen. Nachdem er mehrere Minuten auf- und abgegangen war, machte er keine Anstalten, sein Tempo zu verlangsamen, und seine Kraftausdrücke wurde immer kreativer. Er war zornig. Er war sehr, sehr zornig.

Sophie bedauerte es nicht, ihm das Dokument gezeigt zu haben. Es lag etwas sehr Schmeichelhaftes darin, dass Alex sich um ihretwillen derart aufregte, oder zumindest um der Ungerechtigkeit willen, die ihr angetan worden war. Und auch tröstlich, denn wenn Alex so zornig war ...

»Ich nehme an, Sie haben juristischen Rat gesucht.«

Sofort war Sophie hellwach. Er hatte nicht aufgehört auf- und abzugehen, doch zumindest hatte er aufgehört zu fluchen.

»Ja, ich war bei drei verschiedenen Anwälten, die alle nichts mit meinem Cousin zu tun hatten. Sie haben alle das Gleiche gesagt. Das Abkommen, wenn man es so nennen mag, ist vielleicht nicht ganz legal, wenn man bedenkt, wie es zustande gekommen ist, aber doch genug, um mich vor Gericht Jahre zu kosten, bis es für nichtig erklärt wird. Mein Vater und ich wären bis dahin ruiniert. Wir haben nicht die Mittel, um die Angelegenheit jetzt anzugehen«, erklärte sie bekümmert.

Alex warf ihr einen fragenden Blick zu, und Sophie fing den Hinweis auf, holte tief Luft und erzählte ihm die ganze Geschichte – von den gestohlenen Geldern, den gefälschten Briefen, alles bis auf die Verbindungen ihres Cousins zu einer vermuteten französischen Verschwörung.

Alex hörte zu – ohne Kommentar und ohne sichtbare Reaktion, abgesehen von seiner grimmigen Miene. Als sie fertig war, nickte er einmal knapp und sagte: »Und so müssen Sie heiraten, bevor dieser Kontrakt gültig wird.«

»Ja, vor meinem fünfundzwanzigsten Geburtstag. Mir bleiben noch gut zwei Wochen.«

»Wen?«

Es hatte keinen Sinn zu versuchen, so zu tun, als verstünde sie ihn nicht. Er würde die Informationen ohnehin irgendwann aus ihr herausbekommen. Sie reichte ihm die Liste.

22

Alex konnte nicht glauben, was er sah. Es war nicht unverständlich, dass Sophie sich eine Liste möglicher Ehemänner zusammengestellt hatte; unter den gegebenen Umständen schien es praktisch zu sein, sogar vernünftig. Und obwohl einige der aufgelisteten Herren viel zu alt für sie waren, waren es überwiegend Männer, von denen Alex wusste, dass sie ein einigermaßen anständiger Fang waren.

Ihm machte nicht zu schaffen, dass sie eine solche Liste hatte, und es ging ihm auch nicht darum, wer auf der Liste stand.

Nur der Umstand, dass er nicht auf der Liste stand, ließ ihn mit den Zähnen knirschen und verschaffte ihm ein hohles Gefühl im Bauch.

Er stand nicht auf der Liste.

Er hatte auch nie auf der Liste gestanden. Schnell überflog er den Zettel ein zweites Mal. Mehrere Namen waren durchgestrichen worden. Seiner war nicht dabei. Er war keine Option und war es nie gewesen.

Sein Geist wurde leer – bis auf diesen einen beunruhigenden Gedanken.

Er stand nicht auf dieser verdammten, gottverfluchten Liste.

»Warum zum Teufel stehe ich nicht auf dieser Liste?«

Gleich nach diesem Ausspruch fragte er sich im Stillen, wann und wo er nur seine Würde verloren hatte.

»Großer Gott«, brummte Sophie. »Wenn ich geahnt hätte, dass irgendjemand diese Liste zu Gesicht bekommt, hätte ich jeden unverheirateten Herrn in London und den umliegenden Grafschaften eingeschlossen. Gott weiß, ich würde niemandes Eitelkeit verletzen wollen.«

Verärgert blickte Alex sie an. Ihr Sarkasmus gefiel ihm nicht, obwohl sie damit seiner ansonsten peinlichen Frage relativ würdevoll ausgewichen war. Aber er fühlte sich nicht erleichtert. Er bedauerte es, auf gar so jämmerliche Weise gefragt zu haben, warum sein Name auf der Liste fehlte, aber er wollte immer noch unbedingt die Antwort darauf wissen. Also sagte er gar nichts, sondern funkelte sie nur weiter stumm an.

»Alex«, ergriff Sophie das Wort und versuchte, einen beschwichtigenderen Tonfall anzuschlagen. »Auf der Liste stehen Herren, von denen ich glaube, sie wären der Idee einer Heirat nicht abgeneigt, insbesondere mit mir.«

»Und Sie glauben, sie sind der Vorstellung einer Heirat mit Ihnen gewogen, weil sie ...« Er legte den Kopf auf eine leicht drängende Weise schief.

»Weil sie mir auf traditionelle Weise den Hof gemacht haben. Ich glaube, Sie sind mit den Grundlagen vertraut: Blumen, Komplimente ...«

»Ich mache Ihnen Komplimente.« Alex hörte selbst, wie sehr das nach Verteidigung klang, beschloss jedoch, sich deswegen keine Gedanken zu machen. Er hatte es bereits geschafft, sich selbst vollkommen zu entmannen, warum sich also den Kopf über ein wenig mehr verlorenen Stolz zerbrechen?

Sophie schnaubte. »Nein«, erklärte sie nachdrücklich, »das tun Sie nicht. Zumindest nicht auf eine Weise, die nicht sogleich von einem Zwinkern, einem Knuff und der Wegbeschreibung zu einem diskreten kleinen Gasthaus gefolgt werden.«

Alex öffnete den Mund, zeigte auf sie und ... schien in dieser Haltung zu erstarren.

»Alex?«

Sein Mund öffnete sich ein wenig weiter. Sein Finger kam ein wenig höher.

»Alex?«

Endlich ließ er den Finger sinken, klappte den Mund zu, sprang auf und ...

Sophie stöhnte.

Wieder ging er auf und ab.

Sie konnte nicht ansatzweise ergründen, warum er wieder auf und ab ging.

Und ihr war wirklich nicht danach zumute, es zu versuchen. Sie war müde. Wirklich, schrecklich müde. Sie wollte ein heißes Bad, vielleicht ein Glas warme Milch und ein Bett. Bei dem Gedanken lächelte sie. Ein großes, bequemes Bett mit einer weichen Matratze, jeder Menge flauschiger Kissen und dicker Decken. Sie konnte sich niederlegen, hineinsinken und ...

»Sie werden mich heiraten.«

In den kommenden Jahren würde Sophie ihre einzigartig unattraktive Reaktion auf diese Ankündigung auf die Tatsache schieben, dass sie zu dem Zeitpunkt nicht ganz wach gewesen war.

Ihr Unterkiefer klappte hinunter. Er öffnete sich nicht einfach; er klappte hinunter. Bis ihr Kinn fast auf ihrer Brust ruhte. Sie presste die Augen zusammen, als müsse sie verhindern, dass sie ihr aus dem Kopf sprangen.

Gleichzeitig nahm sie einen unnatürlich erstickten Laut wahr, von dem sie nur annehmen konnte, dass er aus ihrer Kehle kam, der aber in Wirklichkeit von überall kommen konnte, da sie sich nicht bewusst war, diesen Laut von sich zu geben. Sie hatte ihn lediglich gehört.

Ihr ganzer Körper verkrampfte sich bei der außerordentlichen Anstrengung, einen zusammenhängenden Satz hervorzubringen. Oder auch nur ein Wort. Wirklich, sie würde sich mit einem Wort begnügen.

»Sie sehen wirklich krank aus«, brummte Alex.

Sie konnte ihm keinen Vorwurf machen. Es war gewiss keine schmeichelhafte Reaktion auf seinen Antrag.

»Ist die Aussicht auf eine Ehe mit mir denn so furchtbar?«

»Aber Sie wollen doch gar nicht heiraten!«, platzte sie heraus. Endlich öffneten sich ihre Augen, und ihr ganzer Körper zuckte und entspannte sich, als wäre sie zu lange unter Wasser gewesen und endlich wieder an die Oberfläche gekommen.

Alex musterte sie für einen Moment neugierig, bevor er fragte: »Wollen Sie es denn?«

Nein. Sie hätte es beinahe ausgesprochen und bremste sich nur im letzten Augenblick, als sie begriff, dass es nicht wahr war.

Sie wollte tatsächlich heiraten. Sie wollte nur keinen der Männer auf dieser Liste heiraten.

Sie wollte Alex heiraten. Sie wollte das mehr, als sie jemals etwas in ihrem Leben gewollt hatte.

Sophie erinnerte sich daran, dass ihr die Hände gejuckt hatten, seinen Namen auf diese Liste zu setzen. An die erste Stelle. In großen, fetten Buchstaben. Zweimal unterstrichen. Aber ihr Kopf hatte ihr das aus ebendiesem Grund nicht gestattet. Alex wollte keine Ehe, dachte sie, und sie wollte ihn zu sehr. Er bedeutete ihr zu viel. Sie würde ihn lieben.

Adelige, die heirateten, wen sie liebten, hatten großes Glück. Sehr großes Glück. Ungeheueres Glück. Sophie konnte sich nicht einmal ansatzweise vorstellen, was ein solches Glück sie kosten würde.

»Sophie?«

»Richtig. Ja. Ähm ...« Hatte er ihr eine Frage gestellt?

»Ich habe Sie gefragt, ob Sie überhaupt heiraten wollen.«

»Richtig.« Sie hielt inne, dann sagte sie entschieden: »Nein, will ich nicht.« Sie versuchte, sich angesichts der Lüge nicht sichtbar zu krümmen.

»Nun denn, dann spricht ja nichts dagegen.«

»Tut es das?« Sophies Gedanken überschlugen sich. Sie war sich nicht ganz im Klaren darüber, wovon Alex eigentlich sprach.

»Ja, das tut es«, sagte Alex in einem geschäftsmäßigen Tonfall und mit einem Nicken. »Ich werde die Sondergenehmigung morgen beschaffen.«

»Ah ja?«, fragte sie benommen. Sie blinzelte einmal und kam plötzlich wieder zu sich. »Nein, warten Sie! Ich meine, das werden Sie nicht tun! Sie werden morgen keine Sondergenehmigung beschaffen, weil ich Sie nicht heiraten werde.«

»Doch, das werden Sie.«

»Ich glaube, ich habe Ihnen gerade erklärt, dass ich es nicht tun werde.«

»Warum nicht?«, fragte er scharf.

Weil du mir nicht erlauben wirst, zu meinem Vater zurückzukehren.

Weil ich dich vielleicht lieben würde.

Weil ich dich vielleicht schon liebe.

Weil ich für das alles später werde bezahlen müssen.

»Weil ich nicht will.« Gütiger Gott, sie klang wie eine Fünfjährige.

»Sie wollen überhaupt nicht heiraten«, wandte er vernünftigerweise ein. »Bedauerlicherweise ist klar, dass Sie in der Angelegenheit keine Wahl haben …«

»Ich habe die Wahl, wen ich heiraten werde.«

»Und Sie werden einen von denen auswählen?« Alex schwenkte wütend die Liste. »Einen von diesen Gecken oder diesen alten Männern? Um Gottes willen, Sophie, Mr Colton ist mindestens siebzig!«

»Er ist dreiundsechzig, und er hat ...« Sie brach abrupt ab.

»Hat was?«

Sie wand sich unbehaglich auf ihrem Stuhl.

»Und er hat was?«, fragte Alex.

»Ein sehr nettes Wesen«, brachte sie zustande.

Alex machte sich nicht einmal die Mühe, diesen jämmerlichen Versuch eines Ausweichmanövers zur Kenntnis zu nehmen. »Was hat er, Sophie? Was besitzt er, das ihn zu einem so guten Fang macht?«

Sie wollte sich wirklich nicht auf ein Gespräch mit ihm darüber einlassen, warum sie keinen Erben empfangen wollte. Sie konnte sich nicht vorstellen, dass irgendetwas anderes dabei herauskommen würde, als eine Beleidigung oder Peinlichkeit.

»Noch einmal, Sophie ...«

Gott, war er stur.

»Einen Erben«, blaffte sie. »Er hat einen Erben. Fast alle haben sie einen. Sind Sie jetzt zufrieden?«

Alex antwortete nicht sofort. Er betrachtete nur die Liste, um ihre Aussage zu bestätigen, dann erklärte er: »Ich verstehe«, auf eine Weise, dass Sophie wusste, dass sie es würde erklären müssen.

Sie holte tief Luft. »Ich möchte einen Herrn heiraten, der sich nicht über die Produktion eines Erben den Kopf zerbricht. Ich habe die Absicht, zu meinem Vater zurückzukehren.«

Sie beobachtete Alex' Gesicht auf der Suche nach einer Reaktion, aber abgesehen von dem Muskel, der in seiner Wange zuckte, was er schon den ganzen Abend lang tat, war seine Miene undeutbar.

»Sophie.« Alex' Stimme war leise und ruhig, dazu gedacht, einzulullen. Natürlich ärgerte es sie sofort. »Glauben Sie wirklich, dass einer dieser Männer bereit wäre, eine hübsche junge Ehefrau auf die andere Seite der Welt ziehen zu lassen?«

»Ja«, erwiderte sie entschieden. »Es wird Teil des Ehevertrages sein oder zumindest eine Abmachung. Es wird eine Ehe sein, die nur auf dem Papier besteht.«

Alex legte die Liste beiseite und ging einige Schritte auf sie zu. »Und ist es das, was Sie wirklich wollen? Eine Ehe, die nur auf dem Papier besteht?«

»Ja.« Ihre Stimme war diesmal etwas weniger fest, daher fügte sie hinzu: »Ich glaube, soviel habe ich klargemacht.«

Alex schüttelte langsam den Kopf. »Nein. Sie haben klargemacht, was Sie brauchen. Ich frage Sie, was Sie wollen.« Er blieb vor ihr stehen. »Was wollen Sie, Sophie?«

Er griff nach einer ihrer Hände und zog sie behutsam auf die Füße. »Wollen Sie den Rest Ihres Lebens allein leben?«

Sie hätte ihm gern gesagt, dass sie nicht allein sein würde. Sie würde ihren Vater haben, Mrs Summers und Mr Wang. Sie würde ihre Freunde haben. Aber die Worte erreichten niemals ihre Lippen, zum Teil deshalb, weil er so nah bei ihr stand, dass sie seine Wärme spürte, und zum Teil, weil sie wusste, dass es nicht das war, was er mit allein meinte.

»Wollen Sie keine eigene Familie haben, Sophie? Wollen Sie keine Kinder?«

Sie nickte. Sie konnte nicht anders. Sie wollte diese Dinge tatsächlich. Sie wollte sie so sehr, dass sie sie riechen, sie fühlen, sie schmecken konnte.

Alex bedachte sie mit einem kleinen, traurigen Lächeln und legte ihr die andere Hand in den Nacken.

»Und was ist mit Leidenschaft, Sophie?«, flüsterte er und beugte sich noch näher zu ihr hin. »Wollen Sie dies nicht?«

Seine Lippen trafen sanft auf ihre, behutsam, fragend.

Sie wollte Ja sagen. Sie wollte Alex heiraten und den Rest ihres Lebens damit verbringen, ihn zu küssen. Genauso wie jetzt.

Sie war sich nicht sicher, wie lange sie dort standen. Wie immer, wenn Alex sie küsste, nahm sie ihre Umgebung gar nicht mehr wahr, und als er sich schließlich zurückzog, hätte sie nicht sagen können, ob sie nur eine Minute oder eine Stunde so dagestanden hatten.

»Wie lautet Ihre Antwort, Sophie?«

Sie brauchte einen Moment, um sich daran zu erinnern, was er gefragt hatte. Immer noch hatte er die Arme um sie geschlungen, und immer noch fühlte sie sich seltsam warm und berauscht.

Endlich sammelte sie ihre wirren Gedanken so weit, um zu fragen: »Warum?«

Sie war sich nicht sicher, warum diese Frage im Moment so wichtig für sie war oder auch nur, welche Antwort sie hören wollte. Sie wusste nur, dass es notwendig schien, zu fragen und die Antwort zu erfahren.

»Warum Sie mich heiraten sollten?«, fragte Alex.

Sie schüttelte den Kopf. »Warum wollen Sie mich jetzt heiraten? Sie haben niemals auch nur das geringste Interesse gezeigt ...«

»Ich habe ein außerordentliches Interesse an Ihnen gezeigt.« Er zog sich ein wenig zurück, um sie verwirrt anzusehen.

»Ja, als eine mögliche Mätresse ...«

»Was?« Erschrocken ließ er die Arme sinken. »Wo in Gottes Namen haben Sie das gehört?«

»Ich habe es gar nicht gehört«, erwiderte sie und wurde selbst ein wenig verwirrt. »Ich habe lediglich angenommen ...«

»Warum sollten Sie das tun?«

»Weil Sie ziemlich offen mit mir sprechen, weil Sie Avancen intimer Natur machen, und weil Sie überaus darauf bedacht waren, keine Blumen zu schicken oder Gedichte zu schreiben. Ich stand unter dem Eindruck, dass man so um eine Mätresse wirbt.«

Alex starrte sie lange an, und seine Miene war wiederum undeutbar.

»Habe ich mich geirrt?«, fragte Sophie, um ihn zum Sprechen zu bringen.

»Nein.« Seine Stimme war ein ersticktes Flüstern. »Nein, Sie haben recht. Genau so behandelt man eine Mätresse ... Gott, dieser Gedanke ist mir nie gekommen.«

Unsicher, wie sie sonst auf dieses Eingeständnis reagieren sollte, nickte Sophie nur. »Und ich habe gehört, dass Sie ein Gelübde abgelegt haben. Einen Schwur, nicht zu heiraten, bevor Sie vierzig sind.«

»Vierzig«, wiederholte Alex und erinnerte sich an diese lächerliche List. »Herrgott noch mal.« Er trat vor und ergriff ihre Hände. »Ich habe nie die Absicht gehabt, Sie zu meiner Mätresse zu machen, Sophie. Es tut mir zutiefst leid ...«

»Nein, entschuldigen Sie sich nicht«, sagte Sophie flehentlich und hasste es, ihn so unglücklich zu sehen. »Sie haben nichts falsch gemacht.«

»Ich habe Sie beleidigt.«

»Nein, das haben Sie nicht«, beteuerte sie. »Die Rolle einer herzöglichen Mätresse ist für viele Frauen eine sehr begehrte Position.«

»Sie verdienen Besseres.«

»Nun, warum, weil ich als die Tochter eines wohlhabenden Viscounts geboren wurde?« Sophie schüttelte den Kopf. »Ich bin keine bessere Frau ...«

»Doch, das sind Sie«, erklärte Alex mit stiller Autorität und eroberte mit den Fingern ihr Kinn. »Sie sind besser als sie alle. Sie sind die erstaunlichste Frau, die ich kenne. Ich habe Sie nicht auf die traditionelle Weise umworben, weil ich dachte, eine andere Methode würde sich als wirksamer erweisen. Ich hatte das Gefühl, schlecht geschriebene Gedichte würden Sie nicht beeindrucken.«

»Oh. Nun, sie beeindrucken mich nicht übermäßig«, antwortete sie aufrichtig. »Aber eine Tulpe oder zwei hätten nicht geschadet.«

Schließlich bekam jedes Mädchen gern Blumen.

Alex lächelte. »Das werde ich mir für die Zukunft merken. Bedeutet das, dass Sie mich heiraten werden?«

Sophie verzog das Gesicht. »Ich täte es wirklich gern, Alex.«

Er ließ die Hand sinken. »Aber Sie werden es nicht tun.«

»Sie brauchen einen Erben«, stellte sie fest. »Und ich muss mich um meinen Vater kümmern.«

»Nun, das ist nicht so schwierig. Wir werden gleich als Erstes nach Ihrem Vater schicken und uns gemeinsam um ihn kümmern. Sie sollten die Last der Verantwortung nicht allein tragen ...«

»Es wird nicht funktionieren, Alex. Mein Vater wird niemals nach England zurückkehren. Hier gibt es zu viele Erinnerungen an meine Mutter und meine Schwester.«

»Dann werden wir ...«

Ein gedämpftes Poltern im hinteren Teil des Hauses unterbrach ihn.

»Bleiben Sie hier«, befahl er und ging auf die Salontüren zu.

Sophie hielt ihn am Arm fest. »Nein. Es ist einer der Dienstboten, oder der Kutscher ist frühzeitig zurückgekommen. Wenn man Sie hier sieht, werde ich ruiniert sein. Sie bleiben hier, und ich werde den Betreffenden zu Bett schicken.«

Alex schien unschlüssig. »Es könnte ein Eindringling sein.«

Sophie ergriff einen Kerzenleuchter, der in der Nähe stand. »Dann werde ich um Hilfe schreien«, versprach sie hastig flüsternd. Dann, als sie begriff, wie wenig ihn das tröstete, stürzte sie aus dem Raum, bevor Alex sie aufhalten konnte.

Sie war noch nicht weit gekommen, als ihr wieder einfiel, dass sie sich schon auf dem Weg zu ihrem Haus verfolgt gefühlt hatte. Sie verfluchte sich als eine Närrin, zückte eins ihrer Messer und kehrte sofort um. Es war zwar immer noch wahrscheinlich, dass die Person, die sie gehört hatten, zum Personal gehörte, aber unter den gegebenen Umständen schien es klug, Alex zu weiteren Ermittlungen mitzunehmen.

Es war eine Sache, ruiniert zu werden, aber eine ganz andere, verletzt zu werden oder gar zu sterben.

Nachdem sie an den Türen zum Studierzimmer vorbei war, hörte sie, wie diese hinter ihr weit aufschwangen. Ein blendender Schmerz zuckte durch ihren Hinterkopf. Und dann spürte sie gar nichts mehr.

23

Als Sophie erwachte, waren ihre Hände hinter dem Rücken gefesselt, die Füße zusammengebunden, der Mund geknebelt. Ihre Muskeln schmerzten, ihr Kopf hämmerte, und sie war offensichtlich in Bewegung.

Sie befand sich im hinteren Teil eines Fuhrwerks. Sophie beäugte die kleinen Strahlen Sonnenlicht, die durch die Ritzen zwischen den Brettern fielen, und vermutete, dass sie mindestens vier Stunden lang ohnmächtig gewesen war, vielleicht länger. Wenn sie die Position der Sonne sehen könnte, würde sie es mit Bestimmtheit wissen, aber es war eine Plane über den Wagen gespannt, die ihr gerade genug Platz ließ, um aufrecht zu sitzen.

Vorsichtig zappelte sie sich, verschnürt, wie sie war, näher an die Holzwand des Wagens, spähte durch die Risse zwischen den Brettern und konnte immerhin feststellen, dass sie über Land fuhren. Man hatte sie aus London verschleppt. Sie seufzte und schloss die Augen, dann ließ sie für einen Moment den Kopf am Holz ruhen. Sie hatte nicht die leiseste Ahnung, wer »sie« sein könnten. Neben ihr stöhnte Alex.

Lieber Gott, Alex! Sie hatte ihn da mit hineingezogen. Sie kannte die Identität ihrer Entführer nicht, aber wenn der Schmerz in ihrem Hinterkopf ein Hinweis war, hatten sie wenig Bedenken, ihre Gefangenen zu verletzen. Alex war ihretwegen verletzt worden. Er konnte ihretwegen getötet werden. Bei dem Gedanken durchfluteten sie Wellen von Zorn und Panik und trieben sie dazu, aktiv zu werden.

Sie stupste Alex mit der Schulter an, beugte sich vor und murmelte, so laut sie es wagte, in sein Ohr, aber er gab durch nichts zu erkennen, dass er aufwachen würde.

Sie rutschte herum, bis sie mit dem Rücken zu den rauen Brettern saß, dann tastete sie mit ihren gefesselten Händen, bis sie ein besonders scharfkantiges Stück Holz fand. Sie manövrierte sich so, dass sie spürte, dass das Holz die Haut auf ihrer Wange erreichte und dann glücklicherweise auch den Knebel. Es kostete sie mehrere schmerzhafte Versuche, aber schließlich war sie in der Lage, sich den anstößigen Stoff aus dem Mund zu ziehen.

Jetzt zu den Händen. Sophie holte mehrere Male tief Luft und gestattete ihrem Körper, sich zu entspannen, wie Mr Wang es sie gelehrt hatte. Dann krümmte sie sich zusammen. Es war bedauerlich, dass ihr verbliebenes Messer an die Rückseite ihres Knöchels geschnallt war, denn sie würde niemals mit dem Mund an die Klinge herankommen. Auf der anderen Seite war es ein ungeheures Glück, dass die Entführer ihre Füße übereinandergebunden hatten. Wenn sie die Knie weit genug auseinander bekam – es bedurfte einiger Versuche –, konnte sie mit dem Mund die Beinfesseln erreichen.

Sie verlor jedes Zeitgefühl, während sie an dem Knoten in den Seilen zog, nagte und riss. Ihr Rücken und ihr Nacken fühlten sich immer noch an, als stünden sie in Flammen, aber sie hörte nicht auf. Sie musste sich ja auch noch Alex' Fesseln vornehmen. Sie hätte gern ihre Hände gebraucht. Es würde nicht so schwierig sein, sich hinter seine Füße und Hände zu manövrieren, aber ihre Finger waren vollkommen taub geworden. Sie würde ihnen beiden zuerst die Füße befreien. Die brauchten sie schließlich zum Weglaufen. Dann würde sie, wenn sie noch die Energie hatte, es mit Alex' Händen versuchen. Oder vielleicht würde sie Alex Hände zuerst losbinden und hoffen, dass er schnell aufwachte. Auf diese Weise ...

»Was um Himmels willen tun Sie da?«

Beim Klang von Alex' erschrockenem Flüstern fuhr Sophie hoch. »Wie haben Sie den Knebel herausbekommen ... wie sind Sie Ihre Fesseln losgeworden?«

Alex beugte sich vor und löste den letzten Rest der Fesseln um ihre Füße. »Schlampige Knoten an meinen Handgelenken. Drehen Sie sich um.«

Sophie drehte sich, hielt aber inne, als sie Alex' scharf eingesogenen Atem hörte. »Sie sind verletzt.«

»Natürlich bin ich verletzt. Wir haben einen Schlag auf den Kopf bekommen, erinnern Sie sich? Ich zumindest habe einen bekommen.«

Alex berührte ihre Wange. Als er die Finger wegnahm, waren sie blutverschmiert.

»Oh«, wisperte sie. Ihr war nicht klar gewesen, dass das Holz sich so tief eingeschnitten hatte.

Alex fluchte grimmig, und sein Gesicht verhärtete sich zu einer wilden Maske. »Drehen Sie sich um«, befahl er abermals.

Sie nahm keinen Anstoß an seinem schroffen Ton. Er war nicht zornig auf sie. Jedenfalls noch nicht.

Er machte kurzen Prozess mit ihren Fesseln, dann löste er sein Halstuch und reichte es ihr. »Drücken Sie es sich auf die Wange.«

Er wandte sich der Rückseite des Fuhrwerks zu und ertastete behutsam die Stelle, wo die Plane auf das Holz traf. »Hm, da sind alle fünf Zentimeter Seile. Sie sind keine Risiken eingegangen.«

»Einige aber doch.« Sophie reichte ihm ihr Messer. »Sie haben sich nicht die Mühe gemacht, mich zu durchsuchen.«

Alex sah sie an, als wolle er fragen, wie sie dazu kam, ein Messer bei sich zu tragen, aber dann schien er sich eines Besseren zu besinnen. Er führte das Messer an den Stoff und schnitt ein kleines Loch hinein. Auf der anderen Seite erschien ein kreuz und quer verlaufendes Geflecht von Seilen, und Sophie konnte sich des Gefühls nicht erwehren, dass sie in einem Käfig steckten.

Alex winkte sie heran. »Sie müssen das Seil halten, Sophie. Lassen Sie das Halstuch los und nehmen Sie beide Hände, wenn es sein muss.«

Sophie nickte und legte das blutgetränkte Halstuch beiseite, dankbar, dass ihre Finger nicht länger taub waren. Wenn sie die Seile einfach durchschnitten, würden sie die Plane freigeben. Das hätte sie verraten. Alex schnitt das erste Seil durch, dann band er die beiden losen Enden an ein anderes Seil, das gut einen halben Meter entfernt war. Er wiederholte die Prozedur viermal und sorgte dafür, dass er jedes Mal die Enden an einem anderen Strang festband, der noch unversehrt und straff gespannt war. Es schien eine Ewigkeit zu dauern. Aber endlich hatte er eine Öffnung, die breit genug war, dass sich eine Person hindurchzwängen konnte. Sophie schaute auf die Straße hinab, die unter den Rädern vorbeiglitt, und schluckte.

»Nicht hier«, flüsterte Alex. »Hier gibt es keine Deckung. Wir müssen warten.«

Sophie zwang sich, zu nicken. Sie wusste, dass er recht hatte. Die Straße führte durch offene Felder, wo es keine Möglichkeit gab, sich zu verstecken. Dass er recht hatte, trug jedoch nicht dazu bei, die Flut der Panik zu dämmen, die sie zu überwältigen drohte.

Sie wollte jetzt aus diesem Fuhrwerk.

Wenn sie sich aus einem fahrenden Wagen werfen musste, um gewalttätigen Entführern zu entkommen, wollte sie es verdammt noch mal hinter sich bringen. Sie wollte nicht dasitzen und warten, bis die Angst auf ein unerträgliches Maß anwuchs oder die Entführer entdeckten, was sie im Schilde führten.

Eine Ewigkeit später, zumindest Sophies Gefühl nach, veränderte sich die Landschaft. Die Felder machten Bäumen und felsigen Vorsprüngen Platz.

»Jetzt sollten wir unser Glück versuchen.« Alex hielt die Plane für sie zurück. »Wenn der Wagen das nächste Mal langsamer wird, um eine Kurve zu nehmen, springen Sie. Lassen Sie sich zum Straßenrand hin fallen. Wenn Sie wieder auf den Beinen sind, rennen Sie zu den Bäumen. Falls irgendetwas passiert, laufen Sie einfach weiter. Wenden Sie sich nach Osten.«

»Warum nach Osten?«

»Weil der Wagen nach Westen fährt.«

»Oh.«

»Ich werde direkt hinter Ihnen sein.«

Sie nickte. Etwas anderes fiel ihr nicht ein. Sie spürte, wie die Kutsche langsamer wurde, und ihr Herzschlag beschleunigte sich. Sie schwang die Beine über die Ladefläche.

Alex gab ihr noch schnell einen Kuss. »Beugen Sie die Knie, schützen Sie den Kopf mit den Armen und versuchen Sie, sich abrollen zu lassen.«

Sophie schaute auf die Straße hinab, die unter ihren Füßen dahinflog. »Ist nicht Abrollen überhaupt eine Möglichkeit?«

»Kämpfen Sie einfach nicht dagegen an. Ich werde direkt hinter Ihnen sein. Jetzt los.«

Sophie sprang. Sie versuchte, Alex' Anweisungen zu befolgen, aber nach dem Aufprall verlor sie zunächst jede Kontrolle über ihren Körper. Sie schaffte es aber schließlich, sich

Richtung Straßenrand rollen zu lassen, und endlich gelang es ihr sogar, sich aufzurappeln – wobei sie den tausendfachen Schmerz ignorierte, der spektakuläre blaue Flecken versprach.

Ihr war immer noch schwindlig, als Alex an ihrer Seite auftauchte. Er nahm sie an der Hand und zog sie im Laufschritt in den Wald. Sie war ungeheuer dankbar für seine Hilfe. Allein wäre sie nicht in der Lage gewesen, sich in einer auch nur halbwegs geraden Linie zu bewegen.

»Haben sie uns gesehen?«, flüsterte sie zwischen keuchenden Atemstößen. Es kostete sie eine enorme Anstrengung, mit ihm Schritt zu halten, und sie vermutete, dass er ohne sie viel schneller laufen würde.

»Nein. Sie brauchen nicht zu flüstern«, antwortete Alex in normaler Lautstärke. »Das Fuhrwerk hat nach der Kurve Geschwindigkeit aufgenommen. Sie haben keinen Verdacht geschöpft.«

»Woher wissen Sie das?«

»Weil ich gewartet habe, bevor ich gesprungen bin.«

»Sie haben gewartet, bis die Kutsche schneller fuhr?«

»Nicht viel schneller, nur genug, um sicher zu sein, dass sie nicht bemerkt hatten, dass Sie verschwunden waren.«

Sophie schaute sich nervös nach irgendeinem Zeichen von Verfolgung um. Dann stolperte sie über eine Baumwurzel. Alex zog an ihrem Arm, um ihr zu helfen, sich aufzurichten, ohne das Tempo zu drosseln. »Aber könnten Sie es bemerkt haben, nachdem Sie gesprungen sind?«, fragte sie und flüsterte wieder.

»Das haben sie nicht«, erwiderte er mit einem selbstbewussten Lächeln, das an ihren Nerven zerrte.

»Nun, wenn sie mich nicht gesehen haben, und Sie nicht gesehen haben«, bemerkte sie bissig, »warum zum Teufel rennen wir dann?« Sie erwog, zur Unterstreichung ihrer Frage wie angewurzelt stehen zu bleiben, aber wegen des Tempos, in dem sie liefen, und des Klammergriffs, mit dem Alex ihre Hand festhielt, würde ihr das am Ende wahrscheinlich nur eine verletzte Schulter eintragen.

Außerdem verlangsamte Alex bereits zu einem flotten Gehtempo.

»Sind Sie müde? Müssen Sie sich ausruhen?«, fragte er. In seiner Stimme klang Sorge, und sofort fühlte sie sich töricht wegen ihres Ausbruchs. Und sie schämte sich nicht nur ein wenig. Schließlich war sie der Grund, warum er in diesem Schlamassel steckte.

»Mir geht es gut«, antwortete sie kleinlaut. Es war nicht ganz die Wahrheit, ihr tat bis zu den Haarwurzeln alles weh, aber sie würde überleben, und das alles wegen Alex. Sie würden rennen, bis sie umfiel, wenn es das war, was er wollte. »Wirklich, mir geht es gut, wir brauchen nicht langsamer zu werden.«

Alex schüttelte den Kopf. »Wir brauchen auch nicht mehr zu rennen. Wir sind weit genug im Wald.«

»Oh.« Sie betrachtete sein Profil. »Sie sind doch nicht verletzt, oder?«

Er sah durchaus gut aus, aber man konnte sich nie sicher sein.

»Vollkommen in Ordnung«, beruhigte er sie, und das mit solchem Selbstbewusstsein, dass sie ihm glaubte. Für eine Weile ging sie schweigend neben ihm her.

»Alex«, fragte sie, sobald sie Atem und Vernunft einigermaßen wiedergefunden hatte. »Wie haben Sie sich so schnell von Ihren Fesseln befreit?«

Alex zuckte zusammen. Er war mit Hilfe von Tricks freigekommen, die sein Vater und William ihn gelehrt hatten.

Tricks, die Sophie offensichtlich nicht kannte. Lieber Gott, sie hatte versucht, ihre Fesseln durchzunagen. Er war entsetzt über die Gefahr, in die er sie gebracht hatte, und gleichzeitig unaussprechlich stolz darauf, wie gut sie damit fertigwurde. Knoten mit dem eigenen Mund zu öffnen, war nicht die effizienteste Art zu fliehen, aber es war eine verdammt clevere Lösung für jemanden, der eigentlich besinnungslos vor Angst hätte sein müssen.

»Ich bin stolz auf Sie«, sagte er und drückte ganz leicht ihre Hand.

Sie blinzelte ihn an. »Ähm ... danke, denke ich, aber ich habe nichts getan.«

Alex blieb stehen und sah sie an. »Sie waren ungewöhnlich tapfer, Sophie, und das unter Umständen, die Sie unmöglich verstehen können ...«

»Nun ...«

»Lassen Sie mich bitte aussprechen, ich denke, dies wird vielleicht leichter für mich sein, wenn ich es schnell tue.«

Sie nickte. Eine andere Möglichkeit schien es nicht zu geben, da sie nicht die geringste Ahnung hatte, wovon er sprach. Er klang so, als stünde er im Begriff, sich einen Zahn zu ziehen oder ein Glied abzutrennen. Alex beugte sich vor und ergriff ihre andere Hand. »Ich glaube, diese Männer arbeiten Napoleon in die Hand oder sind von jemandem angeheuert worden, der das tut. Tatsächlich bin ich mir dessen beinahe sicher. Ich bin ...« Alex drückte eine Faust auf den Mund und räusperte sich. Er nahm wieder ihre andere Hand und verstärkte seinen Griff, als hätte er Angst, dass sie vielleicht versuchen würde, davonzulaufen – und die hatte er tatsächlich –, dann sagte er: »Ich weiß es, weil ich als Agent für das Kriegsministerium tätig bin und Untersuchungen über die Angelegenheiten Ihres Cousins angestellt habe. Es tut mir leid, Sophie. Ich wollte Sie beschützen. Ich hatte nie den Verdacht, dass Sie Bescheid wissen. Ich ...«

Alex hatte keine Ahnung, was er sonst noch sagen oder wie er die Dinge wieder gutmachen konnte.

Zumindest versuchte sie nicht wegzurennen, obwohl sie hinreichend schockiert wirkte.

»Sie sind ein Spion?«

Alex verzog das Gesicht. Er hatte für dieses Wort nie besonders viel übrig gehabt – die meisten Menschen hielten Spionage nicht für eine ehrenhafte Art, einen Krieg zu führen. Er zog den Begriff »Agent« vor. Aber wahrscheinlich war dies kein guter Zeitpunkt, um sich um Spitzfindigkeiten zu streiten.

»Ja, ich bin ein Spion ...«

»Ich dachte, Sie wären Soldat gewesen.«

»Das war ich auch. Ich bin, was immer das Kriegsministerium von mir verlangt. Es ist eine Art Familientradition. Die Rockefortes haben der Krone immer aktiv gedient.«

»Oh«, erwiderte sie einigermaßen einfältig. Aber wirklich, was hätte sie sonst sagen können? *Ich bin auch eine Spionin. Meine Güte, ist das nicht unglaublich?* Nein, das schien hoffnungslos falsch zu sein.

»Sie sind nicht wütend.« Sie gaffte ihn noch immer ein wenig an und wirkte benommen, aber nicht zornig. Es war eine ungeheure Erleichterung ... und ein wenig seltsam.

»Nein, ich bin nicht wütend.« Wie hätte sie das auch sein können? Das wäre ja die reinste Bigotterie gewesen. Es war jedoch seltsam, dass sie die ganze Zeit umeinander herumgearbeitet hatten. Es schien ihr ein Zeichen schrecklicher Desorganisation zu sein.

»Was genau sollen Sie tun?«, fragte sie.

»Ursprünglich hatte ich Order, Sie und Lord Loudor im Auge zu behalten.«

Ein unbehagliches Kribbeln machte sich in ihrem Nacken bemerkbar. Sie kniff argwöhnisch die Augen zusammen.
»Was heißt ›uns im Auge behalten‹?«
»Ich nehme an, genau das, was es andeutet. Ich sollte eine Verbindung zu Ihnen aufbauen und durch Sie zu Lord Loudor ...«
»Was?«
Er trat ein wenig nervös von einem Fuß auf den anderen.
»Jetzt sind Sie wütend, nicht wahr?«
Sie ignorierte diese Frage. »Sie haben mich ausspioniert?«
»Nur für einige wenige Tage, höchstens zwei Wochen ...«
»Zwei Wochen ...« Erinnerungen an diese ersten beiden Wochen in London überschwemmten sie. Alex, der mit ihr lachte, Alex, der sie in die Oper ausführte, Alex, der sie küsste ... alles Lügen?
»Ja, nur zwei Wochen, zehn Tage, um genau zu sein, nicht besonders lange, wenn Sie darüber nachdenken. Danach war meine Mission lediglich ein bequemer Vorwand, um Sie zu umwerben ...«
»Sie brauchten einen Vorwand, um mich zu umwerben?«
Ihre Stimme war sehr, sehr ruhig. Beunruhigend ruhig.
»Ja. Nein! Ich meine, nicht unter normalen Umständen, aber ...« Alex brach ab und schaute auf seine Füße hinab. Er konnte nicht anders. Bei Gott, es gab einige sichtbare Beweise für das Loch, das er sich gerade schaufelte. »Sie müssen verstehen, ich hatte die Pflicht ...«
»Die Pflicht«, wiederholte sie ominös.
Wie tief war es jetzt? Einen Meter, vielleicht etwas mehr?
»Einen Auftrag. Ich konnte nicht gut ...«
»Jetzt bin ich also ein Auftrag?«
»Nein. Das habe ich nicht gesagt.«
Zwei Meter. Definitiv zwei.

»Sophie.«

Das zumindest würde ihn doch gewiss nicht in noch größere Schwierigkeiten bringen.

Sie funkelte ihn mordlustig an.

Anscheinend genügte es jedoch nicht, um ihm aus seiner Klemme herauszuhelfen.

Er versuchte es trotzdem noch einmal.

»Sophie.«

»Wie viel davon war eine Lüge?«, fragte sie leise.

Alex blinzelte verwirrt. »Wie bitte?«

»Diese ersten zehn Tage und all die Tage danach ...« Sie schluckte hörbar. »Wie viel von dem, was Sie ... was wir getan haben, war eine Lüge? Alles? Wollten Sie überhaupt mit mir zusammen sein?«

»Was? Nein, Sophie, nicht.« Er streckte die Hand nach ihrem Arm aus, um sie davon abzubringen, sich umzudrehen. »Sehen Sie mich an, Liebste.« Er legte ihr die Finger unters Kinn und hob ihren Kopf an. »Sehen Sie mich an«, wiederholte er leise. »Ich wollte mit Ihnen zusammen sein, seit dem Moment, in dem ich Sie das erste Mal sah. Sie haben mir den Atem geraubt. Im ersten Moment, in dem wir miteinander gesprochen haben, haben Sie mir mein Herz gestohlen.«

»Alex ...«

»Nichts von dem, was wir geteilt haben, war eine Lüge«, beharrte er. »Gar nichts. Der Grund, warum ich eine Verbindung zu Ihnen gesucht habe, war ein vorgetäuschter, ja, aber ich könnte niemals die Freude vortäuschen, die es mir macht, in Ihrer Nähe zu sein.«

Er nahm die Finger von ihrem Kinn, um ihr eine Träne von der Wange zu wischen. »Bitte, glauben Sie mir, Sophie«, flehte er. »Ich werde immer mit Ihnen zusammen sein wollen.«

Noch während er die Worte aussprach, wusste Alex, dass sie die Wahrheit waren. Er konnte sich eine Zukunft ohne sie einfach nicht vorstellen. Konnte sich nicht vorstellen, jeden Morgen allein zu erwachen oder schlimmer noch, neben einer Frau, die nicht Sophie war. Konnte sich nicht vorstellen, nicht ihr Lachen zu hören, ihr Lächeln zu sehen, ihre Lippen zu kosten …

»Ich glaube Ihnen.«

Sophies Stimme riss ihn aus seiner Versunkenheit, und er stieß den Atem aus, von dem ihm gar nicht bewusst gewesen war, dass er ihn angehalten hatte. »Gott sei Dank.«

Er nahm sie an der Hand und ging weiter. »Wenn Sie sich dann besser fühlen: Ich wusste sofort, dass Sie keine Spionin sind.«

Sophie stieß einen seltsamen Laut aus, der teils Lachen, teils Stöhnen, teils Würgen war. Alex blieb erneut stehen und sah sie fragend an.

»Was das betrifft …« Die Worte kamen als ein nervöses Quieken heraus.

Er ließ ihre Hand los. Sein Magen rebellierte.

Es konnte nicht sein.

»Oh, sehen Sie mich nicht so an. Ich bin keine französische Spionin.«

»Welche Art von Spionin sind Sie dann?«

»Abgesehen davon, dass ich eine unfähige Spionin bin«, brummte sie, »bin ich eine englische. Der Prinzregent hat mich angeheuert, mich bei meinem Cousin und mehreren seiner Bekannten umzusehen.«

»Prinny hat Sie angeheuert?«, fragte er, unsicher, ob er eher erleichtert war, verwirrt oder wütend. »Prinny heuert keine Agenten an.«

»Nun, er hat es nicht persönlich getan.«

»Natürlich nicht, Prinny tut nichts persönlich, außer sich zum Esel zu machen. Ich meinte, er wendet sich immer an das Kriegsministerium, wenn er will, dass jemand beobachtet wird. Wir versuchen, ihn aus den wichtigen Angelegenheiten herauszuhalten, aber ...«

»Vielleicht hat er das herausgefunden und beschlossen, Sie zu umgehen?«, überlegte sie laut.

»Vielleicht, aber ich bezweifle es. Wir haben ihm niemals irgendetwas wirklich verwehrt.« Er sah sie für einen Moment an. »Wie lange sind Sie schon im Spionagegeschäft?«

»Ungefähr so lange, wie ich in London bin«, antwortete sie und verzog den Mund. »Ein Mann ist auf dem Schiff an mich herangetreten, kurz bevor wir England erreichten. Und ich war nicht in der Position abzulehnen. Er hat mir eine Menge Geld angeboten.«

»Gütiger Gott, ich kann nicht fassen, dass ich das nicht herausgefunden habe«, murmelte Alex.

»Vielleicht bin ich eine bessere Spionin, als mir bewusst war.«

»Und ich kann nicht fassen, dass Sie die Dreistigkeit hatten, wütend auf mich zu werden ...«

»Sie haben mich ausspioniert.«

Er tat so, als habe er sie nicht gehört. »Wenn dies alles vorbei ist, werde ich Prinny den Hals umdrehen.«

»Ich wäre Ihnen dankbar, wenn Sie warten würden, bis er mich bezahlt hat.«

»Ihre Tage als Spionin sind vorüber, Sophie.«

Alex nahm wieder ihre Hand und ging weiter.

»Noch nicht ganz, nein«, gab sie zurück, während sie sich bemühte, mit seinem schnellen Tempo Schritt zu halten. »Ich habe den Beweis, den sie wollen, immer noch nicht gefunden. Obwohl da die Frage von Whitefields verschwundenen Geldern ist und ich in Lord Calmatons Schreibtischschublade tatsächlich auf einige interessante Briefe gestoßen bin.«

Er warf ihr einen Seitenblick zu. »Wie sind Sie an Calmatons Schreibtischschublade herangekommen?«

»Ich habe das Schloss geknackt.«

»Das Schloss …?«

Er blieb stehen und drehte sich abrupt um.

Sie konnte es nur knapp vermeiden, mit ihm zusammenzustoßen. »So werden wir niemals weiterkommen«, murrte sie.

»Wie, in Gottes Namen, sind Sie zu diesem Talent gekommen?«

»Wir werden tagelang hier draußen sein.«

»Ich warte auf eine Antwort, Sophie. Sie sagten, Sie hätten dies noch nie zuvor getan. Also, wo haben Sie gelernt, ein Schloss zu knacken?«

»Mr Wang hat es mir beigebracht«, antwortete sie ungeduldig. »Können wir uns jetzt in Bewegung setzen?«

»Noch nicht. Warum zum Teufel hat er Ihnen so etwas beigebracht?«

Sophie seufzte in der Art eines Menschen, dem zu viel zugemutet wurde. »Wenn Sie es wissen müssen: weil ich kein Talent für das Pianoforte habe.«

Ein erwartungsvolles Schweigen folgte.

»Und …?«, hakte Alex schließlich nach.

»Und Mr Wang hat beschlossen, dass meine Talente vielleicht anderswo liegen. Ich habe nicht die geringste musikalische Neigung, und je mehr ich übte, umso mutloser wurde ich. Zu guter Letzt hat Mr Wang mich beiseitegenommen und erklärt, dass jeder seine eigenen Begabungen habe. Er ließ mich einiges ausprobieren, und ich habe mich für das entschieden, was mir am interessantesten schien.«

»Und das war das Öffnen eines Schlosses ohne einen Schlüssel?«, fragte er ungläubig.

»Ja, und Mr Wang hatte recht. Ich habe mich sofort dafür erwärmt und mich viel besser gefühlt.«

»Sie hätten nicht einfach die Harfe ausprobieren können oder die Flöte?«

»Ich habe doch schon gesagt, ich habe kein Talent für Musik. Außerdem waren wir damals auf den Kapverdischen Inseln, und es waren keine Harfen oder Flöten verfügbar.«

Alex sah sie noch einen Moment länger an, schüttelte fassungslos den Kopf und setzte sich dann wieder in Bewegung.

»Endlich«, murmelte sie.

24

Als sie an eine alte Jagdhütte im Wald kamen, hätte Sophie vor Erschöpfung am liebsten geweint.

Außerdem hätte sie Alex gern von der nächsten Klippe gestürzt. Ihr war heiß, sie war müde, sie hatte Angst vor der bevorstehenden Dunkelheit, und sie war äußerst verärgert.

Im Laufe der letzten Stunden hatte sie mehrere Male versucht, ihre Arbeit für den Prinzregenten zu erklären. Ihre Argumente waren vernünftig und klug gewesen. Alex hatte mit einer so boshaften Sturheit geantwortet, dass sie hätte laut schreien mögen. Sie dürfe sich nicht länger in Gefahr bringen, und das, so schien es, besiegelte die Angelegenheit.

Im Grunde brauchte sie seine Erlaubnis nicht. Tatsächlich scherte sie sich im Moment herzlich wenig um seine Meinung zu dem Thema. Es war seine Arroganz, die sie erzürnte. Niemand hatte es gern, herumkommandiert zu werden, ganz besonders sie selbst nicht. Ganz besonders nicht von ihm.

Wutschnaubend beobachtete sie, wie Alex die Tür zu der Hütte zu öffnen versuchte. Mit quietschenden Angeln schwang sie auf.

»Sehen Sie«, sagte er in so heiterem Tonfall, dass sie ihm am liebsten die Finger in der Tür eingeklemmt hätte. »Ihre Fähigkeiten sind nicht erforderlich.«

Ihr finsterer Blick erreichte lediglich seinen Rücken. So war es den ganzen Tag lang gewesen, weil der Pfad durch die Wälder zu schmal war, um Seite an Seite zu gehen. Es hatte ihr definitiv nicht gefallen.

»Der Prinzregent ist da anderer Meinung«, gab sie zurück und trat an ihm vorbei, um hineinzugehen.

»Ich schlage vor, wir lassen die Angelegenheit auf sich beruhen.«

»Sie haben damit angefangen.« Sie ging direkt auf die magere Küche zu und machte sich auf die Suche nach Kerzen, zu müde und zu besorgt, um sich darum zu scheren, dass sie sich zankten wie Kinder.

»Nun, jetzt beende ich es.«

»Schön«, blaffte sie.

»Exzellent.«

Einige Minuten verstrichen, während er beobachtete, wie sie rastlos in der Küche herumstrich. »Wonach suchen Sie?«

»Kerzen. Ich kann keine finden«, antwortete sie geistesabwesend.

»Vielleicht sind keine da.«

Sie machte sich nicht die Mühe, ihn anzusehen, sondern setzte ihre Suche mit einer Art manischer Verzweiflung fort. »Natürlich sind Kerzen da. Warum sollten keine da sein? Jeder hat Kerzen.«

»Anscheinend nicht der Besitzer dieser Hütte.«

»Stellen Sie sich nicht dumm. Es müssen Kerzen da sein, sie müssen einfach ...«

»Um Gottes willen, Sophie, Sie haben jede Schublade und jeden Schrank hier durchsucht. Gewiss ist es Ihrer Aufmerksamkeit nicht entgangen, dass sich unsere kleine Zuflucht in einem sehr traurigen Zustand befindet. Es gibt nichts zu essen, kein Bett, der Kamin ist eingebrochen, und die ganze Hütte liegt unter einer dicken Staubschicht. Ich bezweifle, dass in den letzten Jahren irgendjemand hier war.«

»Nun, wir werden einfach den Kamin benutzen müssen, und gewiss ...«

»Der Kamin ist eine Ruine. Wir würden ersticken. Wollen Sie sich nicht setzen?«

»Nein! Ich will …«

»Kerzen. Ja, ich weiß.« Er gab es auf und beobachtete, wie sie einen Schrank öffnete, den sie bereits zweimal durchsucht hatte. Sie hob die Hand und tastete blind die Nischen der Regale ab. Ihre Wangen waren gerötet, und in ihren Augen stand ein wilder Glanz. Sie sah ungemein zornig aus. Und ungemein schön, aber er war nicht in der Stimmung für Komplimente.

»Nach all den Katastrophen, mit denen wir zu tun haben, sind Sie wegen ein paar fehlender Kerzen außer sich? Großer Gott, Sie haben wirklich keinen Sinn für Prioritäten. Warum brauchen Sie so dringend Kerzen?«

Sie hatte Mühe zu antworten. Die Panik, die an ihren Nerven genagt hatte, während sich der Tag zum Abend neigte, hatte sie jetzt voll in ihrem Griff. Die Sonne war fast untergegangen, und bald würde es dunkel sein, vollkommen dunkel. Und Alex hatte recht, es gab hier keine Kerzen und keinen benutzbaren Kamin. Nichts, was die Nacht in Schach halten konnte.

Sie würden kein Licht haben.

Das sichere Wissen sandte ihr eine eisige Kälte über die Haut und bis auf die Knochen. Es drückte ihr den Brustkorb zusammen, bis ihr Herz raste und ihre Lungen kaum noch zu funktionieren schienen. Es stahl sich in ihren Geist und stieß hämisch Mut und Vernunft beiseite.

Benommen schaute sie an Alex vorbei zum Fenster.

»Der Mond ist nicht da«, flüsterte sie. »Es ist bewölkt, und der Mond ist noch nicht aufgegangen.«

Er runzelte verwirrt und besorgt die Stirn. »Warum ist das wichtig?«

»Ich …«

Er ging um eine Theke herum, um ihr Gesicht mit beiden Händen zu umfassen. Er hatte sich geirrt, begriff er. Es war nicht Zorn, der sie so wild hatte wirken lassen. Es war etwas ganz anderes. »Sophie?«

»Es wird dunkel sein. Vollkommen dunkel.«

»Ja«, sagte er langsam und bedächtig. »Es ist besser so. Wir werden schwerer zu finden ...« Seine Stimme verlor sich, als sie vehement den Kopf schüttelte.

Er zeichnete mit dem Daumen einen sanften Pfad über ihr Kinn. »Was ist los? Wovor haben Sie Angst, Liebste? Ist es die Dunkelheit?«

»Ich ...« Für einen kurzen Moment war ihre Scham beinah so mächtig wie ihre Furcht. Sie wünschte, sie würde sie gänzlich überwältigen. Demütigung würde Welten besser sein als dieser schleichende Wahnsinn. Mit jeder Sekunde wurde das Licht im Raum fahler. Und simple Furcht würde bald absolutem Grauen weichen.

»Sophie?«

»Ja«, gestand sie in einem gequälten Flüstern. »Ja, die Dunkelheit. Ich kann nicht ... ich kann nicht ... es geschieht ...«

»Was? Was geschieht, Sophie?«

»In der Dunkelheit ...«

Kommt der Tod. Das geschah in der Dunkelheit.

Als ihre Augen sich mit Tränen füllten, hob Alex sie hoch und trug sie zum Fenster. Fragen würden jetzt nichts nutzen. Die würde er später stellen. Und die Quelle ihres Schmerzes finden.

Und alles tun, was er konnte, um diesen Schmerz zu töten.

»Kommen Sie, mein Herz. Sehen Sie sich den Sonnenuntergang an. Die Sonne ist jetzt unter die Wolken gesunken. Sehen Sie, wie das Licht durch die Bäume fällt? Als ich noch ein sehr kleiner Junge war, machte meine Mutter abends Spaziergänge mit mir. Wenn wir durch solches Licht kamen, erzählte sie mir immer, dass wir die Finger Gottes berührten. Es ist wunderschön, nicht wahr?«

»Ja.« Ihre Stimme war kaum mehr als ein Flüstern, aber es war genug.

»Sehen Sie es sich genau an, Sophie. Halten Sie das Bild in ihrem Geist fest. Können Sie das?«

Ihr Nicken war ein Rucken an seiner Schulter.

»Gut, jetzt schließen Sie die Augen und …«

»Nein! Ich kann nicht! Ich muss Wache halten. Ich muss sehen.«

»Wache wofür, Süße?«

Sie schüttelte den Kopf, aber er hatte einen schrecklichen Verdacht, dass er die Antwort bereits kannte. »In Ordnung, ich werde Wache halten. Wie ist das? Ich werde heute Nacht über uns wachen, ich verspreche es. Jetzt schließen Sie die Augen. Braves Mädchen.«

Er setzte sich an die gegenüberliegende Wand und nahm sie auf den Schoß.

»Sie werden nicht einschlafen?« Ihre Stimme war gedämpft an seiner Brust, aber er hörte die Furcht und die Hoffnung darin. Und sie brach ihm das Herz.

»Nein, Liebes, ich verspreche es. Ich werde nicht einschlafen.«

Alex hielt Wort und wachte die ganze Nacht hindurch.

Er hielt sie, während sie zitterte, streichelte ihr übers Haar und rieb ihr in sanften Kreisen den Rücken. Er sprach zu ihr von der Sonne, die den Wald gleich draußen vor der Tür füllen würde, von langen, goldenen Sommertagen und von dem weichen blauen Licht vor der winterlichen Abenddämmerung. Alles, was ihm einfiel, um ein Grauen zu lindern, das er nicht verstand.

Als die ersten Lichtstrahlen über den Horizont brachen, flüsterte er ihr zu, dass sie die Augen öffnen könne. Sophie warf einen Blick nach draußen, seufzte rau und schloss die Augen wieder. Alex legte sich zusammen mit ihr auf den Boden und gestattete es sich, ihr in den Schlaf zu folgen.

Die Sonne stand hoch am Himmel, als Sophie erwachte. Sie war steif, fühlte sich unausgeschlafen, und sie schämte sich.

»Wie fühlen Sie sich?«

Ein Blick auf Alex, der über ihr stand, fügte der Scham noch Schuldgefühle hinzu. Seine Kleider waren zerknittert, sein Haar wild durcheinander, und unter seinen schönen, grünen Augen standen dunkle Ringe. Ihretwegen.

»Mir geht es gut«, murmelte sie. »Haben Sie überhaupt geschlafen?«

»Ja.« Er setzte sich neben sie und zog ein Taschentuch hervor. »Brombeeren«, sagte er. »Ich habe ein paar Büsche dicht bei der Hütte gefunden.«

Obwohl sie immer noch von dem Albtraum der letzten Nacht erschüttert war, nahm Sophie einige der saftigen schwarzen Beeren entgegen. Sie hatte seit mehr als einem Tag nichts mehr gegessen.

»Wollen Sie nicht auch welche?«, fragte sie, als er keine Anstalten machte zu essen.

»Ich habe mich satt gegessen, während ich gepflückt habe«, erklärte er. »Nur zu.«

Obwohl sie sich unter seinem wachsamen Auge unwohl fühlte, aß sie dennoch jede Beere auf und leckte sich die Finger sauber.

»Draußen steht ein Eimer mit Regenwasser, wenn Sie wollen.«

Sie nickte und erhob sich, wobei sie es vermied, ihm in die Augen zu schauen.

Sie nahm sich Zeit, um sich zu waschen, und ließ sich von der Sonne das Gesicht wärmen und Geist und Körper beruhigen. Sie hatte die Nacht in den Armen eines Mannes verbracht. In Alex' Armen. Sie war sich ganz und gar nicht sicher, was sie davon hielt – ob sie gerührt war, dass er sich so gut um sie gekümmert hatte, oder erstaunt, dass seine Gegenwart, seine Stimme, sein Geruch, das Gefühl seiner Stärke die schlimmste Angst in Schach gehalten hatte.

Und sie war verlegen, geradezu beschämt. Die ganze Nacht hindurch hatte sie geweint und gezittert wie ein verängstigtes Kind. Was musste er von ihr denken?

Er würde natürlich eine Erklärung verlangen. Er verdiente eine.

Sie legte den Kopf in den Nacken und ließ die Sonne noch einen Moment länger auf sich herabscheinen, dann ging sie wieder hinein.

Alex beobachtete, wie sie den kleinen Raum durchquerte, um vor ihn hinzutreten. Er blieb still, während sie tief Luft holte und die Augen schloss.

»Es war dunkel, als meine Mutter und meine Schwester starben«, flüsterte sie.

Er hob eine Hand, um über den Pfad von Sommersprossen zu streichen, der sich quer über ihre Nase zog. Sie war immer noch so bleich, dachte er. Er hatte die Echos der Angst der vergangenen Nacht in ihren klaren, blauen Augen gesehen, bevor sie sie geschlossen hatte.

»Sie brauchen nichts zu erklären. Nicht, ehe Sie dazu bereit sind. Ich kann warten.«

Sie stieß einen gewaltigen Seufzer der Erleichterung aus, und ihre Lider öffneten sich flatternd. »Sie halten mich nicht für einen Feigling?«

Die Hoffnung in ihrer Stimme brach ihm das Herz. »Sophie, natürlich nicht. Wie konnten Sie das nur denken? Wie könnte irgendjemand das denken?«

»Ich denke das. Sie haben mich gestern Nacht erlebt.« Sie lachte freudlos. »Ich war vollkommen wahnsinnig, nicht wahr?«

»Nein. Sie hatten Angst. Ich habe Männer in den Fängen des Wahnsinns gesehen und Männer in den Fängen der Panik. Sie mögen ähnlich wirken, aber ich versichere Ihnen, es sind zwei ganz verschiedene Zustände.«

Seine Logik ließ Sophie für einen Moment stutzen. So hatte sie das noch nie betrachtet. Sie hatte ihre Angst immer als eine Art vorübergehenden Irrsinn betrachtet, eine Schwäche, gegen die sie nicht ankämpfen konnte.

Voller Dankbarkeit und Sehnsucht sah sie zu ihm auf.

Wenn er doch nur bereit wäre, mit ihr nach China zu gehen. Wenn sie ausnahmsweise einmal in ihrem Leben einfach Glück haben konnte, ohne später dafür zahlen zu müssen. Wenn Alex sie nur liebte und nichts auf der Welt sonst zählte.

Und wenn sie für jedes »Wenn« eine Pfundnote bekäme, würde sie ein paar Anwälte anheuern und ihren Cousin ins Schuldgefängnis und zum Teufel schicken.

Zumindest schien die Sonne, überlegte Sophie, während sie über einen weiteren umgestürzten Baum kletterte. Den ganzen Vormittag waren sie durch die Landschaft gewandert, bis weit in die Mittagsstunde. Es war ein anstrengender Marsch, aber Sophie konnte nur ahnen, wie viel schlimmer er gewesen wäre, hätten sie schlechtes Wetter gehabt statt eines klaren Herbsttages.

Alex schien eine gewisse Vorstellung davon zu haben, wohin sie unterwegs waren, und er bestand darauf, dass sie eine Art Pfad folgten, nachdem Sophie darauf hingewiesen hatte, dass sie nicht länger nach Osten gingen. Vergeblich versuchte sie, zwischen Stämmen, Wurzeln und dornigem Unterholz etwas wie einen gangbaren Pfad auszumachen, gab es aber schließlich auf und setzte einfach nur einen Fuß vor den anderen. Er hatte ihr nie Grund gegeben, an seinem Orientierungssinn zu zweifeln, und England war eine ziemlich dicht bevölkerte Insel. Wie lange konnten sie schon wandern, ehe sie in die Zivilisation zurückkehrten?

Drei Stunden später erwog Sophie langsam die Möglichkeit, dass sie England hinter sich gelassen hatten und jetzt schon tief in Schottland steckten, als sie plötzlich aus dem dichten Wald auf eine Straße stolperten.

»Gott sei Dank«, keuchte sie und ließ sich ohne jede Anmut fallen, bis sie bequem – natürlich nur relativ gesprochen – im Dreck saß. Um ein Haar hätte sie sich vorgebeugt und den Schotter der Straße geküsst, so sehr entzückte sie deren bloße Existenz.

»Für jemanden, der auf einer armseligen Landstraße hockt und keine Hilfe in Aussicht hat, klingen Sie außerordentlich erfreut«, bemerkte Alex argwöhnisch.

»Ich bin nur froh, dass wir aus dem Wald heraus sind«, erwiderte sie. Und sehr, sehr erleichtert, dass sie tatsächlich eine Straße gefunden hatte. Selbst wenn sie in Schottland liegen sollte.

Alex wirkte nicht überzeugt, sondern stieß nur ein »Hm« aus und drehte sich um, um ihre Umgebung zu betrachten.

»Sollen wir dann einfach hier warten, bis jemand vorbeikommt?«, fragte sie hoffnungsvoll und war eher enttäuscht als überrascht, als er den Kopf schüttelte. Die Straße war in einer schrecklichen Verfassung, mit tiefen Furchen und Gras dazwischen. Offensichtlich war es keine bedeutende Durchgangsstraße.

»Das könnte Wochen dauern«, erwiderte Alex. »In welche Richtung möchten Sie gehen?«

»Wie bitte?«

Alex zeigte zuerst auf das eine Ende der Straße dann auf das andere. »Norden oder Süden? Ihre Entscheidung.«

»Meine …? Wissen Sie nicht, in welche Richtung wir gehen müssen?«

»Woher um alles in der Welt sollte ich das wissen?«

Verwirrt sah sie ihn einen Moment lang an, bevor sie sprach. »Nun … Sie wussten, in welcher Richtung die Straße war.«

»Ich bin einem Pfad gefolgt.«

»Oh.« Sie sah in beide Richtungen und runzelte nachdenklich die Stirn. »Es ist natürlich töricht, aber diese Straße kommt mir irgendwie bekannt vor. Es kann nicht die sein, die nach Haldon führt, ich weiß, doch …«

»Sie sind müde«, sagte Alex mitfühlend, während er sich neben sie setzte. »Das ist völlig verständlich …«

»Bitte, werden Sie nicht gönnerhaft, Alex«, unterbrach sie ihn ohne echten Ärger, für den ihr einfach die Energie fehlte.

»Ich entschuldige mich. Ich bin ebenfalls müde.«

Sie seufzte. »Mir tut es auch leid. Wir gehen einander jetzt seit fast zwei geschlagenen Tagen an die Kehle, nicht wahr?«

Er schenkte ihr ein schwaches Lächeln. »Wir haben nicht die ganze Zeit gestritten«, bemerkte er.

»Ja, und danke für letzte Nacht und für heute Morgen«, sagte sie aufrichtig. »Ich hätte Ihnen schon früher danken sollen. Ich … was Sie für mich getan haben …«

»Es war nichts.«

»Für mich war es aber etwas.«

Er drückte ihr die Hand. »Dann war es mir ein Vergnügen. Jetzt wählen Sie eine Richtung aus, solange wir uns noch gut verstehen. Mit ein wenig Glück werden wir Hilfe finden, bevor ich aus erster Hand erfahre, ob Sie wissen, wie man dieses Messer benutzt.«

»Oh, ich bin eine Meisterin«, erklärte sie kühn, wohl wissend, dass er es ihr nicht glauben würde; dieser Umstand bereitete ihr eine Art perverses Vergnügen. »Behalten Sie es lieber für sich, falls ich mich gezwungen fühle, meine Fähigkeiten unter Beweis zu stellen.«

»Ein ausgezeichneter Vorschlag.« Er streckte die Hand aus und half ihr auf die Füße. »Sollen wir dem Weg nach Norden folgen?«

»Oh nein, nach Süden. Definitiv Süden.«

Nach England.

25

Sophie wurde das Gefühl nicht los, dass sie nicht zum ersten Mal auf dieser Straße unterwegs war. Es gab keine klaren Wegmarken, die ihr Gefühl bestätigten oder widerlegten, aber ab und zu kamen sie an einer Wiese vorbei, die ihr bekannt vorkam, oder sie stießen auf eine Biegung, und sie wusste, wusste einfach, dass auf der anderen Seite ein steiler Hang sein würde.

Als die Sonne sich jedoch langsam dem Horizont näherte, verlor Sophie das Interesse an dem seltsamen Gefühl. Wenn sie nicht bald eine Zuflucht fanden, würden sie nachts draußen feststizen, in der Dunkelheit. Sophie dachte nicht, dass sie noch eine weitere Nacht wie die vorangegangene ertragen konnte. *Mal nicht den Teufel an die Wand*, ermahnte sie sich stumm. Der Himmel war klar. Wenn es so blieb, und wenn das Mondlicht hell genug war, würde alles gut sein. *Geh einfach weiter*, sagte sie sich. *Geh einfach weiter.* Sie richtete den Blick auf den Horizont und zwang ihre protestierende Beine zu längeren und schnelleren Schritten.

»Dieser Baum ist riesig.«

Sophie schreckte aus ihrer selbst auferlegten Trance hoch und folgte Alex' Blick zu einer turmhohen Ulme, deren Zweige die Stelle überschatteten, wo sie standen.

Und plötzlich begriff sie, warum ihr alles so vertraut gewesen war.

Sie drehte sich auf der Straße einmal um sich selbst.

Sie kannte diese Straße, diese Stelle, diesen Baum.

Alex, der weitergegangen war, blieb stehen und drehte sich wieder um. »Sophie?«

Sie antwortete ihm nicht. Sie konnte nicht sprechen, nur den Baum anstarren. Benommen zuerst, während Erinnerungen so schnell zurückkehrten, dass sie eine nicht von der anderen unterscheiden konnte. Und dann mit einer Art wachsenden Staunens, die sie niemals von diesem Ort erwartet hätte.

»Sophie?«, wiederholte Alex, als er sie erreichte. Er folgte ihrem Blick zu der Ulme. »Sie ist beeindruckend, ich weiß, aber wir müssen weitergehen, wenn ...«

»Ich bin schon einmal hier gewesen«, flüsterte sie.

»Sind Sie sich sicher?«

»Ich weiß, wo wir sind. Diese Straße führt nach Whitefield«, sagte sie, während sie immer noch den Baum anstarrte.

»Das würde eine Menge erklären«, bemerkte Alex. Allerdings nicht unbedingt, warum der Anblick dieses Baums sie derart in seinen Bann geschlagen hatte. »Was ist los, Sophie?«

»Hier ist es passiert.«

Ihre Stimme war leise. So leise, dass er sich vorbeugen musste, um sie zu verstehen. »Was ist hier passiert, Liebes?«

»Hier sind sie gestorben.«

Mit einem Gefühl der Hilflosigkeit hob er eine Hand, um ihr besänftigend über die dunklen Locken zu streichen. »Sie meinen, Ihre Mutter und Ihre Schwester?«, fragte er behutsam.

Sie nickte, aber da war mehr als Traurigkeit in ihren Augen. Da war eine stille Ehrfurcht. Und, so begriff er mit wachsendem Entsetzen, Erinnerung.

»Waren Sie dabei, Sophie? Haben Sie gesehen, wie es passiert ist?«

Wieder nickte sie und zeigte auf den Baum. »Ich erinnere mich an diesen Baum.«

Alex hatte das Gefühl, als hätte ihm jemand in den Magen geboxt. »Es tut mir leid, Liebling. Es tut mir so leid.«

»Wir haben ein Rad verloren, glaube ich, oder vielleicht sind wir einfach von der Straße abgekommen. Ich erinnere mich nicht. Ich erinnere mich überhaupt an nicht viel, bis auf diesen Baum und daran, wie kalt es war.«

Und die Dunkelheit. Oh, wie gut sie sich an die Dunkelheit erinnerte.

»Später hieß es, der Kutscher sei sofort tot gewesen. Mama muss es gewusst haben, denn sie stieg für eine Weile aus der Kutsche, und als sie zurückkam, sagte sie, wir müssten nur Geduld haben, bis Papa uns holen käme. Ich dachte, alles sei gut ...«

»Ihre Mutter ist ausgestiegen? Ich dachte ...«

Sie drehte sich zu ihm um, um ihn für einen Moment anzusehen. »Dass sie bei dem Unfall umkam?« Sie schüttelte den Kopf und schaute wieder zu dem Baum hinüber. »Mama und Lizzie waren nicht einmal verletzt, soweit ich weiß.«

Er wartete einen Augenblick, bis sie weitersprach. Als sie stumm blieb, sagte er: »Ich verstehe nicht, Sophie.«

»Es hat geschneit«, sagte sie leise. »Es gab einen Schneesturm, und Papas Männer konnten erst am Morgen zu uns durchkommen. Mama und Lizzie sind eingeschlafen.«

»Aber Sie nicht«, sagte er. »Sie sind wach geblieben, nicht wahr?«

Ein trauriges Lächeln zuckte um ihren Mundwinkel. »Es war dieser Baum«, erwiderte sie und deutete auf die gewaltige Ulme. »Ich konnte durch den Schnee und die Dunkelheit gerade noch seine Umrisse erkennen. Ich war alt genug, um es besser zu wissen, aber wann immer ich versuchte, die

Augen zu schließen, sah ich die knorrigen Äste nach mir greifen, und die Vision ließ mich aufschrecken. Die ganze Nacht über habe ich die Ulme beobachtet – ich dachte, sie wäre ein Ungeheuer.«

Alex betrachtete den Baum mit so etwas wie Dankbarkeit. Er hatte Sophie das Leben gerettet. »Was sehen Sie jetzt?«, fragte er.

Sie drehte sich um und fing seinen Blick auf. »Ich sehe Leben«, sagte sie schlicht. »Ich weiß nicht, woran das liegt. Vielleicht liegt es einfach daran, dass ich jetzt älter bin, oder daran, dass es bei Tageslicht so anders aussieht.«

Alex umfasste ihr Gesicht mit beiden Händen und küsste sie. Küsste sie mit dem Verlangen, das er jedes Mal verspürte, wenn er sie ansah. Küsste sie mit der Dankbarkeit, die er einem Baum gegenüber nicht zum Ausdruck bringen konnte, mit dem Kummer, den er wegen des Verlusts zweier Menschen empfand, die sie so sehr geliebt hatte. Aber vor allem küsste er sie mit der Freude, die er darüber empfand, am Leben zu sein.

Als er fertig war, wirkte sie geziemend benommen.

»Wir müssen weiter«, sagte er und drückte ihr einen letzten Kuss auf die Stirn, dann ließ er die Hände sinken, solange er noch die Willenskraft hatte, sie loszulassen.

»Richtig«, krächzte sie.

Er lächelte selbstzufrieden. Er konnte nicht anders. Er genoss das Bewusstsein, dass er das mit ihr anstellen konnte, und auch den Gedanken an all die Dinge, die er mit ihr anstellen würde, sobald sie verheiratet waren.

»Dann sind wir also in der Nähe von Whitefield?«, fragte er über die Schulter, während er sich in Bewegung setzte.

Sophie hatte sich noch nicht von der Stelle gerührt. »Verzeihung, was? Oh!« Sie lief ein paar Schritte, um zu ihn einzuholen. »Whitefield, richtig. Es ist nicht weit, denke ich. Zwei oder drei Meilen? Meine Erinnerung an die Gegend ist ein wenig verschwommen.«

Der wohlbeleibte Mann beäugte die beiden Missetäter vor ihm mit offenem Abscheu. »Wie habt ihr sie entkommen lassen?«

»Soweit wir das wissen, hatte das Mädel ein Messer. Hab ich nicht recht, Sam?«

»Genau das ham wir gedacht. Ein richtig sauberer Schnitt ...«

»Habe ich euch nicht eigens Anweisung gegeben, sie nach Messern zu durchsuchen!«

»Das ham wir getan, Chef, alle beide. Eins haben wir bei dem feinen Pinkel gefunden und eins hatte das Mädchen in der Hand, als wir sie geschnappt haben, aber sie hatte keine von diesen Taschen dabei ... wie hast du sie noch mal genannt, Sam?«

»Ridikül«, half Sam ihm mit wissender Miene auf die Sprünge.

»Und am Leib?«, knurrte der Dicke.

Die beiden Männer wirkten bestürzt. »Sie haben nix davon gesagt, dass wir einer Dame unter den Rock gehen sollen!«, rief der Erste anklagend. Sein Akzent wurde durch seine Entrüstung noch breiter.

»Sie ham uns angeheuert, das Mädchen zu entführen, nicht sie zu begrapschen«, stellte Sam klar.

»Und der feine Pinkel sollte überhaupt nicht da sein«, brummte der erste Mann. »Dafür wollen wir das Doppelte.«

Der Beleibte war einen Moment lang sprachlos vor ungläubigem Zorn. Schließlich fand er seine Stimme wieder und brüllte die beiden an: »Ihr seid gewöhnliche Verbrecher, Diebe, Mörder …«

»Ich hab mein Leben lang nie nich jemanden umgebracht«, erklärte der erste Mann prompt.

»Ich schon«, gestand Sam bekümmert. »Aber da war ich Soldat. Der liebe Gott wird es mir vielleicht verzeihen, wenn ich immer bereue, was ich getan hab.«

Der Erste klopfte seinem Freund tröstend auf den Rücken. »Stimmt wohl, Sam, stimmt wohl.« Er richtete einen harten Blick auf den Behäbigen. »Er kann nicht gut ein Mädchen begrapschen und gleichzeitig Buße tun, oder?«

»Ihr habt sie entführt!«

»Aye, das haben wir«, antwortete Sam in dem gleichen resignierten Tonfall. »Ham zu Hause Mäuler zu füttern, nicht wahr? Ich nehm an, das wird Gott mir ebenfalls verzeihen.«

»Einige dieser Mäuler sind Ehefrauen«, kommentierte der Erste vielsagend.

»Und Töchter«, fügte Sam hinzu, »und Schwestern.«

»Nichten.«

»Bei mir ist ein Enkelkind auf dem Weg, könnte ein Mädchen sein …«

»Ja, ich verstehe! Bei Gott, wo treibt er Leute wie euch nur auf? Ich weiß nicht, ob ihr verrückt seid oder einfach dumm!«

Zwei Augenpaare verfinsterten sich bei dieser Bemerkung, aber der Dicke war zu sehr auf seinen eigenen Zorn konzentriert, um die Gefahr zu erkennen, in der er sich befand. »Verdammt gut, dass Heransly daran gedacht hat, noch ein paar Männer anzuheuern!«, schrie er. »Sie werden keine Probleme haben, dort aufzuräumen, wo ihr zwei Idioten …«

»Kommt mir nicht richtig vor, dass er uns Konkurrenz auf den Hals schickt, wie, Sam?«, fragte der erste Mann leise.

»Ganz und gar nicht richtig«, antwortete Sam.

Der Erste begann, mit den Knöcheln zu knacken. »In so einem Durcheinander hätte leicht jemand verletzt werden können, eh, Sam?«

Sam ließ die Schultern kreisen. »Aye, das hätt passieren können.«

Der Erste ballte die Fäuste und entspannte sie wieder. »Kommt mir vor wie gemeiner Verrat.«

Sam neigte den Kopf nach rechts, dann nach links, und ließ dabei ein lautes Knacken hören. »Aye, mir auch.«

Der Beleibte beobachtete die Mätzchen der beiden Schurken mit wachsender Besorgnis. Vielleicht war er bei seinen Kommentaren ein wenig zu frei heraus gewesen. Das geschah gelegentlich, wenn er zu viel getrunken hatte. Er schluckte nervös und schätzte den Abstand zur Tür ab. »Denk an deine unsterbliche Seele, Sam«, krächzte er. »Was würde der liebe Gott denken?«

»Ich schätz mal, er wird's verstehen«, war Sams einzige Antwort.

Whitefield war verlassen. Es überraschte Sophie nicht, dass sich niemand im alten Herrenhaus aufhielt, aber es war beunruhigend zu sehen, dass es größtenteils seines Mobiliars beraubt worden war. Ganz offensichtlich hatte ihr Cousin alles verkauft, was von Wert war. Sie dachte an die Pächter. Sie wusste, dass einige von ihnen das Land bestellten, sonst wäre der Besitz nicht so profitabel gewesen. Aber wen hatten diese Leute, wenn sie wirklich Rat oder Leitung brauchten oder in Not waren? Sie mochte gar nicht daran denken, in welchem Zustand ihre Häuser wohl waren. Sie konnte sich nicht vorstellen, dass Lord Loudor ein großzügiger oder verantwortungsbewusster Patron war.

Wie benommen streifte Sophie durch die Flure und Räume. Es kamen so viele Erinnerungen wieder hoch, die ihr bisher unzugänglich gewesen waren ... das Kinderzimmer, wo sie und Lizzie ihr Bestes getan hatten, um ihre erste Kinderfrau zu peinigen, die hochnäsige Mrs Carlisle. Und die Orangerie, wo man ihre Mutter in ihrer Freizeit meist fand und wo sie sich liebevoll ihren zahllosen Rosen und Orchideen gewidmet hatte. Sophie lächelte bei der Erinnerung. So sehr ihre Mutter die Arbeit genossen hatte, sie war nie eine besonders geschickte Gärtnerin gewesen. Mehr als einmal hatte ihr Vater heimlich tote oder sterbende Pflanzen durch frische ersetzt, damit seine Frau nicht enttäuscht war.

Sophie hatte auch den Fenstersitz in der Bibliothek vergessen, auf dem sie und Lizzie stundenlang gesessen hatten, an kalten Wintertagen in Decken eingemummt; sie hatten einander vorgelesen und über ihre Pläne für die Zukunft geredet. Lizzie hatte einen ausländischen Prinzen heiraten und ihre Zeit damit verbringen wollen, skandalöse Romane zu schreiben. Oft hatten sie einfach in behaglichem Schweigen dagesessen und zugesehen, wie der Schnee fiel. Sie hatten keine Worte gebraucht, um einander ihr Glück zu vermitteln.

»Ist es schwer, nach so langer Abwesenheit zurückzukehren?«, fragte Alex, der mit einem Arm voller Decken und Kissen hinter sie getreten war.

Sie wandte sich vom Fenster ab. »Ein wenig«, antwortete sie. »Aber es tut mir nicht leid, dass ich hier bin. Wo haben Sie die gefunden?«

»Die Betten sind weg, aber die Wäscheschränke sind immer noch gut bestückt«, antwortete er. »Mir ist aufgefallen, dass im Speisezimmer noch etliche Kerzen sind, außerdem ein wirklich riesiger Tisch.«

»Ein Geschenk von König George«, erklärte sie und folgte ihm aus der Bibliothek. »Ich nehme an, seine königliche Herkunft war nicht Anreiz genug, als dass ein Käufer die Kosten des Transports hätte bezahlen wollen.«

Alex brachte seine Last zum Kamin im Speisezimmer und arrangierte die Decken zu einem improvisierten Bett. »Dieser Kamin ist der einzige im Haus, der einigermaßen sauber zu sein scheint«, meinte er. »Ich bezweifle, dass wir ihn brauchen werden, aber man weiß nie, und ich wäre ungern so weit gekommen, nur um Whitefield niederzubrennen.«

»Vor allem nach all der Mühe, die ich in seine Rettung gesteckt habe«, murmelte Sophie bei sich, während sie überall im Raum die Kerzen anzündete. Die Sonne war bereits untergegangen, und sie wollte, dass alles hell erleuchtet war, bevor die Nacht kam.

Alex ging zu den Fenstern und zog die Vorhänge zu, damit das Licht ihre Anwesenheit nicht verriet.

»Wenn wir verheiratet sind«, bemerkte er beiläufig, »werden Sie vermutlich einige Zeit hier zubringen wollen, das Haus neu möblieren, die Pächter kennenlernen, derlei Dinge.«

Sophie starrte ihn mit einer Art von Ehrfurcht an. »Sie sind ohne Zweifel das hartnäckigste menschliche Wesen, das mir je begegnet ist.«

»War das ein Kompliment oder eine Beleidigung?«

»Ich bin mir nicht ganz sicher«, antwortete sie aufrichtig. »Alex, wir haben darüber gesprochen. Ich werde Sie nicht heiraten. Ihr Angebot schmeichelt mir, und ich … mag Sie sehr. Ich respektiere und bewundere Sie, und ich weiß, dass wir eine gewisse …«

»Beiderseitige Leidenschaft hegen?«, bot er hilfreich an.

»Zuneigung«, erklärte sie steif. »Aber wir passen ganz einfach nicht zusammen.«

Alex zog einen Stuhl vom Tisch. »Setzen Sie sich.«

»Nein, danke. Ich stehe gern.« Sie stand keineswegs gern. Sie war müde, ihr tat alles weh, und ihr waren die Kerzen ausgegangen, aber er sagte ihr wieder einmal, was sie tun sollte.

»Sophie, bitte, setzen Sie sich. Ich bin erschöpft, aber gutes Benehmen schreibt mir vor, mich nicht in der Gegenwart einer Dame zu setzen, während sie noch steht.«

Sophie war sich nicht ganz sicher, ob sie das glaubte, aber zumindest bemühte er sich.

Sie nahm auf dem ihr angebotenen Stuhl Platz und beobachtete, wie er einen anderen Stuhl vom Tisch zog und ihn zu ihr umdrehte. Dann setzte er sich, beugte sich vor und ergriff ihre Hände.

»Sophie«, begann er ernst. »Wir sind bei Nacht von einem großen Fest auf dem Land verschwunden, bei dem die Hälfte der feinen Gesellschaft zu Gast war. Wir haben seither zwei volle Tage und Nächte zusammen verbracht, allein. Gewiss ist es Ihnen in den Sinn gekommen, dass Sie kompromittiert worden sind?«

Sophie erbleichte. »Ich hatte nicht ...« Sie schluckte hörbar. »Bei all den anderen Ereignissen hatte ich daran überhaupt nicht gedacht.«

»Es tut mir leid.«

Sie entzog ihm ihre Hände und durchquerte den Raum in einem nutzlosen Versuch, der aufsteigenden Panik ein Ventil zu verschaffen.

Alex erhob sich, machte aber keine Anstalten, ihr zu folgen.

»Es ist nicht Ihre Schuld«, murmelte sie.

Lieber Gott, kompromittiert. Sie suchte in ihrem Gedächtnis nach dem, was Mrs Summers ihr über Mädchen erzählt hatte, denen das Missgeschick widerfahren war, kompromittiert zu werden. Sie hatte damals nur mit halbem Ohr zugehört. Wenn man die einzige englischsprachige Frau in einem Umkreis von Hunderten, sogar Tausenden von Quadratmeilen war, spielte das einfach keine Rolle.

»Ich bin kompromittiert worden«, wiederholte sie nachdenklich. »Aber nicht ruiniert. Ich brauche nur zu heiraten, um die Dinge in Ordnung zu bringen, und meines Wissens nach gibt es keine Regel, die besagt, wen ich heiraten muss. Ich werde einfach Sir Frederick fragen, wenn wir zurückkehren.«

»Sir Frederick?« Alex war zu überrascht, um auf die Lücken in ihrem Vorhaben hinzuweisen.

»Natürlich. Er ist perfekt.«

»Natürlich«, äffte Alex sie nach.

»Er kann mir Whitefield geben, und ich kann ihm eine respektable Ehe geben ... mit einer Frau.«

Alex tat nicht so, als verstünde er ihre Worte nicht. »Wie kommt es, dass Sie über Sir Frederick Bescheid wissen?«

»Mirabelle hat es mir erzählt. Es war ihre Idee, ihn auf die Liste zu setzen. Obwohl, ich glaube, es war Evie, von der die Information ursprünglich stammte.«

»Guter Gott«, murmelte Alex. »William hätte diese beiden anheuern sollen. Sie wären Loudor schon vor Monaten auf die Schliche gekommen.«

»Zweifellos.«

»Sophie, Sir Frederick wird nicht zustimmen, Sie zu heiraten. Er will eine Braut, um jeden Anschein eines Skandals zu vermeiden, keine, die einen solchen geradezu anzieht. Und eine junge Frau, die von einem anderen Mann kompromittiert wurde, wird für viele keine respektable Braut sein.«

»Nun, ich kann in meiner Lage nicht wählerisch sein.«

»Zu Ihrem Pech kann Sir Frederick aber durchaus wählerisch sein. Er ist wohlhabend und ungeheuer beliebt. Er wird keine Mühe haben, eine freisinnige Witwe zu finden, die die finanzielle Sicherheit braucht, welche eine Verbindung ihr mit ihm bieten würde.«

Sophie dachte für einen Moment darüber nach, dann – »Verdammt!«

Sie ging weiter im Raum auf und ab und schwadronierte dabei in einer Sprache, die Alex nicht verstand. Er ließ sie für eine Weile gewähren – das erschien ihm durchaus großzügig, wenn man bedachte, dass diese Reaktion letzten Endes auf seinen Heiratsantrag zurückging. Als sie sich schließlich, so hoffte er, hinreichend abgekühlt hatte, holte er tief Luft und versuchte es erneut mit Argumenten.

»Wir müssen heiraten.« Nun gut, das war eigentlich kein Argument, aber sie war so verflixt stur und …

»Nein.«

Alex hatte das Ende seines Geduldsfadens erreicht. »Warum zum Teufel nicht?«

»Fluchen Sie nicht in meiner Gegenwart!«

»Sie scherzen wohl. Vor nicht einmal fünf Minuten haben sie doch selbst geflucht.«

»Da habe ich gar nicht mit Ihnen gesprochen. Geflucht habe ich wegen …«

»… der Situation?«, half er ihr aus.

Sie antwortete ihm mit einem Stirnrunzeln.

»Beantworten Sie mir meine Frage: Warum nicht?«

Am liebsten hätte sie gerufen: *Weil ich dich liebe!* Und dann geweint. Wenn er ihre Liebe je erwiderte, würde der Preis, den sie zahlte, zu hoch sein.

Wenn er sie jemals liebte. *Falls* er sie jemals liebte. Das war ein ziemlich riesiges »Falls«. Sie wusste, dass sie ihm etwas bedeutete, und wenn sie viele Jahre zusammen wären, würde er sie mit der Zeit vielleicht auch lieben. Aber es wäre keine

Liebe, wie Sophie sie kannte. Es wäre nicht dieses allumfassende Gefühl, das in ihr den Wunsch weckte, gleichzeitig die Arme um ihn zu schlingen und ihm gegen das Schienbein zu treten. Er würde nicht in sie verliebt sein. Die Art von Liebe, die sie für ihn empfand, war in der Tat sehr selten, und dass sie erwidert wurde, war noch seltener.

Was sie für ihn empfand, war gewiss ... unerwiderte Liebe. Der Gedanke hatte die seltsamste Wirkung auf Sophie. Sie fühlte einen heftigen Schmerz in der Brust ... und war erleichtert. Unerwiderte Liebe bedeutete sicher keinen Ausgleich des Schicksals, aber man konnte sie gewiss niemals für Glück halten. Da er ihre Liebe niemals erwidern würde, lief sie nicht Gefahr, die unausweichliche Vergeltung durch eine Dosis Unglück erleiden zu müssen.

»Sophie.«

Sie würde sicher sein. Sie war sicher. Sie konnte Alex heiraten – falls er ihr erlaubte, zu ihrem Vater zurückzukehren. Innerlich stöhnte sie. So viele »Falls«!

»Sophie! Entweder Sie heiraten mich, oder Sie heiraten gar nicht«, erklärte Alex, der seine frühere Frage aufgegeben hatte.

Sie hielt in ihrem Auf und Ab inne und sah ihn an. »Für einen von uns war das eine Beleidigung, aber ich bin mir nicht ganz sicher, für wen.«

»Bekomme ich ein Mitspracherecht?«, brummte er.

»Nein.«

»Dachte ich mir. Seien Sie vernünftig, Sophie.«

»Ich bin ja vernünftig. Ich will nur in der Lage sein, zu meinem Vater zurückzukehren.«

Alex musterte sie für einen Moment. »Also schön.«

»Wie bitte?«

»Ich sagte ›also schön‹. Wir werden heiraten, und Sie können mit Ihrem Vater wiedervereint werden.« Er hob die Hand, um jeder Bemerkung ihrerseits zuvorzukommen. »Nachdem Sie mir einen Erben geschenkt haben.« Alex war sich einigermaßen sicher, dass er den Viscount bis dahin zu einer Rückkehr nach England bewegen konnte.

Sophie sah ihn mit argwöhnisch zusammengekniffenen Augen an. »Was, wenn ich keine Kinder bekommen kann? Oder was, wenn ich nur Töchter zur Welt bringe?«, fragte sie.

»Ich wäre entzückt von Töchtern«, erwiderte Alex aufrichtig. Kleine, dunkelhaarige, blauäugige Kobolde genau wie ihre Mutter. Er dachte noch einmal darüber nach. Kleine, dunkelhaarige, blauäugige Engel klang besser. Seine Töchter würden nicht ihre Zeit nicht damit verbringen zu lernen, wie man Schlösser knackte und Messer warf. Und sie würden sich auch nicht an irgendwelchen gefährlichen Aktivitäten beteiligen.

»Sie runzeln die Stirn«, bemerkte Sophie, die nicht besonders besorgt klang. »Aber was ist mit einem Erben? Und was ist, wenn ich überhaupt keine Kinder haben kann?«

Alex seufzte. *Dann werde ich Gott für jeden Tag danken, an dem ich dich ganz für mich allein habe*, dachte er. Was spielte es für eine Rolle? Sie würden einen Weg finden, miteinander glücklich zu werden. Gott wusste, er konnte ohne sie nicht glücklich sein.

»Wir werden eine zeitliche Grenze festlegen«, sagte er. »Wenn wir außerstande sind, einen Erben zu produzieren, in, sagen wir …«, er wedelte ein wenig mit der Hand, »zehn Jahren, dann …«

»Zehn Jahre!«

»Nun, wir wollen doch nichts überstürzen. Lady Thurston hat Kate ziemlich spät bekommen, müssen Sie wissen.«

»Drei Jahre«, konterte Sophie.

»Sieben.«
»Fünf.«
»Abgemacht.«
Damit war es besiegelt.

26

Sophie blinzelte. Alex grinste.

»Nun denn«, stieß sie erstickt hervor.

»Nun denn«, wiederholte er, lächelte wölfisch und kam langsam auf sie zu. »Wie wollen wir unsere Verlobung feiern?«

»Ähm …«

»Kommen Sie, Sie werden doch nicht Ihr Wort brechen, oder? Das gilt als ganz schlechter Stil, müssen Sie wissen.«

»Ich werde nicht wortbrüchig«, sagte sie ein wenig ausweichend, dankbar dafür, sich auf etwas anderes konzentrieren zu können als den wilden Blick, mit dem er sie ansah.

»Ich bin entzückt, das zu hören.«

Sophie wich instinktiv vor ihm zurück, bis sie mit dem Rücken zur Wand stand. Alex legte die Hände zu beiden Seiten ihres Kopfes an die Wand; er hatte sie definitiv in der Falle. Sein Blick glitt an ihr hinunter, als wäre sie ein Festmahl, das vor einem verhungernden Mann ausgebreitet wurde. Und Sophie spürte die Hitze, das Prickeln auf ihrer Haut.

»Wir haben das ja schon früher gemacht«, sagte sie und staunte über ihre Nervosität und die Erregung, die mit ihr kam. Es war nicht so, als hätte sie ihn noch nie zuvor geküsst. Allerdings erinnerte sie sich nicht daran, dass er jemals zuvor so … hungrig gewirkt hatte.

Alex' Augenbrauen schossen in die Höhe. »Uns verlobt?«

»Nein, uns zur Feier einer Übereinkunft geküsst. Eine Hutnadel war dabei im Spiel, erinnern Sie sich?«

»Ah ja«, murmelte er und kam ihrem Gesicht ganz nahe. »Die Hutnadel. Wenn ich mich recht erinnere, habe ich vorgeschlagen, dass wir uns küssen, um an diesem Tag einen Pakt zu schließen. Jetzt feiern wir unsere Verlobung. Das ist etwas ganz anderes, das versichere ich Ihnen.«

»Wenn Sie es sagen.« Wirklich, warum sollte sie Einwände erheben? Ob sie nervös war oder nicht, er würde sie küssen, und sie würden vermählt werden.

Sophie war ein schwerer Stein vom Herzen gefallen. Sie würde Alex heiraten und nicht irgendeinen alten Mann, der sie wie ein süßes Bonbon behandelte. Whitefield war gerettet, ihr Vater war gerettet, und sie bekam Alex. Vielleicht nicht für immer, aber zumindest für eine Weile, und das war erheblich mehr, als sie zu hoffen gewagt hatte.

Sie brauchte nicht länger gegen jedes Verlangen zu kämpfen, gegen die Sehnsucht, die sie empfand, wann immer sie ihn sah oder an ihn dachte. Alex gehörte jetzt ihr. Sie konnte ihn nach Herzenslust küssen.

Sie schlang die Arme um seinen Hals und tat ebendies.

Alex mochte ein wenig verwirrt über ihren plötzlichen Enthusiasmus sein, aber seine Verwirrung war bei Weitem nicht so groß wie sein Entzücken. Und dieses wiederum war bei Weitem nicht so groß wie das überwältigende Verlangen, das in seinen Lenden begann und sich ausdehnte, um jedes Nervenende in seinem Körper zu erfassen.

Seine Hände wanderten ihren Rücken hinauf, in ihr Haar, über ihre Schultern und zu ihrer Taille. Er umfasste ihren Hintern, um sie gegen den Beweis seiner Begierde zu pressen.

Sie stöhnte in seinen Mund, und bei diesem Laut verlor er fast den Verstand. Er löste sich von ihr, legte ihr einen Arm unter die Knie und hob sie hoch wie eine Puppe. Dann machte er sich auf die Suche nach dem improvisierten Bett; er konnte sich kaum darauf konzentrieren, wohin er ging. Sie tat die erstaunlichsten Dinge mit dem Mund. Sie knabberte an seinen Lippen, zwickte ihn in ein Ohrläppchen und zog eine Spur nasser Küsse über seinen Hals. Es waren ungeübte Liebkosungen, aber sie lösten Dinge in ihm aus, die die geschicktesten Kurtisanen niemals hätten zuwege bringen können.

»Mein Gott, Sophie«, hauchte er, als er endlich die Wäsche auf dem Boden fand und sie beide darauf bettete, bis sie unter ihm lag.

»Ich sollte warten«, murmelte er und zog mit seinen Küssen eine Bahn hinunter zu einer noch immer bekleideten Brust. »Du verdienst ein richtiges Bett, ein ...«

»Ich will nicht warten«, kam ihre atemlose Antwort.

»Gott sei Dank.« Alex zog den Stoff ihres Kleides herunter, um die erste feste Brustwarze zu enthüllen. Er strich versuchsweise mit der Zunge leicht darüber. Sie keuchte auf. Er tat es wieder, reizte sie endlos, strich über, kreiste um und blies sanft gegen die feuchte Erhebung, bis ihr Keuchen zu einem Stöhnen wurde. Dann saugte er sich fest. Sie schrie laut auf und fuhr ihm mit den Fingern ins Haar.

Alex hätte Stunden so weitermachen können. Nun, vielleicht nicht unbedingt Stunden, denn er war begierig, sie weiter zu erforschen. Doch er hätte noch eine ganze Weile dabei bleiben können, hätte der vom Wetter arg mitgenommene Stoff ihres Kleides nicht an seinem Kinn gekratzt, eine Erinnerung, dass er ein Hindernis für das war, was vor ihnen lag.

»Das muss weg«, sagte er und drückte einen letzten Kuss auf ihre Brustwarze, bevor er sie aufrecht hinsetzte und ihr hinten das Kleid aufknöpfte.

Sie entkleideten einander in Etappen. Seine Jacke, seine Weste und sein Hemd. Ihr Kleid und ihre Strümpfe. Und die ganze Zeit über hielten sie immer wieder inne, um einander zu küssen, zu liebkosen, zu entdecken.

Sophie war von jedem Zentimeter von ihm fasziniert. Er bestand ganz aus harten Knochen und Muskeln.

»Erstaunlich«, flüsterte sie.

Alex lachte leise. Er öffnete seine Kniehosen, ließ sie jedoch an. Er hatte noch nie eine Jungfrau geliebt, aber er dachte, dass sie vielleicht schnell Angst bekamen. Ihre Mütter taten ihnen weiß Gott keinen Gefallen damit, sie in Unwissenheit zu belassen. Der Gedanke ließ ihn innehalten.

Sophie, immer noch in ihrem Unterkleid, beobachtete mit einer Mischung aus Aufregung und Furcht, wie er seine Kniehosen aufknöpfte.

Plötzlich hielt er inne und sah sie ein wenig besorgt an.

»Sophie?«, sagte er wie jemand, der eine Frage stellen will, aber nicht ganz sicher ist, wie er es angehen soll. »Sophie, wir sind ... das heißt ... weißt du, was wir tun?«

Sie blinzelte. Sie hätte gedacht, dass das ziemlich offensichtlich war. Dann kam ihr ein schrecklicher Gedanke. »Habe ich ... habe ich etwas falsch gemacht?«, fragte sie mit einem entsetzten Flüstern.

»Nein, Liebes, nein. Du machst alles richtig, besser als richtig, perfekt.« Er schob ihr sanft eine Locke hinters Ohr. »Ich will dich nur nicht erschrecken.«

»Weil ich dies noch nie zuvor getan habe«, sagte sie, nicht ganz über den Schreck hinweg, dass sie möglicherweise einen schrecklichen Fauxpas begangen hatte.

»Ja, ich weiß, und ich kann dir gar nicht sagen, wie lächerlich froh ich darüber bin. Aber weißt du, was du zu erwarten hast?«

»Oh ... ja?« Sie klang eher hoffnungsvoll als sicher.

In Alex' Augen war das kein sehr vielversprechendes Zeichen.

»Ich habe eine sehr allgemeine Vorstellung«, erklärte Sophie. »Aber sie ist ein wenig verschwommen, was die Einzelheiten betrifft.«

Er dachte für einen Moment darüber nach. »Warum erzählst du mir nicht, was du weißt?«, schlug er vor.

Sophie schürzte die Lippen. »Nun ... ich weiß, dass Küssen dazugehört.«

»Das ist das eine.« Alex strich mit dem Daumen über ihre Unterlippe. »Habe ich erwähnt, wie eingenommen ich von deinen Lippen bin? Üppig, reif ...« Er ließ eine Fingerspitze zwischen ihre Lippen gleiten. Hinein und wieder hinaus. »Vollkommen.«

Ein Schauder überlief sie, und er zog die Hand zurück.

»Was sonst noch, Sophie?«

»Ähm ... Berührungen ... ich weiß, dass Berührungen dazugehören«, brachte Sophie heraus.

»Das ist ebenfalls wahr«, sagte er und strich mit einem Finger über ihre Wange.

»Und ...« Warum machte er jetzt alles so schrecklich schwierig? »Die Entfernung von Kleidung ist notwendig.«

Alex' Hand wanderte zu ihrer Hüfte hinunter. »Jedenfalls, was gewisse relevante Stücke angeht.«

»Du meinst, es ist nicht restlos nötig?« Ihr gefiel der Gedanke, es tun zu können, ohne vollkommen nackt zu sein.

»Heute Nacht schon«, knurrte er, umfasste ihre andere Hüfte und zog sie auf seinen Schoß. Er beugte sich vor, um langsame eine Spur heißer Küsse vom Ohr über ihren Hals hinab zu ziehen. »Was noch, Sophie?«

Es dauerte einen Moment, bis seine Worte in ihr von Leidenschaft vernebeltes Gehirn vordrangen. »Willst du wirklich darüber reden?«

»Darüber reden kann beinahe so viel Spaß machen, wie es zu tun«, murmelte er.

»Wirklich?«

»Beinahe«, stellte er klar.

Er richtete sich ein wenig auf und zog sanft mit dem Mund an ihrem Ohr. Ihre Sinne vibrierten.

»Was noch?«, hakte er nach.

»Ähm ... ich weiß ... äh, ich weiß ... warum machst du es so schrecklich schwer?«

Er hörte nicht auf.

»Ich weiß, dass ... du und ich ... verschieden sind.«

Er legte ihr einen Arm um die Taille, um sie festzuhalten, während er die andere Hand hob, um ihre Brust zu liebkosen.

»Wir haben verschiedene Körperteile«, stieß sie mit einem Keuchen hervor.

»Gott sei dafür gedankt. Was noch, Sophie?«

Was noch? Sophie fiel nichts mehr ein. Sie schien überhaupt nicht mehr denken zu können. Sie schlang die Arme um seine Schultern.

Alex wurde plötzlich ganz still, dann stieß er über der feuchten Haut ihres Halses einen langen Seufzer aus. »Das ist alles, ja?«, fragte er.

Sophie verkrampfte sich. Er brauchte nicht gar so entrüstet zu klingen. Und das war nicht alles, vielen Dank auch.

»Ich habe gesehen, wie Katzen es tun«, platzte sie schnell heraus, dann kniff sie gedemütigt die Augen zusammen.

Katzen?

Katzen?

Sie spürte, wie die Muskeln in seinen Armen sich anspannten und zitterten, und zwang sich, die Lider zu öffnen. Er richtete sich auf und schaute auf sie hinab. In seinen Augen tanzte Erheiterung.

»Katzen«, wiederholte er in einem erheiterten und leicht gönnerhaften Tonfall, der sie zu einer Erklärung trieb.

»Ja, Katzen.« Jetzt gab es kein Zurück mehr. »Ich war noch sehr jung, und ich dachte, sie würden kämpfen. Mrs Summers hat mir befohlen, wegzuschauen, aber ich hab natürlich nur so getan, als ob, und ... nun, sie hat versucht, die beiden auseinander zu bringen, ist aber für ihre Bemühungen nur gekratzt worden. Sie hat immer noch die Narbe auf der Hand«, sprudelte Sophie nervös hervor, während sie sich gleichzeitig fragte, ob es möglich war, sich die eigene Zunge abzubeißen, und wie sehr es wehtun würde, falls sie es versuchte.

»Ich möchte wetten, diese Narbe gibt Anlass zu einigen interessanten Dinnerkonversationen«, meinte Alex und grinste – Sophies Meinung nach – wie ein Idiot.

»Ich habe den Augenblick wohl ziemlich ruiniert, nicht wahr?«, brummte sie.

»Im Gegenteil, es ist der köstlichste Augenblick für mich seit Jahren. Ich werde mich immer an ihn erinnern.«

Sophie schauderte. Wahrscheinlich würde er das wirklich tun.

»Keine anderen Lektionen in Tierzucht, die du ...?«

»Nein.« Eigentlich waren es mehrere, aber in diesem Augenblick hätte keine Macht im Himmel oder auf Erden sie dazu bringen können, das zuzugeben.

»Ich bin mit dem Prinzip vertraut, Alex«, sagte sie stattdessen. »Ich hab genug Gerede mitbekommen, wenn Leute dachten, ich hörte nicht zu. In einigen der Länder, die wir besucht haben, gehen die Menschen sehr offen um mit ...«

Sie wedelte hilflos mit der Hand. Nur weil er so zwanglos

darüber reden konnte, bedeutete das nicht, dass sie es jemals tun würde.

»Dem Liebemachen?«, half er ihr aus.

»Ja, danke. Ich bin mir über die, ähm ... mechanischen Vorgänge im Klaren. Ich weiß, dass du ... das heißt, wir ...«

Es folgte weiteres Gewedel mit der Hand, bis sie schließlich mit weit kleinlauterer Stimme, als ihr lieb war, sagte: »Ähm, zusammenkommen.«

Das war gut genug für Alex. Er griff nach ihr.

»Den Rest werde ich dir zeigen.«

Er zog ihr das Unterkleid aus und legte sie wieder auf die Decken.

Er warf seinen ersten Blick auf eine gänzlich entkleidete Sophie und holte gequält Luft.

»Entzückend«, flüsterte er und beugte sich vor, um leicht die andere Brustwarze zu küssen. »Wunderschön.«

Sophie stöhnte und zog seinen Kopf hoch, um ihn zu küssen, bis sie beide keuchten. Er nutzte die Ablenkung, um sich endgültig zu entkleiden, weil er das seiner Meinung nach am besten tat, während sie die Augen geschlossen hatte, sodass sie sich nach und nach an seinen Körper gewöhnen konnte.

Als sie endlich, endlich beide nackt waren, überließ er sich der Aufgabe, ihnen beiden Vergnügen zu bereiten. Seine Hände und Lippen wanderten rastlos über ihren Körper, bis sie sich unter ihm wand.

Er schob ihr eine Hand zwischen die Schenkel, um die Löckchen zwischen ihren Beinen zu streicheln.

Sophie verkrampfte sich sofort.

»Scht«, schnurrte er. »Lass mich, Süße. Vertrau mir.«

Sie tat es und entspannte sich, während seine Hand weiter nach unten wanderte, um die verborgenen Falten zu liebkosen. Langsam schob er einen Finger tief in sie hinein. Beobachtete ihr Gesicht, als ihr der Atem stockte und sie den Mund zu einem stummen Stöhnen öffnete.

»So feucht. So schön«, murmelte er und beugte sich vor, um sich wieder um die Brüste zu kümmern. Wenn er sie weiter beobachtete, würde er fertig sein, bevor sie auch nur begannen.

Geduldig zog er den Finger auf und ab, während die Laute ihres Verlangens höher wurden. Am liebsten hätte er sie sofort genommen, sich auf voller Länge mit einem heftigen Stoß in ihr vergraben, um für immer dort zu bleiben. Aber noch mehr wollte er, dass sie das volle Ausmaß ihrer Lust kennenlernte.

»Alex, ich kann nicht …«

»Du kannst. Lass es geschehen, Liebes.«

Sie wölbte den Rücken und schrie auf, und ihre Muskeln spannten sich um seinen Finger herum an.

Alex hätte triumphierend gegrinst, hätte nicht sein eigenes Verlangen jeden anderen Gedanken erstickt. Er ließ sich zwischen ihren Schenkeln nieder und stöhnte, als sie instinktiv die Beine hob, um sie um seine zu schlingen und mit den Füßen seine Waden zu liebkosen.

»Wie schön«, flüsterte er abermals und drang mit jedem langsamen Stoß tiefer in sie ein. »Du bist wunderbar.«

Wieder und wieder presste er sich in sie hinein, bis er den Beweis ihrer Unschuld erreichte.

Alex verzog das Gesicht und küsste sie leicht. »Jetzt wird es wehtun, Sophie.«

»Ich weiß«, antwortete sie mit stummem Verstehen. »Es ist schon gut.«

Alex stieß einmal zu und war ganz in ihr.

»Lieber Gott«, stöhnte er. Sie fühlte sich himmlisch an, und jeder Instinkt in ihm schrie ihm zu, sich zu bewegen, immer wieder hineinzustoßen, bis er gesegnete Erleichterung erreichte. Doch er hielt still und wartete darauf, dass sie sich an sein Eindringen gewöhnte, und betete, dass sie es schnell tun würde. Die letzten Reste seiner Willenskraft schwanden schnell dahin.

»Sophie«, murmelte er, während er ihre Lippen küsste, ihre Nase, ihre Stirn. »Sophie.« Er griff zwischen sie und rieb sanft ihre empfindlichste Stelle, bis sie sich endlich entspannte, dann stöhnte sie und begann sich unter ihm zu winden.

Alex dankte im Stillen jeder Gottheit, die ihm in den Sinn kam, und begann sich in flachen Stößen zu bewegen, während er jedes Aufkeuchen ihres Atems auskostete, jedes Anheben ihrer Hüften, bis seine Entschlossenheit, langsam zu Werke zu gehen und sanft zu sein, sich in dem alles verzehrenden Verlangen auflöste, seinen Samen tief in ihr zu verströmen und sie zu der Seinen zu machen.

Er stieß härter und schneller zu, wobei er gelobte, beim ersten Zeichen ihres Ungemachs sanfter weiterzumachen, und sich gleichzeitig fragte, wie ihm das gelingen sollte. Er hörte, wie ihre Schreie lauter und heller wurden. Sie krallte die Finger in seinen Rücken.

Sie war so kurz davor. Wenn er sich nur noch einen Moment länger zurückhalten konnte …

Sie schrie. Ihre Muskeln zuckten unkontrolliert, er spürte es um sich herum und wurde mit in den Strudel der Lust gezogen.

Er tat einen letzten Stoß und stieß selbst einen heiseren Schrei aus.

Als er ein wenig von seiner Selbstbeherrschung wiederfand, schlang er die Arme um sie und zog sie auf die Seite.

»Geht es dir gut?«, flüsterte er besorgt, als sie das Gesicht an seine Brust schmiegte.

Ihr Kopf schlug gegen sein Kinn, als sie nickte.

»Bist du dir sicher, denn …«

»Mir geht es gut«, flüsterte sie. »Besser als gut. Ich …«

»Warum versteckst du dich dann vor mir?«, fragte er und versuchte eine Hand unter ihr Kinn zu bekommen. »Sophie? Wenn ich dir wehgetan habe …«

»Das ist es nicht, ehrlich. Ich bin nur ein wenig …«

Alex lächelte. »Verlegen?«

Sie nickte abermals.

Er zog sie fester an sich. »Liebling, das musst du nicht sein. Was wir getan haben, war vollkommen natürlich.«

Sie kuschelte sich enger an ihn. »Ich weiß. Ich bin es einfach nicht gewohnt.«

»Nun, daran werden wir einfach arbeiten müssen«, antwortete Alex und strich mit einer Hand über ihre Hüfte.

»Sofort?«

»Nein«, lachte er, obwohl er gewiss nichts dagegen gehabt hätte. »Das ist alles neu für dich, und wir hatten einen langen Tag. Du brauchst Ruhe. Schlaf jetzt, und ich werde etwas für dich finden, womit du dich waschen kannst, wenn du aufwachst.«

Sie gähnte herzhaft. »Bleibst du bei mir?«

»Immer.«

Sophie beschloss, sich über das »Immer« morgen den Kopf zu zerbrechen.

27

Es war Nacht, als sie in einem Gewirr von Bettlaken und Alex' Armen erwachte. Für eine Weile lag sie still da und ließ das Gesicht an seiner muskulösen Brust ruhen, während sie beobachtete, wie das Kerzenlicht durch den Raum tanzte und widerspiegelte, was an diesem Abend geschehen war.

Sie hatte mit Alex geschlafen. Unglaublich.

Sophie hatte Geschichten darüber gehört, was es bedeutete, das Bett mit einem Mann zu teilen. Geflüster über die Freuden, die mit dem richtigen Mann gefunden werden konnten – aber sie war stets mehr daran interessiert gewesen, die Einzelheiten des Aktes selbst in Erfahrung zu bringen als die möglichen Resultate.

Jetzt wünschte sie, sie hätte mehr auf die anderen Dinge geachtet. Hatte sie angemessen reagiert? Hatte sie sich zuviel bewegt? Nicht genug? Zuviel Lärm gemacht? Sie erinnerte sich nicht daran, viel Entscheidungsfähigkeit in der Angelegenheit gehabt zu haben, aber vielleicht gab es einen Trick, um gedämpft zu sein, etwas, was junge Damen vor ihren Hochzeitsnächten von den Frauen in ihren Familien lernten.

Sophie lächelte ein wenig bei der Vorstellung, wie die prüde Mrs Summers sie über das geziemende Verhalten im Ehebett unterrichtete. Und befand, dass sie nicht lernen wollte, was schicklich war und was nicht. Soweit es sie betraf, war die heutige Nacht wunderbar gewesen. Alex hatte sich jedenfalls nicht beklagt.

Bei diesem Gedanken musste sie noch breiter gelächelt haben, denn Alex regte sich und hob eine Hand, um ihr übers Haar zu streichen. »Bist du wach, Süße?«, flüsterte er.

»Ein wenig«, murmelte sie.

Sie spürte Lachen an ihrem Ohr vibrieren. »Nun, finden wir heraus, ob du auch ganz wach werden kannst. Es wird Zeit, aufzustehen.«

Sie legte den Kopf in den Nacken, um besser aus dem Fenster schauen zu können. »Draußen ist es immer noch stockdunkel.«

»Ein Westfenster«, informierte er sie. »Es ist fast Sonnenaufgang. Wie weit ist es bis zum nächsten Dorf?«

Sophie kuschelte sich tiefer in die Decken. »Drei, vielleicht vier Meilen, denke ich. Nicht allzu weit. Wir können zumindest warten, bis es hell ist.«

»Auf der anderen Seite des Hauses wird es schon bald hell sein. Ich will dich sicher nach London bringen und herausfinden, wer hinter unserer versuchten Entführung steckt. Und dafür brauchen wir Pferde.«

Es war ein wenig mehr als versuchte Entführung, dachte Sophie, und er würde der Sache nicht allein nachgehen, aber ihr war nicht danach zumute, mit ihm zu streiten. Genauso wenig würde sie wieder einschlafen können, begriff sie. Inzwischen schwirrte ihr der Kopf von Gedanken an ihre bevorstehende Heirat mit Alex, ihre Entführer, ihren Cousin, ihre Arbeit für ... wer immer das war, für den sie arbeitete. Wobei ihr etwas einfiel ...

»Alex?«

»Hmhm?«

»Der Mann im Kriegsministerium, für den du arbeitest, wie heißt der?«

»William Fletcher. Jetzt steh auf.«

Sie fuhr hoch.

»Ein untersetzter Mann mit einer Knollennase und einer Vorliebe für Brandy?«

»Ich entnehme deinen Worten, dass du ihn kennst?«, fragte Alex.

»Ich kenne einen Will Fetch, als Anwalt! Er ist meine Kontaktperson für den Prinzregenten!«

»War«, korrigierte er sie automatisch und griff nach seiner Kniehose.

Sie ignorierte ihn und schnappte sich ihr Unterkleid. »Warum sollte er mich belügen, uns beide? Und warum sich die Mühe einer minimalen Veränderung seines Namens machen?«

Er zog sein Hemd an. »Ich weiß es nicht.«

Sie schlüpfte in ihr Kleid und mühte sich, an die Knöpfe auf der Rückseite heranzukommen. »Bedeutet das, dass ich für das Kriegsministerium arbeite, oder …«

»Seit gestern Morgen für keins von beidem.« Er griff nach seinen Stiefeln, und sie widerstand dem Drang, einen ihrer eigenen Stiefel aufzuheben und ihm an den Kopf zu werfen. Sie verknotete gerade die oberste Schleife an ihrem zweiten Stiefel, als sie begriff, dass Alex fertig angekleidet war und jetzt auf und ab ging. Dann, dachte sie, würde es wohl noch ein Weilchen dauern, bis sie aufbrachen. Sie setzte sich wieder auf die Decken und beobachtete ihn noch einen Augenblick länger, bevor sie sich in ihren eigenen Gedanken verlor. Sie hatte Wochen damit zugebracht, Schlösser zu knacken, durch Fenster zu klettern und die persönlichen Papiere mehrerer prominenter Männer zu durchwühlen – alles in der Annahme, dass sie es auf Geheiß des Prinzregenten persönlich tat. Jetzt, da die Identität ihres Auftraggebers verdächtig war, fragte sie sich, ob sie nicht mehr war als ein gewöhnlicher Dieb.

Gütiger Gott, war sie den ganzen Weg bis nach London gereist, um eine kriminelle Debütantin zu werden?

Schnell verwarf Sophie den Gedanken, nur teilweise deshalb, weil die Vorstellung so unerquicklich war. Offensichtlich wusste das Kriegsministerium von ihren Aktivitäten, und seine Beteiligung verlieh dem Ganzen ein gewisses Maß an Echtheit. Warum hatten sie dann ganz bewusst darauf geachtet, dass ihre Beteiligung geheim blieb? Und warum hatten sie sie nicht mit Alex zusammenarbeiten lassen? Die Dinge wären erheblich einfacher gewesen, wenn sie jemanden gehabt hätte, der für Ablenkung sorgte, der vor Türen Wache stand und auf Französisch geschriebene Briefe las.

Sophie lächelte, als sie sich Alex als Hilfsspion vorstellte.

Das Geräusch von splitterndem Glas in einem fernen Teil des Hauses riss sie aus ihren Gedanken.

Alex zog sie auf die Füße, bevor sie Zeit hatte, sich darüber klarzuwerden, was das Geräusch bedeutete. Er schob sie in Richtung eines Abstellraums, und sein Gesichtsausdruck war kalt.

Sie sträubte sich. »Ich kann nicht«, flüsterte sie. »Da drin ist es dunkel.«

»Dort ist ein Fenster, Sophie«, sagte er. Er zog die Vorhänge zurück, um das Licht des untergehenden Mondes in die kleine Kammer zu lassen. Es war gerade genug, um ihre schreckliche Angst in Schach zu halten.

»Bleib hier«, befahl er und drückte ihr das Messer, das sie ihm zuvor gegeben hatte, wieder in die Hand. Sie wollte ihm sagen, dass er es nehmen solle, er würde es gewiss mehr brauchen als sie, doch er war verschwunden, bevor sie den Mund öffnen konnte, um etwas zu sagen.

Er hatte die Tür einen Zoll weit offen stehen lassen. Sie brauchte einen Moment, um zu begreifen, dass er es absichtlich getan hatte – nichts wirkte so verdächtig wie eine geschlossene Tür –, und dann sah sie, dass es im Speisezimmer dunkler wurde. Er blies die Kerzen aus. Sophie umfasste das Messer fester und drückte sich in eine Ecke der Abstellkammer. Es musste im Speisezimmer jetzt sehr, sehr dunkel sein.

Irgendwo splitterte Holz. Sophie hörte Männerstimmen. Dann die verräterischen Geräusche eines Kampfes. Rufe, Flüche, Hiebe. Wie viele waren dort draußen? Welcher Übermacht stand Alex gegenüber?

Steh auf!, befahl sie sich.

Kann nicht! Zu dunkel.

Steh auf!

Ich kann nicht!

Etwas zerbrach. Jemand brüllte und stöhnte dann vor Schmerz.

Dort draußen war der Tod.

Alex' Tod. Er kämpfte um sein Leben, um ihr Leben, während sie sich in einer Abstellkammer versteckte.

Steh auf, verdammt!

Alex würde sterben, und wenn sie sich nicht bewegte, würde sie es geschehen lassen.

Bei diesem Gedanken war es, als würde ein Hebel in ihr umgelegt. Sie umfasste das Messer fester, schlüpfte aus ihrem Versteck und drückte sich an die Wand des Speisesaals. Es kostete sie eine Minute, bis ihre Augen sich an die Dunkelheit gewöhnt hatten, und in dieser Minute fühlte sie das Entsetzen, das sie zu überwältigen drohte. Mit jeder Unze Mut, die sie besaß, kämpfte sie dagegen an. Doch das genügte nicht, also dachte sie stattdessen an Alex. Die Furcht verebbte. Sie konnte wieder scharf sehen.

Rechts von ihr bewegte sich jemand. Ein Umriss vor dem schwachen Mondlicht, das durch die Ritzen des Vorhangs drang. Jemand, der klein und untersetzt war. Der Mann achtete sie nicht auf sie. Er hatte sie nicht bemerkt.

Sie sah ihn den Arm heben und mit einer Pistole auf die Gestalten zielen, die am anderen Ende des Raums miteinander rangen. Ohne nachzudenken, sprang sie auf und warf das Messer.

Der Mann schrie und torkelte. Glas splitterte. Ein Schuss fiel. Jemand schrie, aber es war nicht Alex, und das war alles, was zählte.

Ein lastendes Schweigen folgte, durchbrochen nur von dem schweren Atmen auf der gegenüberliegenden Seite des Raums.

»Alex?«, flüsterte sie.

»Sophie!«

Sie hörte, wie er auf sie zukam. Dann packte er sie brutal an den Schultern.

»Was zur Hölle hast du dir dabei gedacht?«

Sophie konnte ihm nicht antworten. Jetzt, da die Gefahr vorüber und Alex in Sicherheit war, begann sie die Last der Dunkelheit um sich herum zu spüren.

»Meinst du …«, sie leckte sich mit einer trockenen Zunge die rauen Lippen. »Können wir jetzt eine Kerze anzünden?«

Alex fluchte grimmig, dann griff er nach ihrer Hand und zog sie aus dem Raum. Sie durchquerten schnell das Foyer und traten zur Vordertür hinaus. Sophie entspannte sich beträchtlich beim Anblick des sich aufhellenden östlichen Himmels. Alex zog sie weiter, bis sie eine kleine Mauernische am Haus erreichten. Abrupt drückte er sie hinein.

»Bleib hier«, befahl er und drückte sie an die Wand. »Verstehst du mich? Bleib hier. Rühr dich nicht von der Stelle.«

Sie nickte.

»Ich will dein Wort, Sophie.« Sein Gesicht war ihr fremd, eine steinerne Maske.

»Ich verspreche es«, flüsterte sie.

»Brich niemals die Versprechen, die du mir gegeben hast.«

»Das werde ich nicht.«

Sie sah ihm nach, bis er um die Ecke des Hauses verschwand, dann betrachtete sie ihre Umgebung. Die Dunkelheit in ihrer kleinen Nische reichte ihr nur bis zu den Zehen, und sie konnte deutlich die Rasenfläche neben dem Haus erkennen. Das genügte.

Außerdem fühlte sie sich jetzt stärker. Sie würde immer Angst vor der Dunkelheit haben, doch heute Nacht hatte sie gegen diese Furcht gekämpft und sie besiegt. Vielleicht konnte sie sie jetzt so weit beherrschen, dass sie nicht wirklich in Panik geriet, wie es ihr in der Hütte passiert war.

In der Ferne schrie jemand.

Instinktiv tat sie einen Schritt in die Richtung des Geräuschs.

Nein. Sie hatte es versprochen. Sie zwang sich in die Nische zurück und ballte die Hände zu Fäusten. Zum Teufel mit diesem Versprechen. Und zum Teufel mit Alex, der darauf bestanden hatte. Was nützte es ihnen beiden, wenn er deswegen starb?

Was nützte es, wenn sie ihr Versprechen brach? Sie hatte ihr Messer nicht mehr, und sie war nicht sehr zuversichtlich, mit ihren Fäusten einen ausgewachsenen Mann besiegen zu können. Sie kämpfte besser als die meisten Frauen, ja, aber wahrscheinlich nicht besser als die meisten abgebrühten Verbrecher, und bestimmt nicht besser als solche, die zu einem Mord bereit waren.

Natürlich, wenn sie irgendeine Waffe fand …

Sophie ließ den Blick durch den Garten schweifen, soweit

das von ihrem Standpunkt aus möglich war. Gerade hatte sie sich für einen besonders dicken Stock entschieden und beschlossen, dass es ihr lieber war, wenn Alex lebte und sie hasste, als wenn er tot war und sie sich selbst deswegen hasste, als er mit zwei Pferden im Schlepptau um die Ecke des Hauses kam.

Sie wartete gewissenhaft, bis er bei ihr war, dann fragte sie: »Bist du verletzt? Ist dir jemand gefolgt?«

»Beide Male nein.«

»Gott sei Dank«, hauchte sie, dann kniff sie die Augen zusammen und sah ihn an. »Verlang nie, nie wieder, dass ich dir so etwas verspreche.«

Er warf ihr einen Blick zu, bei dem sie um ihre Sicherheit gebangt hätte, hätte nicht bereits die Furcht um seine Sicherheit sie im Griff gehabt. »Ich kann nicht fassen, dass du mich hier hast warten lassen, während ...«

»Steig auf, Sophie.«

»... während du dich in die Gefahr stürzt. Du hättest verletzt werden können oder ...«

»Sofort!«

Alle Instinkte schrien ihr zu, sich sofort aufs Pferd zu schwingen.

Sophie hatte ihre Instinkte mehr als satt. Er würde nicht erleben, dass sie auf seine Befehle hin wie eine eingeschüchterte Dienstmagd sprang. Sie reckte das Kinn und ging zu dem Pferd, statt zu rennen. Sie hatte kurz erwogen, mit ihm zu streiten, doch sie wollte mutig sein, nicht dumm.

Offenbar fand Alex sie bei ihrem Mut nicht schnell genug. Er beugte sich vor, fasste sie um die Taille und warf sie förmlich in den Sattel.

Die erste Viertelstunde ritten sie schweigend und ließen die Pferde nie schneller als im Trab laufen, damit diese auf der noch nicht ausreichend beleuchteten Straße nicht in einer Furche ins Straucheln kamen.

Sophie verbrachte diese Zeit damit, nach einer vorteilhaften Einleitung für den Streit zu suchen, der nach ihrem Gefühl bevorstand. Gerade wog sie das Für und Wider ab, ihr Pferd einfach neben seines zu lenken und ihm einen kräftigen Stoß zu versetzen, als er plötzlich neben ihr war. Er packte die Zügel ihres Pferdes und ließ beide Tiere stehen bleiben.

»Du bist wütend auf mich«, stellte sie rasch fest, da sie dachte, sie könnte ebenso gut den Anfang machen, auch wenn er nicht besonders brillant war.

»Ich habe dir gesagt, dass du in der Kammer bleiben solltest«, blaffte er.

»Ich bin kein Kind und kein Soldat, den man herumkommandieren kann, Alex.«

»Nein. Du bist meine Verlobte. Sehr bald wirst du meine Frau sein, und du wirst dich nicht wieder in Gefahr bringen. Habe ich mich klar ausgedrückt? Es ist meine Pflicht, dich zu beschützen und …«

»Du hast dir Sorgen um mich gemacht?«

Er warf ihr einen ungläubigen Blick zu, wie man ihn normalerweise für die unrettbar Dummen oder die komplett Wahnsinnigen aufsparte. »Habe ich das nicht klargestellt?«

»Nein. Du hast klargestellt, wie sehr es dir missfällt, wenn dir jemand nicht gehorcht. Aber ich warne dich jetzt, Alex, ich habe nicht die Absicht, tatenlos mit anzusehen, dass dein Leben in Gefahr ist …«

»Mein Leben war nicht in Gefahr«, fuhr er sie an. »Du dagegen …«

»Ich habe dir das Leben gerettet!«

»Du hast nichts dergleichen getan. Ich habe die Pistole

gesehen. Ich hatte vor, meinen Angreifer in die Schusslinie zu ziehen.«

Tatsächlich hatte Sophies Messer dafür gesorgt, dass der Schütze den Arm heftig herumgerissen hatte, sodass Alex' Gegner die Kugel ins Bein bekommen hatte statt in den Kopf. Alex hatte den Mann bewusstlos schlagen müssen.

»Oh«, flüsterte Sophie. »Oh. Ich dachte … ich dachte, ich hätte dir das Leben gerettet. Ich dachte …«

Sie hatte gedacht, sie hätte gegen Tod und Dunkelheit gekämpft und gewonnen. Aber so war es nicht. Alex lebte, ja, aber was war mit den anderen Männern? Einen hatte sie selbst getötet. Sie hatte gehört, wie das Messer auf Fleisch getroffen war, hatte die schattenhafte Gestalt fallen sehen. Sie hatte den Tod gar nicht besiegt. Sie war ihm zur Hand gegangen.

Angewidert von sich selbst und unsicher, was sie zu Alex sagen sollte, jetzt, da ihre Wut sich in Scham verwandelt hatte, ließ sie ihr Pferd im Schritt gehen, um über alles nachzudenken.

Alex folgte ihrem Beispiel und brachte sein Reittier neben ihres. Ein Blick auf ihre niedergeschlagene Miene, und all sein Zorn verebbte, und Reue trat an seine Stelle.

Er war ein Schuft. Ein absoluter Schuft. Sie war stolz auf das gewesen, was sie heute Nacht getan hatte. Und wenn er nicht so wütend auf sie gewesen wäre, weil sie sich in Gefahr gebracht hatte; wenn ihn seine Angst um ihre Sicherheit und (er hasste es, dies zuzugeben) seine verletzte Eitelkeit, weil eine Frau es für nötig hielt, zu seiner Rettung zu eilen, nicht so sehr beschäftigt hätten, wäre er ebenfalls stolz auf sie gewesen.

Verlegen räusperte er sich und bemühte sich nach Kräften, diesen ungeheuren Stolz hinunterzuschlucken. »Möglicherweise hast du mir tatsächlich das Leben gerettet«, räumte er ein. »Es war sehr dunkel, und ich hätte die Flugbahn der Kugel falsch einschätzen können. Und du hast diesen Mann wirklich sehr effektiv ausgeschaltet.«

So, das sollte genügen, damit sie sich besser fühlte.

Sie starrte stumpf zu den Baumwipfeln. »Ich habe ihn getötet.«

Alex runzelte die Stirn. Offenbar fühlte sie sich nicht besser. Er beugte sich vor, ergriff die Zügel ihres Pferdes und ließ beide Tiere erneut stehen bleiben.

Sophie stöhnte. »Nicht schon wieder.«

Er ignorierte diese Bemerkung. »Niemand ist heute Nacht gestorben, Sophie.«

Einen Moment lang starrte sie ihn verwirrt an. Dann schüttelte sie den Kopf, wie um ihn freizubekommen, und schließlich fragte sie. »Was? Bist du dir sicher? Denn ... du ... und mein Messer ... und dann hat er ...«

Alex fiel ihr ins Wort, bevor ihre Verwirrung komplett war. »Dein Messer hat sich ihm in den Arm gebohrt. Er ist ins Fenster gestürzt und bewusstlos geworden.«

»Bist du dir sicher?«

»Vollkommen. Die ersten beiden Männer konnte ich bewusstlos schlagen, den dritten hast du mit deinem Messer getroffen, und der vierte hat die Kugel ins Bein bekommen, und ich habe ihn anschließend bewusstlos geschlagen.«

Langsam dämmerte ihr die Bedeutung seiner Worte. »Es ist niemand gestorben«, sagte sie schließlich.

»Kein Mensch«, erwiderte Alex, zutiefst erleichtert darüber, dass das Licht in ihre Augen zurückkehrte. Im Halbdunkel des frühen Morgens konnte er es nicht richtig sehen, aber durch den Klang ihrer Stimme wusste er, dass es so war. »Tatsächlich«, fuhr er fort, »hast du dem letzten Mann womöglich das Leben gerettet. Ich hatte vor, seinen Kopf in die Flugbahn der Kugel zu bringen.«

»Ich habe ihm das Leben gerettet«, wiederholte Sophie. Sie lächelte jetzt und richtete sich ein wenig höher auf.

»So wenig er es verdient hat, ja, das hast du getan.«

»Niemand ist gestorben«, wiederholte sie erneut. Sie konnte nicht dagegen an. Es tat so gut, es zu sagen, so gut, es zu hören. Vielleicht zu gut …

»Ich habe einen Schrei gehört«, fügte sie hastig hinzu. »Als du die Pferde holen gegangen bist.«

Alex' Miene verdüsterte sich. »Ah ja, der Junge, den sie zurückgelassen haben, damit er die Pferde bewacht. Er kann nicht älter als zehn gewesen sein. Ich war ernsthaft in Versuchung, ihn übers Knie zu legen. Du brauchst dir keine Sorgen zu machen. Ich habe ihn durch mein bloßes Auftauchen so eingeschüchtert, dass er mir klaglos gehorcht hat. Beinahe hätte er sich selbst gefesselt.«

»Gott sei Dank.« Dann hatte sie es also doch getan. Sie hatte Tod und Nacht besiegt. Keiner dieser Männer war gestorben. Nicht ein einziger. Was bedeutete … lieber Gott, was bedeutete …

»Sollten wir hier sitzen? Sie werden wahrscheinlich jeden Moment aufwachen …«

»Ganz ruhig, Sophie«, fiel Alex ihr ins Wort, aber er ließ ihre Zügel fallen, sodass die Pferde sich wieder in Bewegung setzen konnten. »Ich habe die Riemen an ihren Sätteln abgeschnitten und die Pferde weggejagt. Wenn sie uns verfolgen, was ich bezweifle, werden sie es zu Fuß tun müssen.«

Die Morgendämmerung kam und ging, lange bevor sie nach London kamen. Als sie Williams Haus erreichten, stand die Sonne bereits hoch am Himmel, und Alex war inzwischen fuchsteufelswild.

Die Lügen, die William ihnen beiden aufgetischt hatte, hatten Sophie in Gefahr gebracht. Sie hätte verletzt werden können oder getötet oder Gott weiß was sonst noch alles. Allein bei dem Gedanken daran sah er rot.

Heftig hämmerte er gegen die Haustür.

Sophie warf ihm einen nervösen Blick zu. »Vielleicht sollte ich warten ...«

»Nein. Wir bringen das hier und jetzt zu Ende«, entgegnete er resolut.

Die Tür wurde geöffnet, und ein junger Mann erschien.

»Euer Gnaden.«

Alex ergriff Sophies Hand und drängte sich an dem jungen Mann vorbei in das Foyer.

»Wo ist er, Sallings?«, fragte Alex.

»Es tut mir schrecklich leid«, murmelte Sophie.

»Mr Fletcher ist in seinem Studierzimmer, aber ... warten Sie, bitte, Euer Gnaden, nicht schon wieder!«

Sophie ließ sich den Flur entlangziehen, dicht gefolgt von dem jungen Mann.

»Er ist ziemlich jung für einen Butler«, bemerkte sie zu Alex.

»Er ist nicht der Butler«, antwortete Alex. »Das da ist sein Butler.«

Sophie starrte den Mann an, der den Flur herunterkam. »Aber das ist mein Butler!«

»Ja, ich weiß.« Alex blieb vor einer Doppeltür stehen. Er ließ ihre Hand los, umfasste die Griffe und drückte die Flügel weit auf.

»William!«, brüllte Alex.

»Ah, Alex, mein Junge.«

»Sophie, Liebes.«

»Mrs Summers!«

»Es tut mir leid, Mr Fletcher, Sir.«
»Seine Gnaden, der Herzog von Rockeforte!«
Und dann brach die Hölle los.

28

Alex ließ das Chaos ungefähr zwei Minuten lang wüten. Es schien zu seiner Stimmung zu passen, und er hatte das Gefühl, dass Sophie ein Recht darauf hatte, ein wenig zu toben. Von ihnen allen war ihr am übelsten mitgespielt worden.

Schließlich jedoch wurde er ungeduldig und wollte herausfinden, *wie* übel ihr denn nun mitgespielt worden war. Und sie hatte immer wieder in eine fremde Sprache gewechselt. Was nützte eine Beleidigung, wenn niemand sie verstand.

»Sallings!«, blaffte er mit seiner besten Offiziersstimme. »Sie sind entlassen!« Dann: »James!«, bellte er in seiner besten herzoglichen Stimme. »Bringen Sie Tee für die Damen und sorgen Sie dafür, dass wir nicht gestört werden.« Und schließlich: »Sophie«, schmeichelte er in seiner besten Stimme als zukünftiger Ehemann. »Setz dich hin, Liebste, und lass uns einige Antworten verlangen.«

Er wandte sich an Mrs Summers, in der Absicht, mit seiner besten Stimme als künftiger Arbeitgeber zu sprechen, brach jedoch jäh ab, als die Dame auf seinen Blick hin arrogant eine Augenbraue hochzog.

»Versuchen Sie es gar nicht erst, junger Mann«, warnte sie ihn in ihrer besten Gouvernantenstimme. »Ich habe das Beste und das Schlimmste gesehen, was diese Welt zu bieten hat, und Sie sind weder so schrecklich, noch sind Sie hinreichend wunderbar, als dass ich in Ehrfurcht vor Ihnen erstarren würde.«

Alex, der sich unbehaglich fühlte wie ein gescholtener Junge, hielt den Mund und bot ihr in einer Geste des Waffenstillstands einen Stuhl an.

Mrs Summers nickte herrschaftlich und akzeptierte die Sitzgelegenheit. »Tee wäre zauberhaft. Danke, dass Sie daran gedacht haben.«

»War mir ein Vergnügen«, knirschte Alex. »Also«, erklärte er und wandte sich an William, der klugerweise ebenfalls Platz genommen hatte, »nun erklären Sie.«

»Tatsächlich ist es eine lange Geschichte«, meinte William ausweichend.

»Kürzen Sie sie ab«, riet Alex ihm grimmig.

William verstand den Fingerzeig. »Gut. Nun, die kürzeste Version wäre wohl zu sagen ...« Er atmete zur Stärkung tief durch. »Es gab gar keinen Verdacht wegen einer befürchteten Verschwörung. Sie wurden beide in etwas verwickelt, das nur eine List war, damit ich ein Versprechen erfüllen konnte, das ich Alex' Vater auf dem Totenbett gegeben habe.« Die Worte sprudelten aus ihm heraus wie eine gut einstudierte Ansprache – was sie natürlich auch waren.

»Was für ein Versprechen?«, wollte Alex wissen.

»Dein Vater war ein Spion?«, fragte Sophie überrascht.

»Das werde ich später erklären«, versicherte Alex ihr.

»Sie bevorzugen den Ausdruck ›Agent‹, Liebes«, kommentierte Mrs Summers.

William sank auf seinem Stuhl in sich zusammen. Sein Plan zur Enthüllung der Wahrheit war nicht weiter gediehen als bis zu dieser ersten kleinen Ansprache. Den Rest würde er improvisieren müssen. William verabscheute es, zu improvisieren.

»Was für ein Versprechen?«, wiederholte Alex. »Ich dachte, Sie hätten mir alles erzählt, was mein Vater in der Nacht seines Todes gesagt hat.«

»Das habe ich auch, bis auf das letzte Gelübde, das ich geleistet habe, und um ehrlich zu sein, hat er mich dazu gerade zu überlistet. Ich habe versprochen, dafür zu sorgen, dass Sie und mehrere andere ...« An diesem Punkt errötete das Haupt des Kriegsministers tatsächlich ein wenig, »Liebe finden würden.«

»Was?«, riefen Alex und Sophie wie aus einem Mund.

»Ja, nun, etwa so habe ich damals auch reagiert, das kann ich Ihnen versichern. Aber ein Versprechen ist ein Versprechen, vor allem eines, das einem Freund auf dessen Totenbett gegeben wurde. Er wünschte für seinen Sohn das Glück, das er mit seiner geliebten Anna gehabt hatte.«

»Meiner Mutter«, erklärte Alex, bevor er seine Aufmerksamkeit wieder auf William richtete. »Sie haben immer noch eine Menge zu erklären.«

William nickte. »Viele Jahre lang habe ich beobachtet, wie Sie von Schauspielerin zu Opernsängerin geflattert sind, ohne das geringste Interesse an einer Frau guter Herkunft zu zeigen. Hätten Sie eine Vorliebe für eine Ihrer Geliebten offenbart, hätte ich vielleicht in der Halbwelt nach einer Frau für Sie gesucht – ich habe mich schließlich bereitgefunden, Ihnen zu helfen, die Liebe zu finden, nicht eine Ehefrau –, aber Sie haben Mätressen verschlissen wie Dandys Halstücher ... tut mir schrecklich leid, Sophie, meine Liebe.«

Sophie zuckte die Achseln. »Ich habe den Klatsch bereits gehört. Sie brauchen um meinetwillen kein Blatt vor den Mund zu nehmen.«

»Also haben Sie es sich zur Aufgabe gemacht, eine Lebensgefährtin für mich zu finden, ist es das?«, fragte Alex ungläubig.

William nickte.

»Warum Sophie?«, hakte er nach, dann fügte er, da er es für

klug hielt, rasch hinzu: »Nicht dass ich etwas gegen Ihre Wahl einzuwenden hätte.«

»Mary ... das heißt, Mrs Summers, hat mich auf die Idee gebracht. Sie erinnern sich sicher nicht an mich, Sophie, aber ich habe Sie an dem Tag kennengelernt, an dem Mary in Whitefield eingetroffen ist, um Ihre Gouvernante zu werden. Ich war dafür verantwortlich, dass sie die Position bekommen hat.«

»Es tut mir leid, ich weiß nicht ...«

»Nein, nein, ist schon gut. Sie waren noch sehr jung, und wenn ich mich recht erinnere, von einigen Stichen in Anspruch genommen, mit denen die Wunde eines Hundebisses an Ihrem Arm hatte genäht werden müssen. Sie waren ziemlich stolz darauf.«

Sophie lächelte. »Harry. Nach diesem kleinen Missverständnis sind wir die besten Freunde geworden. Aber wie kommt es, dass Sie Mrs Summers kannten?«

»Sie und ich haben uns in eben diesem Büro kennengelernt.«

Sophie wirbelte zu ihrer Gefährtin herum. »Sie sind auch eine Spionin?«

»Natürlich nicht, Liebes. Spionage ist keine angemessene Beschäftigung für eine Dame«, antwortete sie spitz. »Mein Mann dagegen ...«

»Sie sagten, Ihr Mann sei während der Schreckensherrschaft nach der Französischen Revolution gestorben«, entgegnete Sophie anklagend.

»Und so ist es auch gewesen. Seine Arbeit verlangte es, dass er eine Menge Zeit am Hof von Louis verbrachte. Für den Pöbel war er einfach ein weiterer Höfling.«

»Oh«, murmelte Sophie. »Das tut mir schrecklich leid.«

»Ist schon gut. Es ist lange her, und William war mir eine

große Stütze. Er hat sogar deinen Vater – einen alten Freund aus Eton, bevor du fragst – überzeugt, eine Gouvernante ohne Erfahrung einzustellen. Wir haben jahrelang Kontakt gehalten.«

»Mrs Summers hat mir häufig von ihren Abenteuern geschrieben«, sagte William mit einem Lächeln. »Sie hat sich Sorgen gemacht, dass Sie nicht in der Lage sein würden, einen respektablen Ehemann zu finden, einen, den Sie nicht binnen eines Jahres in den Wahnsinn treiben würden. Ich dagegen habe mir Sorgen gemacht, dass ich keine junge Dame würde finden können, die Alex' Interesse länger als zwei Wochen fesseln könnte. Mary hat angedeutet, dass Sie beide vielleicht zueinander passen würden.«

Sophie dachte für einen Moment darüber nach, dann erwiderte sie: »Das scheint mir nicht unvernünftig gewesen zu sein. Aber wozu diese ausgeklügelte List? Warum haben Sie uns nicht einfach auf die übliche Weise miteinander bekannt gemacht, bei einem Ball oder einem Dinner?«

William schüttelte den Kopf. »Mary und ich waren uns einig, dass Sie beide zu eigensinnig waren, um auf unverblümtes Ehestiften freundlich zu reagieren. Die Formalitäten hätten Sie gelangweilt und das Vorgehen verärgert. Also habe ich einen anderen Plan entwickelt, um sie beide zusammenzubringen.«

»Ich bin trotzdem verärgert«, bemerkte Alex. »Sophie?«

»Oh, sehr.«

»Ja, aber es ist zu spät, nicht wahr?«, verkündete Mrs Summers selbstbewusst. »Ihr liebt euch bereits.«

Sophie hatte nicht die Absicht, eine Diskussion über dieses Thema zuzulassen. »Aber warum mich glauben machen, ich würde für den Prinzregenten arbeiten?«, fragte sie. »Warum haben Sie uns nicht zusammen vorgehen lassen?«

William sah Alex an. »Wenn ich vorgeschlagen hätte, dass Sie eine französische Verschwörung mit einer jungen Frau ohne Erfahrung untersuchen, die kein Französisch spricht ...«

»Ich wäre misstrauisch gewesen«, gab Alex widerstrebend zu.

»Na bitte«, erklärte William. »Der Plan sah vor, dass Alex Sie auf frischer Tat erwischte ...«

»Warum all die anderen Herren?«, begehrte Sophie auf. »Sie hätten mir den Auftrag geben können, allein Alex auszuspionieren, und alle anderen hätten Sie aus der Sache heraushalten können. Eigentlich hätten Sie sogar mich heraushalten können. Sie hätten nur dafür sorgen müssen, dass Alex an mich herantrat.«

Sophie sah William um eine Antwort an. William sah Mrs Summers an. Und Mrs Summers sah ausdrücklich nicht Sophie an, als sie sagte: »Du brauchtest eine Beschäftigung.«

»Was soll das heißen?«

Mrs Summers stieß einen dramatischen Seufzer aus. »Wirklich, Liebes, wie lange, denkst du, wärest du damit zufrieden gewesen, durch die Stadt zu laufen und die Debütantin zu spielen?«

»Ich ...«

»Du hättest uns beide binnen Tagen packen lassen und wärest zu unbekannten Gefilden aufgebrochen, es sei denn, man gab dir etwas, das dich beschäftigt hält ... und zwar in der Stadt.«

»Das ist nicht wahr!«, erklärte Sophie nachdrücklich. »Nicht zwangsläufig«, fügte sie etwas weniger nachdrücklich hinzu. »Also gut«, räumte sie ihre Niederlage ein. »Wahrscheinlich haben Sie recht.«

Alex beugte sich vor und tätschelte ihr Knie, behielt seine

Meinung aber klugerweise für sich. »Prinny hat nichts damit zu tun, oder?«, fragte er William.

»Nicht das Geringste«, erwiderte William.

»Warum haben Sie mich nicht einfach beauftragt, Alex auszuspionieren?«, fragte Sophie, immer noch hoffnungslos verwirrt.

Diesmal sah Mrs Summers zu William hinüber, der sehr bewusst nicht Alex ansah. »Wir dachten, Alex würde Sie zu schnell erwischen. Wir dachten natürlich auch, dass er Sie am Ende auf jeden Fall dabei ertappen würde, wie Sie sich in die Studierzimmer verschiedener Herren und wieder hinausschlichen, aber bis dahin würde klar sein, ob Ihr zusammenpasst oder nicht. Vielleicht würdet Ihr euch gegen Loudor zusammentun und …«

Alex hüstelte unbehaglich.

»Mein Cousin«, murmelte Sophie. »Dann ist er kein Sympathisant Napoleons?«

»Nein«, antwortete William. »Die meisten der Männer, die Sie beide überprüft haben, standen niemals im Verdacht, Verräter zu sein. Sie sind entweder alte Schulfreunde von mir oder sie schuldeten mir den einen oder anderen Gefallen. Die Ausnahme wäre Lord Heransly, dessen Beteiligung an dem Ganzen eine jüngere Entwicklung ist. Was Lord Loudor betrifft, so reicht seine Liebe für die Franzosen nicht über seinen Brandy und den Schnitt seiner Weste hinaus. Sein Interesse an Whitefield ist jedoch sehr real.«

»Ja, das ist mir leider klar«, meinte Sophie.

Alex drückte tröstend ihre Schulter. »Ich nehme an, er war verantwortlich für die Männer, die uns letzte Nacht angegriffen haben.«

William nickte. »Whit und ich waren gestern in Ihrem Stadthaus, Sophie, und haben die Dokumente gefunden, die

die Bedingungen von Whitefields Übereignung festhalten – Dokumente, die Sie übrigens nicht für sich hätten behalten sollen. Wir sind gestern Abend an Loudor herangetreten, um ihn mit diesem Beweis zu konfrontieren. Das, zusammen mit Ihrem Verschwinden, genügte, um mir Sorgen zu machen. Wir trafen ihn mitten in einem ziemlich hitzigen Streit mit Ihren Entführern an – ziemlich vernünftigen Burschen, wie es scheint. Loudor hat beschlossen, lieber ein volles Geständnis abzulegen, als weitere Zeit in ihrer Gesellschaft zu verbringen. Sie bitten Sie übrigens um Verzeihung, Sophie. Es scheint, dass sie große Familien haben und ziemlich verzweifelt waren ...«

»Sie haben sie auf den Kopf geschlagen!«, brüllte Alex.

»Ja, nun, ich sagte, sie seien vernünftig, nicht klug. Wie dem auch sei«, fuhr William fort und wechselte klugerweise das Thema. »Loudor hat zugegeben, er sei ziemlich nervös geworden, weil sich mehrere Herren ernsthafte Hoffnungen auf Sie machten. Er hat Ihre Entführer zu der Feier der Thurstons geschickt, mit der Anweisung, Sie zu verschleppen, bis die Frist ablief, in der Sie heiraten mussten, um den Vertrag bezüglich Whitefields hinfällig werden zu lassen.«

»Sie sind mir nach London gefolgt«, vermutete Sophie.

»Nun, eigentlich sind sie Ihnen vielmehr dorthin nachgejagt, da sie einige Zeit für die Erkenntnis brauchten, dass Sie sich fortgestohlen hatten. Sie haben Sie in Ihr Haus gehen sehen und beschlossen, Sie von dort zu entführen.«

»Aber Alex und ich sind entkommen.«

»Das sind Sie. Bedauerlicherweise sind Sie nach Whitefield gegangen, wo man Sie ursprünglich hatte gefangenhalten wollen.«

»Ja, das ist mein übliches Pech«, murmelte Sophie.

Alex stieß nur ein Knurren aus.

»Und dort«, fuhr William fort, »wurden Sie von den Männern angegriffen, die auf Lord Heranslys Bestreben hin angeheuert worden waren, um den beiden ersten Männern zu folgen. Sie hatten Anweisungen, sagen wir, die Angelegenheiten zu Ende zu bringen, sollten derart extreme Maßnahmen notwendig werden.«

Sophie schluckte.

Alex' Knurren wurde lauter.

»Wo ist mein Cousin jetzt?«, fragte Sophie.

»Auf dem Weg nach Australien.«

»Ich verstehe. Aber ich habe Einträge in Lord Forents Rechnungsbuch gefunden, die zu den Summen passten, die von Whitefield gestohlen wurden. Es waren Zahlungen von seinem Sohn, Lord Heransly.«

»Ah, ja. Ich war selbst neugierig, wie Loudor so viel Geld stehlen konnte und so wenig dafür vorzuzeigen hatte. Lord Heransly hielt nämlich sehr viele Schuldscheine Ihres Cousins, und Heransly schuldete seinem Vater eine große Summe für die Unterstützung seiner zahlreichen Bastarde. Der Earl hat seinen Sohn daran erinnert, dass der Besitz zwar unveräußerliches Familienerbe sei, nicht jedoch die Mittel, die zu seiner Unterhaltung nötig seien. Ihr Wert übersteigt den des Anwesens nämlich um das Vierfache. Ich hoffe, Sie nehmen mir diese Bemerkung nicht übel, meine Liebe.«

»Nicht im geringsten.«

»Aber – und jetzt kommt tatsächlich Verrat ins Spiel – Heransly wurde es schnell müde, die Gelder direkt von Loudor an seinen Vater weiterzuleiten. Er hielt einen Teil der Zahlungen zurück und benutzte sie, um ein Schmuggelgeschäft aufzubauen. Die Art, bei der Waffen und Informationen geliefert werden, fürchte ich.«

»Sie wussten nichts davon?«, fragte Alex.

»Das war, wie ich vorhin sagte, eine jüngere Entwicklung. Heranslys Schiff hat seine Jungfernfahrt nicht erlebt. Und er selbst ist jetzt ebenfalls auf dem Weg nach Australien.«

»Oh ... gut.« Wirklich, was konnte sie sonst sagen? Außer vielleicht: »Ihr Plan ist das absolut Lächerlichste, was ich je gehört habe.«

Mrs Summers schnaubte und trank einen Schluck Tee. »Ich habe dir gesagt, es ist ein wenig zu viel, William. Zu viele Details, weißt du.«

Gekränkt richtete William sich auf seinem Stuhl auf. »Hat aber funktioniert, nicht wahr? Gott wirkt in den Details.«

»Es ist ein Wunder, die Franzosen uns noch nicht überrannt haben«, murmelte Sophie.

»Haben Sie noch irgendwelche anderen Fragen?«, fragte William, ohne darauf einzugehen, sichtlich in der Hoffnung, dass seine Aufgabe nun erfüllt war.

Sophie zerstörte diese Hoffnung gründlich. »Was ist mit den Briefen, die ich in Lord Calmatons Studierzimmer gefunden habe?«

Auf Williams Gesicht malte sich plötzlich ein breites Grinsen. »Offenbar ist mein lieber Freund Richard ein talentierter Poet mit einer romantischen Ader. Die Briefe waren Beiträge für die kleine, aber recht beliebte Publikation *Le Journal de Posateur*. Er war ganz köstlich verlegen, als ich sie ihm zurückgab.«

Gedemütigt stöhnte Sophie und ließ den Kopf in die Hände fallen.

»Nun, nun, meine Liebe, das ist nicht nötig. Der Mann wusste, dass Sie sich in seinem Studierzimmer umsehen würden. Er hätte besser darauf achten sollen, sein kleines Geheimnis zu verbergen. Er hat das Ganze nur sich selbst zu-

zuschreiben und hegt keinen Groll gegen Sie. Tatsächlich wollte er wissen, was Sie von den Gedichten gehalten haben.«

»Was haben Sie ihm gesagt?«, murmelte sie in ihre Hände.

»Die Wahrheit: dass Sie kein Französisch können. Ich bin mir immer noch nicht sicher, ob er eher erleichtert oder enttäuscht war. Gibt es noch etwas?«

»Vielleicht möchten Sie ihr die Sache mit dem Butler erklären«, riet Alex.

»James, richtig. Nach Lord Loudors Entfernung aus Ihrem Haus hielt ich es für das Beste, einen Mann dort zu postieren, bis ich herausgefunden hatte, was genau Ihr Cousin im Schilde führte. Penny hat geholfen, ihn unterzubringen ...«

Sophies Kopf fuhr hoch. »Penny? Penny ist eine Spionin?«

»Nein, meine Liebe«, erklärte William. »Nur die Enkeltochter eines pensionierten Kameraden, die ein wenig zusätzliches Geld brauchte. Es wurden alle Vorsichtsmaßnahmen getroffen, damit Sie in London sicher und gut untergebracht waren. Mr Wang hat darauf bestanden ...«

»Mr Wang ebenfalls?« Diesmal war ihre Stimme nur noch ein ersticktes Flüstern.

»Tatsächlich hat er einige Jahre lang für das Kriegsministerium gearbeitet. Was glauben Sie denn, wie er zu den besonderen Fähigkeiten gekommen ist, die er an Sie weitergegeben hat? Seit Ihrer Ankunft war er die meiste Zeit in London. Er hat darauf bestanden, sich bereitzuhalten, sollten wir oder Sie ihn brauchen. Aber dann glaubte er, Sie seien in Haldon Hall sicher, und hat sich auf den Weg zu seinen Freunden in Wales gemacht.«

Sophie hätte gern gesagt, dass sie Mr Wang gefragt hatte, wie er gelernt hatte, Schlösser zu knacken und Messer zu werfen, und dass er ihr die vage, aber dennoch zufriedenstellende Antwort gegeben habe, sein Großvater habe es ihm beigebracht. Doch ihr Mund schien jede Verbindung zu ihrem Gehirn verloren zu haben, und alles, was sie zustande brachte, war die Wiederholung von »Mr Wang?« in dem gleichen erstickten Tonfall.

Alex beugte sich vor und ergriff ihre Hand. Die kleine Berührung genügte, um sie in die Gegenwart zurückzuholen, und mit viel gesünderer Stimme verlangte sie zu erfahren: »Sind denn alle Spione?«

»Niemand ist ein Spion, meine Liebe«, versicherte William ihr. »Sie sind lediglich Bekannte und Freunde von mir, die mir entweder einen Gefallen schuldeten oder ...«

»Ich bin ein Spion«, warf Alex ein.

»Nun, ja«, räumte William ein. »Aber nur bei der seltenen Gelegenheit, wenn ...«

»Ich dachte, du ziehst das Wort ›Agent‹ vor«, bemerkte Sophie geistesabwesend.

»Du brauchst es nicht wie ein Hobby klingen zu lassen«, sagte Alex als Antwort auf Williams Feststellung.

William stöhnte und strich sich übers Gesicht. »Ja, Alex übernimmt von Zeit zu Zeit die Rolle eines Agenten der Krone. Es ist wegen seines Titels dazu verpflichtet. Es ist jedoch keine Beschäftigung, der er ständig nachgehen wird, zumindest nicht, bis es einen Erben für das Herzogtum gibt.«

»Nicht einmal dann«, murmelte Sophie.

William ignorierte sie. »Doch davon abgesehen ist niemand sonst ein Spion.«

»Ich kann es nicht glauben«, sagte Sophie leise.

Alex stand auf. »Ich kann es glauben. Sie!«, fauchte er William an. »Nach draußen. Sofort.«

»Alex, tu das nicht«, flehte Sophie und musterte den älteren Herrn mit Sorge.

»Lass sie gehen, Liebes«, riet Mrs Summers ihr.

»Wie können Sie das sagen?«, fragte Sophie, als die beiden Männer den Raum verließen.

Mrs Summers wirkte ungerührt. »Es ist das Recht des Herzogs. Ich wäre besorgt, wenn er nicht zumindest so tun würde, als verlange er Vergeltung. Schwur auf dem Totenbett hin oder her, wenn man seine Nase in anderer Leute Angelegenheiten steckt, sollte man damit rechnen, dass man sie nicht heil wieder herausgezogen bekommt.«

»Sie sind ebenfalls schuldig«, bemerkte Sophie.

»Ja, aber nicht im selben Maß. Und ich bin eine Frau. Er kann mir nicht gut die Nase brechen. Du dagegen könntest dich dafür entscheiden, mehrere Tage lang nicht mit mir zu sprechen, wenn das dein Wunsch ist.«

Sophie verdrehte die Augen. »Wie großzügig von Ihnen.«

Eine geschlagene Minute lang saßen sie in unbehaglichem Schweigen da. Mr Summers nippte an ihrem Tee, und Sophies Gedanken kreisten immer noch um die Ereignisse und Offenbarungen des Tages. Dann ...

»Ich wäre niemals fortgegangen!«, rief Sophie, noch ehe sie den Gedanken zu Ende gedacht hatte. In einer Mischung aus Entrüstung und Verwirrung drehte sie sich zu ihrer Gefährtin um. »Sie wissen ganz genau, dass ich Sie niemals von London weggeschleppt hätte, nur weil ich mich langweilte, nicht solange Sie alte Freunde besuchten und sich dabei so gut unterhielten. Wie konnten Sie mich für so selbstsüchtig halten?«

Mrs Summers stellte ihren Tee beiseite, seufzte und – wenn Sophie sich nicht irrte – wand sich ein wenig. »Ich halte dich nicht für selbstsüchtig, Liebes. Ich weiß, dass du das nicht bist, aber ... oh je, ich hatte ziemlich gehofft, dass alles andere, was hier vor sich geht, dich zu sehr ablenken würde, um meine Entschuldigung übermäßig infrage zu stellen. Ich bin nämlich nicht sehr gut im Lügen.«

»Sie haben gelogen?«

»Vielleicht ein wenig. Es gab in letzter Minute eine Änderung des Planes«, erklärte Mrs Summers. »Wir mussten ... die Dinge ein wenig beschleunigen. William wusste, dass dein Cousin sich aus dem Besitz deines Vaters bediente, aber das Ausmaß des Verrates und den Schaden, den er angerichtet hatte, bemerkte er erst nach unserer Abreise aus China. In einem der Häfen, die wir angelaufen haben, erwartete mich ein Brief, der den Zustand des Anwesens beschrieb, und ... nun, ich dachte, du würdest das Geld niemals von mir annehmen, aber wenn du glaubtest, es käme von dem Prinzen ...«

»Es war Ihr Geld?«, fragte Sophie scharf. »Ihre zwanzigtausend Pfund?«

»Sei nicht töricht, Liebes. Wie um alles in der Welt hätte ich an zwanzigtausend Pfund kommen sollen? ... Es sollten zehntausend sein.«

»Zehn ...«

»Ohne Beweise hätte man dir zehntausend Pfund für deine Bemühungen gezahlt.«

Sie hatte Beweise gefunden, bloß schien Sophie das in diesem Moment relativ unbedeutend. »Aber das Geld gehört Ihnen, Mrs Summers. Sie ...«

»Das tut es ganz gewiss nicht«, blaffte Mrs Summers und schlug sich mit einer knochigen Hand wütend auf den Oberschenkel. »Wirklich, Kind, gehöre ich zur Familie, wie du so gern sagst, oder nicht?«

Sophie blinzelte, verblüfft über den vehementen Tonfall. »Natürlich, Sie gehören zur Familie, aber ...«

»Sehr gut. Dann gibt es keinen Grund, warum du mir in den letzten zwanzig Jahren ein großzügiges Honorar hättest zahlen sollen, und es gibt keinen Grund, warum du nicht Hilfe von einem Familienmitglied annehmen könntest.«

Hilfe war natürlich nicht länger vonnöten, aber das änderte nichts an der Großzügigkeit von Mrs Summers' Angebot.

Sophie ergriff die Hand ihrer alten Freundin und umschloss sie mit den Fingern. »Sie haben viel auf sich genommen. Für mich, für meinen Vater, für uns alle. Vielen Dank.« Sie gab ihr einen Kuss auf die Wange. »Ich habe Sie sehr lieb.«

Bevor die Tränen, die in Mrs Summers' Augen glänzten, zu fließen begannen, fügte Sophie hinzu: »Aber sollten Sie es sich jemals wieder in den Kopf setzen, mich wie eine Marionette tanzen zu lassen, werde ich Ihnen tatsächlich die Nase brechen.«

William folgte Alex in den von einer hohen Mauer umgebenen Nebengarten, der ein gewisses Maß an Privatsphäre bot.

»Bevor Sie mir irgendwelche Knochen brechen«, erklärte William gelassen, »darf ich vielleicht darauf hinweisen, dass Sophie durch meine Pläne niemals in echte Gefahr geraten ist? ... Außerdem bin ich ein alter Mann.«

Alex versetzte ihm einen Hieb auf die Nase.

»Sie mögen Vorsichtsmaßnahmen getroffen haben, sie vor körperlichen Schaden zu bewahren, William, aber Sophie hätte ruiniert werden können«, fauchte Alex. Dann bückte er sich mit einem Seufzen und bot William die Hand, um ihn hochzuziehen. »Und Sie sind keinen Tag älter als fünfundvierzig.« Alex blinzelte, als würde ihm plötzlich etwas klar. »Mein Gott, Sie müssen ein bloßer Junge gewesen sein, als Sie zum ersten Mal mit meinem Vater gearbeitet haben.«

William zog ein Taschentuch hervor und benutzte es, um die Blutung seiner Nase zu stillen. »Ich war vierzehn Jahre alt bei meinem ersten Auftrag und sechzehn, als ich Ihren Vater kennenlernte. Er pflegte mich ›alter Mann‹ zu nennen«, kicherte er. »Fand es witzig, weil er ganze zehn Jahre älter war als ich.«

»Ganz gewiss fand er das witzig«, murmelte Alex geistesabwesend. »William, gibt es irgendetwas, was Sie mir über die Nacht seines Todes noch nicht erzählt haben?«

»Nein.«

»Dann war der Rest also die Wahrheit? Er ist in Frankreich gestorben, weil er einen kompromittierten Agenten gerettet hat?«

»Der Agent war nicht kompromittiert, Alex. Er war nicht einmal aktiv. Es waren die letzten Jahre der Schreckensherrschaft. Man brauchte nur seinen Nachbarn schief anzusehen, um denunziert zu werden. Aber ja, er war ein Agent, und ja, ihm stand die Hinrichtung bevor, und Ihr Vater ist bei seiner Rettung umgekommen. Wir kamen bis zur Küste, bevor wir einen Zusammenstoß mit den örtlichen Behörden hatten. Es war einfach elendes Pech.«

Alex akzeptierte dies mit einem kleinen Nicken.

Für eine Weile sprach keiner der Männer. Alex verlor sich in seinen Gedanken, und William tupfte sich geduldig die Nase ab, während der Blutfluss zu einem kleinen Rinnsal verebbte.

Schließlich sagte William: »Sie werden eine Sondererlaubnis benötigen. Ich nehme an, das wird Ihnen keine großen Schwierigkeiten bereiten, da Sie ein Herzog sind.«

»Das ist bereits geregelt. Ich habe Whit an dem Abend, an dem wir nach London gekommen sind, gebeten, sich darum zu kümmern.«

»Bevor Sophie kompromittiert wurde«, verkündete William in offenkundiger Anerkennung. »Ausgezeichnet.«

Alex warf ihm einen verstimmten Blick zu. »Dies war verdammt demütigend, wissen Sie.«

»Aber das war es wert, hm? Sophie wird Sie zu einem sehr glücklichen Mann machen.«

»Das tut sie jetzt schon«, gab Alex zu, bevor er hinzufügte: »Ich habe zugestimmt, sie nach der Geburt meines Erben zu ihrem Vater zurückkehren zu lassen oder, falls sich das als unmöglich erweisen sollte, nach Ablauf von fünf Jahren. Ich hoffe, bis dahin ihren Vater zur Rückkehr nach England oder sie zum Bleiben überredet zu haben.«

»Das wird nicht notwendig sein. Er ist bereits unterwegs. Bevor sie China verlassen haben, hat Mary dem Viscount vorgeworfen, mit seiner nomadischen Lebensweise Sophies zukünftiges Glück zu gefährden. Hat dem armen Mann ohne Ende die Leviten gelesen, da bin ich mir sicher.«

»Sie ist ehrfurchtgebietend«, pflichtete Alex ihm bei. »Dann kommen Sie, schaffen wir Sie wieder hinein, bevor die Damen sich fragen, ob wir einander umgebracht haben.«

William tupfte noch ein letztes Mal seine Nase ab und musterte das ruinierte Taschentuch. »Ich weiß es zu schätzen, dass Sie mir die Nase nicht gebrochen haben. Sehr großzügig von Ihnen, wirklich.«

Alex zuckte nur die Achseln und hielt ihm die Tür auf. William war halb über die Schwelle, als Alex ihn mit einer Hand auf der Schulter aufhielt.

»Wer sind sie? Die anderen, denen zu helfen Sie meinem Vater versprochen haben?«

»Können Sie das nicht erraten?«

Ein Lächeln breitete sich langsam auf Alex' Gesicht aus.

»Darf ich in dieser Angelegenheit von Ihrem Stillschweigen ausgehen?«, fragte William, während er seinen Weg fortsetzte.

»Nur wenn Sie mir das Vergnügen gönnen, bei Whits

Niedergang mitzuwirken. Irgendwelche Kandidatinnen im Sinn?«

»Miss Mirabelle Browning.«

»Gütiger Gott!«, rief Alex und klemmte sich dann prompt die Hand in der Tür ein.

29

Sie heirateten am folgenden Tag. Alex hatte einen Pfarrer auftreiben und die Zeremonie noch am selben Nachmittag stattfinden lassen wollen, doch Sophie bestand darauf, dass sie warteten, bis Kate, Mirabelle und Evie aus Haldon Hall kommen konnten. Sie wünschte, ihr Vater und Mr Wang hätten ebenfalls zugegen sein können, aber Alex war bereits über eine Verzögerung von nur einem Tag verärgert. Er würde wohl nicht mehrere Wochen warten wollen, bis die beiden eintrafen.

Die Nachricht über die Rückkehr ihres Vaters aus China nahm sie mit gemischten Gefühlen auf. Sie freute sich darauf, ihn nach so langer Trennung wiederzusehen, und war überglücklich, dass sie jetzt nichts hatte, was sie daran hinderte, den Rest ihres Lebens mit Alex zu verbringen.

Außer, dass sie ihn liebte.

Sie hatte keine Ahnung, wie die Chancen standen, dass er sich vielleicht eines Tages in sie verlieben würde, aber sicher würden sie dramatisch steigen, wenn sie tatsächlich in der Nähe war. Es war ein wunderbarer und furchteinflößender Gedanke. Und einer, dem sie sich beharrlich verweigerte. Sie bekam Whitefield und eine Ehe mit einem Mann, den sie liebte. Alex würde einen Erben bekommen und mit einer Frau vermählt werden, die ihm etwas bedeutete. Das würde genügen müssen. Vor allem an ihrem Hochzeitstag.

Mirabelle, Kate und Evie waren ganz aus dem Häuschen über die Einladung. Und sie waren geradezu begeistert von

Sophies Bericht über ihre Abenteuer. Auf Alex' Wunsch hin erwähnte sie Mr Fletchers Beteiligung gar nicht und konzentrierte sich darauf, das volle Ausmaß des Verrates ihres Cousins aufzudecken. Sie hatte Gewissensbisse, weil sie ihren Freundinnen nicht alle Einzelheiten verraten konnte, doch sie würde nicht das Risiko eingehen, Mr Fletchers zukünftige Pläne zu vereiteln.

Die Vorstellung von Mirabelle und Whit gefiel ihr recht gut.

Die Hochzeit selbst ging eher ruhig vonstatten. Die einzige Aufregung gab es am Ende der Zeremonie, als Lady Thurston in Tränen ausbrach, was Alex' und Whits sofortige und bezaubernd unbeholfene Aufmerksamkeit notwendig machte. Es war wirklich nett gewesen, zu beobachten, wie zwei ansonsten selbstsichere Männer angesichts ihrer Tränen hilflos wurden.

»Das letzte Mal hat Mama bei Papas Beerdigung geweint«, flüsterte Kate ihr ins Ohr. Sophie konnte nicht umhin zu bemerken, dass die Stimme der jüngeren Frau ebenfalls ein wenig angespannt klang.

»So außer sich ist sie?«, flüsterte Sophie entsetzt.

Lady Thurston zerstreute diesen Gedanken, bevor Kate etwas erwidern konnte.

»... was ich mir immer für dich erträumt habe, Alex ...«, brachte Lady Thurston heraus, nachdem sie das schlimmste Schluchzen überwunden hatte. »... hätte selbst keine bessere Partie einfädeln können. Deine Mutter wäre ja so glücklich gewesen.«

Sophie strahlte sie an. Alex beugte sich vor und flüsterte Lady Thurston etwas ins Ohr, das einen erneuten Tränenstrom auslöste, ehe sie schließlich mit leicht zittriger, aber freudiger Stimme herausbrachte: »... und du warst immer wie ein zweiter Sohn für mich.«

Das frisch vermählte Paar zog an diesem Nachmittag in Alex' Stadthaus; die Flitterwochen hatten sie verschoben, bis Sophies Vater eintraf, und sie zogen es vor, in der Stadt zu bleiben, um die Erklärung zu untermauern, die sie sich für ihre überstürzte Heirat zurechtgelegt hatten. Lady Thurston hatte die Nachricht verbreitet, der neue Herzog und die Herzogin von Rockeforte seien bis über beide Ohren verliebt und seit Wochen heimlich verlobt gewesen; sie hätten beschlossen, nach Gretna Green durchzubrennen, sich aber eines besseren besonnen und mit einer Sondererlaubnis geheiratet. Es war trotzdem ein Skandal, aber es war romantisch und beinhaltete einen glücklichen und, was für einige noch wichtiger war, respektablen Ausgang. Die Gesellschaft war hingerissen, und die ohnehin schon beliebte Lady Thurston wurde zu ihrem Entzücken einer der gefragtesten Gäste der Stadt.

Alex und Sophie bekamen von Lady Thurstons Glückseligkeit zwei geschlagene Tage lang nichts mit. Trotz ihrer Absicht, sich so bald wie möglich in der Öffentlichkeit als vereintes Paar sehen zu lassen, hatten sie sich stattdessen achtundvierzig Stunden in ihrem Schlafzimmer eingeschlossen. An Sophies Geburtstag zeigte Alex ihr die Sehenswürdigkeiten Londons; sie besuchten all die Stätten, die sie bei ihrem letzten Ausflug in die Stadt gemieden hatten. Doch größtenteils verbrachten sie die zwei Wochen nach der Hochzeit müßig im Haus. Sie frühstückten auf der Terrasse und lasen einander in der Bibliothek vor, doch am liebsten verbrachten sie die Zeit immer noch im Schlafzimmer.

Alex nutzte die Gelegenheit, all die kleinen Gewohnheiten und Vorlieben seiner jungen Frau kennenzulernen. Er fand heraus, dass sie Lilien lieber mochte als Rosen, dass sie ihr Rührei gern trocken gebraten aß und dass sie niemals schnarchte, aber im Schlaf gelegentlich sabberte.

Er beobachtete gerade, wie sie eben das tat, und staunte, wie süß das war, und über das Wunder, dass sie neben ihm schlief, als es ihm schließlich aufging.

Seine Frau sabberte ihr Kissen voll, nein, sein Kissen, und er fand es entzückend. Nichts an dieser Frau konnte ihn je langweilen.

Er liebte sie.

Eine andere Erklärung konnte es nicht geben. Und, offen gesagt, Alex brauchte auch keine. Es gefiel ihm, Sophie zu lieben. Ihm gefiel die Art, wie er sie ein wenig vermisste, wenn sie sich in einem anderen Teil des Hauses aufhielt. Es gefiel ihm, wie er schon bei dem Gedanken an sie zu den merkwürdigsten Tageszeiten lächeln musste. Am meisten gefiel es ihm, einfach glücklich zu sein. Und Sophie machte ihn sehr, sehr glücklich.

Morgen würde er es ihr sagen, beschloss er, während er ihr vorsichtig ein trockenes Kissen unter den Kopf schob. Vermutlich lag ein Mann niemals falsch, wenn er einer Frau sagte, dass er sie liebte. Jedenfalls nicht, wenn es aufrichtig gemeint war.

Und er würde dem Personal morgen Anweisungen geben, mehr Kissen zu beschaffen.

Sophie beäugte Alex verstohlen über den Rand ihres Buches hinweg.

Er hatte sich den ganzen Tag merkwürdig benommen.

Beim Frühstück hatte er Sahne in seinen Saft geschüttet, ohne seinen Irrtum auch nur zu bemerken. Sophie hatte es nur mit knapper Not geschafft, ihn rechtzeitig zu warnen. Anschließend hatten sie einen Ausritt in den Park gemacht. Dabei waren mehrere Versuche von ihr, ein Gespräch in Gang zu bringen, erfolglos geblieben. Er hatte einfach nicht geantwortet. Stattdessen war ihm ab und an ein unverständliches Gemurmel über die Lippen gekommen.

Jetzt war es später Nachmittag, sie waren in der Bibliothek, und sie las laut vor. Er hörte gar nicht, was sie sagte.

Er starrte sie nur an.

Sophie klappte das Buch deutlich hörbar zu. »Ich wünschte, du würdest mir sagen, was nicht stimmt«, sagte sie ungeduldig.

Er blinzelte zweimal. »Was nicht stimmt?«

»Ja, was nicht stimmt. Du benimmst dich, als wärest du … ich weiß nicht … geistesabwesend.«

Alex rieb sich die Hände an seinen Hosen ab. »Wahrscheinlich, weil ich es bin.«

»Möchtest du mir vielleicht sagen, warum?«, fragte sie in mitfühlenderem Tonfall. Alex war mehr als geistesabwesend, begriff sie, er war nervös.

»Ich hatte die Absicht … das soll heißen, ich möchte dir gern etwas sagen, aber anscheinend ist es schwieriger durchzuführen, als ich dachte.«

Jetzt wurde sie nervös. »Was ist es denn?«

Er stand abrupt auf und riss sie auf die Füße.

»Ich liebe dich«, sagte er deutlich, wenn auch schnell.

Sophie hörte selbst, wie sie deutlich vernehmbar schluckte. Nein. Nein. *Nein*.

Alex war wohl recht zuversichtlich gewesen, denn er schien ihre Reaktion als gutes Zeichen zu werten, und fuhr in selbstbewussterem Tonfall fort.

»Ich könnte dir eine Million verschiedener Gründe nennen, warum ich dich liebe oder wie ich dich liebe. Ich könnte dir sogar sagen, wann ich begonnen habe, dich zu lieben, und wann ich endlich lange genug zu Verstand gekommen bin, um zu begreifen, dass ich dich liebe, aber das alles erscheint mir bedeutungslos neben der simplen Tatsache, dass ... ich es einfach tue. Ich bin vollkommen und wahnsinnig in dich verliebt.«

Sophie öffnete den Mund, stieß ein leises Quieken aus und rannte los.

Alex sah ihr in verblüfftem Staunen nach.

Im Laufe der letzten zwölf Stunden hatte er sich alles Mögliche vorgestellt, das sich ereignen könnte, nachdem er seiner Frau seine unsterbliche Liebe erklärt hatte. Sophie, die vor Glück lachte, gefolgt von leidenschaftlicher Liebe. Sophie, die vor Glück weinte, gefolgt von leidenschaftlicher Liebe. Sophie, der es vor Glück die Sprache verschlug, gefolgt von leidenschaftlicher Liebe – auch wenn das seiner Meinung nach am unwahrscheinlichsten war. Nicht einmal war ihm jedoch in den Sinn gekommen, dass sie sich aufregen, weglaufen und das Glück und die leidenschaftliche Liebe, die seiner Erklärung angemessen war, einfach verschmähen würde.

Schließlich gewann er die Kontrolle über seine Muskeln zurück und lief die Treppe hinauf.

»Sophie!«

Verdammt, warum war sie weggelaufen?

Er erreichte die Tür und drückte die Klinke herunter. Die Tür war abgeschlossen. Er hämmerte gegen das Holz.

»Sophie! Mach auf!«

»Nein«, kam die Antwort von der anderen Seite. »Noch nicht. Ich muss nachdenken.«

Er hörte, wie sie im Raum auf und ab ging. »Du kannst verdammt noch mal nachdenken, während ich im Zimmer bin, und nachdem du mir erklärt hast, was das soll.«

Sie antwortete nicht. Alex hob die Faust, um weiterzuhämmern, hielt jedoch mitten in der Bewegung inne, weil ihm ein schrecklicher Gedanke kam.

»Sophie?«, rief er durch das Holz. Seine Stimme klang erheblich weniger selbstbewusst als noch vor einer Minute. »Ich ... du schuldest mir nichts, weißt du.«

Sie schien stehen geblieben zu sein, daher setzte er nach. »Was ich meine, ist, obwohl ich gern denken würde, dass ich dir etwas bedeute und du vielleicht eines Tages meine Liebe erwidern könntest, habe ich dir doch von meinen eigenen Gefühlen nicht in dieser Erwartung erzählt.« Hoffnung, ja. Jede Menge Hoffnung. Und vielleicht auch ein leiser Verdacht, aber keine feste Erwartung.

»Das ist es nicht«, erwiderte sie. Sie musste direkt hinter der Tür stehen.

»Was zum Teufel ist es dann?«, brüllte Alex, der die Geduld verlor.

Sie entfernte sich von der Tür.

»Sophie, wirst du diese Tür öffnen, oder soll ich Mansten den Schlüssel bringen lassen? So oder so, ich werde ...«

»Wer ist Mansten?«

»Der Butler«, knirschte Alex. »So oder so, ich werde hereinkommen, die Entscheidung liegt bei dir.«

Er hörte das Schloss in der Tür knacken. »Das ist überhaupt keine Entscheidung«, murmelte Sophie, während er sich an ihr vorbeidrängte.

»Sag mir, was los ist«, verlangte er.

Sophie schloss die Tür und drehte sich zu ihm um. »Ich weiß nicht, wie ich es erklären soll, Alex.«

Er bedachte sie mit einem einzigen langen, kalten Blick. »Ich habe dich gerade darüber in Kenntnis gesetzt, dass ich dich liebe. Daraufhin hast du ein entsetztes Gesicht gemacht, bist weggelaufen und hast dich im Schlafzimmer eingeschlossen. ›Ich weiß nicht, wie ich es erklären soll, Alex‹ ist keine akzeptable Antwort.«

Sophie zuckte zusammen. Das hatte sie tatsächlich nicht besonders gut gemacht. »Es tut mir leid«, murmelte sie schuldbewusst. »Ich bin in Panik geraten.«

»Sollen wir jetzt dein ganzes Repertoire lahmer Entschuldigungen durchgehen?«

»Ich sagte, es tut mir leid, und ich meinte es auch so«, erklärte sie ein wenig entrüstet. »Du hast jedes Recht, gekränkt und wütend zu sein, aber tu meine Entschuldigung nicht ab, als würde sie gar nichts bedeuten.«

»Ich akzeptiere deine Entschuldigung«, sagte er eine Spur versöhnlicher. »Es ist der Grund für ihre Notwendigkeit, den zu schlucken mir schwerfällt.«

»Nun, ich bin tatsächlich in Panik geraten«, bemerkte sie sachlich. Selbst ein tauber und blinder Mann hätte das schwerlich bestreiten können.

Alex biss die Zähne zusammen. »Warum bist du in Panik geraten?«

Sophie verzog das Gesicht wie ein Mensch, der verzweifelt versucht, die richtigen Worte zu finden, und dabei scheitert.

»Ist die Aussicht auf meine Liebe so unerfreulich?«, fragte Alex.

»Nein!«, platzte sie heraus. Plötzlich schienen all die Worte, nach denen sie gesucht hatte, gleichzeitig zu kommen, nur dass sie es enorm schwierig fand, sie in der richtigen Reihenfolge herauszubringen. »Es ist nicht deine Liebe oder meine Liebe, die ich fürchte, es ist die Kombination, die mir Angst macht. Wenn du mich einfach liebtest oder ich dich einfach liebte, wäre alles gut. Nun, nicht direkt gut, einer von uns wäre ziemlich unglücklich«, räumte sie ein. »Aber jetzt wird einer von uns oder wir beide so viel mehr sein als nur unglücklich. Ich bin mir nicht sicher, was das sein könnte, aber der

Tod wäre vielleicht eine vernünftige Annahme, oder zumindest eine schwere Verletzung –«

»Sophie, halt. Du redest wirr.«

Sie warf resigniert die Hände hoch. »Nun, ich habe dir ja gesagt, dass ich es nicht erklären könne, nicht wahr?«

Alex trat vor sie hin. Forschend sah er ihr ins Gesicht, dann drückte er sie an sich. »Also, du liebst mich?«

Sophie konnte das Lächeln in seiner Stimme hören und wusste, dass er keine Frage stellte. Stöhnend lehnte sie sich an ihn und sprach in sein Hemd. »Das hast du verstanden, ja?«

»Es schien mir tatsächlich überaus relevant zu sein.«

Sofort zog sie sich von ihm zurück. »Nun, das ist es nicht«, eröffnete sie ihm. »Dass wir *einander* lieben ist es, was zählt.«

»Du hast natürlich recht«, räumte er glücklich ein.

»Du verstehst nicht, worum es geht!«, rief sie und löste sich gänzlich von ihm. »Das ist eine Katastrophe!«

Alex erwog, sie in seine Arme zurückzureißen, dachte aber, es wäre vielleicht das Beste abzuwarten, bis sie sich durch das hindurchgearbeitet hatten, was immer sie quälte. Sie sollte nicht denken, dass er ihre Sorgen auf die leichte Schulter nahm.

Natürlich würde sie das verrückte Grinsen auf seinem Gesicht nicht sehen können, wenn er sie in den Armen hielt, und das war wichtig. Sie liebte ihn.

Er fiel ihm schwer, in diesem Moment etwas anderes als das größte Glück zu erkennen.

»Sophie, komm her.«

»Nein«, sagte sie entschlossen und tat einen weiteren Schritt nach hinten. »Nicht, bis du dir angehört hast, was ich zu sagen habe.«

Alex stieß einen Seufzer der Resignation aus. »Also schön,

erklär mir, warum die Tatsache, dass wir einander lieben, den sicheren Untergang bedeutet.«

Sie funkelte ihn an. »Wenn du das nicht ernst nimmst ...«

Er hob in einer beschwichtigenden Geste die Hände. »Es tut mir leid, du hast recht, und ich höre zu.« Er setzte eine halbwegs ernste Miene auf. Es war verdammt harte Arbeit.

Sie beäugte ihn argwöhnisch.

»Bitte, Sophie, sprich mit mir.«

Sophie sah ihm noch einen Moment länger forschend ins Gesicht, dann nickte sie. »Hast du niemals darüber nachgedacht«, begann sie, »wie überaus seltsam viele meiner Erfahrungen gewesen sind ...«

Währen sie sprach, stellte Alex fest, dass er sich nicht länger darauf konzentrieren musste, nicht zu lächeln. Er konnte kaum glauben, was er da hörte. Sophie hatte ihr ganzes Leben in einem Zustand verbracht, den Alex nur als ständige Furcht bezeichnen konnte. Niemals in der Lage zu sein, einen Glücksfall zu genießen, ohne sich zu fragen, welche Kalamität darauf folgen musste. Immer auf die nächste Hiobsbotschaft zu warten.

Alex glaubte nicht an Schicksal. Er glaubte entschieden, dass – abgesehen von Geburt und Tod – das Leben das war, was man daraus machte. Aber Sophie glaubte fest an ein System von Gleichgewicht und Ausgleich, das er verwirrend und grausam fand.

»Wie kannst du so leben?«, fragte er in bekümmertem Staunen. »In dem Glauben, dass alles Gute, was dir widerfährt, einen Preis hat?«

»Um die Kleinigkeiten habe ich mich nie gekümmert«, erklärte Sophie. »Jeder hat gute und schlechte Tage. Darin bin ich nichts Besonderes. Es sind die wirklich großen Ereignisse, die meine Aufmerksamkeit verlangen.«

»Es ist dir nicht gestattet, etwas Wunderbares zu erleben, ohne einen Preis dafür zu zahlen, ist es das?«

»Ja, aber du brauchst nicht so entsetzt zu klingen. Es gilt in beide Richtungen. Häufig geschieht das Schreckliche zuerst, und dann weiß ich, dass ich etwas Wunderbares habe, auf das ich mich freuen kann.«

Nun, das war immerhin etwas. Ein sehr kleines Etwas.

»Bis auf den Tod«, räumte sie mit einer Grimasse ein. »Der Tod spielt nach Regeln, in die ich nicht eingeweiht bin.«

Regeln, Kosten, Bilanzen, Gleichgewicht.

»Wer hat dir diese Idee in den Kopf gesetzt?«, fragte er. Er konnte sich ganz gut vorstellen, dass es Mr Wang gewesen war. Jeder Mann, der töricht genug war, ein impulsives und eigensinniges Kind (und er wusste einfach, dass Sophie als Kind impulsiv und eigensinnig gewesen war) mit Messern spielen zu lassen, war wahrscheinlich auch dumm genug, ihre Ohren mit solchem Unrat zu füllen, den ein fantasievolles Mädchen (und sie war schließlich auch fantasievoll) aufsaugen würde wie ein Schwamm. Außerdem war Mr Wang der Einzige, den Alex neben Mrs Summers in Verdacht hatte, und er war sehr geneigt, nur Gutes über Sophies ehestifterische Anstandsdame zu denken.

»Dir ist wohl nicht in den Sinn gekommen, dass ich vielleicht allein darauf gekommen bin«, erwiderte sie.

Tatsächlich war es ihm in den Sinn gekommen, aber er hoffte, dass es anders war. Er freute sich darauf, das Thema mit dem gedankenlosen Bastard, der dafür verantwortlich war, auszutragen.

»Nun, das habe ich nämlich«, fuhr Sophie fort, ohne auf seine Antwort zu warten. »Aber es ist auch eine allgemein akzeptierte Tatsache.«

»Was heißt ›allgemein‹.«

»Oh, mein Vater, Mrs Summers, Mr Wang und einige andere, die mich eine Weile kennen.«

Nun, zumindest Mr Wang konnte er verprügeln. Mal sehen, wie alt ihr Vater war.

»Ich weiß, du glaubst es nicht, Alex, aber ...«

»Was ich glaube, tut ja jetzt nichts zur Sache«, erklärte er mit einer Schnelligkeit, die sie in Erstaunen versetzte.

Er war bereit, seine eigenen Überzeugungen beiseitezuschieben, um ihre besser zu verstehen. Die Selbstlosigkeit dieser kleinen Geste beschämte sie.

»Wenn ich mich nicht irre«, fuhr er fort, »bitte, korrigiere mich, wenn ich das tue, glaubst du, dass unsere Liebe als Preis ein Unglück herausfordert, das dem Wert dieser Liebe ebenbürtig ist. Habe ich recht?«

»Ja!«, rief sie, erleichtert, dass er zu verstehen schien, wie ernst diese Sache für sie war. »Und weil dies das Beste ist, das absolut Beste, was jemals mir oder irgendjemand anderem widerfahren könnte, stell dir nur vor, was der Preis sein wird! Ich weiß nicht, ob ich ihn zahlen könnte. Es muss etwas geschehen.«

Es gefiel Alex gar nicht, wie das klang.

Mit zwei langen Schritten war er bei ihr. Dann umfasste er ihr Gesicht mit seinen starken Händen und beugte sich vor, bis seine Stirn an ihrer lag.

»Was schlägst du vor, Sophie? Wirst du mich verlassen?« Die Frage kam ziemlich erstickt heraus.

Sie zuckte zusammen. »Ich weiß es nicht«, stieß sie hervor.

Er strich mit den Daumen über ihre Schläfen. »Ich liebe dich. Ich liebe dich mit meinem Herzen, mit meinem Körper, mit jedem Atemzug. Wenn ich dich verlöre, wäre mein Leben nichts, ein endloser, wacher Albtraum. Du hast gesagt, du liebst mich ebenfalls. Ist es für dich nicht ganz genauso?«

Sie nickte. »Doch.«

»Und wenn du von unserer Liebe Abstand nehmen würdest, was wäre da eine hinreichender Ausgleich für diesen Schmerz, Sophie? Was könnte den Verlust von dem, was wir haben, wettmachen?«

Gedankenverloren schwieg sie für einen Moment. »Nichts«, flüsterte sie schließlich mit einem Anflug von Überraschung in der Stimme. »Nichts könnte es je wettmachen, wenn ich dich verlöre.«

»Warum also gehen?«

Sie schien ihn nicht zu hören. Sie drehte den Kopf zur Seite, und ihr Blick zuckte durch den Raum, ohne etwas zu sehen. Immer noch dachte sie über das nach, was er gesagt hatte. »Es könnte nicht ausgeglichen werden«, stellte sie mit wachsendem Staunen fest.

»Vielleicht ist die Liebe wie Leben und Tod«, schlug er vor. »Vielleicht hat sie ihre eigenen Regeln.«

»Vielleicht, ich ...« So schnell ihre Miene sich aufgehellt hatte, verdüsterte sie sich wieder.

»Was?«, bedrängte Alex sie. Verdammt, sie waren so nah dran gewesen. »Was ist es?«

»Es könnte zum Ausgleich kommen, wenn ich bliebe«, jammerte sie enttäuscht. »Wenn ich bliebe ... könnte ich dich verlieren.«

Alex stöhnte. Sie würde ihn nicht verlieren. Ebenso wenig wie er vorhatte, sie zu verlieren.

»Ich habe keine Ahnung, was ich tun soll, Alex.«

»Ich weiß, Liebling, ich weiß, aber wir werden uns etwas überlegen. Nur ...«

Alex riss plötzlich den Kopf hoch. »Was ist die durchschnittliche Lebensspanne für eine vornehm erzogene Britin?«

Sie blinzelte ihn an. »Was? Was willst du ...?«

Er ließ ihr Gesicht los und begann im Raum auf und ab zu gehen. »Egal, es spielt keine Rolle, lass uns für den Augenblick sagen: fünfzig. Klingt das vernünftig?«

»Ich nehme es an ...«

»Richtig. Fünfzig. Und du bist jetzt, was, fünfundzwanzig, richtig?«

»Ja«, sagte sie langsam. Sie hatte keine Ahnung, worauf er hinauswollte.

»Ausgezeichnet. Das gibt dir ein Vierteljahrhundert zu leben. Bei deiner Vorgeschichte wirst du wohl recht genau das Durchschnittsalter erreichen, meinst du nicht?«

»Vermutlich ja.«

»Ausgezeichnet. Ausgezeichnet. Das gibt dir zwölfeinhalb Jahre mit mir und zwölfeinhalb Jahre ohne mich.«

Er hielt inne und sah sie erwartungsvoll an. Sie erwiderte seinen Blick verständnislos.

»Wie ich es sehe, Sophie, hast du zwei Möglichkeiten. Du kannst bleiben und mir die Freude schenken, dich für die nächsten zwölfeinhalb Jahre wahnsinnig glücklich zu machen, in dem Glauben, dass du möglicherweise zwölfeinhalb Jahre Zeit haben wirst, mit Herzeleid dafür zu bezahlen. Oder du kannst auf das Glück verzichten und die nächsten fünfundzwanzig Jahre allein und elend zubringen, mit dem Wissen, dass du mich ebenfalls unglücklich gemacht hast.«

Sie sagte immer noch nichts, aber sie wirkte nicht mehr gar so verwirrt.

»Fällt dir eine Alternative ein, Sophie?«

Schließlich schluckte sie und erwiderte: »Du könntest mich verlassen«, antwortete sie.

»Das werde ich nicht tun. Außerdem würde es für dich nichts ändern, nicht wahr?«

Sie nickte; sie wirkte hin- und hergerissen.

»Bleib«, drängte er sie und machte einen Schritt auf sie zu.

Sie schaute ihm forschend ins Gesicht, und dann erforschte sie ihr eigenes Herz. Was er sagte, war einleuchtend. Ein Jahrzehnt und mehr voller Glückseligkeit, gefolgt von einem Jahrzehnt des Elends war sehr viel besser als ein ganzes Leben voller Qual, ohne eine Gegenleistung dafür.

»Bleib, Sophie«, flehte er und machte noch einen Schritt. Dann noch einen. »Gib mir die zwölf Jahre.«

Ein kleines Lächeln zuckte um ihre Mundwinkel und breitete sich über ihr ganzes Gesicht aus.

»Und sechs Monate«, erinnerte sie ihn.

Er nahm sie in die Arme. »Und sechs Monate«, stimmte er zu.

Epilog

Zwei Monate später

Sophie saß auf der steinernen Gartenbank und hielt das Gesicht in die Sonne. Wenn Mrs Summers sie jetzt sehen könnte, würde sie zweifellos zu einer Tirade ansetzen, was die Gefahren von Sommersprossen betraf. Aber ihre Freundin war im Rockeforte'schen Landhaus und hatte Mr Wang und Mr Fletcher zu Gast.

Da Alex sich um Geschäfte des Besitzes kümmerte, die er während der letzten Monate vernachlässigt hatte, hatte Sophie die Gelegenheit zu ein wenig Abgeschiedenheit genutzt, um über die letzten Wochen ihres Lebens nachzudenken.

Sie war glücklich. Vollkommen und wunderbar glücklich. Aber sie hatte ihre liebe Not, nicht über die Tatsache nachzugrübeln, dass ihr Glück sich durchaus als vorübergehend entpuppen könnte.

»Warum der Seufzer, Sophie?«

Als sie sich umdrehte, stand Mr Wang keinen Meter hinter ihr. »Sie bewegen sich wie eine Katze«, sagte sie. Das war ihr noch nie zuvor aufgefallen.

»Alte Gewohnheit«, antwortete der Mann. »Ich könnte es dir beibringen, wenn du möchtest.«

Sophie lächelte und bedeutete ihm, neben ihr Platz zu nehmen. »Das würde ich, obwohl es vielleicht das Beste wäre, es Alex gegenüber nicht zu erwähnen. Ich fürchte, er scheint entschlossen, Sie nicht zu mögen«, erklärte sie aufrichtig.

Mr Wang kicherte nur leise. »Er macht mich für irgendeine Idee von dir verantwortlich, dass die Dinge in zwölf Jahren schrecklich schiefgehen werden.«

»Und vier Monaten. Das hat er erwähnt, ja?«

»Ja. Es überrascht mich, Sophie, dass du an derlei Albernheiten festhältst.«

Sophie war erstaunt. »Früher haben Sie es nie so genannt.«

»Ich dachte nicht, dass es nötig sei. Ich habe angenommen, du wüsstest, dass all das Gerede über Glück und Unglück nur Spaß war.«

»Wie können Sie so etwas nur sagen?«, fragte sie. »Wo Sie doch wissen, was alles geschehen ist?«

»Wie könnte ich es nicht sagen, nachdem ich weiß, *wie* sich das alles zugetragen hat? Du bist eine eigensinnige und zuweilen unbesonnene junge Frau mit einem gewissen Hang, in Schwierigkeiten zu geraten. Der Tiger hat dich damals verfolgt, weil du gerade vom Metzger kamst. Im Dschungel hast du dich verirrt, weil du wegen einer seltenen Blume vom Weg abkamst, anstatt wie vorgesehen bei deinem Führer zu bleiben, und – «

»Selbst wenn Sie recht haben – obwohl ich mir durchaus noch Einspruch vorbehalte –, wie erklären Sie dann die Gelegenheiten, bei denen ich knapp davongekommen bin?«

»Du bist zwar eine junge Frau, die leicht in Schwierigkeiten gerät, aber auch recht klug und vernünftig, wenn der Anlass es erfordert. Wärst du in Panik geraten, hätte jener Tiger dich angesprungen, bevor ich eingreifen konnte. Und auf jenes Urwaldvolk bist du gestoßen, als du einem Bach folgtest – in dem Wissen, dass du damit am ehesten in die Zivilisation zurückfinden würdest.«

Sophie dachte sehr lange darüber nach. Was Mr Wang da andeutete, brachte eine Auffassung in Gefahr, die sie fast ihr ganzes Leben lang als unumstößliche Wahrheit angesehen hatte. Das war nichts, was sie so ohne Weiteres akzeptieren konnte.

»Es erklärt nicht alles«, sagte sie schließlich leise.

»Nein, aber wir sind schließlich alle hin und wieder den Launen des Schicksals unterworfen. Damit bist du nicht allein.«

Mr Wang stand auf und zupfte leicht am Saum seines Rocks, um ihn zu glätten. »Denk über meine Worte nach. Weder für deinen Vater noch für Mrs Summers noch für mich selbst waren unsere kleinen Scherze über dein Geschick je etwas anderes als eben das – Scherze.«

Sophie nickte stumm. Sie würde weiter über diese Sache nachdenken, doch mehr konnte sie nicht versprechen.

Mr Wang verstand wohl ihre Zurückhaltung. »Falls es dir nicht gelingt, die Dinge anders zu sehen, bedenke zumindest dies: Du hast nicht zwölf Jahre und vier Monate mit Alex, sondern fünfundzwanzig Jahre ... die Hälfte deines Lebens mit ihm und die andere Hälfte ohne ihn, hmm?«

Und mit dieser Enthüllung entfernte er sich und verschwand über den Kiesweg im Garten.

Verblüfft saß Sophie einen Moment lang da.

Er hatte recht.

Fünfundzwanzig Jahre.

Sie hatten fünfundzwanzig Jahre!

Sie schoss hoch und rannte, so schnell sie konnte, zum Haus.

Das musste sie Alex sagen!

Danach musste sie zurückkommen und Mr Wang angemessen danken. Er hatte ihnen fünfundzwanzig Jahre geschenkt.

Und ihr hatte er Hoffnung gegeben.

Danksagung

Mein aufrichtiger Dank gilt meiner Agentin, Emmanuelle Alspaugh, und meiner Lektorin, Leah Hultenschmidt, ohne die es dieses Buch nicht gäbe.

Mehr zu Ihren Lieblingsautoren und -büchern
sowie Interviews, Newsletter, Leseproben,
Gewinnspiele und Trailer finden Sie unter:
www.egmont-lyx.de

Sabrina Jeffries
Lord Stonevilles Geheimnis
Roman

Mit seinem haltlosen Lebensstil sorgt Oliver Sharpe, Marquess von Stoneville, in der vornehmen Gesellschaft für Skandale, bis seine Großmutter ihn eines Tages vor die Wahl stellt: Entweder Oliver sucht sich eine Frau oder er verliert sein Erbe. Kurz darauf begegnet Oliver der Amerikanerin Maria und heckt mit ihr einen Plan aus. Maria soll sich als seine Verlobte ausgeben. Doch Oliver hätte niemals vermutet, dass er sich in die hübsche Maria tatsächlich verlieben könnte …

Band 1: Lord Stonevilles Geheimnis
400 Seiten, kartoniert mit Klappe
€ 9,99 [D]
ISBN 978-3-8025-8673-6

Band 2: Spiel der Herzen
400 Seiten, kartoniert mit Klappe
€ 9,99 [D]
ISBN 978-3-8025-8683-5

Band 3: Ein vortrefflicher Schurke
416 Seiten, kartoniert mit Klappe
€ 9,99 [D]
ISBN 978-3-8025-9085-6

www.egmont-lyx.de

LYX
EGMONT

Mehr zu Ihren Lieblingsautoren und -büchern sowie Interviews, Newsletter, Leseproben, Gewinnspiele und Trailer finden Sie unter:
www.egmont-lyx.de

Madeline Hunter
Ein skandalöses Rendezvous
Roman

Bewaffnet mit einer Pistole reist die junge Audrianna Kelmsleigh zu einem Gasthof, um einen Mann zu treffen, der den Namen ihres verstorbenen Vaters reinwaschen könnte. Doch statt des mysteriösen „Domino" taucht der attraktive Lord Sebastian Summerhays in dem Gasthof auf. Durch ein Missgeschick werden die beiden zusammen erwischt, und der Skandal ist perfekt. Audrianna bleibt nur ein Ausweg: Sie muss Sebastian heiraten.

Band 1: Ein skandalöses Rendezvous
400 Seiten, kartoniert mit Klappe
€ 9,99 [D]
ISBN 978-3-8025-8792-4

Band 2: Die widerspenstige Braut
384 Seiten, kartoniert mit Klappe
€ 9,99 [D]
ISBN 978-3-8025-8804-4

Band 3: Eine Lady von zweifelhaftem Ruf
384 Seiten, kartoniert mit Klappe
€ 9,99 [D]
ISBN 978-3-8025-9084-9

www.egmont-lyx.de

LYX
EGMONT

Mehr zu Ihren Lieblingsautoren und -büchern
sowie Interviews, Newsletter, Leseproben,
Gewinnspiele und Trailer finden Sie unter:
www.egmont-lyx.de

Kate Noble
Ein Spion in erlauchter Gesellschaft
Roman

Schöne Adlige trifft auf berüchtigten Spion

Philippa Benning gilt als schönste Frau Englands. Als sie einem berüchtigten englischen Spion begegnet, verspricht sie, ihm Zutritt zu Adelskreisen zu verschaffen, wenn er dafür seine wahre Identität enthüllt. Schon bald muss Philippa feststellen, dass diese Vereinbarung sie in ein wahres Gefühlschaos stürzt ...

496 Seiten, kartoniert mit Klappe
€ 9,99 [D]
ISBN 978-3-8025-8865-5

Band 2: Der Sommer der Lady Jane
384 Seiten, kartoniert mit Klappe
€ 9,99 [D]
ISBN 978-3-8025-8866-2

www.egmont-lyx.de

LYX
EGMONT

LYX *up your life!*

Freue dich auf die neuen Accessoires zu deinen Lieblingsgeschichten von LYX!

WWW.EGMONT-LYX.DE/GOODIES

Der Goodies-Shop von LYX:

Stöbere zwischen exklusiven Fan-Artikeln mit den Motiven deiner Lieblingsromane und bestelle sie ganz einfach online.

 Anmelden – Shoppen – und noch tiefer in die LYX-Welt eintauchen!